CIEN AÑOS
DE
SOLEDAD

50
Aniversario

插图纪念版

CIEN AÑOS DE SOLEDAD

百年孤独

加西亚·马尔克斯 著
路易莎·里维拉 绘
范晔 译

南海出版公司

新经典文化股份有限公司
www.readinglife.com
出　品

献给

赫米·加西亚·阿斯科特

玛利亚·路易莎·艾里奥

Gabriel García Márquez

(1927–2014)

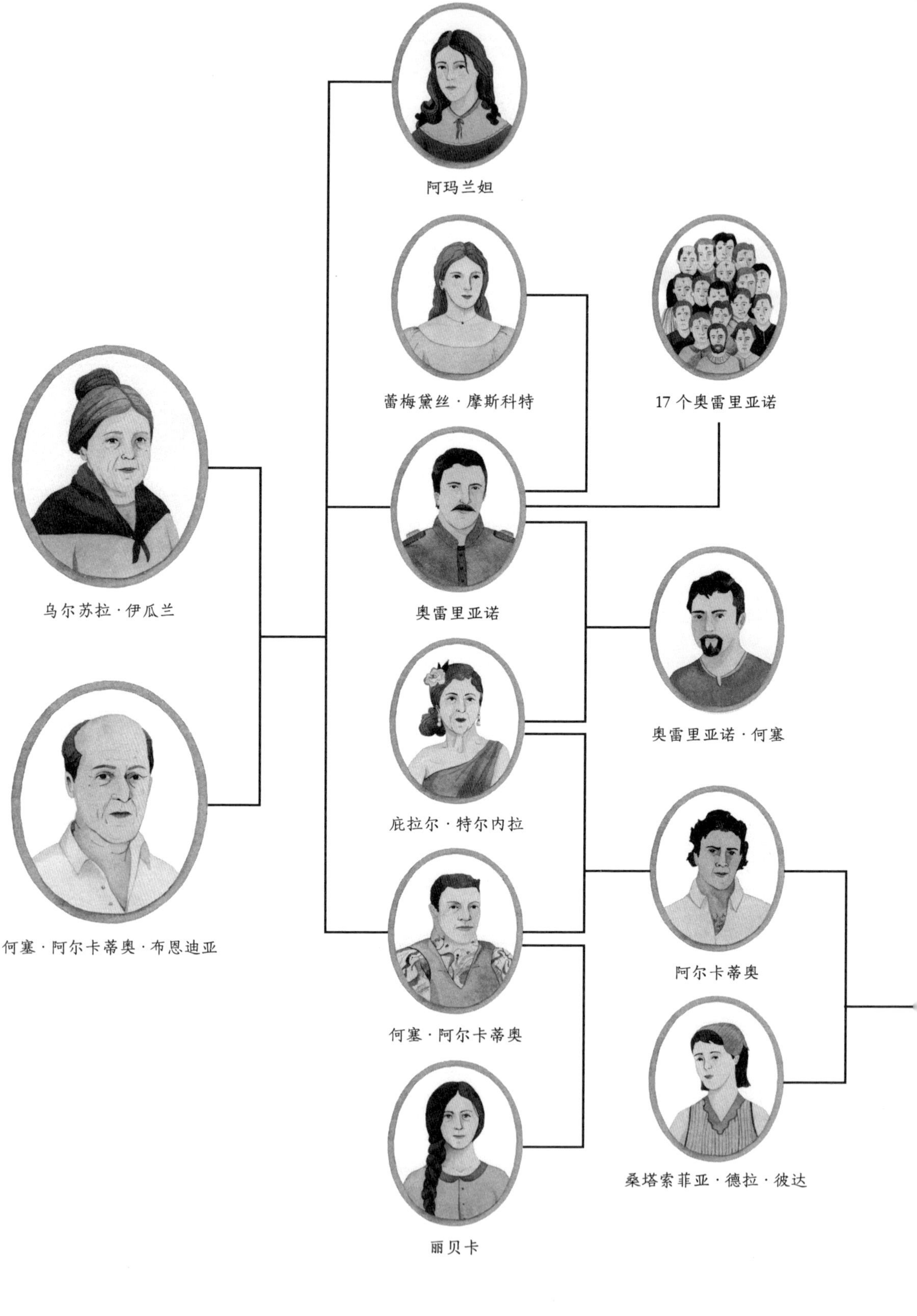
阿玛兰妲
蕾梅黛丝·摩斯科特
17个奥雷里亚诺
乌尔苏拉·伊瓜兰
奥雷里亚诺
奥雷里亚诺·何塞
庇拉尔·特尔内拉
何塞·阿尔卡蒂奥·布恩迪亚
阿尔卡蒂奥
何塞·阿尔卡蒂奥
桑塔索菲亚·德拉·彼达
丽贝卡

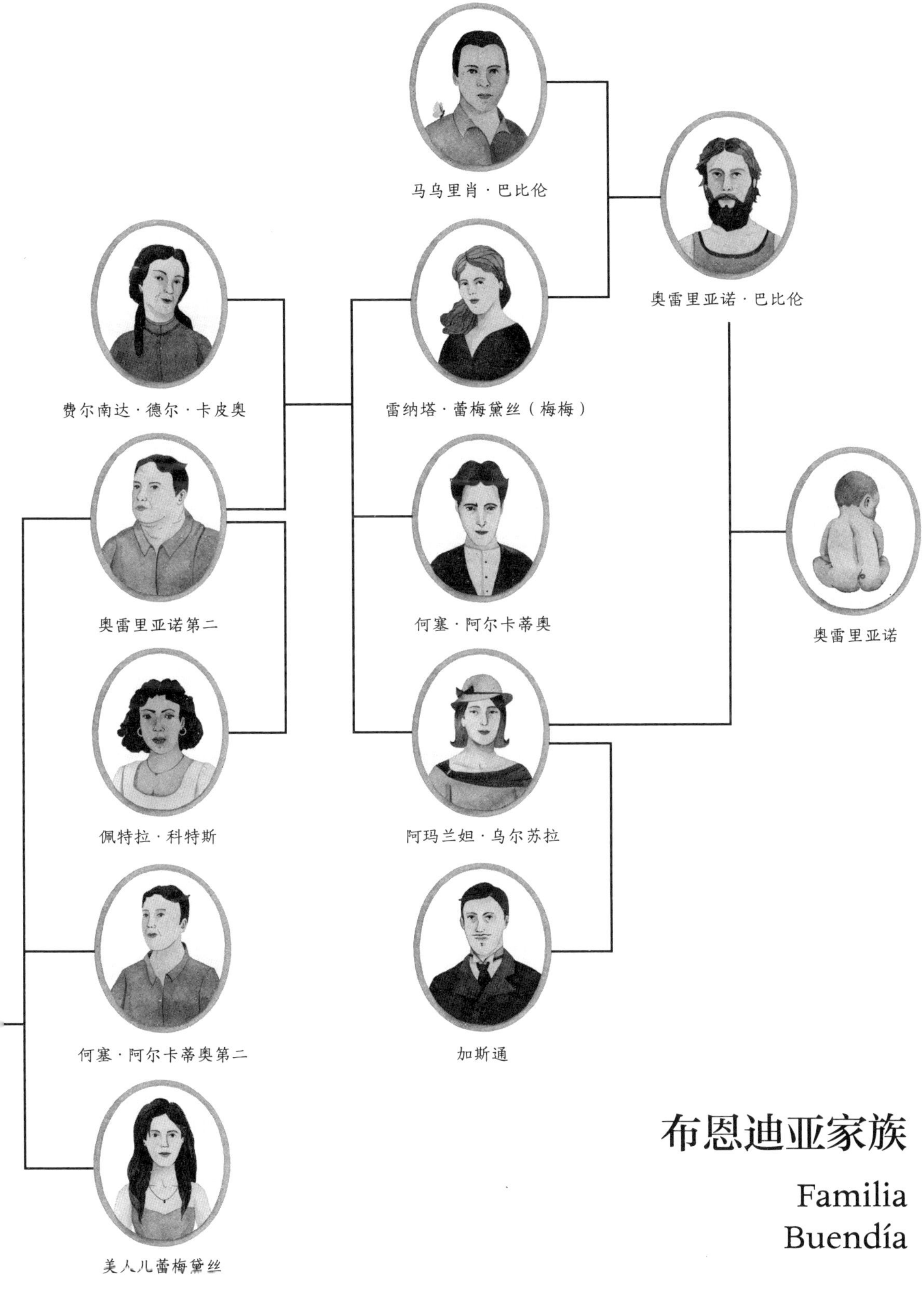

布恩迪亚家族

Familia
Buendía

多年以后，面对行刑队，奥雷里亚诺·布恩迪亚上校将会回想起父亲带他去见识冰块的那个遥远的下午。那时的马孔多是一个二十户人家的村落，泥巴和芦苇盖成的屋子沿河岸排开，湍急的河水清澈见底，河床里卵石洁白光滑宛如史前巨蛋。世界新生伊始，许多事物还没有名字，提到的时候尚需用手指指点点。每年三月前后，一家衣衫褴褛的吉卜赛人都会来到村边扎下帐篷，击鼓鸣笛，在喧闹欢腾中介绍新近的发明。最初他们带来了磁石。一个身形肥大的吉卜赛人，胡须蓬乱，手如雀爪，自称梅尔基亚德斯，当众进行了一场可惊可怖的展示，号称是出自马其顿诸位炼金大师之手的第八大奇迹。他拖着两块金属锭走家串户，引发的景象使所有人目瞪口呆：铁锅、铁盆、铁钳、小铁炉纷纷跌落，木板因钉子绝望挣扎、螺丝奋力挣脱而吱嘎作响，甚至连那些丢失多日的物件也在久寻不见的地方出现，一窝蜂似的追随在梅尔基亚德斯的魔铁后面。“万物皆有灵，”吉卜赛人用嘶哑的嗓音宣告，“只需唤起它们的灵性。”何塞·阿尔卡蒂奥·布恩迪亚天马行空的想象一向超出大自然的创造，甚至超越了奇迹和魔法，他想到可以利用这个无用的发明来挖掘地下黄金。梅尔基亚德斯是个诚实的人，当时就提醒他：“干不了这个。”然而那时的何塞·阿尔卡蒂奥·布恩迪亚对吉卜赛人的诚实尚缺乏信任，仍然拿一头骡子和一对山羊换了那两块磁铁。他的妻子乌尔苏拉·伊瓜兰本指望着靠这些牲口扩展微薄的家业，却没能拦住他。“很快我们的金子就会多到能铺地了。”她丈夫回答。此后的几个月他费尽心力想要证实自己的猜想。他拖着两块铁锭，口中念着梅尔基亚德斯的咒语，勘测那片地区的每一寸土地，连河床底也不曾放过。唯一的挖掘成果是一副十五世纪锈迹斑斑的盔甲，敲击之下发出空洞的回声，好像塞满石块的大葫芦。何塞·阿尔卡蒂奥·布恩迪亚和一起探险的四个男人将盔甲成功拆卸之后，发现里面有一具已经钙化的骷髅，骷髅的颈子上挂着铜质的圣物盒，盒里有一缕女人的头发。

三月里，吉卜赛人又来了。这次带来一架望远镜和一台足有鼓面大小的放大镜，展出时声称是阿姆斯特丹犹太人的最新发明。他们让一个吉卜赛女人坐在村子一头，将望远镜安在帐篷入口。花上五个里亚尔，人们就可以凑到望远镜后，看到那个吉卜赛女人在眼前出现，仿佛触手可及。“科学消除了距离，”梅尔基亚德斯说，“用不了多久，人们不出家门就能看到世界上任何地方发生的事情。”一个烈日炎炎的中午，他们用那台巨型放大镜作了一次惊人的演示：把一堆干草铺在街道中央，然后通过聚焦阳光点燃。尚未从磁铁实验的失利中平复的何塞·阿尔卡蒂奥·布恩迪亚，又萌生了将这一发明应用于战争的想法。梅尔基亚德斯再次试图让他打消念头，但最后还是接受了两块磁铁加三枚殖民地金币，将放大镜换给了他。乌尔苏拉难过地哭了。那些钱是从她父亲一辈子省吃俭用攒下的一匣金币中拿出来的，她本来一直埋在床下，想等待合适的机会做本钱。何塞·阿尔卡蒂奥·布恩迪亚无暇安慰她，以科学家的忘我精神全心投入战术实验，甚至不惜以身犯险。为了验证放大镜对敌军产生的效果，他亲自待到阳光的焦点下，结果身体被灼伤后溃烂，挨了很长时间才痊愈。妻子对如此危险的发明心生恐惧而提出抗议，但他全然不顾，险些把家里的房子点燃。他久久待在房间里，计算新武器的战略威力，写出了一本解说无比清晰、说服力无可抗拒的手册。他把该手册连同多种实验记录和多幅示意图一起寄给当局，承担这一使命的信使翻越山脉，迷失于无边的沼泽，蹚过湍急的河水，遭受猛兽的袭击、绝望情绪和瘟疫的打击险些丧命，最后终于找到了邮政骡队途经的驿道。虽然当时远赴首都不太可能，何塞·阿尔卡蒂奥·布恩迪亚仍然表示，只要政府一声令下他立刻出发，为军方实地演示他的发明，并亲自传授阳光战的精密战术。他等待回复多年，最终厌倦了等待，到梅尔基亚德斯面前哀叹自己的挫折。于是那个吉卜赛人做出了足以显明其诚实的举动：收回放大镜，把那三枚多卜隆[①]还给他，还留下一些葡萄牙人的地图和多种航海仪器。梅尔基亚德斯亲笔写了一份赫尔曼修士[②]的研究成果提要给他，教他如何使用星盘、罗盘和六分仪。为了确保不受打扰地进行实验，何塞·阿尔卡蒂奥·布恩迪亚在宅院深处盖了一间小屋，整个漫长的雨季都把自己关在屋中。他把家庭职责完全抛在脑后，整夜待在院子里观测星体的运行，为了寻找精确测定正午的方法险些患上日晒病。掌握了那些仪器的用法并操作自如后，对空间的认知使他无须离开小屋就能遨游未知的海洋，寻访荒凉的地域，并与神奇的生灵交流。正是在那个时期他养成了自言自语的习惯，旁若无人地在家中踱步，与此同时乌尔苏拉和孩子们却在菜园里累得直不起腰来，照料香蕉、海芋、木薯、山药、南瓜和茄子。然而，没有任何征兆，他疯狂的活动猝然中断，整个人陷入一种心醉神迷的状态。他连续好几天像是着了魔，喃喃自语，说出一连串自己都无法相信的惊人设想。最终，在十二月一个星期二的午饭时分，他从所有的折磨中一下解脱了。孩子们终其一生都将记得父亲如何在桌首

① 多卜隆（doblón），西班牙古金币名。

② 赫尔曼修士（monje Hermann，1013—1054），即 Hermann von Reichenau，德国本笃会修士，著有多种星相学著作。

庄严入座，被长期熬夜和苦思冥想折磨得形销骨立，因激动而颤抖着，向他们透露自己的发现：

“地球是圆的，就像个橙子。”

乌尔苏拉再也无法忍耐。“如果你非发疯不可，就一个人疯好了，”她喊道，“别想用你那套吉卜赛人的胡话教坏孩子！”何塞·阿尔卡蒂奥·布恩迪亚无动于衷，妻子在狂怒之下把星盘扔到地上摔得粉碎，他也没有被吓着。他又造了一台，还召集村里的男人到自己的小屋，用无人能懂的理论向他们证明，一直向东航行就有可能回到出发点。全村人都确信何塞·阿尔卡蒂奥·布恩迪亚已经失去理智，这时梅尔基亚德斯来到，澄清了真相。他当众赞许这个男人的聪明才智，说他仅凭天文观测就建立起的理论尽管在马孔多尚不为人所知，但已经被实践所证明。为了表示敬佩，他特别馈赠了一样将对村子的未来产生深远影响的礼物：一间炼金实验室。

那一时期，梅尔基亚德斯正以惊人的速度衰老。他头几回来访时看上去和何塞·阿尔卡蒂奥·布恩迪亚岁数相仿，但当后者仍然力气过人，揪住马耳朵就能将马掀翻的时候，吉卜赛人却好像已被某种顽疾击垮。实际上，那是他无数次周游世界时染上多种罕见疾病的结果。他在帮助何塞·阿尔卡蒂奥·布恩迪亚搭建实验室时亲口说过，死神一直追随他的脚步，嗅闻他的行踪，但尚未下定决心给他最后一击。他经历了危害人类的各种疾病和灾难幸存下来。他在波斯得过蜀黍红斑病，在马来群岛患上坏血病，在亚历山大生过麻风病，在日本染上脚气病，在马达加斯加患过腺鼠疫，在西西里碰上地震，在麦哲伦海峡遭遇重大海难，却都大难不死。这个天赋异禀，自称掌握了诺查丹玛斯[1]之钥

[1] 诺查丹玛斯（Nostradamus，1503—1566），法国预言家，所著《诸世纪》中载预言诗千首，据说在后世多有应验。

的人是个阴沉的男子，裹在一团愁云惨雾里，谜一般的目光仿佛能看透一切。他总戴着一顶黑色大礼帽，活像乌鸦展开的翅膀，身穿一件天鹅绒坎肩，染着沧桑岁月的苔印。他智慧无边又神秘莫测，但还是有着凡人的一面，未能摆脱日常生活中琐碎问题的烦扰。他抱怨着衰老和病痛，为经济上微不足道的困窘而难过；他很久以前就不再展露笑容，因为坏血病夺去了他所有的牙齿。在一个闷热的正午，他吐露了心声，何塞·阿尔卡蒂奥·布恩迪亚确信那是一段伟大友情的开始。孩子们听着他的神奇故事，目瞪口呆。奥雷里亚诺那时只有五岁，他一生都将记得，那个下午吉卜赛人如何坐在窗前金属的反光中，用管风琴般深沉的声音揭示最幽暗的想象地域，热得沿太阳穴流下油腻的汗水。他的哥哥 何塞·阿尔卡蒂奥，将会把这奇妙的形象作为记忆遗产，传给所有后世子孙。乌尔苏拉却对这次来访印象恶劣，因为她走进房间的时候，正赶上梅尔基亚德斯一分神，打破了一个装有二氯化汞的小瓶。

“这是魔鬼的气味。”她说。

“绝不是。”梅尔基亚德斯纠正道，“魔鬼已被证明具有硫化物的属性，而这不过是一点儿氯化汞。”

一向诲人不倦的梅尔基亚德斯详细讲解了朱砂与魔鬼相关的效用，乌尔苏拉却未加理睬，径自带孩子们出去祈祷。那种刺鼻的味道将与对梅尔基亚德斯的记忆一起，永远铭刻在她心里。

那间简陋的实验室，除了大量的小锅、漏斗、蒸馏瓶、滤器和滤网，还备有一座简陋的炼金炉，一个仿照“哲学之卵”制成的长颈烧瓶，以及一套由吉卜赛人按照犹太人玛利亚对三臂蒸馏器的现代描述制作的蒸馏过滤设备。梅尔基亚德斯还留下了对应七大行星的七种金属的若干样品，摩西和索希莫[①]的倍

① 索希莫（Zósimo），公元 3 世纪的希腊炼金术士。

金配方，以及“超绝之精”[1]系列笔记和草图，如果参悟成功就能炼出点金石。何塞·阿尔卡蒂奥·布恩迪亚见倍金配方很简单便着了迷，接连几个星期都央求乌尔苏拉挖出她的殖民地金币，说水银能分割多少次，金子就能翻上多少倍。乌尔苏拉像往常一样，在丈夫无可动摇的决心前让了步。于是，何塞·阿尔卡蒂奥·布恩迪亚将三十枚多卜隆金币投入一口坩埚，与铜屑、雌黄、硫黄和铅一起熔化，然后倒入盛满蓖麻油的锅里用旺火煮沸，直到熬出一摊发出恶臭的浓浆，看起来更像是劣质的糖浆而非美妙的黄金。在令人忐忑和绝望的蒸馏过程中，经过与七种行星金属冶合，再放入玄妙的水银和塞浦路斯的硫酸盐中炮制，又用猪油替代萝卜籽油回锅熬炼，乌尔苏拉宝贵的遗产最后变成一坨碳化的油渣，死死粘在锅底。

当吉卜赛人再来的时候，乌尔苏拉已经发动全村的人加以抵制。但好奇心胜过了恐惧，因为这一次吉卜赛人走遍全村，利用各式乐器制造出震耳欲聋的响声，叫卖人还声称将要展出纳西安索人最神奇的发明。因此全村人都去了帐篷，付上一个生太伏就看到了青春焕发的梅尔基亚德斯：身体痊愈，皱纹平复，全新的牙齿闪闪发亮。凡是还记得他的牙龈如何毁于坏血病、脸颊如何松弛、嘴唇如何干瘪的人，面对这一无可置疑的明证，都不禁为吉卜赛人的魔力而惊栗。梅尔基亚德斯将镶在牙床上的牙齿完好无损地摘下并向观众展示——那一瞬间他变回了往昔的老朽模样——随后又戴上牙齿展露出重获青春的微笑，这时惊慌成了恐惧。即便是何塞·阿尔卡蒂奥·布恩迪亚都觉得梅尔基亚德斯的知识已经达到令人无法容忍的程度，不过当后者私下里给他讲解了假牙的原理后，他随即感到一阵畅然。他觉得这一切如此简单而神奇，一夜之间又对炼金研究完全失去了兴趣，陷入新的情绪危机，无心饮食，整天在家中踱

①“超绝之精”（Gran Magisterio），炼制点金石的程序指南，象征着灵魂臻于至善的进程。

步。“世上正发生着不可思议的事情，”他对乌尔苏拉说，“就在那边，在河的另一边，各种魔法机器应有尽有，我们却还像驴子一样生活。”从马孔多创建之初就认识他的人，都惊讶于他在梅尔基亚德斯影响下发生的变化。

当初何塞·阿尔卡蒂奥·布恩迪亚是那种年轻的族长式人物，他指导人们怎样播种，建议怎样教育孩子、饲养牲畜，为村社的繁荣与所有人通力合作，在体力劳动上也不例外。从一开始他家的房子就是村里最好的，成为他人仿效的对象。他家有一间敞亮的小厅，一间鲜花盛开、颜色喜人的露台餐厅，两间卧室，一座栽着一棵大栗树的庭院，一片精心打理的菜园，还有一个畜栏，山羊、母鸡和猪在其间和谐相处。在家里乃至整个村子，斗鸡是唯一禁养的动物。

乌尔苏拉的勤劳比起丈夫毫不逊色。她身材娇小，活力充沛，严肃不苟，是个意志坚定的女人，从未有人听她唱过歌。她似乎无处不在，每天从清晨到深夜，伴随着细棉布裙柔和的窸窣声一直四处忙碌。全亏了她，那泥土夯平的地面、未经粉刷的泥墙和自制的粗木家具才永远一尘不染，旧箱子里存放的衣服才永远散发着罗勒的淡淡香气。

像何塞·阿尔卡蒂奥·布恩迪亚这样富于进取心的男人，村里再没有第二个。他排定了各家房屋的位置，确保每一户都临近河边，取水同样便捷；还规划了街道，确保炎热时任何一户都不会比别家多晒到太阳。短短几年里，三百名居民的马孔多成为当时已知村镇中最勤勉有序的典范。它的确是一处乐土，没人超过三十岁，也没人死去。

从村庄初建时起，何塞·阿尔卡蒂奥·布恩迪亚就制作了捕鸟机关和鸟笼。很快，不光在家里，整个村庄到处都是拟黄鹂、金丝雀、蓝鸲和知更鸟。种类纷繁、数目众多的鸟儿一起鸣唱，令人心烦意乱，乌尔苏拉不得不用蜂蜡堵住耳朵才能保持神志清醒。梅尔基亚德斯的部落第一次来贩卖治头痛的玻璃珠的时候，大家都惊讶于他们竟能找到这个迷失在沼泽雾瘴中的村庄，而吉卜赛人承认他们正是循着鸟鸣而来。

何塞·阿尔卡蒂奥·布恩迪亚当初建功立业的雄心，迅速在磁铁迷狂、天文演算、炼金幻梦以及见识世上奇观的热望中消磨殆尽，曾经勇于开拓、仪表整洁的他，变成一个外表懒散、不修边幅的男人。他那野蛮人一样的胡须，乌尔苏拉费尽力气才能勉强用菜刀收拾干净。甚至有人将他视为某种诡异巫术的牺牲品。然而当他将开荒的工具扛上肩头，倡议全体村民共同开辟一条将马孔多与新兴发明相连的捷径时，即使是那些深信他已发疯的人也丢下活计与家人而去跟随他。

何塞·阿尔卡蒂奥·布恩迪亚对这一地区的地理情况一无所知。他只知道向东是无法逾越的山脉，山脉的另一侧是古老的城市里奥阿查，据他的祖父即第一位奥雷里亚诺·布恩迪亚所述，弗朗西斯·德雷克爵士[1]曾在那里以大炮猎杀鳄鱼为乐，修补后填上稻草送给伊丽莎白女王。年轻的时候，何塞·阿尔卡蒂奥·布恩迪亚领着一群同伴，携带妻儿、牲口及所有生活用品，翻越山脉去寻找入海口。他们经过二十六个月的跋涉后决定放弃，为了避免原路返回便建立了马孔多。他对那条路不感兴趣，因为它只能将他带回到过去。向南是永远覆着绿色植被的泥塘和广阔的大沼泽，吉卜赛人都说没见过它的边界。大沼泽西边毗邻的是广袤无垠的水面，那里有皮肤娇嫩的鲸类，它们长着女人的头颅和身体，凭借巨大乳房的魔力让航行者迷失心智。吉卜赛人沿着这条水路航行了六个月，才找到邮政骡队经过的陆地。根据何塞·阿尔卡蒂奥·布恩迪亚的估计，与文明世界唯一可能的连接是北方的道路。于是他将当年和自己一起

① 弗朗西斯·德雷克爵士（Sir Francis Drake，1540—1596），英国航海家、海盗，多次劫掠西班牙殖民地。

创建马孔多的同一群人用开荒装备和狩猎器械武装起来，把导向工具和地图塞进背包，开始了这场可怕的冒险。

最初几日，没有遇到什么值得一提的阻碍。他们沿着乱石遍布的河岸下到数年前找到盔甲的地方，从那里经野生橘林中的一条小径进入森林。走了快一个星期的时候，他们打了一头鹿来烤熟，决定只吃一半，把另一半腌好留待后日，希望借此尽量推迟拿金刚鹦鹉充饥的日子，因为那蓝色的鸟肉有股浓烈的麝香味。此后的十多天，他们从未见到太阳。地面变得柔软潮湿如火山灰，林莽日益险恶，鸟儿的啼叫和猿猴的喧闹渐行渐远，天地间一片永恒的幽暗。在这潮湿静寂、远在原罪之先就已存在的天堂里，远征队的人们被最古老的回忆压得喘不过气来，他们的靴子陷进雾气腾腾的油窟，砍刀斩碎猩红的百合与金黄的蝾螈。整整一个星期，他们几乎没有说话，只借着某些昆虫发出的微弱光亮，像梦游人一般穿过阴惨的世界，肺叶间满溢令人窒息的鲜血味道。他们无法返回，因为辟出的道路转瞬就被新生的植物再次封闭，其生长速度几乎肉眼可见。“不要紧，”何塞·阿尔卡蒂奥·布恩迪亚说，“重要的是别迷失方向。”他始终拿着罗盘，带着队伍走向看不见的北方，直到走出这片着了魔的土地。那是一个漆黑的夜晚，没有星光，但黑暗中充盈着清新的空气。人们被漫长的跋涉折磨得精疲力竭，纷纷挂起吊床，两个星期以来第一回安心入眠。醒来时已是日头高照，人们无不被眼前的景象所震慑：在蕨类和棕榈科植物中间，静静的晨光下，赫然停着一艘覆满尘埃的白色西班牙大帆船。船向右侧微倾，完好无损的桅杆上还残留着肮脏零落的船帆，缆索上有兰花开放点缀其间。船身覆盖着一层由石化的鲫鱼和柔软的苔藓构成的光润护甲，牢牢地嵌在乱石地里。整艘船仿佛占据着一个独特的空间，属于孤独和遗忘的空间，远离时光的侵蚀，避开飞鸟的骚扰。远征者们在船内仔细探查，却发现里面空无一物，只见一座鲜花丛林密密层层地盛开。

大帆船的发现意味着大海就在近处，何塞·阿尔卡蒂奥·布恩迪亚的热情受到沉重打击。他将此视为顽皮的命运对自己的嘲弄：曾经做出巨大牺牲、历经无数苦难寻找大海而不得，如今无心寻找它却送上门来，横在自己前进的道路上成为无法逾越的障碍。多年以后，奥雷里亚诺·布恩迪亚上校也曾穿越这片土地，那时这里已经成为常规驿道，而他见到的唯有烧焦的龙骨矗立在一片罂粟花地上。直到那时他才相信这段历史不是父亲的想象，不禁为大帆船如何深入陆地至此而困惑不解。然而，何塞·阿尔卡蒂奥·布恩迪亚不曾为这个问题困扰，他又走了四天，来到距大帆船十二公里的海边。面对大海，他的梦想破灭，这灰白肮脏、泡沫翻腾的大海，不值得为之冒险和牺牲。

“见鬼！”他喊了起来，“马孔多周围全是水！”

很长时间内，马孔多处在一个半岛上成为根深蒂固的观念，这源于何塞·阿尔卡蒂奥·布恩迪亚远征归来后武断绘出的地图。他绘图时满怀怒气，故意夸大交通的艰难，以此来惩罚自己竟如此荒唐地选择了这样一个地方。“我们一辈子哪儿也去不了，”他向乌尔苏拉抱怨道，“我们注定要在这里活活烂掉，享受不到科学的好处。”他在实验室小屋里思来想去，脑海中全是这个念头，几个月后终于酝酿出一个方案，要将马孔多迁移到更合宜的地点。但这一次，乌尔苏拉抢在了他那狂热计划的前头。凭借一番百折不挠的努力，她暗中与村里所有女人联合起来，反对男人们的突发奇想——他们已经在准备搬家了。何塞·阿尔卡蒂奥·布恩迪亚不知道从何时起，又是怎样的力量从中作梗，他的计划陷入由种种借口、托辞和阻力形成的罗网，最终彻底沦为幻想。这天早上他在庭院尽头的小屋里一边念叨着搬家梦想，一边把实验器具装回原来的箱子，乌尔苏拉带着无辜的神情关注着这一切，甚至对他感到些许怜悯。

她任凭他装完，任凭他钉好箱笼、用刷子漆上自己名字的缩写，没有责怪他一句，心里却知道他已经明白——因为听见他这么低声自言自语——村里的人不会随他上路。只是当他开始拆卸小屋的房门时，乌尔苏拉才鼓起勇气询问为什么要这样做，他不无苦涩地回答："既然没人肯走，那我们自己走。"乌尔苏拉没有动摇。

"我们不走，"她说，"就留在这儿，因为我们已经在这儿生了一个孩子。"

"我们还没有死人，"他说，"只要没有死人埋在地下，你就不属于这个地方。"

乌尔苏拉反驳了他，温和而坚定：

"如果非要我死了才能留下，那我就去死。"

何塞·阿尔卡蒂奥·布恩迪亚无法相信妻子竟会如此意志坚决。他试图用自己的幻梦诱惑她，许诺带她去一个神奇的世界，在那里只需往地里洒一点儿魔水就能让作物按照自己的愿望结实，在那里花一点点钱就能买到各式各样的止痛器械。但乌尔苏拉对他预言的景象毫不动心。

"忘了你那些疯狂的新鲜玩意儿，还是管管你的孩子吧。"她回答，"瞧瞧他们，自生自灭没人管，和驴子一样。"

何塞·阿尔卡蒂奥·布恩迪亚照妻子的话做了。他往窗外望去，只见两个孩子赤脚待在阳光暴晒的菜园里，他感觉从那一刻起他们才开始存在，从乌尔苏拉的咒语中诞生出来。随即他内心发生了某种变化，某种神秘而明晰的力量将他从当下拉扯出来，带往记忆中从未涉足的所在。乌尔苏拉继续打扫，此刻她已经确信有生之年再也不会离开这个家园，而他一直凝视着孩子们，直到双眼湿润。他用手背擦干眼睛，深深地叹息一声，接受了现实。

"好吧，"他说，"让他们帮我把东西从箱子里拿出来。"

大儿子何塞·阿尔卡蒂奥已经十四岁，脑袋四方，头发粗硬，和父亲一样固执任性。他发育迅速，体格健壮也像父亲，不过从那时就可以明显看出他缺乏想象力。他在马孔多建立前翻越山脉的路上孕育和诞生，当时父母在证实他身上没有任何动物器官之后曾一起感谢上天。奥雷里亚诺是在马孔多出生的第一个孩子，到三月就满六岁了。他沉默寡言，性格孤僻，在母亲腹中就会哭泣，来到人世时大睁着双眼。剪脐带的时候，他四下打量房间里的东西，好奇却毫无惊惧地观察人们的脸庞。随后，他任凭人们凑过来看，自己却无动于衷，专注地望着棕榈叶铺成的屋顶，那屋顶在雨水的巨大压力下似乎即将坍塌。乌尔苏拉没再想起他那全神贯注的目光，直到有一天，三岁的小奥雷里亚诺走进厨房，正赶上她从灶台端下一口滚烫的汤锅放到桌上。孩子在门口一脸困惑，说："要掉下来了。"汤锅本来好好地摆在桌子中央，但孩子话音刚落，它便像受到某种内在力量的驱使，开始不可逆转地向桌边移动，掉到地上摔得粉碎。警觉的乌尔苏拉将此事告诉丈夫，丈夫却将其解释为自然现象。他一向如此，对孩子们不闻不问，一方面因为他认为童年是智力尚未发育健全的时期，另一方面因为他总是沉浸于自己虚无缥缈的玄想中。

然而自从那个下午叫孩子们帮忙取出实验器具，他便将自己最宝贵的时间留给了他们。在僻静的小屋里，墙壁上渐渐挂满荒唐的地图和奇异的图画。他教他们读写和算术，向他们讲起世界上的诸多奇迹，不光涉及自己已知的事物，还充分发挥想象力达到令人难以置信的极致。就这样，孩子们得知在非洲的最南端有平和而智慧的人民，他们唯一的消遣是坐下来沉思；得知爱琴海可以徒步穿越，只需从一个岛屿跳上另一个直到萨洛尼卡港。那些光怪陆离的课程深深铭刻在孩子们的记忆中，以至于多年以后，在政府军军官向行刑队下令开枪的前一刻，奥雷里亚诺·布恩迪亚上校又回想起三月里那个温暖的下午：

父亲在物理课上倏然顿住，一脸着迷的神情，手停在半空中，眼神凝固，倾听着远远传来的高音笛、串铃和鼓的声音。吉卜赛人又来到了村里，推销孟菲斯城的智者们最新最惊人的发明。

那是一批新的吉卜赛人，男男女女都很年轻，只会说他们自己的语言，个个容貌俊美，皮肤油亮，双手灵巧。他们在街上载歌载舞引来喧声笑语，激起惊诧不断：染成各种颜色的鹦鹉吟唱着意大利浪漫曲，母鸡伴着手鼓的节奏下出一百个金蛋，训练有素的猴子能猜出人的所思所想，多功能机器既能缝扣子又能退烧，还有用来忘却不快回忆的仪器、用来浪费时间的药膏以及其他上千种异想天开、闻所未闻的发明，何塞·阿尔卡蒂奥·布恩迪亚都恨不得发明一台记忆机器来记录下这一切。村子瞬间变了样。马孔多的居民在自己村子的街道间迷失了方向，置身于喧嚷的集市中不知所措。

何塞·阿尔卡蒂奥·布恩迪亚一手拉住一个孩子，免得他们在混乱中走失。他从镀金牙的卖药人和六条胳膊的杂耍艺人身旁跌跌撞撞地走过，在人群散发出的粪便和檀香气味中艰难地呼吸，发疯似的四处寻找梅尔基亚德斯，想请他解开这场神奇梦魇中的无尽奥秘。他问了好几个吉卜赛人，但他们都听不懂他的语言。最后他来到梅尔基亚德斯惯常扎帐篷的地方，遇见一个神情郁郁的亚美尼亚人在用卡斯蒂利亚语[①]介绍一种用来隐形的糖浆。那人喝下一整杯琥珀色的液体，正好此时何塞·阿尔卡蒂奥·布恩迪亚挤进入神观看的人群向他询问。吉卜赛人惊讶地回望了他一眼，随即变成一摊热气腾腾散发恶臭的柏油，而他的回答犹自在空中回荡：“梅尔基亚德斯死了。”听到这个消息，何塞·阿尔卡蒂奥·布恩迪亚惊呆了，他竭力抑制悲恸，而人群渐渐被别处的机巧吸引过去，那一摊亚美尼亚人的遗存物也彻底消失。后来，别的吉卜赛人向

① 卡斯蒂利亚语（castellano），即西班牙语，今日的西班牙语起源于卡斯蒂利亚地区。

他证实梅尔基亚德斯的确在新加坡的沙洲上死于热病，被丢到了爪哇海的最深处。孩子们对这个消息不感兴趣，坚持要父亲带他们去见识孟菲斯智者们创造的最新奇观，据帐篷入口处招揽生意的吉卜赛人说，那曾经是所罗门王的宝藏。孩子们非去不可，何塞·阿尔卡蒂奥·布恩迪亚只好付了三十里亚尔，领他们走到帐篷中央，那里有一个遍体生毛的光头巨人，鼻上穿着铜环，脚踝间绕着沉重的铁链，正看守着一个海盗藏宝箱。巨人刚打开箱子，立刻冒出一股寒气。箱中只有一块巨大的透明物体，里面含有无数针芒，薄暮的光线在其间破碎，化作彩色的星辰。何塞·阿尔卡蒂奥·布恩迪亚茫然无措，但他知道孩子们在期待他马上给出解释，只好鼓起勇气咕哝了一句：

“这是世上最大的钻石。”

“不是。”吉卜赛人纠正道，“是冰块。”

何塞·阿尔卡蒂奥·布恩迪亚没能领会，伸出手去触摸，却被巨人拦在一旁。“再付五个里亚尔才能摸。”巨人说。何塞·阿尔卡蒂奥·布恩迪亚付了钱，把手放在冰块上，就这样停了好几分钟，心中充满了体验神秘的恐惧和喜悦。他无法用语言表达，又另付了十个里亚尔，让儿子们也体验一下这神奇的感觉。小何塞·阿尔卡蒂奥不肯摸，奥雷里亚诺却上前一步，把手放上去又立刻缩了回来。“它在烧。”他吓得叫了起来。但何塞·阿尔卡蒂奥·布恩迪亚没有理睬，他正为这无可置疑的奇迹而迷醉，那一刻忘却了自己荒唐事业的挫败，忘却了梅尔基亚德斯的尸体已成为乌贼的美餐。他又付了五个里亚尔，把手放在冰块上，仿佛凭圣书作证般庄严宣告：

“这是我们这个时代最伟大的发明。”

海盗弗朗西斯·德雷克在十六世纪袭击里奥阿查的时候，乌尔苏拉·伊瓜兰的曾祖母被警钟长鸣和隆隆炮声吓得惊慌失措，一下坐到了炉火上。烫伤使她终其一生再不能履行妻子的义务。她只能侧着坐，还得借助靠垫，此外走路应该也出了问题，因为她从此再没有当众行走过。她坚持认为自己的身体散发出焦味，因而拒绝一切社交活动。她不敢入睡，在院子里直待到天亮，因为她总是梦见英国人带着凶猛的劫掠犬从卧室的窗户进来，用烧红的烙铁对她施加令人羞耻的折磨。她丈夫是一位阿拉贡商人，和她育有两个子女。为了缓解妻子的恐惧，他在医药和娱乐上耗光了半个商铺。最后他清点了生意，带着家人远离海边，在山中一处平和的印第安人村落定居，并在那里为妻子盖了一间没有窗户的卧室，确保她梦魇中的海盗无隙可入。

在这个隐蔽的小村落里，很早就住着一个种植烟草的克里奥约人[1]堂何塞·阿尔卡蒂奥·布恩迪亚。乌尔苏拉的曾祖父和他合作经营，短短几年就积累下大笔资产。几个世纪后，克里奥约人的玄孙和阿拉贡人的玄孙女结成夫妇。为此，每当乌尔苏拉因丈夫的荒唐而光火时，总要越过三百年的因缘巧合，诅咒弗朗西斯·德雷克袭击里奥阿查的那个时刻。这不过是一种发泄，因

① 克里奥约人（criollo），在殖民地出生的欧洲人后裔。

为事实上他们俩至死都没有分开，联结他们的是比爱情更坚固的东西：共同的良心谴责。他们是表兄妹。两人一同在那古老的村落长大，各自的先辈凭着辛劳和良好的习惯把那村落变成全省最好的村庄之一。尽管从一降生他们的婚姻就在意料之中，但当他们表示出要结合的愿望，家长们还是试图阻止。他们害怕这两个数百年交好的家族这一代健康的后裔会遭受生出鬣蜥的耻辱。之前已经有过一个可怕的先例。乌尔苏拉的一位姑妈嫁给了何塞·阿尔卡蒂奥·布恩迪亚的一位叔父，生出的儿子终其一生都穿着肥大宽松的裤子，在保持了四十二年最纯洁的童贞后失血而死。那都是因为他自出生到长大一直拖着一条拔塞器形状的软骨尾巴，末端还带有一撮毛发。最终，一位屠夫朋友用肉斧帮他砍掉了这条从未让任何女人见过的猪尾巴，也让他付出了生命的代价。何塞·阿尔卡蒂奥·布恩迪亚凭着十九岁的轻狂，一句话就解决了这个难题："我不在乎生下猪崽儿来，只要会说话就行。"就这样他们在吹吹打打、爆竹齐鸣中成婚，庆祝活动持续了三天。如果不是乌尔苏拉的母亲用各种关于后代的险恶预言吓住了女儿，让她甚至拒绝发生夫妻关系，他们本可以就此过上幸福的生活。由于担心魁梧而任性的丈夫趁熟睡时强暴自己，乌尔苏拉睡前会穿上母亲为她缝制的帆布衬裤，衬裤上还有缠绕的皮条加固，前面用粗大的铁扣锁住。如是度过了几个月的时光：白天，他放养斗鸡，她和母亲一起在绷子上绣花；晚上，两人展开几个小时的激烈对抗，似乎以此替代了夫妻生活。人们嗅出事情有几分奇怪，于是村里开始谣传乌尔苏拉婚后一年仍然是处子之身，因为她丈夫没有本事。何塞·阿尔卡蒂奥·布恩迪亚是最后一个听到流言的人。

"乌尔苏拉，人家在说什么你可都听见了。"他非常平静地对妻子说。

"让他们说去吧。"她回答，"咱们都知道那不是真的。"

就这样又过了六个月，直到那个悲惨的星期天，何塞·阿尔卡蒂奥·布恩迪亚在斗鸡比赛中赢了普鲁邓希奥·阿基拉尔。失利者看着自家斗鸡的鲜血勃然大怒，从何塞·阿尔卡蒂奥·布恩迪亚身边走开几步，好让整个斗鸡场都听见自己要说的话。

“祝贺你，”他喊道，“看看这只鸡能不能帮上你女人的忙。”

何塞·阿尔卡蒂奥·布恩迪亚不为所动，抱起他的斗鸡。“我马上回来。”他对大家说。然后，又对普鲁邓希奥·阿基拉尔说：

“你呢，赶紧回家拿上家伙，因为我要杀了你。”

十分钟后他回来了，手持祖父嗜血的长矛。村里一半的人都聚集在斗鸡场门口，普鲁邓希奥·阿基拉尔正在那里等着。他还没来得及反抗，何塞·阿尔卡蒂奥·布恩迪亚就以公牛般的力气投出了长矛，以第一代奥雷里亚诺·布恩迪亚当年猎杀本地老虎的准头，刺穿了他的咽喉。那天晚上，人们在斗鸡场守灵的时候，何塞·阿尔卡蒂奥·布恩迪亚走进卧室，他妻子正在穿贞节裤。他用长矛指着她，命令道：“脱了它。”乌尔苏拉并未质疑丈夫的决定。“你得为以后的事负责。”她嘟囔了一句。何塞·阿尔卡蒂奥·布恩迪亚将长矛插到地上。

“如果你非生鬣蜥不可，那咱们就养鬣蜥。”他说，“起码这个村里不会再有人为你的过错丧命了。”

那是六月里一个美好的夜晚，天气清凉，月光明亮。两人一夜不眠，在床上嬉闹直到破晓，任凭夜风吹过卧室，吹来普鲁邓希奥·阿基拉尔亲属的哭号。

这一事件被视作公平决斗，却给两人留下良心上的烦扰。一个失眠的夜晚，乌尔苏拉到院子里喝水，就看见普鲁邓希奥·阿基拉尔待在大瓮边。他浑身青紫，神情忧伤，正努力用芦草团堵住咽喉上的空洞。她不觉害怕，只有同情。回到房间后她把所见告诉丈夫，但丈夫没有在意。“死人是不会出现的，”他说，“只不过我们自己受不了良心上的负担。”两晚之后，乌尔苏拉再一次在浴室里看见普鲁邓希奥·阿基拉尔，他正用芦草擦洗脖子上凝结的血痂。另一天晚上，她又看见他在雨中徘徊。何塞·阿尔卡蒂奥·布恩迪亚终于无法忍受妻子的幻觉，抄起长矛冲进院子。死人就在那里，神情忧伤。

“见鬼去吧。”何塞·阿尔卡蒂奥·布恩迪亚冲他喊道，“你来一次我就再杀你一次。”

普鲁邓希奥·阿基拉尔没走，而何塞·阿尔卡蒂奥·布恩迪亚的长矛也没敢出手。从那以后他再也无法安睡。死人在雨中望着他时流露出的无尽伤痛，对活人的深沉眷恋，在家中遍寻清水来润湿芦草的焦灼神情，总在他脑海里浮现，令他饱受折磨。“他一定很痛苦，”他对乌尔苏拉说，“看得出他非常孤独。”她很受感动，再看到死人一一掀开灶台上的锅盖时，明白了他要找什么，从此便在家中各处摆上盛着清水的大碗。一天晚上，何塞·阿尔卡蒂奥·布恩迪亚在自己房间里遇见死人在洗伤口，终于再也无法忍受。

“好吧，普鲁邓希奥，”他说，“我们会离开这个村子，能走多远就走多远，永远不回来。现在你安心走吧。”

就这样，他们开始了翻越山脉之旅。何塞·阿尔卡蒂奥·布恩迪亚有许多像他一样年轻的朋友，他们因要探险而欢欣鼓舞，都拆掉自家房子，带上女人孩子上路，朝着没有人向他们应许过的土地进发。出发之前，何塞·阿尔卡蒂奥·布恩迪亚将长矛埋在院子里，又把自己那些出色的斗鸡一只只砍下脑袋，深信这样能够给予普鲁邓希奥·阿基拉尔些许安慰。乌尔苏拉只带了一箱嫁衣、少许家用物品以及那个小匣子，匣里装着从父亲那里继承的金币。他们没有预定的路线，只想朝着与里奥阿查相反的方向进发，为的是不留下任何踪迹，不碰见任何熟人。那是一场荒唐的旅行。走了十四个月后，吃猴肉喝蟒蛇汤坏了胃口的乌尔苏拉生下一个健全的男婴。她的腿肿得变了形，静脉曲张得像水泡鼓起，因此一半的路程都躺在吊床上，由两个男人用一根棍子抬着走。孩子们虽然肚皮干瘪、眼神倦怠，看起来很可怜，实际上倒比父母更能适应旅行，大部分时间都过得很愉快。经过将近两年的跋涉，一天早上，他们成为第一批见到山脉西坡的人。从云雾弥漫的山顶望去，大沼泽无边无际的水面一直延伸到世界的另一边。然而，他们从未找到大海。在沼泽间盲目行进了几个月之后，一天晚上，他们远离了路上遇见的最后一拨土著，在一条乱石累累的河流岸边扎了营，那河水仿佛冰冷的玻璃在流动。若干年后，在第二次内战期间，奥雷里亚诺·布恩迪亚上校曾试图走同一条路奇袭里奥阿查，行进了六天后他意识到这完全是疯狂之举。在沿河驻营的那天晚上，他父亲的追随者们看起来像是身处绝境的遇难者，但人丁倒比旅行前更为兴旺，并且所有人都期望能老死善终，而后来也都如愿以偿。那天晚上，何塞·阿尔卡蒂奥·布恩迪亚梦见那个地方耸立起一座喧嚣的城市，家家户户以镜子为墙。他询问这是什么城市，得到的回答是一个他从未听说、也没有任何含义的名字，那名字却在梦中神秘地回响：马孔多。第二天，他说服众人相信永远也找不到大海了。他又下令在河边最凉爽的地方砍伐树木辟出空地，就在那里建起了村庄。

何塞·阿尔卡蒂奥·布恩迪亚没能解开镜屋之梦，直到见识冰块的那一刻。于是他相信自己理解了梦境的深意。他想到在不久的将来可以利用水这种寻常材料大规模生产冰块，并用它们建造村庄的新居。马孔多将不再是一个连合页和插销都因高温而变形的酷热之地，而会变成一个寒冬之城。他没有坚持建立制冰厂的尝试，只因那时他正热衷教育儿子们，特别是奥雷里亚诺，这孩子起初就显露出炼金方面的罕见天赋。实验室已经收拾干净。他们重新查阅梅尔基亚德斯的笔记，如今已心情平静，不再有因新奇而生的兴奋。他们长时间耐心实验，试图将乌尔苏拉的金子从粘在锅底的废料中分离出来。年轻的何塞·阿尔卡蒂奥几乎从不参与。当他父亲全身心摆弄炼金炉的时候，这位冲动任性、发育一向超出实际年龄的长子，已经长成一个体格魁伟的小伙子。他变了声，上唇布满初生的茸毛。一天晚上乌尔苏拉走进房间，正赶上他脱衣服准备睡觉。一种混杂了羞耻和怜悯的感觉涌上她的心头：这是除丈夫外她见到的第一个男人的裸体，发育得如此完好，在她看来甚至有些异常。已经第三次怀孕的乌尔苏拉，又经历了新婚时的恐惧。

那段时期有个女人常来家里帮忙做家务，她神情欢快，言语无忌，举止诱人，还会用纸牌算命。乌尔苏拉对她说起自己的儿子，认为他惊人的尺寸和表兄的猪尾巴一样不正常。那女人爆出一阵直率的笑声，仿佛一条玻璃溪流在整个家中荡漾。“正相反，”她说，“他会幸福。”为了证实这一预言，没过几天她就把纸牌带了来，与何塞·阿尔卡蒂奥一起反锁在厨房旁边的谷仓里。她镇静自若地把纸牌摊开在一张旧木工桌上，随意闲扯着，而那年轻人等在她身旁，厌烦多过好奇。突然，她伸手摸了他一下。“好家伙。”她实实被吓到，说不出别的话来。何塞·阿尔卡蒂奥感到骨头里充满了泡沫，并伴随着一种无力的恐惧，以及哭泣的强烈欲望。女人没有给他任何暗示，但何塞·阿尔卡蒂奥整夜都在烟味中寻找她，那气味本是从她腋下逸出，也渗入到他的皮肤里面。他想一直和她在一起，想让她做自己的母亲，想永远待在谷仓里，想听她说“好家伙”，想让她再一次摸自己并对自己说“好家伙”。一天，他终于忍不住去她家找她。那是一次莫名其妙的礼节性拜访，他坐在客厅里自始至终没说一句话。那个时候他失去了欲望。他觉得她变了，与她的气味在自己心中幻化出的那个形象完全不同，仿佛成了另一个人。喝过咖啡，他沮丧地离开。当天晚上，在失眠的惊恐中，他恢复了强烈的欲望，只是此刻渴望的不是谷仓里的她，而是下午见到的她。

几天后，那女人不合时宜地把他叫到自己家里。只有她母亲在家，她借口教一套牌戏，把他带进自己的卧室。然后她尽情地摸他，而他在最初的震颤后却感到失落，心头的恐惧压过了愉悦。她让他晚上去找她。他为脱身答应了，心里知道自己做不到。但到了晚上，在火热的床上，他意识到不能不去，即使自己不可能做到。他摸索着穿上衣服，听见黑暗里弟弟安稳的呼吸声，父亲在隔壁房间里的干咳声，院子里母鸡的咕咕声，蚊子的嗡嗡声，自己心脏的怦怦跳动，以及天地间他此前从未察觉的喧嚣，走向沉睡的街巷。他满心希望门是闩着的，而不是像她许诺的那样仅仅虚掩着。结果门开着。他用指尖一推，合页发出清晰的悲鸣，引发一阵直达他心底的寒意。从进门的那一刻起，他就闻到了那气味。他侧着身子，尽量不发出声响。小客厅里，女人三个兄弟的吊床支在那里，而他不知道吊床的位置，在黑暗中又无法确定。他需要摸索着穿过小客厅，推开卧室的门，找准方向以免上错床。他做到了，只是被吊床挂绳绊了一下——吊床挂得比他预想的要低。一直在打鼾的男人在梦中翻了个身，带着些许失望嘀咕了一句："那是星期三。"他推门的时候，门无可避免地在高低不平的地上发出了声音。置身于一团漆黑中，他突然意识到自己彻底迷失了方向，但已后悔莫及。这狭小的房间里睡着她的母亲、她的姐妹及其丈夫和两个儿女，而她自己或许并没在等他。他本可以借助气味来寻找，只是整个家中都充斥着那味道，令人迷惑但同时又像一直在他皮肤里面那样清晰。他一动不动地待了许久，惊奇中自问怎么会陷入这种孤立无援的绝境，这时一只五指伸开在黑暗中摸索的手碰到了他的脸。他不觉吃惊，因为下意识里一直在等待这一刻。他疲惫到了极点，把自己交付给这只手，跟随它到了一个形状莫辨的地方。他被脱去衣裳，像一袋土豆似的被摆布、被翻来翻去。在这神秘的黑暗中，他不再需要手臂，不再闻到女人的气味，而只有氨水的气味。他试图回想起她的脸庞，然而脑中却浮现出乌尔苏拉的面容，便隐约意识到自己正在做一件很久以来就想做的事，只是此前从未想过真的可以做到；他也不知道现在是如何在做，因为不知道自己的脚在哪里头在哪里，甚至不知道是谁的脚谁的头；他觉得再也无法忍受腰间冰冷的声响和腹内的气流，无法忍受恐惧和迷乱的渴望，渴望逃走，又渴望永远留在这恼人的静寂和可怖的孤独中。

她叫庇拉尔·特尔内拉。她参加过以建立马孔多告终的远征，是被她的家人所强迫，为了离开那个在她十四岁时强暴她的男人。那人一直爱着她，直到她二十二岁，但从未下决心公开关系，因为他是个外来户。他许诺追随她到天涯海角，但要等他处理完自己的事情，而她已经厌倦了等待，在或高或矮，或金发或黑肤的男人中辨认他，纸牌许诺说他三天、三个月或三年后会从陆上或海上来。在等待中，她的大腿不再有力，乳房不再坚挺，性情不再温和，但心灵的狂野依然如故。何塞·阿尔卡蒂奥被这个神奇的玩物迷得神魂颠倒，天天晚上穿过房间的迷宫去寻找她的踪迹。有一回门闩着，他就反复叩敲，心想既然有勇气敲第一下，就要坚持到最后一下。最终，经过漫长的等待，他等来了她开门。白天，他昏昏欲睡，暗自享受前夜的回忆。当她走进家门，还是那样欢快、言语无忌，仿佛什么都没发生过，他也无须费力掩饰紧张，因为这个轰然大笑惊飞鸽群的女人和那无形的力量毫不相干——那力量教会他朝内呼吸和控制心跳，使他明白人们为什么会惧怕死亡。他完全沉浸在自己的世界里，以至于当他父亲和弟弟的好消息使全家沸腾时，他还不知道是他们终于熔开了那个金属块，分离出了乌尔苏拉的金子。

经过多日繁难而艰巨的工作，他们的确做到了。乌尔苏拉欣喜万分，甚至为炼金术的发明赞美上帝。实验室里挤满了村民，主人端出番石榴甜点加小饼干款待他们，来庆祝这一奇迹。与此同时，何塞·阿尔卡蒂奥·布恩迪亚隆重展示了坩埚中失而复得的黄金，仿佛那是他刚刚创造出来的。他让所有人一一看过，最后来到近来极少在实验室露面的长子跟前。他把发黄的干硬块摆到儿子眼前，问道："你觉得怎么样？"何塞·阿尔卡蒂奥直率地回答：

"像狗屎。"

父亲反手给了他一巴掌，打得他直流出血和泪来。那天晚上庇拉尔·特尔内拉在黑暗中摸索着找到药瓶和棉布，用山金车酊给他敷肿，还让他尽情享受而不用费神，爱怜他而不弄疼他。他们如此心心相印，片刻之后不知不觉开始窃窃私语。

"我想和你单独在一起。"他说，"总有一天我要把这一切告诉所有人，用不着再躲躲藏藏。"

她不想扫他的兴。

"那太好了。"她说，"要是单独在一起，我们就可以点亮灯，互相能看见，而且我想怎么叫就怎么叫，不用管别人，你在我耳边想说什么就说什么。"

这一场谈话，伴以对父亲的切齿怨恨，对纵情相爱的迫切憧憬，在他身上激发出一种沉着的勇气。他事先未作任何铺垫，直接把一切都告诉了弟弟。

一开始小奥雷里亚诺只意识到风险，觉得哥哥的冒险极有可能引来祸端，却没能理解其中的魅力所在。后来哥哥的渴望渐渐感染了他。他听他讲述种种波折的细节，分享他的痛苦和喜悦，与他一起担惊受怕，一起体验幸福。他整夜不睡，一个人躺在床上好像睡在炭火席上，直等到天亮哥哥回来，然后两人毫无睡意地交谈到起床的时候。很快两人都变得萎靡不振，都对父亲的炼金术和智慧失去了敬意，都躲藏到孤独之中。“这两个孩子呆呆的，”乌尔苏拉说，“一定是肚子里有虫子。”她用土荆芥研末熬制了一剂难喝的汤药，不料两人都以意想不到的坚忍喝了下去，并且一天之内同时坐到便盆上达十一次之多，排出了几条粉红色的寄生虫。他们兴高采烈地向所有人展示，为的是避免乌尔苏拉追究他们神不守舍和倦怠消沉的真实原因。那时奥雷里亚诺不仅能理解，还能对哥哥的经历感同身受，因为有一次当哥哥详尽无遗地向他描述情爱的奥妙，他插话问道：“那是什么感觉？”何塞·阿尔卡蒂奥当即回答：

“好像地震。”

一月里一个星期四的凌晨两点，阿玛兰妲出生了。在其他人进入房间之前，乌尔苏拉先把她浑身上下细细检查了一遍。她又轻又湿像条蜥蜴，不过身体所有部位都属于人类无疑。奥雷里亚诺发现家里挤满了人，才知道这一新闻。他趁着混乱溜出去找哥哥，因为哥哥从十一点就不在床上了。这一决定如此仓促，他甚至没时间考虑要如何把哥哥从庇拉尔·特尔内拉的卧室里拉出来。他围着房子转了几个小时，吹口哨打暗号，快天亮时才不得不回去。在母亲的房间里，他看到何塞·阿尔卡蒂奥正在逗弄初生的小妹妹，脸上挂着天真无辜的笑容。

乌尔苏拉安稳休息了四十天不到，吉卜赛人又来了，是带来过冰块的同一拨江湖艺人和杂耍演员。与梅尔基亚德斯的部落不同，他们在很短的时间内就证明了自己并非传播进步的使者，而是贩卖娱乐的商人。包括他们带来的冰块，也不是为了推广应用到生活中，而是纯粹当作马戏团的奇物。这次的奇巧物件中有一块飞毯，他们同样没有将其视为交通发展上的重大贡献，而仅仅当作用于消遣的玩物来介绍。毫不奇怪，人们挖出了自家埋藏的最后几枚金币，想换取一次从村里房顶飞过的短暂经历。借着纷乱人潮的掩护，何塞·阿尔卡蒂奥和庇拉尔享受了一段惬意的独处时光。他们成为人群中一对幸福的情侣，甚至开始怀疑，爱情或许可以是一种比夜晚幽会中疯狂而短暂的快乐更平和深沉的感觉。然而，庇拉尔打破了美梦。她受身边何塞·阿尔卡蒂奥的激情感染，选择了错误的方式和时机，一句话就使他的世界地覆天翻。“现在你是真正的男人了。”见他没听懂自己的意思，她又明明白白地解释了一遍：

“你就要有儿子了。”

连续几天何塞·阿尔卡蒂奥都不敢走出家门一步。一听到厨房里传来庇拉尔声震屋瓦的笑声，他就立刻逃到实验室。那里的炼金器械在乌尔苏拉的祝福下都已重获新生，何塞·阿尔卡蒂奥·布恩迪亚兴高采烈地接纳了迷途知返的儿子，并且带他入门，参与自己终于启动的点金石探寻工作。一天下午，飞毯载着吉卜赛驭手和几个村里的孩子从实验室窗前迅捷掠过，他们在飞毯上兴奋地挥手致意，两个儿子都被吸引过去，而何塞·阿尔卡蒂奥·布恩迪亚看都不看一眼。“让他们做梦去吧，”他说，“将来我们要用更科学的方式比他们靠一条可怜的床罩飞得更高。”尽管装出感兴趣的样子，何塞·阿尔卡蒂奥其实从未理解“哲学之卵”的魔力，在他看来那不过是一个做坏了的瓶子。他无法抛开自己的心事。他吃不下睡不着，脾气变坏，就像父亲工作受挫时一个样。何塞·阿尔卡蒂奥·布恩迪亚见他举止失常，以为他对炼金术太过投入，便免去他在实验室的工作。奥雷里亚诺当然知道哥哥所受的折磨与寻找点金石毫无关系，但也无法令他吐露真情。往日的推心置腹已经一去不返，同谋和交流变成敌意与缄默。他渴望孤独，对整个世界的怨恨咬噬着他的心。一天晚上他像往常一样下了床，不过不是去庇拉尔·特尔内拉家，而是混迹于集市的喧嚷人潮中。他走过各样花巧的玩意儿，没有一样能引起他的兴趣。最后他的注意力落在一样非展品上：一个非常年轻的吉卜赛女郎，几乎还是个孩子，被身上的玻璃珠链压弯了腰。这是何塞·阿尔卡蒂奥一生见过的最美的女人。她正在人群中观看一个人因为忤逆父母而变成蟒蛇的惨剧。

何塞·阿尔卡蒂奥无心观看眼前的场景。针对蛇人的悲惨审问还在进行，他已经挤进人群，来到吉卜赛女郎所在的第一排，在她身后停下。他紧贴着她的后背。女郎想躲开，但何塞·阿尔卡蒂奥更用力地挤上去。于是她感觉到了。她靠着他一动不动，又惊又惧地战栗着，无法相信这一事实。最终她转过头来看了他一眼，脸上露出一个颤抖的微笑。这一刻两个吉卜赛人将蛇人装回笼子，送到帐篷里面。主持节目的吉卜赛人宣布：

"现在，女士们先生们，我们要上演可怕的场景：一个女人看了不该看的东西，作为惩罚，一百五十年里每天晚上的这一时刻她都要被砍头。"

何塞·阿尔卡蒂奥和女郎没有观看砍头表演。他们去了她的帐篷，一边脱衣服一边急不可耐地亲吻。女郎卸下玻璃珠链，脱去浆过花边的层层衬裙和重重背心，以及无用的紧身胸甲，最后露出的身体几乎可以忽略不计。这是个瘦弱的小家伙，乳房刚刚发育，双腿还没有何塞·阿尔卡蒂奥的手臂粗，但她的坚定和热情弥补了身体的单薄。然而何塞·阿尔卡蒂奥无法回应她，因为他们身处公用帐篷，吉卜赛人拿着马戏道具走来走去忙着各自的事情，甚至会在床边停下掷上一把骰子。挂在帐篷中央木杆上的油灯照得四下通明。在爱抚的间歇，何塞·阿尔卡蒂奥赤着身子躺在床上伸了个懒腰，不知如何是好，而女郎还在努力诱导他。没过多久进来一个体态丰腴的吉卜赛女人，陪伴她的男人不属于马戏团，也不是村里的人。两人开始在床前脱衣服。那女人无意中看了何塞·阿尔卡蒂奥一眼，以狂热的目光打量着他那休憩中的壮观野兽。

"小伙子，"她嚷道，"愿上帝替你保守它。"

何塞·阿尔卡蒂奥的女伴请他们别来打扰，于是那一对就地躺下，紧靠他们的床边。他人的激情唤醒了何塞·阿尔卡蒂奥的欲望。刚一触碰，女郎的骨头像是散了架，仿佛一盒多米诺骨牌哗啦啦一阵混响，她的肌肤在苍白的汗水中融化，她的眼睛盈满泪水，她的整个身体发出悲惨的哀叹，散逸淡淡的淤泥气味。但她以坚强的性格和可敬的勇气承受住了冲击。何塞·阿尔卡蒂奥感觉身体悬空，飞向极乐之境，心灵融化在柔情色欲的泉源里，那情欲涌入女郎的耳朵，又从她的口中变成语言涌出。那天是星期四。到星期六晚上，何塞·阿尔卡蒂奥往头上缠了块红布，跟着吉卜赛人走了。

乌尔苏拉发现他失踪后找遍了整个村子。吉卜赛人搭帐篷的地方篝火已经熄灭，只剩灰烬仍在冒烟，一堆堆垃圾散落其间。一个在垃圾中寻找玻璃珠的人告诉她，前一晚曾见到她儿子混在马戏团的人群里，用独轮车推着装蛇人的笼子。“他跟吉卜赛人跑了！”她向丈夫喊道，而丈夫对儿子的失踪没有表现出丝毫惊慌。

“是真的就好了，”何塞·阿尔卡蒂奥·布恩迪亚说，一边在研钵里捣碎那无数次被捣碎又熔合再捣碎的材料，“那样他就能长大成人了。”

乌尔苏拉出去打听吉卜赛人是从哪里走的，按照别人的指引边走边问，相信还来得及追上。她离村子越来越远，等发觉时已经走出太远，便索性不再回头。何塞·阿尔卡蒂奥·布恩迪亚直到晚上八点听到小阿玛兰妲哭得声音沙哑，把材料留在粪床上加热，过去一看才发现妻子失踪了。几小时后他聚集起一支整装待发的队伍，把阿玛兰妲托付给一位自愿喂奶的妇女，随后上路四处追寻乌尔苏拉的踪迹。奥雷里亚诺也跟了去。黎明时分，几个操着陌生语言的土著渔夫打着手势告诉他们，不曾见到有人经过。徒劳寻索三天之后，他们回了村。

此后几个星期，何塞·阿尔卡蒂奥·布恩迪亚陷入沮丧当中。他担负起母亲的职责照料小阿玛兰妲，给她洗澡换衣服，一天四次送去哺乳，晚上甚至为她唱起乌尔苏拉从来不会唱的摇篮曲。有一次，庇拉尔·特尔内拉自告奋勇要在乌尔苏拉回来之前帮忙料理家务。奥雷里亚诺凭着对厄运格外敏感的神秘直觉，在看见她进门的瞬间灵光一闪。他意识到哥哥的逃走以及随后母亲的失踪都与她有关，尽管这无法解释，于是以一种沉默而强烈的敌意相待。她没有再来。

时间使一切恢复了原样。何塞·阿尔卡蒂奥·布恩迪亚和儿子不知从何时起又回到了实验室，他们抖落尘埃，点起炉灶，拾起已经在粪床上沉睡了数月的材料，又一次耐心地操作起来。连躺在柳条小筐里的阿玛兰妲，也好奇地观看父兄在水银蒸气弥漫的小屋里入神地工作。架子上被遗忘多日的一个空瓶忽然重得挪不动。工作台上的一锅水未经加热便沸腾了半个小时，直到完全蒸发。何塞·阿尔卡蒂奥·布恩迪亚和儿子看着这一切又恐惧又欢喜，他们无法解释，只是将其视作新材料要诞生的预兆。一天阿玛兰妲的小筐自行移动起来，在房间里兜了个圈。奥雷里亚诺大吃一惊，连忙去拦下它。做父亲的却没有惊慌，他把小筐放回去，固定在桌腿上，坚信期待已久的事情即将发生。就在那时，奥雷里亚诺听见他说：

“就算你不敬畏上帝，也该敬畏金属。”

失踪近五个月后，乌尔苏拉突然归来。她异常兴奋，青春再现，衣着打扮都是村里人从未见过的款式。何塞·阿尔卡蒂奥·布恩迪亚几乎无法承受这一惊喜。“没错！”他喊道，“我就知道会这样。”他的确相信，因为在漫长的幽闭时光里，在操作实验的同时，他内心深处祈求的奇迹不是发现点金石，不是赋予金属生命的气息，也不是将家中的合页和门锁变成黄金，而是此时此刻的情景：乌尔苏拉归来。但她没有被丈夫的欢喜打动，只是例行公事般吻了他一下，仿佛自己不过离开了一个小时。她对他说：

“你出去看看。”

何塞·阿尔卡蒂奥·布恩迪亚出门看见一片喧嚷景象，好半天才从困惑中恢复过来。那不是吉卜赛人，而是和他们一样的男男女女，直发棕肤，说的是同样的语言，抱怨的是同样的痛苦。他们的骡子驮着食品，牛车满载着家具、家居用品，都纯粹是些普通的人间物事，毫无噱头地出售；他们贩卖的乃是日常现实。这些人来自大沼泽的另一边，距此只有两天路程。那些村镇里的人们每月都能收到邮件，见惯了各样改善生活的机器。乌尔苏拉没有追上吉卜赛人，却找到了丈夫在失败的远征中没能发现的通向伟大发明的道路。

庇拉尔·特尔内拉的儿子出生两星期后就被送到祖父母家。乌尔苏拉拗不过丈夫的顽固——他无法容忍家中新生的一星血脉流落在外——只好不情不愿地接受，但前提条件是不能向孩子透露真实身份。孩子继承了何塞·阿尔卡蒂奥的名字，后来大家为了避免混淆只叫他阿尔卡蒂奥。那一时期村里活动频繁，家中活计不断，孩子的照料退居其次，被托付给一个叫比西塔西翁的瓜希拉印第安女人。她和兄弟为逃避部落中肆虐多年的失眠症来到这里，两人温顺又勤快，乌尔苏拉便收留了他们帮忙做家务。就这样，阿尔卡蒂奥和阿玛兰妲在学会卡斯蒂利亚语之前先学会了瓜希拉语，还学会了喝蜥蜴汤吃蜘蛛卵，乌尔苏拉则忙于大有前途的糖果小动物生意，对此一无所知。马孔多变了样。跟着乌尔苏拉一起来的人四处宣扬它土地肥美、位置又比大泽区优越，于是昔日僻静的小村落很快变成繁华的城镇，有了手工作坊和店铺，还开通了一条永久商道。第一批穿尖头靴戴耳环的阿拉伯人就沿商道而来，用玻璃珠链交换金刚鹦鹉。何塞·阿尔卡蒂奥·布恩迪亚一刻也不能平静。他着迷于眼前的现实，认为这比自己广袤的幻想世界更为神奇，因而对炼金实验完全丧失了兴趣。他将漫长时日中饱受锤炼的材料搁置一旁，又变回了创业之初那个富于进取心的男子，那时他忙于设计街道规划新居，以保证人人享有平等权益。他在新落户的居民中赢得极大尊重，任何人铺设地基或修造围栏都要先咨询他的意见，大家还一致决定由他掌管土地的分配。走江湖的吉卜赛人又来了，这次把流动游艺会变成大型赌场。人们兴高采烈地表示欢迎，相信何塞·阿尔卡蒂奥会一道归来。但他并没有出现，吉卜赛人也没有带蛇人来，在乌尔苏拉看来有关儿子的唯一线索也没了着落。镇上因此拒绝吉卜赛人扎营，并将他们视为贪欲与堕落的传播者，不许他们以后再踏上这片土地。但何塞·阿尔卡蒂奥·布恩迪亚也明确表示，梅尔基亚德斯以他悠远的智慧和神奇的发明对村子的发展壮大做出过不可磨灭的贡献，马孔多的大门将永远对他古老的部落敞开。然而据那些周游各地的旅人说，梅尔基亚德斯的部落由于逾越了人类知识的界限，已从大地上被抹去。

何塞·阿尔卡蒂奥·布恩迪亚至少暂时从幻想的种种煎熬中解脱出来，很快便营造出一种井然有序的实干氛围，其中只批准一项自由：释放从建村伊始就以歌声欢快报时的群鸟，代之以家家户户各备一台音乐钟。这些雕刻精美的木钟是用金刚鹦鹉从阿拉伯人那里换来的，由何塞·阿尔卡蒂奥·布恩迪亚统一校准。每隔半小时镇上便响起同一乐曲的欢快和弦，一到正午更是蔚为壮观，所有时钟分秒不差地同时奏响整曲华尔兹。那些年间，也是何塞·阿尔卡蒂奥·布恩迪亚决定在街上种植巴旦杏代替金合欢，并且发现了能使树木经久不衰的方法，但一直秘不示人。多年以后，马孔多已经遍布锌顶木屋，那些最古老的街道上却依然可见巴旦杏树蒙尘的断枝残干，然而已无人知晓出自谁人手植。当父亲忙于整治市镇，母亲一心扩展家业，每天两次用树枝穿着糖制的小鸡小鱼出门销售，奥雷里亚诺则从早到晚待在被遗弃的实验室里，完全凭自己的探索掌握了金银器工艺。他身量大长，哥哥留下的衣服很快都不合身了，便开始穿父亲的衣服，只是得让比西塔西翁收紧衬衣修剪裤子，因为奥雷里亚诺没有他们那样魁伟的身材。青春期的他失去了甜美的童音，变得沉默寡言孤独入骨，却恢复了呱呱坠地时流露出的执着眼神。他全神贯注于金银艺实验，甚至到了废寝忘食的地步。何塞·阿尔卡蒂奥·布恩迪亚担心他过于专注，认为他或许需要一个女人，便给了他家里的钥匙和一些零钱。奥雷里亚诺却用钱买来盐酸配制王水，还把钥匙镀了层金。不过他的古怪之处与阿尔卡蒂奥和阿玛兰妲相比又算不得什么，那两个孩子早就开始换牙，却依然整天跟在印第安女人后面，顽固地不肯说卡斯蒂利亚语而只说瓜希拉土语。“你有什么可抱怨的，”乌尔苏拉对丈夫说，“有发疯的父母就有发疯的儿女。”正当她哀叹自己命不好，认定儿女们的怪癖与猪尾巴同样可怕时，奥雷里亚诺眼神定定地望着她，令她感到一阵茫然。

“有人要来了。”他说。

和往常一样，乌尔苏拉听到他发表预言又试图用家庭主妇的常识来解释。有人来再正常不过。每天都有数十个外乡人经过马孔多，从未引发混乱，更无须事先神秘预告。然而，奥雷里亚诺对一切逻辑解说浑不在意，对自己的预感确信不疑。

“我不知道是谁，”他坚持道，“但不管是谁，人已经在路上了。”

果然，到了星期天，丽贝卡来了。此时她只有十一岁。几位皮草商人带着她从马纳乌雷辛苦跋涉而来，受人之托将她连同一封信送到何塞·阿尔卡蒂奥·布恩迪亚家，却又说不清楚托付他们的人究竟是谁。她的所有行李包括一个小衣箱、一把绘有彩色小花的小摇椅和一个帆布口袋，袋里装着她父母的骨殖，一刻不停地发出咯啦咯啦的响声。那封带给何塞·阿尔卡蒂奥·布恩迪亚的信中充满温情的话语，可见纵然岁月蹉跎天各一方，写信人依然对他深情不改，并且出于基本的人道精神将这个无依无靠的孤儿送来这里。孩子算乌尔苏拉的远房表妹，因而也是何塞·阿尔卡蒂奥·布恩迪亚的亲人，尽管关系上要更远些。她是难忘的挚友尼卡诺尔·乌略亚和他可敬的妻子丽贝卡·蒙铁尔的女儿，愿他们在天国安息，一并送来他们的骨殖，盼以基督徒的礼仪安葬云云。信中提到的名字和末尾的签名都清晰可辨，然而何塞·阿尔卡蒂奥·布恩迪亚和乌尔苏拉都不记得有这些亲戚，也从不认识叫这个名字的写信人，更不用提还是在遥远的马纳乌雷。从女孩那里也无法获得更多信息。从来到的那一刻起，她就一直坐在摇椅上吮手指，一双受惊的大眼睛打量着所有人，不曾流露出能听懂别人提问的迹象。她穿着已显破旧的黑色斜纹布衣裳，脚上是漆皮脱落的短靴。头发拢到耳后，用黑带子束住两个发髻。披肩上的图案沁染汗渍已无法辨认，一颗食肉动物的犬牙配上铜托系在右手腕上当作抵抗“邪眼”的护身符。青绿色的皮肤，圆滚紧绷如一面鼓的肚子，都显示出她体弱多病、忍饥挨饿的历史甚至要比自身的年龄更久远，然而食物端上来的时候，她却任凭盘子搁在腿上尝也不尝。大家几乎要相信她是个聋哑儿，直到印第安人用他们的语言问她要不要喝点儿水的时候，她才眼神一动仿佛认出了他们，点了点头。

家人没有办法，只得把她收留下来。奥雷里亚诺耐心地在她面前从头到尾念了一遍圣徒节期表，但她对所有名字都没有反应，家人只好根据信中她母亲的名字叫她丽贝卡。那时马孔多还没死过人，自然没有墓地，他们只得暂时将骨殖袋收藏起来，等将来有合宜的地方再下葬。很长一段时间这些遗骨在家中到处碍事，总在意想不到的地方出现，像母鸡抱窝似的咯咯作响。丽贝卡过了很久才融入家庭生活。她总是缩到家中最偏僻的角落，坐在摇椅上吮吸手指。什么都无法引起她的注意，除了那些钟表奏出的音乐，她每过半小时就会瞪着受惊的眼睛四下寻找，仿佛想在空中某个位置找到那乐声。数天过去，她什么也不肯吃。谁都无法理解她居然没有饿死，后来印第安人——他们一刻不停、悄无声息地在家里走来走去，一切都逃不过他们的眼睛——发现她只喜欢吃院子里的湿土和用指甲刮下的石灰墙皮。显然她父母或是其他抚养人曾斥责过这一恶习，因为她总是心有愧疚暗中行事，藏起口粮来等没人时再享用。从那以后，家里开始对她严加监视。他们在院子里洒牛胆汁，往墙壁上涂辣椒油，相信用这些方法可以遏制她的恶习。然而她找寻泥土时显得异常狡黠机智，乌尔苏拉不得不采取更严厉的手段。乌尔苏拉在小锅里放入橘汁，兑上大黄晾了一整夜，次日让她空腹喝下。没人说过这就是治疗食土怪癖的特效药，但乌尔苏拉却相信任何苦味的食物进入空腹都会令肝脏产生反应。丽贝卡拼命反抗，力气之大与瘦小身量根本不符，他们不得不像扳倒一头小牛犊似的逼她服药，却难以制止她的乱踢乱踹，无法忍受她在撕咬和吐口水之余古怪难解的呼号。印第安人听得目瞪口呆，说那是他们语言中最污秽的辱骂。乌尔苏拉知道后，在药物治疗之外又加上了皮带抽打。永远无从确知，究竟是大黄或毒打，还是二者一起最终发挥了效用，总之几个星期后丽贝卡显出康复的迹象。她加入到阿尔卡蒂奥和阿玛兰妲的游戏中，他们把她当姐姐看待。她胃口颇佳，刀叉也用得不错。不久家人又发现她的卡斯蒂利亚语说得和印第安土语一样流利，手头活计也干得出色，还会哼唱音乐钟奏出的华尔兹舞曲，配上滑稽的自编歌词。大家很快就接纳她为家庭新成员。她和乌尔苏拉最亲，连乌尔苏拉的亲生儿女都比不上。她管阿玛兰妲和阿尔卡蒂奥叫小妹妹小弟弟，称奥雷里亚诺为叔叔，呼何塞·阿尔卡蒂奥·布恩迪亚为爷爷。于是，她和其他家人一样名正言顺地用上了丽贝卡·布恩迪亚的姓名，那也是她一生用过的唯一姓名，直到去世从未玷污。

丽贝卡改掉食土的恶习后，被安排到其他孩子的房间睡觉。一天夜里，和他们睡在一起的印第安女人突然醒来，听见一种奇怪的响声在角落里时断时续。她以为有动物溜进房间，警觉起来，却发现丽贝卡坐在摇椅上吮着手指，双眼像猫眼一般在黑暗中放光。比西塔西翁心中充满恐惧和难逃宿命的凄苦，她在那双眼睛里认出了威胁他们的疫病，正是这种疫病逼得她和兄弟背井离乡，永远抛下了他们古老的王国，抛下了公主与王子的尊贵身份。这就是失眠症。

天亮的时候，印第安人卡塔乌雷失去了踪影。他姐姐比西塔西翁留了下来，认定了自己的宿命：就算逃到天边，这致命的疫病也会穷追不舍尾随而至。没有人理会她的惊恐。“要是不用睡觉，那再好不过。”何塞·阿尔卡蒂奥·布恩迪亚说，“那样我们就有更多的时间可用。”但印第安女人向他们解释，失眠症最可怕之处不在于让人毫无倦意不能入睡，而是会不可逆转地恶化到更严重的境地：遗忘。也就是说，患者慢慢习惯了无眠的状态，就开始淡忘童年的记忆，继之以事物的名称和概念，最后是各人的身份，以至失去自我，沦为没有过往的白痴。何塞·阿尔卡蒂奥·布恩迪亚笑得喘不过气来，认为这不过是又一种印第安人杜撰的疾病。乌尔苏拉为防万一，还是将丽贝卡和其他孩子隔离开来。

几个星期后，比西塔西翁的恐惧似乎平息了下去。有天晚上何塞·阿尔卡蒂奥·布恩迪亚在床上辗转反侧，难以入睡。乌尔苏拉也醒着，问他怎么了，他回答：“我又想起了普鲁邓希奥·阿基拉尔。”他们一刻也没睡着，但到了第二天感觉疲劳尽去，便把不眠之夜抛在了脑后。午饭时候，奥雷里亚诺惊异地讲起他如何一整夜都在实验室忙着给一枚别针镀金，准备在乌尔苏拉的生日送给她，此刻却仍然感觉良好。到了第三天，大家在该入睡的时刻还是毫无睡意，这才意识到已连续五十多个小时没有合眼，终于警觉起来。

"孩子们也都醒着。"印第安女人的话里带着宿命意味，"这病一旦进了家门，谁也逃不了。"

他们果然染上了失眠症。乌尔苏拉从母亲那里学过各种草药的效用，熬制了乌头汤让所有人服下去，可他们仍然睡不着，整天醒着做梦。在这种清醒的梦幻中，他们不仅能看到自己梦中的形象，还能看到别人梦见的景象，一时间家里仿佛满是访客。丽贝卡坐在厨房角落里的摇椅上，梦见一个和自己相貌极其相似的男人，他身着白色亚麻衣裳，衬衫领口别着一粒金扣，给她带来一束玫瑰。陪伴他的还有一位女士，用纤细的手指拣出一枝玫瑰簪在她发间。乌尔苏拉知道那男人和女人是丽贝卡的父母，但一番努力辨认之后，还是确信从未与他们谋面。与此同时，由于何塞·阿尔卡蒂奥·布恩迪亚一个永远无法原谅自己的疏忽，家中出品的糖果小动物仍源源不断地在镇上出售。大人小孩都津津有味地吮咂着可口的绿色失眠小公鸡、美味的粉红失眠小鱼和柔软的黄色失眠小马，于是到了星期一凌晨整个镇子都醒着。一开始没人在意。恰恰相反，人们都因不用睡觉而兴高采烈，因为那时候马孔多有太多的事情要做，时间总不够用。他们夜以继日地工作，很快就把活儿都干完了，凌晨三点便无所事事，听着音乐钟数华尔兹的音符。那些想睡觉的人，不是因为疲倦而是出于对睡眠的怀念，试遍了各种消磨精力的方法。他们聚在一起不停地聊天，一连几个小时重复同样的笑话，甚至把阉鸡的故事演化到令人无法容忍的地步。那是一个讲不完的故事，讲故事的人问大家要不要听阉鸡的故事，如果大家说"要"，他就说没让大家说"要"，而是问大家要不要听阉鸡的故事；如果大家说"不要"，他就说没让大家说"不要"，而是问大家要不要听阉鸡的故事；如果大家都不说话，他就说没让大家不说话，而是问大家要不要听阉鸡的故事；而且谁也不许走，因为他没让人走，而是问大家要不要听阉鸡的故事。就这样

继续下去，整夜整夜重复这一恶性循环。

何塞·阿尔卡蒂奥·布恩迪亚意识到失眠症已经侵入镇子，便召集起各家家长，把自己所知的失眠症情形讲给他们听。众人决定采取措施防止灾难扩展到大泽区的其他村镇。他们把用金刚鹦鹉跟阿拉伯人换来的小铃铛从山羊脖子上摘下，放在镇子入口，供那些不顾岗哨的劝告和恳求坚持进镇的来客使用。那时节走在马孔多街道上的所有外乡人都要摇动小铃铛，好让病人知道自己是健康人。他们在镇上逗留期间禁止一切饮食，因为疫病无疑只经入口之物传播，而所有食品饮料都已沾染失眠症。这项举措成功地将疫病控制在村镇之内。隔离卓有成效，后来人们就将紧急情况视为常态。生活恢复秩序，工作照常进行，没人再为睡眠这一无用的习惯担忧。

还是奥雷里亚诺想出了办法，在接下来的几个月中帮助人们抵御失忆。这发现本出于偶然。他属于第一批病人，已是老练的失眠者，并借此掌握了高超的金银器工艺。一天他在寻找用来捶打金属箔片的小铁砧时，却想不起它的名称。父亲告诉他："砧子。"奥雷里亚诺把名称写在纸上，用树胶贴在小铁砧底部：砧子。这样，他相信今后就不会再忘记。当时他还没想到这便是失忆开始的症状，因为那东西的名称本不好记。没过几天，他发现自己对实验室里几乎所有器物都叫不出名来。于是他依次注明，这样只需看一下标签就可以辨认。当父亲不安地告诉他自己童年最深刻的记忆都已消失时，奥雷里亚诺向他传授了这一方法。何塞·阿尔卡蒂奥·布恩迪亚先在家中实行，而后推广到全镇。他用小刷子蘸上墨水给每样东西注明名称：桌子，椅子，钟，门，墙，床，平锅。他又到畜栏为动物和植物标上名称：奶牛，山羊，猪，母鸡，木薯，海芋，香蕉。随着对失忆各种可能症状的研究不断深入，他意识到终会有那么一天，人们即使能通过标签认出每样事物，仍会记不起它的功用。于是他又逐一详加解释。奶牛颈后所挂的名牌便是一个极好的例子，体现出马孔多居民与失忆作斗争的决心：这是奶牛，每天早晨都应挤奶，可得牛奶。牛奶应煮沸后和咖啡混合，可得牛奶咖啡。就这样，人们继续在捉摸不定的现实中生活，只是一旦标签文字的意义也被遗忘，这般靠词语暂时维系的现实终将一去不返。

通往大泽区的路口立起一块牌子，上写马孔多；中心大道立有一块更大的牌子，上书上帝存在。各家各户都已写好用来记住物品和情感的简要说明。这套做法需要高度的警醒和坚强的毅力，因而很多人选择了向虚拟现实的魅力屈服，寄情于自我幻想，这纵然不切实际却更能与人安慰。庇拉尔·特尔内拉在这场造梦运动中出力最多，她成功地将纸牌算命从推演未来应用到追溯过往。借助这一方法，失眠者开始生活在由纸牌萌生的模棱两可的世界中。在模糊的追忆中，父亲是四月初到来的肤色黝黑的男人，母亲是左手戴金戒指肌肤呈麦色的女人，出生日期则简化为最近一个有云雀在月桂树上啼叫的星期二。何塞·阿尔卡蒂奥·布恩迪亚对这些寻求慰藉的方式深感无奈，决定制造当初曾想用来记录吉卜赛人神奇发明的记忆机器。该装置的设计基于以下原理：每天清晨将一生获得的知识从头至尾复习一遍。他把它想象为一种旋转辞典，人坐在中轴位置用摇把操纵，在几小时内令生活中最必要的知识都从眼前经过。当他做好大约一万四千张卡片的时候，通往大泽区的路上出现了一位衣衫不整的老人，他用小铃铛摇出悲凉的声响以表示未染上失眠症，拖着一件绳索紧系的鼓囊囊的行李，拉着一辆黑布蒙住的小车。他径直来到何塞·阿尔卡蒂奥·布恩迪亚家门前。

比西塔西翁开了门，但并不认识他，以为他想要兜售什么，还不知道在这个已经深陷失忆泥沼的村镇任何物品都没有市场。这是一位风烛残年的老人，尽管声音也因犹疑时断时续，双手颤抖仿佛质疑着事物的真实存在，但仍可以明显看出，他来自另一个世界，来自人们可以安睡并拥有记忆的世界。何塞·阿尔卡蒂奥·布恩迪亚看见他坐在客厅里，一边用几经补缀的黑色礼帽扇风，一边带着同情的神色认真阅读贴在墙上的一个个标签。何塞·阿尔卡蒂奥·布恩迪亚分外殷勤地向他打了个招呼，担心他是曾经相识而现在已不记得的故人。但来访者看出了他的做作，感觉到自己已被遗忘，那并不是心中暂时的尚可补救的遗忘，而是另一种更残酷且不可逆转的遗忘，他对此绝不陌生，因为那正是死亡的遗忘。于是他都明白了。他打开塞满稀奇物件的行李，掏出一个小手提包，里面满是瓶瓶罐罐。他给何塞·阿尔卡蒂奥·布恩迪亚喝下一种淡色液体，重新燃起了他的记忆之光。泪水濡湿了他的双眼，随后他才意识到自己置身于一间各种物品都贴着标签的荒唐屋子里，为墙上煞有介事的蠢话而惭愧。他随即又认出了来人，脸上顿时焕发出欢喜的光彩。那人是梅尔基亚德斯。

马孔多欢庆重获记忆的同时，何塞·阿尔卡蒂奥·布恩迪亚和梅尔基亚德斯正在重温往昔的友情。老吉卜赛人准备就此留在镇上。他的确一度死去，但难以忍受孤独又重返人世。他因执着于生命受到惩罚，被剥夺了一切超自然能力，又被逐出了部落，便决定到这个死神尚未光顾的偏远角落栖身，专心创立一家银版照相术工作室。何塞·阿尔卡蒂奥·布恩迪亚还从未听说过这一发明，他看到自己和全家人的形象在一块闪光的金属版上凝固成永恒，顿时惊诧得说不出话来。在当时拍下的一张老照片上，何塞·阿尔卡蒂奥·布恩迪亚灰色的头发乱蓬蓬，硬挺的衬衫领子用一粒铜扣扣上，神情庄严中藏着惊诧，乌尔苏拉乐不可支地说他像“一位受惊的将军”。何塞·阿尔卡蒂奥·布恩迪亚在那个晴朗的十二月上午的确受惊不小，他以为人的形象一旦被摄到金属版上，生命就会随之日渐销蚀。有趣的是，乌尔苏拉一反常态，消除了丈夫的疑虑，并且抛下往日的怨气，决定让梅尔基亚德斯留下一起生活，只是她一直拒绝拍照，因为——按她自己的原话——不愿意将来让儿孙笑话。那天上午她给孩子们穿上最好的衣裳，在他们脸上都搽了粉，还让每人喝下一勺骨髓糖浆，好让他们面对梅尔基亚德斯壮观的机器保持近两分钟的安分。在这张唯一的全家福照片上，奥雷里亚诺身穿黑色天鹅绒正装，夹在阿玛兰妲和丽贝卡中间，那倦怠的模样和深邃的眼神与多年以后面对行刑队时一般无二。但那时他尚未感觉到命运的预示。他已是熟练的金银匠，凭着精湛的手艺在整个大泽区享有盛名。他的作坊与梅尔基亚德斯杂乱的实验室合在一起，屋里几乎听不到他的呼吸声。他父亲和老吉卜赛人为诺查丹玛斯的预言大声争论，瓶子和托盘撞击作响，酸液不时在磕磕碰碰中打翻，溴化银白白浪费，而他仿佛置身于另一个时空。他全神投入工作，加上经营有道，不久赚取的收入就超过了乌尔苏拉的美味糖果小动物生意。但所有人都觉得奇怪，他明明已是个十足的男子汉，竟然还没有结识女人。事实上他的确没有。

数月后，好汉弗朗西斯科回来了，他是个将近两百岁的江湖艺人，常来马孔多吟唱自编的歌谣。他通过这些歌谣不厌其详地讲述旅行途中的各地见闻，从马孔多直讲到大泽区的边界。如果有人要捎带口信或发布消息，就付两个生太伏请他加到曲目中。乌尔苏拉便是这样偶然得知母亲过世的消息，那天晚上她听着歌谣，本来还期望听到儿子何塞·阿尔卡蒂奥的下落。人们称他为好汉弗朗西斯科，是因为他曾在一次即兴赛歌会上击败魔鬼，至于其真名实姓则无人知晓。他在失眠症肆虐期间一度从马孔多消失，一天晚上又突然出现在卡塔利诺的店里。全镇人都去听他唱歌，想知道世界上发生了什么。这次和他同来的有个肥胖无比的女人，需要四个印第安人用摇椅抬着；还有一个黑白混血姑娘，一副孤单无助的神情，打着伞遮挡阳光。这天晚上奥雷里亚诺去了卡塔利诺的店里。他看见好汉弗朗西斯科像一条巨石雕成的变色龙端坐在好奇的听众中间。他用苍老走调的声音唱出世事变迁，以当年罗利爵士[①]在圭亚那相赠的那架古老手风琴伴奏，那双四方走遍、踩踏硝石而皴裂的大脚还打着拍子。院子深处的一扇门内不时有男人进出，门前鸨母坐在摇椅上静静地扇着扇子。卡塔利诺耳上别了一朵毡绒玫瑰，向听众兜售碗盛的甘蔗酒，并不失时机地靠近那些男人，将手放到不该放的地方。将近夜半时分，酷热难当，奥雷里亚诺已从头听到尾，没有听出什么与自家有关的消息。他正准备起身回家，鸨母挥手跟他打了个招呼。

“你也进去吧，”她说，“只要二十生太伏。”

奥雷里亚诺向鸨母腿上的钱罐里投了一枚硬币，走进房间却不知道要做什么。混血姑娘露着母狗那样的乳头，赤着身子躺在床上。在奥雷里亚诺之前，这天晚上已有六十三个男人光顾过这里。经过这么多人进进出出，房间里的空气中混合了汗水和喘息的气味，变得污浊不堪。姑娘掀起湿透的床单，请奥雷里亚诺抓着另一侧。床单沉得像粗麻布一样。他们俩抓住两头拧水，直到恢复正常重量。他们又翻过席子，汗水从另一面往下淌。奥雷里亚诺盼着这活儿永不停息。他在理论上了解情爱是怎么回事，但还是双膝发软站立不稳，皮肤滚烫，浑身起鸡皮疙瘩，仍忍不住要立刻排出腹中的重负。那姑娘收拾好床铺，要他脱掉衣服时，他慌忙解释：“是他们让我进来的。要我往钱罐里投二十生太伏，还得动作快点儿。”姑娘明白了他的困惑。“如果你出去的时候再放二十生太伏，就可以多待一会儿。”她温柔地说。奥雷里亚诺脱了衣服，羞惭至极，总想着自己的裸体没法和哥哥相比。不管那姑娘怎样努力，他都愈加没有反

① 罗利爵士（Sir Walter Raleigh, 1552—1618），英国探险家，英女王伊丽莎白一世的宠臣。

应，愈觉孤独异常。“我会再放二十生太伏。”他绝望地说。姑娘默默地向他谢过。她的背上都已磨破。她瘦得皮包骨，呼吸间流露出无尽的疲惫。两年前，在离这里很远的地方，她睡前没有熄灭蜡烛，醒来已经身处火海。她和抚养她长大的祖母一起居住的房子化作灰烬。从此，祖母带着她走遍各个村镇，让她以二十生太伏的价钱卖身，以挣回烧毁的房屋。根据姑娘自己估算，按每夜接待七十个男人计还需要干十几年，因为她还需另付二人的旅费、饮食费以及抬摇椅的印第安人的工钱。鸨母第二次敲房门的时候，奥雷里亚诺离开了房间，什么也没做，惶惶然只想哭泣。当天夜里他想着那姑娘无法入睡，有欲望也有怜悯。他感到无可抑制的冲动，要去爱她和保护她。到天亮的时候，他已被失眠和狂热折磨得疲惫不堪，终于作出庄严的决定，要与她成婚并把她从所欠祖母的债务中解救出来，夜夜享受她给予七十个男人的满足。但上午十点他赶到卡塔利诺店里的时候，姑娘已经离开镇子。

时间平复了他一时的冲动，却加深了挫败感。他一心在工作中逃避。他决定认命，终生远离女人来遮掩自己无能带来的羞耻。与此同时，梅尔基亚德斯已经把马孔多所有可照的都照在金属版上，然后把银版照相术工作室让给了臆想联翩的何塞·阿尔卡蒂奥·布恩迪亚，后者要用它来获取上帝存在的科学依据。他运用一套复杂的程序在家中各处采集影像叠加曝光，确信只要上帝存在，迟早会被他拍下银版照片，不然就可以一举推翻其存在的假设。梅尔基亚德斯在破解诺查丹玛斯预言方面取得了深入进展。他每每研究到深夜，缩在退色的天鹅绒坎肩里艰难喘息，用雀爪般的小手在纸上胡乱涂写，手上的戒指都已失去曾经的光彩。一天夜里，他相信已破译出一则有关马孔多未来的预言。它会变成一座光明的城市，矗立着玻璃建造的高楼大厦，却再没有布恩迪亚家的丝毫血脉存留。“一定弄错了，”何塞·阿尔卡蒂奥·布恩迪亚大发雷霆，“不是玻璃房子，是冰房子，像我梦见的那样。而且不管到什么时候，总会有布恩迪亚家的人，直到永永远远。”在这个古怪的家里，乌尔苏拉尽力保持正常，她扩大了糖果小动物生意，整夜不歇地开着烤炉，产出一篮篮面包以及品种丰富的布丁、蛋白酥和小饼干，几个小时内就在通往大泽区的小路上全部售出。明明已到可以安享生活的岁数，她反倒越来越活跃。她一直忙于自己兴隆的事业，一天下午，当印第安女人帮她往面团里加糖，她无意中向院子望去，竟看见两位陌生的美丽少女在暮色中绣花。那是丽贝卡和阿玛兰妲。她们为外祖母严格守孝三年，那时刚刚脱去孝服，鲜艳的衣裳仿佛使她们在世上获得了新的地位。谁也不曾想到，丽贝卡会是两人中更漂亮的那个。她面容白皙明净，眼睛大而沉静，一双有魔力的手仿佛在将无形的丝线绣成花样。年龄小些的阿玛兰妲虽然魅力稍逊，但遗传了过世外祖母自然的气质和内心的高傲。待在她们身边的阿尔卡蒂奥已显露出父亲当年迅猛的成长势头，但看起来还像个孩子。他开始跟奥雷里亚诺学习金银器工艺，同时也学习读写。乌尔苏拉忽然意识到家里已人满为患，儿女们即将成婚并生儿育女，到时势必会因为屋子拥挤而离开家门。于是她取出长年辛劳攒下的积蓄，又从顾客那里预支货款，着手扩建家宅。她准备修建一间正式的客厅，一间更舒适通风的起居室，一间能摆下十二个座位的餐桌、容纳全家人和所有宾客进餐的饭厅，九间窗户都朝向院子的卧室，以及一条带扶栏的长廊，扶栏上有盆栽的欧洲蕨和秋海棠，能借着玫瑰花园遮挡正午的阳光。她准备扩建厨房，砌起两座炉灶；拆掉庇拉尔·特尔内拉曾在里面为何塞·阿尔卡蒂奥算命的那座旧谷仓，盖一座比原来大上两倍的新仓，保证家里永远不会缺粮。她准备在院子里的栗树荫下分建男女浴室，在院子深处建一座大马厩、一间铁丝网鸡舍、一个奶牛棚和一处四面开放供迷途鸟儿自由栖息的鸟舍。乌尔苏拉仿佛染上了丈夫的狂热，在十几个木匠和泥瓦匠的簇拥下发号施令，决定采光与通风事宜，随意分配空间而不受任何限制。村庄初建时的简陋房舍里堆满了工具和建筑材料，挤满了挥汗如雨的工人。工人们不时请求大家不要妨碍干活，殊不知碍事的是他们自己，因为他们被骨殖袋发出的沉闷咯啦声所烦扰，走到哪儿都难得安宁。在这种恼人的环境中呼吸着生石灰和焦油的气味，谁也说不清镇上这幢有史以来最大的房子，大泽区这处最友善好客最舒适清凉的寓所，究竟是如何从地下冒了出来。何塞·阿尔卡蒂奥·布恩迪亚在这场大变革期间一直忙于捕捉上帝的踪迹，对此更加难以理解。新家即将落成的时候，乌尔苏拉把他从狂想世界里拉了出来，告诉他已经接到命令，必须把房子立面涂成蓝色而不是他们想要的白色。她把那份官方法令拿给他看。何塞·阿尔卡蒂奥·布恩迪亚没有明白妻子的话，却辨认出了法令上的签名。

“这家伙是什么人？”他问。

“里正。”乌尔苏拉难过地回答，“人家说是政府派来管事的。”

堂阿波利纳尔·摩斯科特，那位里正，已经悄无声息地来到马孔多。他下榻在雅各酒店——店主是最早来这儿用小玩意儿换金刚鹦鹉的阿拉伯人中的一个——次日便租了一间临街的小屋，距布恩迪亚家两个街区。他摆上从雅各酒店买来的一桌一椅，把随身带来的共和国国徽钉在墙上，又在门上标明“里正”字样。他发布的第一条法令便是所有房屋都要漆成蓝色，以庆祝国家独立纪念日。何塞·阿尔卡蒂奥·布恩迪亚手拿这一纸命令的副本找到他时，他正在那间狭小办公室内搭起的吊床上午睡。“这是您写的？”何塞·阿尔卡蒂奥·布恩迪亚问道。堂阿波利纳尔·摩斯科特，这位老成持重、性情腼腆、脸色红润的男子，回答说是。“凭什么？”何塞·阿尔卡蒂奥·布恩迪亚再次问道。堂阿波利纳尔·摩斯科特从桌子抽屉里找出一份文件给他看。“我已被任命为本镇的里正。”何塞·阿尔卡蒂奥·布恩迪亚看都没看那任命书一眼。

“在这个镇上我们不用纸片发布命令。”他镇定自若地说，“另外希望您弄清楚，我们不需要里正，因为这里没有什么可纠正的。[①]”

面对堂阿波利纳尔·摩斯科特的漠然，他仍未提高声音，详细追述了当年如何草建村庄，如何划分土地和开辟道路，又如何根据需要予以改进，却从未麻烦过任何政府，也不见有人来找过麻烦。“我们和平相处，连自然死亡的人都没有。”他说，“您也看见了，我们至今还没有墓地。”人们并未因政府没来帮助而难过。正相反，他们都为目前为止政府的放任自流而高兴。他希望保持现状，因为他们建起村镇并不是为了让随便哪个外来人到此发号施令。堂阿波利纳尔·摩斯科特已经穿上和裤子一样雪白的卡其布上装，时时刻刻保持举止庄重。

“所以，如果您想留在这里，和其他普通居民一样，我们非常欢迎。”何塞·阿尔卡蒂奥·布恩迪亚总结道，“但如果您是来制造混乱，强迫大家把房子漆成蓝色，那么您可以收拾起家什，从哪儿来回到哪儿去。因为我的家一定要像鸽子一样雪白。”

堂阿波利纳尔·摩斯科特脸色苍白。他后退了一步，咬紧牙关不无痛苦地挤出一句：

“我得警告您，我带了武器。”

何塞·阿尔卡蒂奥·布恩迪亚自己也不知道双手何时又恢复了年轻时掀翻一匹马的力气。他抓住堂阿波利纳尔·摩斯科特的衣领，把他拎起来举到与自己双眼平齐。

“我这样做，”他说，“是因为我宁愿掂起一个活人，也不愿后半辈子都惦

① 在西班牙语中，“里正”（corregidor）源于“纠正”（corregir）一词。

着一个死人。”

他就这样抓住衣领拎着堂阿波利纳尔·摩斯科特走过半条街，直到通往大泽区的路上才放他双脚着地。一星期后，里正带着六名赤着双脚、衣衫褴褛、手持猎枪的士兵回来了，另有一辆牛车上坐着他妻子和七个女儿。晚些时候又来了两辆车，载着家具、衣箱和日常用具。他在雅各酒店安顿下家人，同时开始找房子，并在士兵的保护下重开办公室。马孔多的创建者决定驱逐入侵者，带着他们的长子来听从何塞·阿尔卡蒂奥·布恩迪亚的调遣。但他并不同意，说堂阿波利纳尔·摩斯科特这次回来带上了妻子和女儿，而当着家眷的面羞辱一个人不是男子汉所为。因此，他决定用和平方式解决。

奥雷里亚诺陪父亲同去。此时他已经蓄起翘尖角的黑髭须，声音日渐洪亮，日后的战争中这将成为他的特征。他们没带武器，对卫兵视而不见，径直走进里正的办公室。堂阿波利纳尔·摩斯科特并不慌张，向他们介绍正巧在那里的两个女儿。安帕萝，十六岁，和母亲一样肤色黝黑；蕾梅黛丝，只有九岁，是个肤色如百合、眼睛碧绿的漂亮女孩。她们姿态优美，教养有素，一见父子俩进门，不等介绍就已搬过椅子请他们就坐。但两人都站着不动。

“很好，朋友，”何塞·阿尔卡蒂奥·布恩迪亚说，“您可以留下，不过不是因为您门前那几个拿猎枪的土匪，而是看在您夫人和女儿的面子上。”

堂阿波利纳尔·摩斯科特一阵茫然，但何塞·阿尔卡蒂奥·布恩迪亚没给他反驳的机会。“只有两个条件，”他补充道，“第一，各家的房子想漆什么颜色就漆什么颜色；第二，士兵得立刻离开。我们负责维持秩序。”里正举起右手，五指伸直。

“以荣誉担保？”

“以敌人担保。”何塞·阿尔卡蒂奥·布恩迪亚回答，随即带着几分苦涩补充道，“因为有件事我要跟您说明白：您和我还是敌人。”

当天下午士兵就离开了。没过几天，何塞·阿尔卡蒂奥·布恩迪亚为里正找到一处房子。一切都恢复平静，只有奥雷里亚诺例外。里正最小的女儿蕾梅黛丝，论年龄足可当他的女儿，但她的影子正折磨着他身体的某个部位。那是一种肉体上的感觉，几乎在他行走时构成障碍，就像鞋里进了一粒小石子。

雪白如鸽子的新家落成时，举办了一场庆祝舞会。乌尔苏拉是在那天下午发现丽贝卡和阿玛兰妲已出落成婷婷少女的一刻萌生这个想法的，甚至可以说，扩建计划的主要目的正是为了让姑娘们有一处体面的地方接待访客。为了完美无缺地实现这一愿望，她在扩建进程中像苦役犯一般劳作，在竣工前就已订购了昂贵的装饰品和生活用具，还添置了一样必将震惊全镇、引发年轻人欢呼的神奇发明——自动钢琴。钢琴分部件装箱运来，一同到货的还有维也纳的家具，波希米亚的玻璃器皿，西印度公司的餐具，荷兰的桌布，以及各式各样的灯具、烛台、花瓶、帷幔和壁毯。进口公司自费派来一名意大利技师皮埃特罗·克雷斯皮，负责安装和调试自动钢琴，指导顾客使用，并教授如何伴着印满六卷纸带①的时兴乐曲跳舞。

皮埃特罗·克雷斯皮是个金发的年轻人，马孔多的居民还从未见过这样英俊又有教养的男子。他非常注重仪表，酷暑天气仍身着花缎紧身马甲和厚厚的深色呢料上装。他出于礼貌与主人保持适当距离，好几个星期关在客厅里汗流浃背地工作，心无旁骛的状态足可与金银器作坊里的奥雷里亚诺媲美。一天上午，他没有开门，也没有招呼任何人来见证奇迹，就在自动钢琴上装好第一卷

① 自动钢琴上用于控制琴键的穿孔纸带。

纸带，于是烦人的捶打声和板条持续的轰鸣戛然而止，只有明净谐和的乐声开始荡漾。所有人都赶到了客厅。何塞·阿尔卡蒂奥·布恩迪亚大吃一惊，倒不是因为优美的旋律，而是因为自动钢琴琴键的自行弹奏。他立刻把梅尔基亚德斯的照相机架设在客厅里，期望能够拍到那看不见的演奏者。那天意大利人和他们共进午餐。这个天使般的男子未戴戒指的苍白手指使用起刀叉来如行云流水，令负责斟酒上菜的丽贝卡和阿玛兰妲惊诧不已。在客厅旁的起居室里，皮埃特罗·克雷斯皮教她们跳舞。他用节拍器打着拍子指导舞步，但不触及她们的身体。这一切都受到乌尔苏拉礼貌的监视，她在女儿们上课的过程中一刻不曾离开房间。皮埃特罗·克雷斯皮这些日子脚踏舞鞋，身穿富于弹性又极其贴身的舞蹈长裤。“你用不着这么担心，”何塞·阿尔卡蒂奥·布恩迪亚对妻子说，“这人是个娘娘腔。”但她不肯放松警惕，直到课程结束，意大利人离开马孔多才罢休。接着他们开始筹备舞会。乌尔苏拉开列出一张经过严格筛选的宾客名单，入选的都是村庄创建者的后代——除去庇拉尔·特尔内拉一家不算，那女人又生了两个父亲不明的孩子。实际上这是门第之选，只不过以友情作为选择标准。那些入选者早在背井离乡创建马孔多之前就是何塞·阿尔卡蒂奥·布恩迪亚家的常客，而且他们的儿孙也是跟奥雷里亚诺和阿尔卡蒂奥一起长大的伙伴，他们的女儿则是唯一可以来家里与丽贝卡和阿玛兰妲一同绣花的姐妹。堂阿波利纳尔·摩斯科特这位仁慈的地方官不过是个摆设，其职责仅限于用微薄的经费供养两名木棒武装起来的警察。为了贴补家用，他的女儿们开了一家缝纫店，业务从制作毡绒花到出售番石榴甜食再到代写情书，不一而足。她们端庄而勤劳，是镇上最美的姑娘，新式舞也跳得最好，却根本没被考虑纳入受邀之列。

乌尔苏拉和姑娘们拆包取出家具，擦亮餐具，挂起玫瑰花舟少女图，泥瓦匠刚砌成的房子空空荡荡，到这时才有了一缕新生的气息。与此同时，何塞·阿尔卡蒂奥·布恩迪亚不再追寻上帝的形象，确信其并不存在，转而将自动钢琴开膛破肚，探寻其中蕴藏的秘密魔法。在舞会开始两天前，他面对一堆多出来的弦轴和木槌一筹莫展，刚把一团乱麻似的琴弦从一端捋顺，另一端又卷了起来，最后总算胡乱拼凑复原。那些日子家中空前忙乱，但崭新的煤油灯终究在预定的日期和时刻点燃。家门洞开，空气中树脂和灰浆的气味还未散去，建村元老的儿孙们依次参观了摆放有欧洲蕨和秋海棠的长廊，各个安静的房间，弥漫着玫瑰芬芳的花园，最后来到客厅，簇拥在覆盖着雪白床单的新奇发明周围。自动钢琴在大泽区一些镇子已经流行开来，在别处见识过的人不免有些扫兴，然而最失望的人还是乌尔苏拉。她放好第一卷纸带让阿玛兰妲和丽贝卡领先起舞，但机器毫无动静。老态龙钟的梅尔基亚德斯几乎已经失明，但仍试图乞灵于自己古老的智慧来修复钢琴。最后何塞·阿尔卡蒂奥·布恩迪亚误打误撞，移动了一处卡住的部件，音符开始断断续续地冒出，随即又以颠倒的顺序涌泻。琴槌敲击在散乱无序又过分绷紧的琴弦上，纷纷脱臼错位。然而，那二十一位当年深入山林西行寻找大海的无畏勇士的后人，执着地绕过错乱乐声的暗礁，翩翩起舞直到天明。

皮埃特罗·克雷斯皮重新把自动钢琴组装起来。丽贝卡和阿玛兰妲帮他理顺琴弦，听到那颠倒的华尔兹乐曲时跟他一起连连大笑。见他那样可亲又可靠，乌尔苏拉便取消了监视。在他告别的前夜，家里用修复的自动钢琴临时举行了一场舞会，他和丽贝卡联袂表演了一场美妙的现代舞。阿尔卡蒂奥和阿玛兰妲的舞姿舞技也并不逊色。但表演被迫中断，挤在门口围观人群中的庇拉尔·特尔内拉和另外一个女人又撕又咬打了起来，只因后者胆敢妄言年轻的阿尔卡蒂奥长着女人的屁股。将近午夜时分，皮埃特罗·克雷斯皮满怀感情地发表了简短致辞，并许诺会很快回来。丽贝卡一直送他到门口，随即关闭家门，熄灭灯火，她回到自己房间里恸哭起来。那是一种难以安慰的哭泣，持续了好几天，连阿玛兰妲也不明白其中的缘由。她的守口如瓶并不奇怪。她虽然表面热情坦诚，实际秉性孤僻，从不敞开心扉。她已出落成一位亭亭玉立的少女，身材修长结实，但仍旧喜欢坐在那把和她一起到来的小木头摇椅上，那椅子加固过多次，扶手已经不见了。没人留意她到了这个年龄还是喜欢吸吮手指，她一有机会便把自己关在浴室里，并养成了面朝墙壁睡觉的习惯。雨天的下午，她和女友们待在秋海棠长廊里刺绣，每当看到潮湿的土层和蚯蚓在花园里堆起的小丘，她常常会从交谈中走神，怀念的泪水带着咸味涌上舌尖。她一开始哭泣，当年那些被橘汁和大黄压服的秘密嗜好顿时化为无法抑制的渴望爆发。她又开始吃土。第一次几乎是出于好奇，她确信那糟糕的味道将是摆脱诱惑的最佳药方。她果然无法忍受泥土在嘴里的感觉，但她没有放弃，而是受制于不断增强的渴望，渐渐恢复了旧日的胃口，恢复了对原生矿物的喜爱以及原始食物带来的满足。她将一把把泥土藏进口袋，一边传授女友们最繁难的针法，谈论其他不值得自己为之吃下石灰墙皮的男人，一边趁人不注意一点点吃掉，心中涌起既幸福又愤怒的迷乱感觉。这一把把泥土使那唯一值得她自卑自贱的男人不再遥远也更加真切，仿佛从他脚上精巧的漆皮靴在世界另一处所踏的土地传来矿物的味道，她从中品出了他鲜血的重量和温度，这感觉在她口中猛烈烧灼，在她心里留下安慰。一天下午，安帕萝·摩斯科特无缘无故请求参观新家。阿玛兰妲和丽贝卡对这突如其来的到访不明所以，礼貌而生硬地接待了她。她们向她展示扩建后的家宅，请她听自动钢琴的演奏，为她端上橘子水和小饼干。安帕萝给她们上了一课，诸如什么是端庄大方，什么是仪态可亲，什么是举止得体，给在场不过短短一会儿的乌尔苏拉留下了深刻印象。两小时后，谈话渐渐无味，安帕萝趁阿玛兰妲分神的瞬间将一封信塞给丽贝卡。她只来得及看见“可敬的丽贝卡·布恩迪亚小姐”字样，与自动钢琴说明书上的字体同样工整，以同样的绿色墨水写就，使用同样的绮丽措辞。她立刻用指尖将信折起藏进胸衣，望着安帕萝·摩斯科特的眼神中充满无尽感激，还有结下生死之盟的无声承诺。

安帕萝·摩斯科特与丽贝卡·布恩迪亚之间突然萌生的友情燃起了奥雷里亚诺心中的希望。他一直想着蕾梅黛丝，深受折磨，却总找不到机会见面。当他跟最亲密的朋友马格尼菲科·比斯巴勒和赫里内勒多·马尔克斯——建村元老们的儿子，名字与父亲相同——在镇上散步时，曾无数次用渴望的目光在缝纫店中寻找，但看见的只是她的姐姐们。安帕萝·摩斯科特在家中的出现对他而言不啻一个预兆。“她一定会一起来，”奥雷里亚诺低声对自己说，“她一定会来。”他重复了无数次，如此坚信不疑，终于一天下午，他在作坊里组装一条黄金小鱼的时候，感到她回应了自己的呼唤。不一会儿，他果然听到一个童稚的声音，于是抬起头来一看，心脏因惊恐而停止了跳动：小女孩穿着粉红薄纱裙和白色小靴子站在门前。

“这里不能进，蕾梅黛丝。”走廊里传来安帕萝·摩斯科特的声音，“人家在干活。”

但奥雷里亚诺没等她听从姐姐的话，就举起口中穿着细链的小金鱼，对她说：

“进来。”

蕾梅黛丝走近问了几个关于小金鱼的问题，奥雷里亚诺无法回答，因为他猝然间喘不过气来。他想永远这样待下去，守着她百合般的肌肤，伴着她翡翠色的眼睛，听她以对待父亲的尊敬，每问一个问题都叫一声“先生”。梅尔基亚德斯坐在角落里的书桌前，画着难以索解的符号。奥雷里亚诺恨他。他做不了别的，只能对蕾梅黛丝说要把小金鱼送给她，结果吓得她飞快地逃出了作坊。那天下午奥雷里亚诺失去了隐藏于心底的耐性，此前他正是靠这种耐性等待见面的机会。他无心干活。他竭力集中精神无数次呼唤，但蕾梅黛丝没有回应。他到她姐姐们的缝纫店寻找她，在她家窗前寻找她，去她父亲的办公室寻找她，但她的身影只出现在他心中，填满了他可怕的孤独。他和丽贝卡在客厅里一坐就是几个小时，听着自动钢琴弹奏华尔兹。丽贝卡这样做是因为皮埃特罗·克雷斯皮曾教她如何伴着那音乐跳舞，奥雷里亚诺这样做则是因为一切，包括音乐在内，都能让他想起蕾梅黛丝。

家里充满爱情的气息。奥雷里亚诺寄情于无头无尾的诗行。他把诗句写在梅尔基亚德斯送他的粗糙羊皮纸上，写在浴室的墙壁上，写在自己的手臂上，而所有诗句中都有蕾梅黛丝幻化的身影：蕾梅黛丝在下午两点令人昏昏欲睡的空气中，蕾梅黛丝在玫瑰无声的呼吸中，蕾梅黛丝在蠹虫如沙漏般的暗地蛀蚀中，蕾梅黛丝在清晨面包的热气中，蕾梅黛丝无所不在，蕾梅黛丝无时或缺。丽贝卡每天下午四点待在窗边绣花，等待情书的到来。明明知道运送邮件的骡子每十五天才来一次，她依然天天等候，相信他们会算错时间，任何一天都有可能到来。然而事与愿违，有一次到了预定的日期，骡子却没有出现。丽贝卡绝望得发疯，半夜爬起来，自戕般饥渴地吞下一把把花园里的泥土。她又痛苦又愤怒地哭泣，咀嚼着柔软的蚯蚓，咬碎蜗牛的硬壳崩裂牙齿，又呕吐直到天亮。她陷入一种迷狂的衰弱状态，失去意识，在毫不知耻的呓语中吐露心声。乌尔苏拉惊诧之下撬开她的衣箱，在箱底发现了用玫瑰色丝带系好的十六封香气四溢的信件，夹在旧书里的枯叶和花瓣，以及一碰就化为粉末的蝴蝶标本。

只有奥雷里亚诺能理解这样的创痛。那天下午，当乌尔苏拉试图将丽贝卡从迷狂中拯救出来时，他跟马格尼菲科·比斯巴勒和赫里内勒多·马尔克斯去了卡塔利诺的店里。那里扩建了一排木板房，里面所住的单身女人散发出萎谢花朵的气味。一支由手风琴和鼓组成的乐队演奏着好汉弗朗西斯科的歌谣，他已有好几年没在马孔多出现。三位好友喝着甘蔗酒。马格尼菲科和赫里内勒多同奥雷里亚诺年纪相仿，但比他更通晓世事，轮流和坐在大腿上的女人喝酒。其中一个镶着金牙、神色憔悴的女人的爱抚令他浑身震颤，但他拒绝了她。他发现喝得越多就越发想念蕾梅黛丝，不过也更能忍耐思念带来的折磨。他不知自己从何时开始飘了起来。他看见朋友们和那些女人在耀眼的闪光中浮游，没有体积没有重量，他们所说的言语未经双唇，他们神秘的手势与表情彼此疏离。卡塔利诺一只手搭在他背上，对他说："快十一点啦。"奥雷里亚诺回过头去，就看到了那张畸形的大脸，耳边还插着一朵毡绒花。他随即失去了记忆，好像当初得了失忆症那样，直到另一个早晨才恢复，他身处完全陌生的房间，一旁站着穿着衬裙、赤着双脚、蓬头散发的庇拉尔·特尔内拉，她拿着一盏灯照着他，一脸难以置信的神情。

"奥雷里亚诺！"

奥雷里亚诺站稳脚，抬起头。他不知自己是怎样来到这里的，但知道目的为何，因为那正是他从童年起一直深藏心底的隐秘。

"我是来跟您睡觉的。"他说。

他的衣服上满是污泥和呕吐的痕迹。庇拉尔·特尔内拉那时候和两个孩子生活在一起，她没有问他什么，把他引到床前。她用打湿的丝瓜瓤给他擦脸，为他脱了衣服，自己也赤裸身体，然后放下蚊帐，免得孩子们万一醒来看到。她已经厌倦了等待留下的男人，离开的男人，无数因纸牌的模糊指引迷了路没能赶到她家的男人。在等待中她的皮肤起了皱褶，乳房被掏空，心里的余烬熄灭。她在黑暗中摸索着奥雷里亚诺，把手放在他的肚子上，带着母性的温柔亲吻他的脖子。“我可怜的小宝宝。”她喃喃道。奥雷里亚诺颤抖起来。他平稳老练、毫无滞碍地越过痛苦的峭壁，发现蕾梅黛丝成了无边的沼泽，闻起来好像幼兽和新熨好的衣服。渡过难关之后，他哭了起来。一开始是几声不由自主、断断续续的抽泣，随后泪如泉涌，他感觉心中苦痛的块垒迸裂了。她等待着，用指肚摩挲他的头发，直到他的身体倾空那令他无法活下去的黑暗。然后庇拉尔·特尔内拉问他：“她是谁？”奥雷里亚诺告诉了她。她笑了，只是昔日足以惊飞鸽群的笑声如今甚至不会把孩子们吵醒。“你得先把她养大。”她开玩笑说。但在玩笑背后，奥雷里亚诺感受到了理解。他离开房间的时候，不仅抛下了不解人事时的惶惑，也卸下了几个月来折磨内心的重负。庇拉尔·特尔内拉当下给了他一个承诺。

“我去跟那女孩说。”她说，“等着我把她端在盘子里送给你。”

她做到了。只是时机不对，因为家里已经失去往日的平静。丽贝卡那般喊叫已经无法保守秘密，阿玛兰妲发现了她的痴恋后开始发烧。她也在为没有回应的爱情而饱受折磨。她把自己关在浴室里，写下一封封狂热的信，以摆脱没有希望的激情带来的折磨，然后把信深藏在衣箱内。乌尔苏拉同时照顾两个病人，几乎忙不过来。她费尽心机长时间询问，也没能问出阿玛兰妲萎靡的缘由。最终，她又灵机一动，撬开衣箱，便发现了用玫瑰色丝带系好的信，信内塞满新鲜的百合花瓣，信上泪痕未干，封封都写给皮埃特罗·克雷斯皮，但从未寄出。乌尔苏拉眼含愤怒的泪水，诅咒自己动念购买自动钢琴的那个时刻，并取消了刺绣课程，下令进入没有死人的丧期，直到女儿们死心断念为止。何塞·阿尔卡蒂奥·布恩迪亚已经改变对皮埃特罗·克雷斯皮最初的看法，十分欣赏他对音乐器械的灵活掌握，于是试图干预，却无济于事。庇拉尔·特尔内拉告诉奥雷里亚诺，蕾梅黛丝已经做好结婚的准备，他意识到这个消息会给父母带来新的痛苦。但他还是选择面对现实。何塞·阿尔卡蒂奥·布恩迪亚和乌尔苏拉被郑重其事地请到客厅，漠然听着儿子的宣告。但听到那未婚妻的名字时，何塞·阿尔卡蒂奥·布恩迪亚气红了脸。“爱情是瘟疫！”他咆哮着，“有那么多漂亮又正派的女孩，你偏偏要娶敌人的女儿。”乌尔苏拉却赞成儿子的选择。她坦承自己对摩斯科特家七姐妹的好感，说她们漂亮、能干、端庄又有教养，称赞儿子有眼光。何塞·阿尔卡蒂奥·布恩迪亚面对妻子的热情让了步，但提出一个条件：作为交换，丽贝卡要嫁给皮埃特罗·克雷斯皮。乌尔苏拉等到能腾出时间时，会带阿玛兰妲去省城观光，让她多和外人接触以淡忘自己的失落。丽贝卡听到这个结果，立时恢复了健康，给未婚夫写了一封欢喜万分的信，经父母过目后亲自送到邮局投递。阿玛兰妲假意接受了这一决定，渐渐退了烧，但在心中暗暗发誓，丽贝卡想要结婚除非从她的尸体上跨过去。

接下来的那个星期六，何塞·阿尔卡蒂奥·布恩迪亚身着舞会那晚才穿过一次的深色呢料正装，系上赛璐珞硬领，套上岩羚皮靴，去蕾梅黛丝·摩斯科特家提亲。里正和他妻子半是欣喜半是困惑地接待了他，不知道他这次突然来访的目的，稍后又都认为他记错了提亲的对象。为了澄清误会，做母亲的叫醒蕾梅黛丝，把她抱进客厅，那孩子还一副睡眼惺忪的样子。父母问她是否已做出嫁人的决定，她哭哭啼啼地回答只想继续睡觉。何塞·阿尔卡蒂奥·布恩迪亚理解了摩斯科特夫妇的困惑，便去找奥雷里亚诺确认。等他回来的时候，摩斯科特夫妇已经换上正装，重新布置了家具，在花瓶里插上鲜花，六个大女儿也陪在一旁等待。尽管场面尴尬，硬领也让他很不舒服，何塞·阿尔卡蒂奥·布恩迪亚还是肯定，蕾梅黛丝就是儿子选中的人。“这没有道理，”堂阿波利纳尔·摩斯科特有些不快，“我们还有六个女儿，都是单身，年龄也合适，非常愿意成为您儿子这样正派又勤劳的男士的伴侣，可奥雷里亚诺偏偏相中了还在尿床的那一个。”他妻子是个保养得很好的女人，从眼神到姿态都带着悲伤，她责备了丈夫的无礼。喝过果汁后，他们欣然接受了奥雷里亚诺的决定。不过摩斯科特太太请求单独与乌尔苏拉谈一次。乌尔苏拉很吃惊，抱怨让自己搅进了男人们的事情，但实际上又兴奋又害怕，次日便登门拜访。半小时后，她带回了蕾梅黛丝还没到青春期的消息。奥雷里亚诺并不认为这是什么无法逾越的障碍。他已经等了那么久，如果有必要还可以等下去，直到未婚妻达到生育的年龄。

恢复不久的平静又被打破，这一次是梅尔基亚德斯的死。尽管这结果已在意料之中，但他死亡的情形是人们事先所想象不到的。他归来后没几个月，便经历了一个急剧衰老的过程，很快就被归为那类无用的老翁，他们像幽灵般在卧室间步履蹒跚地游荡，高声追怀美好岁月却无人理睬，直到某天清晨死在床上才被人想起。起初，何塞·阿尔卡蒂奥·布恩迪亚出于对新奇的银版照相术和诺查丹玛斯预言的热情，还常常帮他的忙。但随着时间流逝，两人之间的交流日益困难，他最终被丢下孤独一人。他的视力和听力都在衰退，似乎把对话者混同于他在人类历史早期所结识的人物，回答他人问题时混乱使用多种语言。他摸索着走路，却莫名地能在物体间灵活穿梭，好像拥有了瞬间预感方向的本能。一天他忘了戴上夜里放在床边水杯里的假牙，从此索性不戴。乌尔苏拉着手扩建家宅的时候，特意为他盖了一个房间，紧挨着奥雷里亚诺的作坊，远离家中的忙乱喧闹，有一扇阳光充沛的窗子和一个书架。她亲自把尘侵蛾蛀几近损毁的书籍、写满难解符号的脆薄纸张和装假牙的杯子一一摆上书架，那杯子里已经长出水生植物，开着纤小的黄花。梅尔基亚德斯似乎很喜欢这个新居，因为从此再没见他出屋，甚至在饭厅也不见他的踪影。他只去奥雷里亚诺的作坊，一待就是几个小时，在随身携带的羊皮纸上涂写谜一般的文字，那纸好像由某种干燥的材料所制，像千层饼似的裂开。他就在那里吃下比西塔西翁每天两次送去的食物，但最后那段日子他没了胃口，只吃蔬菜过活。很快他就显出素食者特有的孤清模样。他的皮肤上覆着一层柔软的苔藓，与那件不分季节永不离身的坎肩上滋生的相仿，他的呼吸间散发出熟睡动物的臭气。奥雷里亚诺最终忘了他的存在，沉浸在自己的诗行里，但有一次感觉听懂了他低沉独白中的只言片语，便留了心。实际上，他滔滔不绝说出的艰深话语中唯一能够辨别出来的，只是像锤击般不断重复的一个词“二分点二分点二分点”①，还有一个名字“亚历山大·冯·洪堡”②。阿尔卡蒂奥开始帮奥雷里亚诺做金银器活计的时候，曾尝试稍稍接近他。梅尔基亚德斯回应了这一沟通努力，不时吐出几个和现实毫不相干的卡斯蒂利亚语句子。然而一天下午，他好像突然间激情骤至，神采焕发。多年以后，面对行刑队，阿尔卡蒂奥将回想起梅尔基亚德斯为他朗读那一页页不可理解的文字时的颤抖，他自然是听不懂，但那铿锵的音调听起来仿佛教皇通谕的吟唱。随后，他很久以来第一次露出笑容，用西班牙语说道：“等我死的时候，请在我房间里烧上三天水银。”阿尔卡蒂奥告诉了何塞·阿尔卡蒂奥·布恩迪亚，后者试图获取更具体的信息，却只得到一句回答：“我已经达到永生。”每当梅尔基亚德斯的呼气发臭，阿尔卡蒂奥便在星期四的上午带他去河里洗澡。他看来好了些。他脱下衣服，和年轻人一起没到水里，凭着神秘的方向感绕过深凹和危险地带。“我们是水做的。”他有一次这么说道。就这样过了很长时间，没人在家里见过他，除了那天晚上他令人感动地努力修理自动钢琴，以及他腋下夹着用毛巾包好的加拉巴木果壳瓢和油椰肥皂

① 二分点（equinoccio），昼夜平分点，黄道与天赤道的交点。

② 亚历山大·冯·洪堡（Alexander von Humboldt，1769—1859），德国地理学家和博物学家。

跟阿尔卡蒂奥去河里洗澡的时候。一个星期四，在叫他去河边之前，奥雷里亚诺听见他说：“我已经在新加坡的沙洲上死于热病。”那天他下水时弄错了路线，直到第二天早上才在下游几公里的地方被找到，尸身搁浅在一处明晃晃的河湾里，一只孤零零的秃鹫落在他肚子上。乌尔苏拉哭得比自己父亲去世时还伤心。何塞·阿尔卡蒂奥·布恩迪亚不顾她的惊诧和反对，拒绝为他下葬。“他永生不死，”他说，“他自己给出了复活的配方。”他重新燃起遗忘多时的炼金炉，放上一锅水银煮沸，一旁的尸体渐渐充满蓝色的泡沫。堂阿波利纳尔·摩斯科特鼓起勇气提醒他，溺死者不安葬的话会危害公共卫生。“哪儿的话，他根本没死。”何塞·阿尔卡蒂奥·布恩迪亚如此回答。熏香一般的水银烧煮已经持续七十二小时，尸体上开始迸裂出青紫色的花朵，伴随着轻微的爆响，家里充满恶臭。到了这个时候，他才同意下葬，但拒绝草率行事，而要用隆重的礼仪对待这位马孔多最大的恩人。这是镇上第一次也是参与人数最多的葬礼，一个世纪后格兰德大妈的葬礼或可与之媲美。他们将他葬在为公墓预留的空地中央，筑起一座坟墓，墓碑上铭刻着他们对他的唯一所知：**梅尔基亚德斯**。他们为他守灵九个夜晚。大家聚在庭院里喝咖啡、讲笑话、玩纸牌，阿玛兰妲趁着这混乱找到一个机会向皮埃特罗·克雷斯皮表白自己的爱情，后者几个星期前刚与丽贝卡正式订下婚约，并且开办了一家乐器和发条玩具店，就在当年阿拉伯人常常流连并用廉价的小玩意儿交换金刚鹦鹉的地方，也就是人们口中的土耳其人大街。意大利人那一头闪亮的鬈发常引得女人们情不自禁地赞叹，他觉得阿玛兰妲不过是个任性的小姑娘，没有把她的话当真。

“我有个弟弟，”他对她说，“他很快会来店里给我帮忙。”

阿玛兰妲感到受了侮辱，带着刻骨的怨恨告诉皮埃特罗·克雷斯皮，她下定决心要阻止姐姐的婚礼，就算横尸门前也在所不惜。意大利人对如此骇人的威胁大感震惊，忍不住告诉了丽贝卡。于是，因乌尔苏拉的繁忙一再推迟的旅行，在不到一个星期内就安排妥当。阿玛兰妲没有反对，但在与丽贝卡吻别的一刻，在她耳边轻轻说道：

“你别做梦了。就算把我赶到天边，我也能想办法让你结不成婚，哪怕要杀了你也不在乎。”

乌尔苏拉的离开，以及梅尔基亚德斯无形的存在——他继续悄无声息地在房间里游荡——使家里显得分外空旷。丽贝卡接管了日常家务，印第安女人负责照管面包房。每到傍晚，皮埃特罗·克雷斯皮就在一阵薰衣草的香风中到来，总带上一件玩具做礼物，他的未婚妻则在客厅里接待他，并敞开所有门窗以免引起风言风语。这种谨慎不免显得多余，因为意大利人已充分表明他的正派可靠，他甚至连姑娘的手都没有碰过，尽管她年内就将成为他的妻子。这样的来访很快使家里摆满了神奇的玩具。上了弦就能翩翩起舞的跳舞女郎，八音盒，奔跑的马儿，耍杂技的猴子，敲鼓的小丑，各种令人惊异的机械动物，皮埃特罗·克雷斯皮带来的这些玩具驱散了何塞·阿尔卡蒂奥·布恩迪亚心头悼念梅尔基亚德斯去世的悲痛，他又回到了过去那个钻研炼金术的时期。他生活在满是开膛破肚的动物、大卸八块的机件的天堂里，试图利用钟摆原理设计一套永动系统，使这些玩具趋于完善。奥雷里亚诺已经无心干活，专门教导小蕾梅黛丝读写。起初小女孩宁愿和自己的娃娃一起玩，全怪那个天天下午都来的男人，家里人总要她放下游戏，给她洗澡更衣，然后让她坐在客厅里接待他。但奥雷里亚诺的耐心和诚意最终赢得了她的好感，她甘愿好几个小时和他待在一起学习词语的含义，用彩色铅笔在本子上画小房子、畜栏里的奶牛、散发黄色光芒落到山背后的圆太阳。

只有丽贝卡受了阿玛兰妲的威胁一直闷闷不乐。她了解妹妹的性格，了解她的高傲，因她刻毒的怨恨而担惊受怕。她连续几个小时躲在浴室里吸吮手指，竭尽全力抗拒吃土的诱惑。为了摆脱心头的忧虑，她请庇拉尔·特尔内拉为自己推算未来。说了些模棱两可的套话之后，庇拉尔·特尔内拉给出了预言：

“只有等你父母入土为安，你才会幸福。”

丽贝卡一阵颤抖。她记起好像在梦里，看见还是小女孩的自己走进家门，带着衣箱、小木头摇椅和一个口袋，而她一直不知道口袋里面装的什么。她记起一位秃顶的先生，他身着亚麻衣裳，领口别着一粒金扣，但与金杯国王[①]毫无相似之处。她记起一位非常年轻美貌的女士，双手温和芬芳，与金元仆侍那双似乎患了风湿病的手相去甚远，那女士曾在她发间簪上鲜花，下午带她在一个绿色街巷的城镇中散步。

“我不明白。”她说。

庇拉尔·特尔内拉同样困惑。

“我也不明白，但牌上就是这么说的。”

丽贝卡被这解不开的谜团搅得忧心忡忡，便告诉了何塞·阿尔卡蒂奥·布恩迪亚。他责怪她竟然相信纸牌的预言，自己却在暗中翻遍衣柜和衣箱，挪开家具，掀起床板和地板，四处寻找那个骨殖袋。他想起自从房子扩建以后就再没见过，便偷偷找来那些泥瓦匠，其中一个承认，当时嫌那袋子碍事就把它砌在了夹壁里。他们耳朵贴在墙上四处侦听，听了好几天终于听到了低沉的咯啦咯啦声，于是凿开墙壁，发现骨殖仍完好无损地保存在袋中。当天他们便把骨殖安葬在一个没有墓碑的坟茔里，就在梅尔基亚德斯的坟墓旁。何塞·阿尔卡

① “金杯”（copa）与后文中的“金元”（oro）、“宝剑”（espada）都是西班牙纸牌中的花色；“国王”“骑士”“仆侍”分别为每种花色中的第十二、第十一、第十张牌。

蒂奥·布恩迪亚回到家，心里卸下了如同对普鲁邓希奥·阿基拉尔的回忆一样的良心重负。经过厨房的时候，他吻了一下丽贝卡的额头。

“别胡思乱想了，”他说，“你会幸福的。”

与丽贝卡结下的友谊为庇拉尔·特尔内拉重新敞开了家门，而那扇门自从阿尔卡蒂奥出生后乌尔苏拉就不曾为她打开过。她随时随刻都会登门，闹出的动静活像一群山羊，并以狂热的干劲做着最繁重的家务。有时她会走进作坊帮阿尔卡蒂奥敏化照相版，手脚利落，温情脉脉，却给他造成困惑。这女人令他不知所措。她肌肤的热度，她身上的烟味，她在暗室里无拘无束的笑声，都令他心神不定脚下磕绊。

有一次，奥雷里亚诺正在打造金银器，庇拉尔·特尔内拉就倚在桌上观赏他耐心地干活。事情发生在突然之间。奥雷里亚诺确认阿尔卡蒂奥在暗室里，才抬起头迎上庇拉尔·特尔内拉的视线，她的想法毫无掩饰，仿佛暴露在正午的阳光下。

“好吧，”奥雷里亚诺说，“告诉我是怎么回事。”

庇拉尔·特尔内拉咬着嘴唇，露出一丝悲伤的笑容。

“你适合打仗，”她说，“百发百中呢。”

预感得到了证实，奥雷里亚诺心下一阵轻松。他继续埋头干活，仿佛什么也没发生，声音里多了几分安稳和镇定。

“我认了，”他说，“就叫我的名字。”

何塞·阿尔卡蒂奥·布恩迪亚终于如愿以偿：他把钟表的机件安在上弦的跳舞女郎身上，于是那个玩具在自己的音乐伴奏中一刻不歇地跳了三天。这一发明带给他的兴奋超过了以前所有的疯狂举动。他不再吃饭，不再睡觉。少了乌尔苏拉的照料和监督，他任凭想象将自己带到一种永恒的谵妄状态，从此再也没有恢复。他整夜在房间里来回踱步，高声自语，寻找方法将钟摆原理应用到牛车上，应用到犁铧上，推广到一切有用的运动物体上。失眠引起的狂热令他筋疲力尽，以至于一天凌晨，当那个头发花白、行动迟缓的老人走进他的卧室，他一时竟没认出来。那是普鲁邓希奥·阿基拉尔。最终，他还是想了起来，惊讶于死人也会变老。何塞·阿尔卡蒂奥·布恩迪亚不禁怀念起往昔，一阵心潮澎湃。“普鲁邓希奥，”他高声喊道，“你怎么跑这么远来这儿了！”死去多年以后，普鲁邓希奥·阿基拉尔对活人的怀念如此强烈，对友伴的需求如此迫切，对存在于死亡之中的另一种死亡的迫近又是如此惧怕，最终对他最大的冤家对头萌生出眷恋。他找了很久。他向里奥阿查的死人们问起他，向从巴耶杜帕尔、从大泽区来的死人们问起他，但没人知道。马孔多对亡灵来说是一处未知之地，直到梅尔基亚德斯死后，在五颜六色的死亡地图上用一个黑点标出。何塞·阿尔卡蒂奥·布恩迪亚与普鲁邓希奥·阿基拉尔一直聊到天亮。没过几小时，他在熬夜后的疲惫不堪中走进奥雷里亚诺的作坊，问道：“今天星期几？”奥雷里亚诺告诉他是星期二。“我想也是，”何塞·阿尔卡蒂奥·布恩迪亚说，“可我忽然又觉得还是星期一，跟昨天一样。你看那天，看那墙，看那秋海棠。今天还是星期一。”奥雷里亚诺已经习惯他的种种古怪，没有理会。第二天，星期三，他又来到作坊。“真糟糕，”他说，“你看那风，听那太阳嗡嗡响，跟昨天前天都一样。今天还是星期一。”那天晚上皮埃特罗·克雷斯皮在长廊里碰见他，见他正以老人那种毫不雅观的方式哭号，为普鲁邓希奥·阿基拉尔，为梅尔基亚德斯，为丽贝卡的父母，为他自己的父母，为所有他能想起在死亡中孤独无依的人哭号。皮埃特罗·克雷斯皮送给他一只上了弦就能用两脚走钢丝的小熊，但没能转移他的注意力。又问他前些日子提出的利用钟摆原理建造机器载人飞行的计划进展如何，他回答说那不可能，因为钟摆能让任何东西飞起来，却无法使自己腾空。星期四他又出现在作坊里，一副大祸临头的痛苦神情。“时间这个机器散架了，”他几乎哭了出来，“而乌尔苏拉和阿玛兰妲还在那么远的地方！”奥雷里亚诺像对待小孩一样训斥了他，他显出顺从的样子。他花了六个小时观察各种事物，试图找出一分一毫与前一天的不同之处，期待发现某种变化能证明时间的流逝。他整夜睁着眼躺在床上，呼唤普鲁邓希奥·阿基拉尔、梅尔基亚德斯以及所有的死人来分担他的忧虑。但没人出现。星期五，他在谁都还没起床时又去观察外界的状况，最后彻底确认了仍是星期一。于是他抽出一根门闩，以超常的力量和野蛮的劲头将所有炼金设备、银版照相装置、金银器作坊都砸个稀烂，像中了邪似的高喊着一种流利高亢却无人能懂的语言。他准备将家里其他地方也如此捣毁，这时奥雷里亚诺向邻居求助。将他按倒在地用了十个人，捆绑起来用了十四个人，拖到院中的栗树那里用了二十个人。他被绑在树上，用奇怪的语言喊叫着，嘴里吐出绿色的泡沫。乌尔苏拉和阿玛兰妲返家的时候，他的手脚仍被捆在栗树树干上，全身被雨水淋透，一副天真无辜的样子。她们和他说话，他看着却认不出对面是谁，说了些没人能懂的话。乌尔苏拉为他松开被绳索勒伤已经溃烂的手腕脚踝，只在腰上留下捆绳。后来又用棕榈叶搭了顶棚，为他遮阳蔽雨。

三月的一个星期天，奥雷里亚诺·布恩迪亚和蕾梅黛丝·摩斯科特在尼卡诺尔·雷伊纳神父于客厅里搭起的祭坛前结为夫妇。摩斯科特家四个星期以来的担惊受怕至此达到顶点，因为小蕾梅黛丝虽已进入青春期，却尚未摆脱童年的习惯。母亲已经给她讲授过青春期的变化，但二月的一个下午她仍然惊叫着冲进房间，打断了姐姐们和奥雷里亚诺的谈话，向他们展示内裤上一块巧克力色的污迹。于是婚礼定在一个月后举行。几乎没有足够的时间教会她自己洗澡穿衣，让她懂得最基本的家庭事务。他们让她在烧热的砖上小便，好摆脱尿床的习惯。他们还费了不少工夫才说服她相信夫妻间的秘密绝不可外传，因为她听说以后既惊惶又兴奋，恨不得和遇见的每一个人讨论新婚之夜的种种细节。这项工作颇费心神，但当预定的佳期到来，小女孩熟谙人情世故已经不逊于任何一位姐姐。堂阿波利纳尔·摩斯科特挽着她的手臂，在鞭炮声和数家乐队的乐声中走过鲜花与花环装点一新的街道。新娘挥手致意，并向在窗口为她祝福的人们表示感谢。奥雷里亚诺身着黑呢正装，脚穿带金属搭扣的漆皮靴，数年后面对行刑队时他穿的也是这一双。他在家门前迎接新娘，随后带她走向祭坛，整个过程中脸色极其苍白，喉咙里像有个硬球堵着。新娘却表现得自然得体，即使在奥雷里亚诺为她戴戒指却失手落地时也没有丝毫失态。四周一片耳语，宾客开始骚动，而她仍抬起戴着花边手套的手，无名指兀自不动，直到新郎赶在戒指滚到门口之前伸脚挡住，又面红耳赤地回到祭坛前。她母亲和姐姐们提心吊胆，生怕小女孩在仪式上有不得体的举动，结果倒是她们自己失态，冲上去吻她。从那天起，她就展示出责任感、大方的仪态，以及面对逆境仍波澜不惊的控制力。她还想到留下结婚蛋糕最好的部分，盛在盘里配上叉子端到何塞·阿尔卡蒂奥·布恩迪亚面前。身形魁梧的老人被绑在栗树树干上，蜷缩于棕榈叶顶棚下的一张小木凳上，饱经日晒雨淋已失去血色。他冲她感激地笑了笑，一边用手指抓蛋糕吃，一边哼着一首难以理解的圣诗。喧闹的庆典一直持续到星期一早上，其间唯一不幸的人是丽贝卡·布恩迪亚。这本该也是她的喜事。乌尔苏拉已同意在同一天为她举行婚礼，不料皮埃特罗·克雷斯皮星期五接到的一封信带来了他母亲病危的消息。婚礼推迟了。皮埃特罗·克雷斯皮接到信后一个小时即起程前往省城，在路上错过了与母亲的相遇，他母亲星期六晚上准时抵达马孔多，并在奥雷里亚诺的婚礼上献唱了本是为自己儿子婚礼准备的悲伤咏叹调。皮埃特罗·克雷斯皮为了及时赶回自己的婚礼，一路跑瘫了五匹马，但当他星期天午夜时分赶到的时候，能做的只剩下打扫喜事的残烛余烬。从未查出究竟是谁写了那封信。在乌尔苏拉的拷问下，阿玛兰妲气得哭了起来，对着木匠们尚未拆除的祭坛赌咒发誓以证明自己的无辜。

尼卡诺尔·雷伊纳神父是堂阿波利纳尔·摩斯科特从大泽区请来主持婚礼的，这位老人因清苦的职业而变得刻板。他肤色阴沉，瘦得皮包骨，肚子却浑圆凸出，一副老好人的表情与其说是善良不如说是天真。他本打算婚礼结束后就回自己的教区，但马孔多居民的灵性贫瘠状态令他大吃一惊，他们按本性行事，肆无忌惮地繁衍生息，不给儿女施洗，不为节庆祝圣。考虑到世上没有别的地方更需要上帝的种子，他决定再待一个星期来教化犹太人和外邦人，使同居的合法化，让濒死的领圣礼。然而没有人理睬他。他们回答说这里很多年来没有神父，大家一向都是直接和上帝解决灵魂问题，已经摆脱了致死之罪的污染。尼卡诺尔神父厌倦了在旷野讲道，决心建造一座教堂，世界上最大的教堂，要有真人大小的圣徒群像和彩绘玻璃窗，要让人们从罗马来到这个不敬神的中心敬拜上帝。他托着一个小铜盘四处募捐。人们给了他不少捐资，但他想要更多，因为教堂得有一口声音能震得溺水者浮出水面的大钟。他苦苦恳求，直到声音嘶哑，浑身骨头开始咯咯作响。到一个星期六，他连造门的钱都没募齐，不由陷入绝望。他临时在广场搭起一个祭坛，星期天就像失眠症时期一样摇着铃铛，召唤居民参加露天弥撒。一些人出于好奇，另一些人出于怀旧，还有些人唯恐上帝将他们对其代理人的轻慢视为对其本身的冒犯，都应邀而来。就这样，早上八点的时候半个镇子的人都聚集在广场上，听尼卡诺尔神父用因乞讨变得嘶哑的嗓音咏唱福音书。最后，当人群开始散去，他举手提请大家注意。

“稍等，”他说，“现在我们要亲眼观看上帝神力无穷的明证。”

方才助祭的男孩递过一杯热气腾腾的浓巧克力，他一口喝了下去。然后他从袖子里掏出手帕擦嘴，闭上眼睛大张双臂。随即，尼卡诺尔神父从地面凭空升起足足十二厘米。这一举动很有说服力。一连几天他走街串巷，凭借巧克力的助力一再重现升空的明证，施舍源源不断地被祭童收到口袋里。不到一个月，教堂便得以开工建造。没有人怀疑这一演示的神圣源起，除了何塞·阿尔卡蒂奥·布恩迪亚。一天上午人们聚集在栗树周围想再次见证神迹，他只是无动于衷地看着。当尼卡诺尔神父连同身下的凳子一起离地腾空，他只在小木凳上挺了挺身，耸耸肩膀。

“Hoc est simplicisimum,”[①] 何塞·阿尔卡蒂奥·布恩迪亚说，“homo iste statum quartum materiae invenit.”[②]

尼卡诺尔神父一抬手，凳子的四条腿同时落了地。

“Nego,”他说，“Factum hoc existentiam Dei probat sine dubio.”[③]

就这样，人们知道了何塞·阿尔卡蒂奥·布恩迪亚口中的鬼话其实是拉丁语。尼卡诺尔神父利用自己是唯一能与他交流的人这一优势，试图将信仰灌输到他错乱的头脑中。他天天下午坐到栗树下用拉丁语传教，但何塞·阿尔卡蒂奥·布恩迪亚拒不相信繁复的证明和巧克力的效验，单单要求拿上帝的照片作为凭证。尼卡诺尔神父给他带去各式圣牌圣像，甚至包括一件维罗妮卡手帕[④]的复制品，但何塞·阿尔卡蒂奥·布恩迪亚将这些通通视作缺乏科学依据的人工制品概不承认。面对他的冥顽不灵，尼卡诺尔神父放弃了向他传福音的念头，但出于慈悲心怀仍旧每天来探望他。这时就轮到何塞·阿尔卡蒂奥·布恩迪亚转守为攻，试图用他理性主义者的种种策略动摇神父的信仰。有一回，尼卡诺尔神父带上棋盘和棋子来到树下邀他下西洋跳棋，他没有答应，理由是既然都同意遵守规则，他无法理解两个对手如何还能争斗。尼卡诺尔神父从未自这个角度思考，但此后再也没有摸过跳棋。他越来越惊叹于何塞·阿尔卡蒂奥·布恩迪亚的睿智，便问他怎么会被绑在树上。

“Hoc est simplicisimum,”他回答，“因为我疯了。”

---

① 拉丁语：“简单之极”。

② 拉丁语：“此人洞悉物质之第四态耳”。

③ 拉丁语：“非也，此乃上帝存在之明证无疑”。

④ 维罗妮卡（Verónica）为公元 1 世纪的一名犹太妇女，据传她在耶稣受难路上曾为其擦去脸上的血污，后手帕上即留下耶稣圣容。

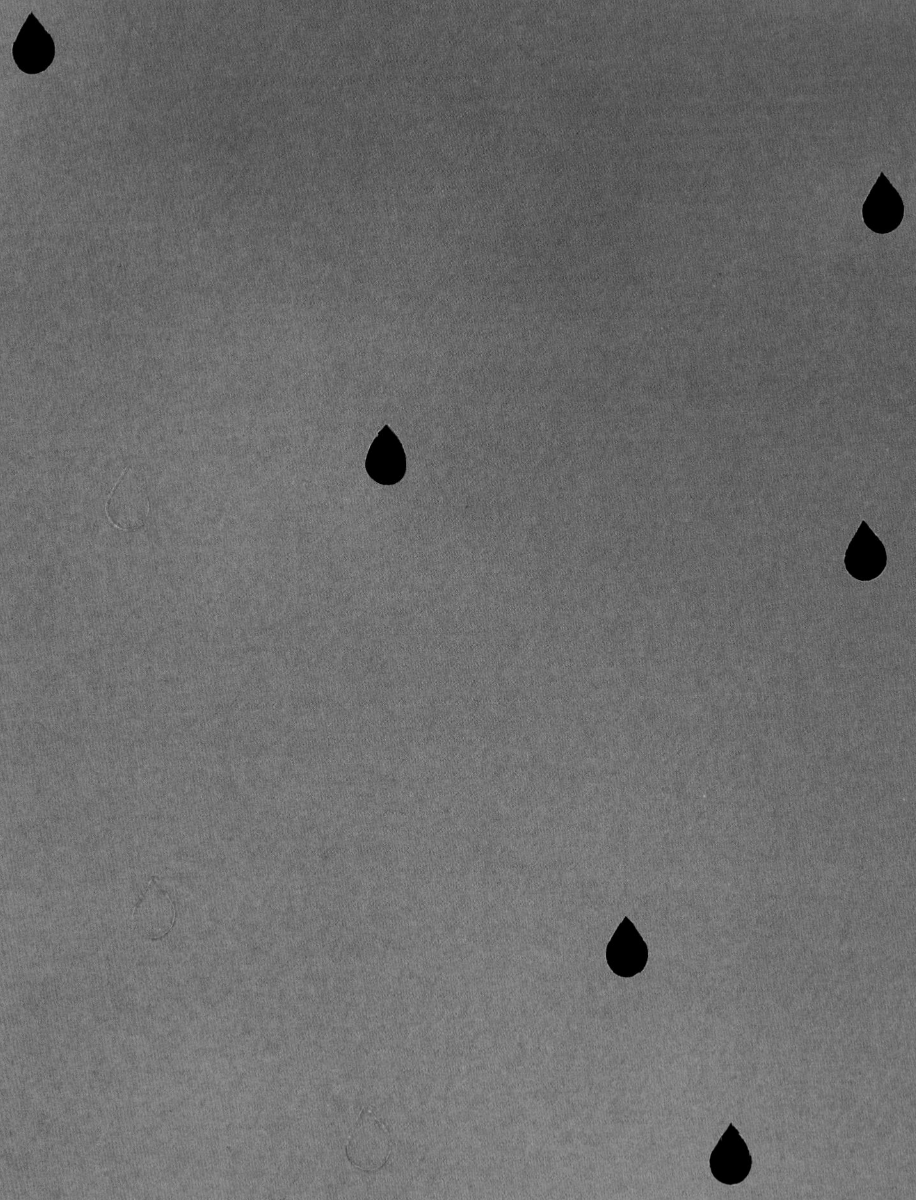

从那以后，神父担心自己的信念会动摇，就不再去探望他，全心投入教堂的建造以加快进程。丽贝卡重新燃起了希望。她的未来全系于教堂的竣工，因为有个星期天尼卡诺尔神父来家里吃午饭时，全家人都在席间谈论教堂建成后举行的宗教仪式将是何等庄重堂皇。“最幸运的人是丽贝卡。”阿玛兰妲说。丽贝卡没有听懂她的意思，于是她带着天真的笑容解释：

“因为你的婚礼将是教堂落成后举行的第一个仪式。”

丽贝卡试图抢先评论。以现在的施工速度来看，教堂竣工起码要等十年。但尼卡诺尔神父看法不同：鉴于信徒们捐赠日益慷慨，完全可以作出更乐观的估计。尽管丽贝卡暗暗生气，连饭都没有吃完，乌尔苏拉还是赞同阿玛兰妲的主意，并捐出一笔可观的款项以加速施工。尼卡诺尔神父认为再有一笔相同数额的捐赠，教堂就能在三年内竣工。从此，丽贝卡不再和阿玛兰妲说话，确信她的用心并不像表面那样单纯无辜。“我已经手下留情了，”在当晚的激烈争吵中阿玛兰妲回答道，“这三年我都用不着杀你了。”丽贝卡接受了挑战。

皮埃特罗·克雷斯皮得知婚礼再次推迟，失望之极，但丽贝卡向他证明了自己的忠贞不渝。“等你准备好，咱们就私奔。”她对他说。然而皮埃特罗·克雷斯皮并不是敢于冒险的人，他不像未婚妻那样性情冲动，视对承诺的尊重为不容挥霍的资本。于是丽贝卡采取了更大胆的举措。一阵神秘的风吹灭了客厅里的灯，乌尔苏拉随即发现这对情侣在黑暗中接吻。皮埃特罗·克雷斯皮窘迫地向她解释说这要归咎于新式煤油灯的质量问题，甚至帮她在客厅里安上了更可靠的照明设施。但又一次不知是灯油出了问题还是灯芯被阻断，乌尔苏拉发现丽贝卡坐在未婚夫的腿上。她不再接受任何借口。她把面包房托付给印第安女人比西塔西翁打理，亲自坐到摇椅上监视情侣的相会，免得那些在自己的青春年代就已过时的花招得逞。“可怜的妈妈，”丽贝卡看着乌尔苏拉在一旁打着哈欠昏昏欲睡的样子，又好气又好笑，“到死也要在这把摇椅上受罪。”皮埃特罗·克雷斯皮天天去察看施工，在过了三个月受监视的爱情生活后终于厌烦了缓慢的工程进度，决定自己出钱给尼卡诺尔神父补足完工所需的资金。阿玛兰妲并没有慌张。她每天和女友们在长廊里绣花或做编织活计，一边聊天一边酝酿新的计策。她自以为最有效的一招，即取走丽贝卡将嫁衣收入卧室衣柜之前就放好的樟脑丸，却因为估算失误落了空。她是在离教堂完工不到两个月时采取的行动，但随着婚期临近丽贝卡迫不及待地要试穿嫁衣，比阿玛兰妲预计的时间提前了许多。丽贝卡打开衣柜，依次取下包装纸和护衬布，发现从锦缎礼服、织绣纱巾直到橘花头冠都被蛾子蛀成了粉末。她确信当初在包装里放过两把樟脑丸，但这一悲剧似乎纯粹出于偶然，她不敢责怪到阿玛兰妲身上。离婚礼已不到一个月，安帕萝·摩斯科特竟慨然答允在一个星期内为她做出一身新嫁衣。那个阴雨绵绵的中午，当安帕萝抱着一堆泡沫般的织物走进家门让丽贝卡最后一次试衣时，阿玛兰妲几乎要昏厥过去。她瞬间失声，一道冷汗沿脊背下流。漫长的数月里，她一直在恐惧的战栗中等待这一刻的到来。她深信，如果最终找不到阻挠丽贝卡婚礼的办法，到了一切手段用尽的最后时刻，她不会缺乏下毒的胆量。那天下午，安帕萝以无穷无尽的耐心在丽贝卡周身上下别了千万枚别针，丽贝卡则裹在那甲胄般的缎料里热得透不过气来，与此同时，阿玛兰妲多次乱了针脚，扎了手指，但仍以可怕的冷静作出决定：日期定在婚礼前最后一个星期五，方式是在咖啡中加一剂鸦片酊。

不料一个更大的障碍突然出现，并且无法挽救，迫使婚礼再次无限期延迟。婚期前一个星期，小蕾梅黛丝半夜醒来，内脏打嗝般撕裂，火热的汁液爆涌浸透全身。三天后她被自己的血毒死，一对双胞胎也横死腹中。阿玛兰妲受到良心的谴责。她曾切切祈求上帝，希望发生某种可怕的事情免得自己向丽贝卡下毒，因此对蕾梅黛丝的死怀有负罪感。那并不是她日夜祈祷所期盼的障碍。蕾梅黛丝为这个家带来了欢快气息。她和丈夫在作坊旁收拾出一间小屋，用刚刚告别的童年时代的娃娃和玩具装饰一新。她欢快的活力溢出房间四壁，像生机盎然的和风吹过秋海棠长廊。她从清晨便开始唱歌。她是唯一敢在丽贝卡与阿玛兰妲争吵时从中斡旋的人。她担负起照顾何塞·阿尔卡蒂奥·布恩迪亚的繁重任务。她为他送去食物，每日伺候他大小便，用肥皂和丝瓜瓤给他擦洗，为他除去头发胡须里的跳蚤和虱子，还让棕榈叶顶棚保持完好并在暴风雨天气用防水帆布加固。最后几个月，她已经能够用简单的拉丁语与他沟通。当奥雷里亚诺和庇拉尔·特尔内拉的儿子出生后被送到家里，并在家中举行仪式命名为奥雷里亚诺·何塞，蕾梅黛丝决定把他认作自己的长子。她这种母性本能令乌尔苏拉惊讶不已。就奥雷里亚诺而言，他在她这里找到了生存的意义。他整日在作坊干活，蕾梅黛丝会在上午送去一杯不加糖的咖啡。夫妇俩每天晚上都去摩斯科特家。奥雷里亚诺和岳父一局接一局地玩多米诺骨牌，蕾梅黛丝则与姐姐们聊天，或和母亲商量大人的事情。与布恩迪亚家的联姻稳固了堂阿波利纳尔·摩斯科特在镇上的权威。他频繁前往省城，结果成功让政府在镇上建立一所学校，便交由继承了祖父教学热忱的阿尔卡蒂奥掌管。他说服了大多数人家将房子漆成蓝色以纪念国家独立日。应尼卡诺尔神父之请，他将卡塔利诺的店铺迁往一条偏僻的街道，还关闭了镇中心多处生意兴隆却有伤风化的场所。他带回六名荷枪警察来维持秩序，这时却没人想起当初镇上不准有武装人员的协议。奥雷里亚诺对岳父的工作效率颇为欣赏。“你也会变得像他一样胖。”他的朋友们对他说。但长久端坐着干活，令他颧骨线条更明显，使他眼神更锐利，却没有增加他的体重，也不曾影响他的冷静性格，相反还加深了他唇间的笔直线条，那代表着孤独的沉思和无情的决断。他和妻子在双方家里都成功唤醒了深厚的亲情，因而当蕾梅黛丝宣告怀孕的时候，甚至连丽贝卡和阿玛兰妲都暂时休战，忙着编织蓝毛衣——如果生的是男孩；还有红毛衣——如果生的是女孩。几年以后面对行刑队，阿尔卡蒂奥最后想到的人也是她。

乌尔苏拉吩咐关闭门窗守丧，如非绝对必要不许任何人出入。她还要求一年之内不得高声说话，并将一张蕾梅黛丝的银版照片摆在停放遗体守灵的地方，照片上斜系着一根黑色饰带，前面点起一盏长明灯。此后子孙们一直保持灯火不熄，他们面对着照片上这个身着百褶裙、脚踏白色小靴子、头系蝉翼纱蝴蝶结的小女孩却不免困惑，难以将其与曾祖母的标准像联系起来。阿玛兰妲担负起照顾奥雷里亚诺·何塞的职责。她当作儿子抚养的这个孩子，将会分担她的孤独，缓解她的内疚——由于她向上帝疯狂祈求，鸦片酊误落在蕾梅黛丝的咖啡里。皮埃特罗·克雷斯皮戴着系了黑纱的帽子轻手轻脚走进家门，与一袭黑衣长袖及手、心中仿佛暗暗淌血的丽贝卡默默相会。此时此刻连重议婚期的念头也会被视为大不敬，恋人关系就此永远停滞不前，沦为无人再去理会的倦怠爱情，仿佛昔日为了亲吻而熄灭灯火的情侣已被抛弃，屈从于死神的淫威。方向迷失，希望破灭，丽贝卡又开始吃土。

居丧多日后十字绣活动已经恢复，一天下午两点，酷热的死寂中突然有人推开大门。房柱震颤不已，长廊里刺绣的阿玛兰妲及其女友，卧室里吸吮手指的丽贝卡，厨房里的乌尔苏拉，作坊里的奥雷里亚诺，甚至栗树下孤零零的何塞·阿尔卡蒂奥·布恩迪亚，都感到房子在大地的震动中摇摇欲坠。来人是一个身材过人的大汉。他粗壮的胸背几乎挤不进门。他野牛似的脖子上挂着救难圣母像，双臂和胸前覆满神秘的刺青，右手腕上紧紧缠着“十字架婴孩”[①]护符铜手链。他的身体经风吹日晒变成棕褐色，短发竖起好像骡子的鬃毛，下颌坚毅，眼神悲伤。他的腰带比马肚带宽两倍，靴子带护腿和马刺，靴跟钉了铁掌，走到哪里都给人以地震般的战栗感。他拎着几个破旧的褡裢穿过客厅和起居室，像一阵风暴般出现在秋海棠长廊，惊得阿玛兰妲和女友们一动不动，绣花针停在空中。“嗨。”他用疲倦的声音说道，随手将褡裢往缝纫桌上一丢，径直走向家中深处。“嗨。”他向丽贝卡打了个招呼，她看着他从自己卧室门前经过，吓得呆了。“嗨。”他对奥雷里亚诺说道，后者正在作坊工作台前全神贯注地干活。他没在任何人身边停留，直接走向厨房，在那里才第一次停住脚步，结束了从世界另一端起程的旅行。“嗨。”他说。乌尔苏拉瞬间愣住，看着他的眼睛，随即发出一声惊呼，扑过去搂住他的脖子，高兴得又哭又叫。他是何塞·阿尔卡蒂奥。他像离开时一样赤贫，乌尔苏拉还得给他两个比索付雇马的钱。他说的西班牙语掺杂着水手的黑话。家人问他都去了哪里，他回答：“那边。”他把吊床支在为他安排的房间里，睡了三天三夜。醒来后吃了十六个生鸡蛋，便直接去了卡塔利诺的店里，他那超常的身材在女人当中引发了好奇和恐慌。他要求奏乐并请所有人喝甘蔗酒。他打赌说能同时和五个男人掰腕子。“这不可能。”那些人确信无法撼动他的手臂后，不禁发出感慨，“他有‘十字架婴孩’。”卡塔利诺不相信这类角力花样，押上十二比索赌他挪不动柜台。何塞·阿尔卡蒂奥将柜台从原地搬起，举过头顶，又放到大街上。结果出动了十一个男人才把它搬回去。在节庆般的狂热气氛中，他在柜台上展示了自己那令人难以置信的阳物，上面红蓝两色纵横交错，覆满多种语言的刺青。那些女

①“十字架婴孩”（niños-en-cruz），带有浓厚巫术色彩的护身符，未必与圣婴（el Niño）有关，据说贴身携带并以自身鲜血饲喂后能令主人力大无穷，刀枪不入。

人饥渴地围在他身边，他问谁肯出最高价。最有钱的一个愿出二十比索。他又提议所有女人一起抽签，十比索一个签号。这是个夸张的价格，最红的姑娘一夜也不过挣八比索，然而所有女人都表示同意。她们把自己的名字写在十四张纸条上，放在一顶帽子里，然后每人抽出一张。最后抽到只剩两张了，中奖者将在其中产生。

“每人再出五比索，”何塞·阿尔卡蒂奥建议，“我就让你们两个分享。”

他以此为生。他曾与一群无国籍的水手一起周游世界六十五次。当晚与他在卡塔利诺店里同床的女人将他赤身裸体带到舞厅，让大家观赏他从前额到后背、从脖颈到脚趾，通身上下没有一丝一毫皮肤没文刺青。他没能融入家庭。他白天睡觉，晚上就去烟花巷赌赛力气。难得几次乌尔苏拉把他拉到餐桌前，他表现得迷人又可亲，特别是当他讲述异国冒险的时候。他曾经遭遇海难，在日本海漂流了两个星期，以死于日晒病的同伴尸体为食，那一次次用海水腌制，又经阳光烤熟的肉质有种甜美的味道。在孟加拉湾一个阳光灿烂的正午，他们的船杀死了一条海龙，他们还在龙腹中发现了一名十字军战士的头盔、搭扣和武器。他在加勒比海见过维克多·休斯[①]的海盗幽灵船，船帆被死亡的阴风扯得七零八落，桅杆被海蠊蛀蚀，它再也找不到瓜德罗普岛的方向。乌尔苏拉坐在桌边哭个不停，仿佛在阅读一封封从未抵达的家书，阅读何塞·阿尔卡蒂奥讲述的英雄业绩和不幸际遇。“家里有这么多房间，我的儿子啊，”她抽泣道，“有那么多吃的都喂了猪！”但在内心深处，她无法把那个被吉卜赛人带走的男孩和这个吃午饭能吃掉半扇乳猪、放屁能令花儿枯萎的巨汉联系起来。其他家人的感觉也是如此。阿玛兰妲听到他在席间如野兽般打嗝，无法掩饰自己的厌恶。阿尔卡蒂奥从未得悉自己的身世秘密，对他刻意博取好感的问

① 维克多·休斯（Víctor Hugues），古巴作家阿莱霍·卡彭铁尔的小说《光明世纪》中的人物。

长问短，几乎不加理睬。奥雷里亚诺试图重温两人共宿一室的旧日时光，重拾少年时代的默契，但何塞·阿尔卡蒂奥都已忘却，因为海上生涯里有太多事情塞满了记忆。只有丽贝卡一见面就被他征服。那天下午看见他从自己卧室门前经过，她就觉得比起这个呼气好像火山爆发、全家都为之震颤的阳刚化身，皮埃特罗·克雷斯皮不过是个好赶时髦的文弱小子。她寻找一切借口接近他。有一次，何塞·阿尔卡蒂奥肆无忌惮地上下打量着她，对她说："你很有女人味，小妹妹。"丽贝卡失去了自制力，又开始以往日的狂热吃泥土和墙皮，饥渴地吸吮手指，拇指上甚至都结出了茧子。她呕出混杂有死水蛭的绿色液体。她夜夜不眠，烧热得颤抖，在谵妄中挣扎，直等到凌晨时分整栋房子因何塞·阿尔卡蒂奥的归来而震颤。一天下午全家人都在午睡，她再也无法忍受，去了他的房间。她发现他穿着短裤，醒着躺在用缆绳绑在柱子上的吊床里。她盯着那花饰繁复的巨大身躯大感震惊，不禁想要退回去。"对不起，"她辩解道，"我不知道您在这儿。"她压低了声音，以免惊醒旁人。"到这儿来。"他说。丽贝卡照做了。她站在吊床前，流出冷汗，感到五脏六腑都纠结在一起，而阿尔卡蒂奥用指肚抚摸她的脚踝，然后是小腿肚，然后是大腿，嘴里喃喃地说："小妹妹，啊，小妹妹。"一股强似龙卷风却又惊人精准的力量将她拦腰举起，三两下扯去内衣，像撕裂一只小鸟一般，她得努力支撑着才不至于死在当场。她感谢上帝让自己拥有生命，随即失去神志，沉浸在由无法承受的痛苦生出的不可思议的快感中，扑腾挣扎于吊床这热气腾腾的泥沼间，喷出的血液被泥沼像吸墨纸一般吸收了。

三天后，他们在五点钟的弥撒上结为夫妇。何塞·阿尔卡蒂奥前一天去了皮埃特罗·克雷斯皮的商店，看见他正在给学生上古弦琴课，但并没有把他叫到一边回避学生。"我要和丽贝卡结婚了。"他说。皮埃特罗·克雷斯皮顿时脸色煞白，把琴交给学生，宣布课程结束。等到堆满乐器和上弦玩具的厅里只剩下他们两人，皮埃特罗·克雷斯皮说：

“她是您的妹妹。”

“我无所谓。”何塞·阿尔卡蒂奥回答。

皮埃特罗·克雷斯皮用散发出薰衣草气味的手帕擦了擦额头。

“这违背天理，”他解释道，“另外，法律也不允许。”

何塞·阿尔卡蒂奥失去了耐性，倒不是皮埃特罗·克雷斯皮所讲的道理，而是他那副苍白的脸色更让人恼火。

“去他的天理，”他说，“我来是为了告诉你，不要再费心去问丽贝卡什么。”

但当看到皮埃特罗·克雷斯皮眼眶湿润，他粗暴的态度软了下来。

“好吧，”他换了一副腔调，“如果您真喜欢我们家，那还有阿玛兰妲呢。”

尼卡诺尔神父在星期天的讲道中申明何塞·阿尔卡蒂奥和丽贝卡不是兄妹。乌尔苏拉视此事为不可想象的失礼，永远不肯原谅。当他们从教堂回来的时候，她禁止这对新人再迈进家门。对她来说，他们就等于死了一样。因此他们到公墓对面租了一间小屋，屋里唯一的家具是何塞·阿尔卡蒂奥的吊床。新婚之夜一只蝎子钻进拖鞋蜇了丽贝卡的脚，她的舌头为此都麻痹了，但这并不妨碍他们度过一个惊世骇俗的蜜月。邻居们因惊醒整个街区的叫声而恐慌——每夜八次，连午睡时段也有三次——祈祷那种肆无忌惮的激情不要侵扰死人的安眠。

奥雷里亚诺是唯一关心他们的人。他给他们买了一些家具，并送钱过去，直到何塞·阿尔卡蒂奥恢复常态，开始耕种与家中院子相邻的无主土地。阿玛兰妲却永远无法摆脱对丽贝卡的怨恨，尽管生活为她带来了超出梦想的满足：乌尔苏拉不知如何洗刷耻辱，她主动提出让皮埃特罗·克雷斯皮每个星期二仍来家中共进午餐，后者平和而不失尊严地战胜了挫折。出于对这一家人的尊敬，他在帽子上仍然系着黑纱，并很乐意亲近乌尔苏拉，为她带来异国礼物：葡萄牙沙丁鱼，土耳其玫瑰果酱，还有一次是一条精美的马尼拉大披巾。阿玛兰妲总是亲切殷勤地款待他。她揣测他的喜好，为他扯掉衬衫袖口的脱线，在他过生日时送上一打绣着他姓名缩写的手帕。每个星期二吃过午饭，她在长廊里绣花，他陪伴一旁，其乐融融。对皮埃特罗·克雷斯皮而言，这个他一向当小女孩对待的姑娘不啻全新的发现。她虽然外表缺乏魅力，却拥有罕见的感受力，能体会世间万物的美好，还蕴含一种不为人知的柔情。一个星期二，发生了众人意料中早晚会发生的事：皮埃特罗·克雷斯皮向她求婚。她没有停下手里的活计，等耳边火热的红潮退去才开口，镇静的声音显出老成持重。

“当然可以，克雷斯皮，”她回答，“但要等了解更深的时候。太着急总是不好。”

乌尔苏拉困惑不已。尽管对皮埃特罗·克雷斯皮抱有好感，她仍然无法确定他经历了与丽贝卡风波重重的漫长恋爱后做出这一决定，从道德角度来看究竟是好是坏。其他人没有这样的顾虑，最后她只好将此事当作无从判断的事实接受下来。奥雷里亚诺是家中的主心骨，他的意见神秘难解却又不容置疑，更为乌尔苏拉平添一重困惑。

“现在不是谈婚论嫁的时候。”

这句话的含义乌尔苏拉几个月后才明白，但那已是奥雷里亚诺当时所能给出的最坦诚的意见，不光涉及婚嫁，也适用于战争以外的所有事项。他自己面对行刑队的时候，仍将无法理解一系列微妙又无可抗拒的偶然事件是如何将他引向那个结论的。蕾梅黛丝的死并未引起他所担心的震惊，而更像是一种沉郁的愤怒，渐渐转化为寂寞消极的挫败感，与当初他认命选择独身时的感受相仿。他重新沉浸到工作中，但保留了与岳父玩多米诺骨牌的习惯。在那个因守丧而陷于沉寂的家里，晚间的交谈加深了两个男人的友谊。“再结婚吧，奥雷里托[①]，”岳父对他说，“我还有六个女儿可选。”选举前夕，堂阿波利纳尔·摩斯科特频繁出行，有一次归来后为国家的政局忧心忡忡。自由派已决意开战。奥雷里亚诺那时还完全不明白自由派和保守派的区别，岳父为他作了简要介绍。自由派，他说道，都是些共济会分子，心术不正，主张绞死教士，实行世俗婚姻并允许离婚，承认私生子和婚生子享有同等权利，试图分裂国家建立联邦制以剥夺最高当局的权力。而保守派不同，他们直接从上帝那里获得天赋权柄，以维护公共秩序和家庭道德为己任；他们是基督信仰和当局权威的捍卫者，决不允许国家分裂搞自治。出于人道方面的情感，奥雷里亚诺对自由派关于私生子的主张颇有好感，但他难以理解为看不见摸不着的东西竟会闹到发动战争的地步。在他看来，岳父为了选举请求调来六个荷枪实弹的士兵，由一名士官率领进驻这个没有丝毫政治热情的小镇，实在有些小题大做。士兵不仅进驻了镇子，还挨家挨户收缴猎枪、砍刀甚至菜刀，然后才给二十一岁以上的男子分发写有保守派候选人名字的蓝色选票和写有自由派候选人名字的红色选票。选举前夜，堂阿波利纳尔·摩斯科特亲自宣读了一份公告：从星期六午夜开始四十八小时内禁止贩卖酒精饮料，禁止非同一家庭的三人以上聚会。选举顺利进行，没有发生任何意外。星期天早上八点广场上安放了一个木箱，由六个士兵看守。投票完全自由，这一点奥雷里亚诺可以作证，他几乎一整天都和岳父一起监督，确保每人只投一次。下午四点，广场上响起一阵军鼓声宣告投票结束，堂阿波利纳尔用带有自己签名的标签封住票箱。当晚，他和奥雷里亚

① “奥雷里托”（Aurelito），“奥雷里亚诺”（Aureliano）的昵称。

诺玩多米诺骨牌时，命令士官打开票箱计票。红色选票与蓝色选票的数目不相上下，但士官只留下十张红色选票，其余用蓝色选票补足。然后他们用新标签重新封好票箱，第二天一早便送去省城。“自由派一定会开战。”奥雷里亚诺说。堂阿波利纳尔没将视线从自己的多米诺骨牌上移开。“如果你是指换票的事，那他们不会。”他说，“已经留下一些红的，免得他们有意见。”奥雷里亚诺明白了反对派的不利地位。“如果我是自由派，我就要为选票的事开战。”岳父从眼镜上方瞟了他一眼。

“哈，奥雷里托，”他说，“如果你是自由派，就算你是我女婿也看不着换票的事。”

真正在镇上激起民愤的不是选举的结果，而是士兵们没有归还查收的武器。一群妇女找到奥雷里亚诺，请求他向岳父要回那些菜刀。堂阿波利纳尔·摩斯科特非常含蓄地向他解释，士兵们已经把查没的武器运走，作为自由派准备开战的证据。奥雷里亚诺对如此无耻的说法感到震惊，没作任何评论，但有天晚上赫里内勒多·马尔克斯和马格尼菲科·比斯巴勒跟其他朋友谈论菜刀事件，他们问他是自由派还是保守派时，他没有犹豫。

“如果一定要当什么，我当自由派，”他答道，“因为保守派净是些骗子。”

第二天，应朋友之请，他去拜访阿利黎奥·诺格拉医生，求治并不存在的肝痛。他甚至不知道自己为什么要这样做。阿利黎奥·诺格拉医生几年前来到马孔多，带着一药箱无味的药丸和一块无法令人信服的行医招牌：“一钉入，一钉出。”[①] 其实那只是伪装。那副平庸医生的无辜外表下隐藏着一个恐怖分子，借着及膝的高筒靴遮住相伴五年的脚镣在踝部留下的疤痕。他是在参加联邦派的第一次起事时被捕的，后乔装改扮逃往库拉索，被迫披上他在这个世

① 顺势疗法中“以毒攻毒”的原则。

界上最憎恶的衣服——教士袍。漫长的逃亡岁月过去，从加勒比海各地来到库拉索的流亡者带来令人振奋的消息，他大受鼓舞登上走私贩的帆船，随身带着一瓶瓶纯由白糖制成的药丸和一张他自己伪造的莱比锡大学文凭，出现在里奥阿查。但他随即失望得痛哭起来。联邦派的激情在流亡者口中被描述成一触即发的火药桶，其实早已沦为对选举的渺茫幻想。怀着受挫的苦涩，以及寻找一处安稳地方养老的渴望，这位冒牌的顺势疗法医生逃到了马孔多。他在广场一侧租下间小屋，在这摆满空药瓶的斗室里过了几年，生计全仰仗那些已经试遍所有医药，最后只靠糖丸聊作安慰的病人。在堂阿波利纳尔·摩斯科特有名无实的统治期间，他那煽动者的天性一直无用武之地。追忆往昔，与哮喘作斗争，他的日子一天天过去。大选的临近使他重新找到了起事的机会。他与镇上缺乏政治素养的年轻人建立联系，暗暗展开教唆工作。票箱中出现大量红色选票，堂阿波利纳尔·摩斯科特归因于年轻人的追新猎奇，但其实是他计划的一部分：强迫自己的门徒投票，好让他们认清选举不过是一场骗人的闹剧。“唯一有效的，”他说，“就是暴力。”奥雷里亚诺的大多数朋友都为铲除保守秩序的念头所鼓舞，但没人敢拉他下水，这不仅因为他与里正的关系，也和他孤僻遁世的性格有关。另外众所周知，他在岳父的授意下投了蓝色选票。因此他表露自己的政治态度纯属偶然，为不存在的病痛去求诊更是完全出于一时的好奇心。猪圈般的陋室里蛛网横斜，樟脑味扑鼻，他见到的是一个浑身灰尘颇似蜥蜴的人，喘息间肺里呼啸作响。医生一言不发，先把他领到窗前，检查下眼睑。“不是这里。”奥雷里亚诺按照人家事先所教的说道。他用指尖按住肝部，加了一句：“是这里疼得让我睡不着觉。”于是阿利黎奥·诺格拉医生推说阳光太强，关上了窗，随即向他简洁地解说为什么刺杀保守派是一种爱国行为。连续几天奥雷里亚诺都在衬衣兜里揣着小药瓶，每两个小时取出一次，倒出三粒药丸在手上，然后放进嘴里慢慢含服。堂阿波利纳尔·摩斯科特嘲笑他竟信任顺势疗法，但那些知情人都把他当成又一个加入的同伴。几乎所有建村元老的儿子都参与其中，但没人知晓他们所酝酿的行动的具体内容。然而有一天医生向奥雷里亚诺吐露了秘密，他终于弄清了密谋的详情。虽然当时他确信铲除保守党政权刻不容缓，但这一计划仍令他不寒而栗。阿利黎奥·诺格拉医生是个信奉个人暗杀的狂热分子，他的方案可归纳如下：将一系列个人行动汇成一次全国范围内的总攻，铲除当局官员及其亲属，特别是孩子，以达到将保守主义斩草除根的目的。堂阿波利纳尔·摩斯科特，他的妻子和六个女儿，自然全在目标之列。

“您不是什么自由派，您什么派也不是，”奥雷里亚诺波澜不惊地对他说道，“您就是一个屠夫。”

“这样的话，”医生同样平静地回答，“把药瓶还给我。你不再需要了。”

六个月后，奥雷里亚诺才得知医生当时曾宣布他已无可救药，说他性格被动、生性孤僻，是个感情用事、没有前途的家伙。他们担心他会泄密，试图困住他。奥雷里亚诺打消了他们的顾虑：他不会说出一个字，但在刺杀摩斯科特一家的晚上，他们将会看见他守在门口。他表现出不容置疑的决心，那计划只得无限期推延。就在这段日子里，乌尔苏拉询问他对皮埃特罗·克雷斯皮和阿玛兰妲成亲的意见，他于是回答说现在不是谈婚论嫁的时候。从一个星期前开始，他就在衬衣下藏着一把老式手枪，并监视着自己的朋友们。每天下午他与何塞·阿尔卡蒂奥和丽贝卡喝咖啡——他们的家开始有些样子了——从七点起跟岳父玩多米诺骨牌。午饭时他会与阿尔卡蒂奥聊天，后者已经长成一个身材魁伟的少年，因战争的迫近越来越兴奋。在学校里，比阿尔卡蒂奥还要年长的学生跟刚学会说话的孩子混在一起，自由派的激情在那里传播开来。他们谈论着枪毙尼卡诺尔神父，将教堂改成学校，实现自由恋爱。奥雷里亚诺试图抑制他的狂热，劝他要小心谨慎。阿尔卡蒂奥听不进他冷静的说理和对现实的客观估计，当众斥责他性格软弱。奥雷里亚诺等待着。终于，在十二月初，乌尔苏拉惊慌失措地冲进作坊。

“开战了！”

实际上，战争三个月前就开始了。整个国家都进入戒严状态。唯一及时获悉情况的人是堂阿波利纳尔·摩斯科特，但他连自己妻子都没告诉，直到一支小部队突然赶到控制了镇子。他们用骡子拖着两门轻型炮，在拂晓前悄无声息地入驻，把军营扎在学校。下午六点开始实施戒严。这次搜查比前次更加严格，挨家挨户连农具也没收了。他们把阿利黎奥·诺格拉医生拖出来，绑在广场上的一棵树上，未经审判就地枪毙。尼卡诺尔神父试图凭借腾空的神迹令军方折服，结果一个士兵用枪托给了他一下，打破了他的脑袋。自由派的群情汹涌在无声的恐惧中沉寂。奥雷里亚诺面色苍白，沉默寡言，继续和岳父玩牌戏。他明白堂阿波利纳尔·摩斯科特尽管还拥有镇上军政首领的头衔，实际上又一次沦为傀儡。所有决策都由一位上尉作出，他的部队每天都要征收一笔特殊的治安税。在他的命令下，四个士兵把一个被疯狗咬过的女人从家中强拖出来，当街用枪托活活打死。军事占领两星期后的一个星期天，奥雷里亚诺走进赫里内勒多·马尔克斯家，像往常一样从容地要了杯不加糖的咖啡。只剩下他们两人在厨房里时，奥雷里亚诺的声音里平添了一种此前从未有过的权威。“叫小伙子们准备好，”他说，“我们要开战了。”赫里内勒多·马尔克斯无法相信。

“用什么武器呢？”他问。

“用他们的。”奥雷里亚诺回答。

星期二午夜，在一次近乎疯狂的行动中，二十一个不到三十岁、用餐刀和尖铁棍武装起来的男子由奥雷里亚诺·布恩迪亚率领，奇袭军营，缴获武器，并在院中将上尉和四个杀害那女人的凶手枪毙。

当夜，在行刑枪声响起的同时，阿尔卡蒂奥被任命为镇上的军政首领。那些已成家的起义者甚至没有时间与妻子告别，只能任由她们从此自生自灭。黎明时，在摆脱了恐惧的镇民的欢呼声中，他们出发去投奔革命军将领维多利奥·梅迪纳，据最新消息说他的队伍正在马纳乌雷一带活动。出发前，奥雷里亚诺把堂阿波利纳尔·摩斯科特从衣柜里请了出来。“您不用紧张，岳父，”他说，“新政府会保证您本人和您家人的安全。”堂阿波利纳尔·摩斯科特很难将眼前脚踏高筒靴、肩挎步枪的阴谋家与晚上和他玩多米诺骨牌到九点的那个人联系起来。

“这真荒唐，奥雷里托！”他喊道。

“一点儿也不荒唐，”奥雷里亚诺回答，“这是战争。另外请不要再叫我奥雷里托，我现在是奥雷里亚诺·布恩迪亚上校。”

奥雷里亚诺·布恩迪亚上校发动过三十二场武装起义，无一成功。他与十七个女人生下十七个儿子，一夜之间都被逐个除掉，其中最年长的不到三十五岁。他逃过十四次暗杀、七十三次伏击和一次枪决。他有一次被人在咖啡里投毒，投入的马钱子碱足够毒死一匹马，但他仍大难不死。他拒绝了共和国总统颁发的勋章。他官至革命军总司令，从南到北、自西至东都在他的统辖之下，他也成为最令政府恐惧的人物，但从不允许别人为他拍照。他放弃了战后的退休金，到晚年一直靠在马孔多的作坊中制作小金鱼维持生计。他一向身先士卒，却只受过一次伤，那是他在签署尼兰迪亚协定为长达近二十年的内战画上句号后自戕的结果。他用手枪朝胸部开了一枪，子弹从背部穿出却没有损及任何要害部位。经过这一切，留下来的只有一条以他的名字命名的马孔多街道。然而据他寿终正寝前几年的自述，那天清晨他带着二十一个人投奔维多利奥·梅迪纳将军的时候，甚至连这事也没期望过。

“我们就把马孔多交给你了。”这便是他临行前对阿尔卡蒂奥的全部嘱托，“我们好好地交给你，你争取让它变得更好吧。”

阿尔卡蒂奥对这一托付有自己的独特理解。他从梅尔基亚德斯一本书的插图获得灵感，发明了一套带饰带和元帅肩章的制服穿上，腰间还挎着那位被处决的上尉的金穗马刀。他将两门火炮设在镇子入口，让他昔日的学生统一着装，他们听了他的演讲群情激奋，全副武装四处巡逻，给外人以坚不可摧的印象。这一策略有利有弊，政府的确在十个月内都没敢进攻，可一旦行动就派出占绝对优势的兵力，半个小时内消灭了抵抗。从掌权的第一天起，阿尔卡蒂奥便显露出发号施令的嗜好。他有时一天颁布四份公告，想到什么立即宣布实施。他推行针对十八岁以上男子的义务兵役制，将下午六点以后还在街上行走的牲畜都征作公用，还强迫成年男子佩戴红袖章。他将尼卡诺尔神父幽禁在神父寓所，并以枪决相威胁，禁止他主持弥撒或敲钟，除非是庆祝自由派的胜利。为了表明自己的决心不容置疑，他下令让一支行刑队在广场上练习射击稻草人。起初没人当真。归根结底，那不过是些还上学的孩子在扮大人。然而一天晚上，阿尔卡蒂奥走进卡塔利诺的店里，乐队的小号手吹出夸张的调子跟他打招呼，引得客人笑声连连，他当即以藐视当局的罪名下令将小号手枪决。凡是抗议的人，一律关进他在学校设立的一间牢房，戴上脚镣，只给面包和水。“你是个杀人犯！”乌尔苏拉每次听到他任意妄为的消息都会向他大吼，“等奥雷里亚诺知道了，会把你给毙了，我第一个去放鞭炮。”但这些都无济于事。阿尔卡蒂奥继续强化他那毫无必要的铁腕手段，成为马孔多有史以来最残酷的统治者。“现在尝到不同滋味了吧，”堂阿波利纳尔·摩斯科特这么评论道，“这就是自由派的天堂。”话传到了阿尔卡蒂奥那里。他领着巡逻队闯进屋门，砸烂家具，殴打女眷，把堂阿波利纳尔·摩斯科特拖走了。乌尔苏拉一边满心羞耻地哀号，一边挥舞着涂过柏油的马鞭，穿过镇子冲进军营的院中，这时阿尔卡蒂奥已准备就绪，正要下令执行枪决。

"我看你敢，杂种！"乌尔苏拉喊道。

阿尔卡蒂奥还没来得及反应，第一记鞭子就抽了过去。"我看你敢，杀人犯！"她喊道，"婊子养的，你把我也杀了算了，省得我丢人，养了你这么一个怪物。"她毫不留情地鞭打，一直把他逼到院子深处，像蜗牛似的缩成一团。堂阿波利纳尔·摩斯科特被绑在柱子上，昏迷不醒，原先立在同一位置的稻草人经受演习的弹雨早已支离破碎。行刑队的小伙子们四散奔逃，害怕乌尔苏拉拿他们出气，但她看都没看他们一眼。她任凭身上制服破烂的阿尔卡蒂奥在一旁又疼又怒地吼叫，解开绳索把堂阿波利纳尔·摩斯科特带回了家。离开军营前，她还释放了那些囚犯。

从那时起镇上的事便由她做主。她恢复星期天的弥撒，停用红袖章，废除那些轻率无理的条令。她固然性格坚强，仍不禁为自己的不幸命运哀恸。她感觉如此孤单，只好到被人遗忘在栗树下的丈夫那里徒劳地寻求陪伴。"你看看我们现在的样子，"她向他倾诉着，头上的棕榈叶顶棚在六月的雨水中摇摇欲坠，"你看看家里都空了，孩子们四散在外，又只剩下咱们两个，跟当初一样。"何塞·阿尔卡蒂奥·布恩迪亚深陷于无意识的深渊，对她的哀怨无动于衷。刚发疯那会儿，他还能用半吊子的拉丁语急切地表达日常需要。在偶尔恢复理智的短暂时刻，阿玛兰妲送来食物时，他还会诉说最令他烦扰的痛苦，顺从地让她拔火罐和敷芥子泥。但当乌尔苏拉来他身边诉苦时，他已经完全脱离现实。她给坐在小木凳上的他一点一点擦身，同时把家里的近况讲给他听。"奥雷里亚诺去打仗了，四个多月了，到现在也没有他的消息，"她一面说，一面用蘸了肥皂的丝瓜瓤给他擦背，"何塞·阿尔卡蒂奥回来了，变成比你还高的大个儿，浑身都是刺青，但他回来就给这个家丢脸。"她随即发觉，听了这些坏消息丈夫似乎很难过，于是决定说谎。"别信我跟你说的话，"她说着往丈夫的便溺上撒灰土以便铲走，“何塞·阿尔卡蒂奥和丽贝卡结婚是上帝的安排，他们现在挺幸福。”谎言说得越来越真诚，最后连她自己也从中得到了安慰。“阿尔卡蒂奥已经是个稳稳当当的大人了，”她说，“而且非常勇敢，穿上制服挎上马刀可精神了。”这好像在跟一个死人说话，因为何塞·阿尔卡蒂奥·布恩迪亚不会再为任何事操心。但她仍旧说个没停。在她眼里，他是那么温顺那么超然，就决定给他松开绳索。可他甚至都没离开小木凳一步，任凭日晒雨淋一如往昔，仿佛那些绳索毫无必要，实际上是某种比任何有形捆绑更加强大的束缚将他禁锢在栗树树干上。将近八月，漫长的冬天初始，乌尔苏拉终于可以告诉他一个近乎事实的消息。

“你瞧，好运还没离开我们，”她说，“阿玛兰妲和摆弄自动钢琴的意大利人要结婚了。”

阿玛兰妲和皮埃特罗·克雷斯皮得到了乌尔苏拉的信任，友情日深，这一回她认为没有必要再监视他们的见面。这是一段暮色恋情。意大利人每天傍晚登门，扣眼里别着一枝栀子花，把彼特拉克的十四行诗译给阿玛兰妲听。他们待在弥漫着牛至和玫瑰香气的长廊里，他朗读，而她编织袖口花边，对战争中的种种动乱和噩耗都毫不关心，直到不堪蚊子的烦扰才躲进客厅。阿玛兰妲的善解人意，以及不失分寸又包容一切的温柔，织起一幅无形的网罗把男友围在其中，他不得不用自己未戴戒指的苍白手指生生拨开，才能在八点时告辞离去。他们用皮埃特罗·克雷斯皮收到的意大利明信片做成一本精美的图册，里面的图画都是幽静园林中的恋人，配以中箭的红心和鸽子衔起的金色缎带。“我知道佛罗伦萨的这个公园，”皮埃特罗·克雷斯皮边浏览明信片边说，“你一伸手，鸽子就落下来吃食。”有时看着一幅威尼斯的水彩画，思乡之情使运河中污泥和腐败水产的气味升华成了花朵的幽香。阿玛兰妲一时叹息，一时欢笑，幻想着第二故乡，在那里容貌俊美的男男女女说着孩童的语言，古老的城市昔日荣光不再，只剩下出没于瓦砾间的猫儿。皮埃特罗·克雷斯皮曾经穿过大洋上下寻索，曾经在丽贝卡冲动的纠缠中错生激情，最终找到了真爱。爱情的幸福带来了生意的兴隆。他的商店那时几乎占据了整个街区，堪称幻想的温床，里面有能以钟琴报时的佛罗伦萨钟楼仿制品，有索伦托的八音盒，有一开盖便奏起五音曲的中国香粉盒，以及一切所能想象的乐器和一切所能构想的上弦装置。他的弟弟布鲁诺·克雷斯皮负责商店的业务，因为他自己单单照管音乐学校就忙不过来。多亏了他那五光十色的玩物博览，土耳其人大街成了一方和谐的绿洲，令人淡忘了阿尔卡蒂奥的种种专横和遥远的战争梦魇。乌尔苏拉恢复星期天弥撒的时候，皮埃特罗·克雷斯皮捐赠给教堂一架德国簧风琴，组织了一个儿童唱诗班，教他们唱格列高利圣诗，为尼卡诺尔神父沉郁的仪式平添了几许亮丽色彩。没有人怀疑阿玛兰妲会是一位幸福的妻子。他们不刻意推进恋情，任凭心中的感情自然发展，最后只差定下婚期。他们没遇到什么阻碍。乌尔苏拉为当初反复推迟丽贝卡的婚期这一失误暗中自责不已，不愿重蹈覆辙增添懊悔。战争的戕害，奥雷里亚诺的远走，阿尔卡蒂奥的暴行，以及何塞·阿尔卡蒂奥和丽贝卡的被逐，都令为蕾梅黛丝的服丧退居其次，不再那么严格。婚期在望，皮埃特罗·克雷斯皮暗示将收养奥雷里亚诺·何塞为长子，他一直待他以父亲般的亲切。一切都预示着阿玛兰妲将一帆风顺地走向幸福。然而与丽贝卡相反，她丝毫不显急切。一如染桌布、织绦带、绣孔雀那样，她耐心等待着皮埃特罗·克雷斯皮向内心的煎熬屈服。她盼望的时刻与十月不祥的阴雨一同到来。皮埃特罗·克雷斯皮拿过她膝上的绣筐，双手紧握她的手。“我不能再等了，”他对她说，“我们下个月就结婚。”阿玛兰妲触碰到他冰冷的双手时没有颤抖。她像只抓不住的小动物似的缩回手去，继续自己的活计。

“别天真了，克雷斯皮，”她微笑着，“我死也不会和你结婚的。”

皮埃特罗·克雷斯皮瞬时崩溃，他不顾羞耻地哭泣，绝望得几乎扭断手指，但无法令她改变主意。“别浪费时间了，”这便是阿玛兰妲的全部回应，“如果你真那么爱我，就请不要再进这个家。”乌尔苏拉觉得自己羞愧得要发疯。皮埃特罗·克雷斯皮百般哀求，卑躬屈膝到了令人难以置信的程度。他在乌尔苏拉的怀里哭了一个下午，而她恨不得出卖自己的灵魂换取对他的安慰。雨夜里常可见到他的身影，擎着一把绸伞在屋子附近游荡，期望看到阿玛兰妲卧室里的一点儿灯光。他的衣着打扮从未像那段时间那样考究。他那受难君王一般的庄严头颅，显出一种奇异的伟大风姿。他去哀求阿玛兰妲的女友，就是那些和她一同在长廊里刺绣的女郎，请她们从中说项。他抛下生意，整日待在店后写下狂热的短笺，连同花朵薄瓣与蝴蝶标本寄给阿玛兰妲，又都被她原封不动地退了回来。他关在屋里无休无止地弹古弦琴。一天晚上，他唱了起来。马孔多在睡梦中惊醒，心神俱醉，那琴声不似这个世界所有，那饱含爱意的歌声也不会再现人间。一时间皮埃特罗·克雷斯皮看见镇上所有的灯火都亮了，唯独阿玛兰妲的窗前依旧黑暗。十一月二日，亡灵节，他弟弟打开店门，发现所有的灯都亮着，所有的八音盒都在奏乐，所有的钟表都停在一个永恒的时刻。在这纷乱的合奏中，皮埃特罗·克雷斯皮伏在店后的写字台上，双腕用剃刀割破，双手浸没在一盆安息香水里。

乌尔苏拉决定在家中为他守灵。尼卡诺尔神父反对举行宗教仪式，也不同意将他葬在公墓里。乌尔苏拉顶撞了他。“尽管您和我都理解不了，但这个男人是一位圣徒，”她说，“所以我要违背您的意思，把他安葬，就葬在梅尔基亚德斯的墓旁边。”她得到了整个镇子的支持，葬礼极其隆重。阿玛兰妲没有离开卧室，她在床上听见乌尔苏拉的哭声，涌进家中的人群的脚步声和低语声，哭丧妇的号啕声，然后是一片深沉的寂静，带有被践踏花朵的气味。很长一段时间，每到傍晚她依然会闻到皮埃特罗·克雷斯皮身上的薰衣草余香，但她还能克制住不至于陷入谵妄。乌尔苏拉抛弃了她。那天下午当阿玛兰妲走进厨房，把手伸到炉子的炭火中，她甚至没有抬头表示同情。阿玛兰妲在剧痛中失去了痛感，只闻到自己皮肉烧灼的焦味。这是治疗悔恨的一剂猛药。很多天来，她在家里的时候都把手浸在一个盛着蛋清的碗里。当烧伤痊愈时，那些蛋清似乎也使她心中的创伤愈合。这场悲剧为她留下的唯一外在痕迹便是裹在伤手上的黑纱，她到死也没摘下。

阿尔卡蒂奥显出少见的慷慨，下令全镇为皮埃特罗·克雷斯皮守丧。乌尔苏拉将此视为羔羊迷途知返。但她错了。她已经失去阿尔卡蒂奥，不是从他穿上制服的时候，而是从一开始。她自认为把他当儿子养育成人，就像抚育丽贝卡那样，既无优待也无歧视。然而，当阿尔卡蒂奥还是个孤独的孩子时，时常担惊受怕，他经历了失眠症的肆虐，见证了乌尔苏拉的实干热情，何塞·阿尔卡蒂奥·布恩迪亚的疯癫，奥雷里亚诺的高深莫测，以及阿玛兰妲和丽贝卡之间的殊死对抗。奥雷里亚诺教他读写，但同时总想着别的事，仿佛一个陌生人。奥雷里亚诺的衣服小了，就送给他，让比西塔西翁裁改。阿尔卡蒂奥为着过大的鞋子、改小的裤子，以及自己女人般的臀部而深深苦恼。他从来没有像与比西塔西翁和卡塔乌雷用他们的语言交谈那样，与其他人自由地交流过。实际上梅尔基亚德斯是唯一关心他的人，给他念那些难以理解的手稿，教他银版照相技术。没有人想到他暗地里如何为梅尔基亚德斯的死哀哭，又以怎样的疯狂徒劳地钻研他留下的手稿，试图使他重返人间。学校里获得的关注和尊敬，掌权后的发号施令和荣耀四射的制服，使他从苦涩过往的压抑中解脱出来。一天晚上在卡塔利诺的店里，有人放胆说了他一句："你不配姓这个姓。"出乎所有人的意料，他并没有下令将那人枪决。

"我很荣幸，"他说，"我不是布恩迪亚家的人。"

了解他身世秘密的人从这句反驳推想他自己也已知情，其实他一直蒙在鼓里。庇拉尔·特尔内拉，他的母亲，曾经在照相暗室里令他热血沸腾，对他而言，她是无法抗拒的诱惑，就像对当初的何塞·阿尔卡蒂奥和随后的奥雷里亚诺一样。尽管她已失去迷人的风采和笑声的魅力，他仍然循着她的烟味四处寻找她，找到她。开战前不久的一天中午，她比平时晚了些来学校接她的小儿子，阿尔卡蒂奥就在他用来午休、后来增设了锁镣的房间里等她。孩子在院中玩耍，他则躺在吊床上等待，焦渴得浑身颤抖，他知道庇拉尔·特尔内拉一定会从这里经过。她来了。阿尔卡蒂奥抓住她的手腕，想把她拉到吊床上。"我不能，不能，"庇拉尔·特尔内拉惊恐地说，"你不知道我多想让你高兴，但是老天在上，我不能这样。"阿尔卡蒂奥以家传的超凡力气揽住她的腰，肌肤相触让他感觉世界在融化。"别装圣女了，"他说，"说到底，全世界都知道你是个婊子。"可悲的命运令庇拉尔一阵恶心，她只得强行忍住。

"孩子们会知道的，"她低声说，"最好是你今晚别闩门。"

当天夜晚，阿尔卡蒂奥躺在吊床上等待，狂热得发抖。他没有睡觉，凌晨听着蟋蟀无休无止的纷乱鸣叫和石鸻准确无误的报时，越来越觉得自己受了骗。正当焦虑变为怒气的时候，门突然开了。几个月后，面对行刑队，阿尔卡蒂奥将会回想起此时发生的一切：教室里迷离的脚步声，板凳的磕绊声，最后是黑暗中的躯体以及另一颗心脏的搏动引起的空气悸动。他伸出手，碰到了另一只即将在黑暗中沉溺的手，摸到有两枚戒指戴在同一根手指上。他感觉到她手上的筋脉、她厄运的搏动，感觉到她湿润的手掌上生命线在拇指根部被死亡的魔爪掐断。他知道这不是他等待的女人，因为她散发出的不是烟味，而是发蜡的芳香气味，而且她双乳鼓胀，乳头如男人的一样，阴部坚实浑圆像榛子，并且她的兴奋显出生涩，她的温存不无慌乱。她是处女之身，名字居然叫桑塔索菲亚·德拉·彼达[①]。庇拉尔·特尔内拉付了她五十比索，毕生积蓄的一半，让她来做如今她正在做的事。阿尔卡蒂奥多次看见她在父母开的日用品小店里看店，但从未留意过，因为她拥有一种罕见的美德，只在适当的时机现身，平时都无人察觉。但从那天起，她便缠上了他，就像到他腋下寻找温暖的猫。她每到午休时间就来学校——她父母收了庇拉尔·特尔内拉的另一半积蓄，也不加阻拦。晚些时候，政府军将他们赶出了学校，两人便在店后的黄油罐头与玉米袋中间恩爱。到阿尔卡蒂奥被任命为军政首领的时候，他们已经有了一个女儿。

亲戚中只有何塞·阿尔卡蒂奥和丽贝卡知情，那时候他们与阿尔卡蒂奥的亲密关系与其说是出于亲情，倒不如说是源于同谋间的戚戚。何塞·阿尔卡蒂奥已然低头负起婚姻的重轭。丽贝卡凭着不屈的性格、贪婪的情欲和执着的野心，吸纳了丈夫超常的精力，使他从一个游手好闲、寻花问柳的男人变成一头干活的巨大牲口。他们的家清洁整齐。每天清晨丽贝卡都打开门窗，墓地的风从窗子进自院门出，裹挟着尸骨析出的硝石，在家中的墙壁和家具上都覆了一层泛白的粉末。想吃泥土的饥渴，父母骨殖的咯啦咯啦响声，皮埃特罗·克雷斯皮的优柔寡断激起的厌烦心绪，这些都被抛在了记忆的角落。她不受战乱的影响，从早到晚都在窗边刺绣，等到陶瓷的锅碗瓢盆开始在碗橱里颤抖就起身热饭。过了很久才会出现那几只邋遢的猎犬，然后是脚踏带马刺的高筒靴，肩

① 在西班牙语中，“桑塔索菲亚·德拉·彼达”（Santa Sofía de la Piedad）有“慈悲圣女索菲亚”之意，“索菲亚”一名本身亦有“智慧”之意。

挎双铳猎枪的巨人，他有时会带回一头鹿，更多的时候是一串兔子或野鸭。一天下午，上任不久的阿尔卡蒂奥突然登门。自从离家后，他们再没见过他，但他表现得那样亲热，他们便邀他共享野味。

直到喝咖啡的时候，阿尔卡蒂奥才说明来意：他收到一份针对何塞·阿尔卡蒂奥的起诉。起诉人说他开始时在自家院子里耕地，后来扩展到四周相邻的土地，赶着牛推倒篱笆掀翻棚屋，甚至强行占据了周边最好的田地。有些农民的土地他不感兴趣没有霸占，却向他们强行征租，每个星期六扛着猎枪带着猎犬前去收取。他对此并不否认。他的理由是抢占的这些土地是何塞·阿尔卡蒂奥·布恩迪亚当年建村时分掉的，而他认为可以证明自己的父亲从那时起就失去了理智，因为他处理的实际上是自家的财产。这一申辩其实毫无必要，阿尔卡蒂奥并非来此主持公道。他仅仅是来建议设立一个财产登记处，使何塞·阿尔卡蒂奥能合法拥有抢占的土地，条件是后者委托当地政府来行使征租的权利。他们达成了协议。数年以后，奥雷里亚诺·布恩迪亚上校审核地契时，发现从院落所在的小丘直到视野尽头所有的土地，包括公墓在内，都在他哥哥名下，而阿尔卡蒂奥在任职的十一个月内不仅收取地租，还向丧家索要在何塞·阿尔卡蒂奥的土地上下葬亲人的费用。

乌尔苏拉几个月后才知道这个已经众所周知的消息，因为人们不愿增添她的痛苦，有意隐瞒。她一开始就有些怀疑。“阿尔卡蒂奥在盖房子。”她装出自豪的样子告诉丈夫，同时试着往他嘴里灌进一勺加拉巴木糖浆。但她随即下意识地叹了口气：“我不知道为什么，总觉得有点儿不对劲。”晚些时候她得知阿尔卡蒂奥不仅盖好了房子，还订购了一套维也纳家具，由此怀疑得到证实：他果然在滥用公款。一个星期天，弥撒结束后她看见他正在新家和手下玩牌，就朝他喊道：“你是我们家的败类！”阿尔卡蒂奥没有理睬她。直到那时，乌尔苏拉才知道他有一个六个月大的女儿，而和他未婚同居的桑塔索菲亚·德拉·彼达又怀孕了。她决定给奥雷里亚诺·布恩迪亚上校写信，不管他在哪里，告诉他这里的情形。然而那段日子里接连发生的事件使她没能实现想法，甚至让她后悔会冒出这样的念头。战争，从那时起不再是遥远模糊的字眼，而是实实在在地成了严峻的现实。二月末的时候，马孔多来了一位风尘仆仆的老妇人，骑着一头驮着扫帚的驴子。她一副人畜无伤的样子，巡逻队未加盘问就放了进来，把她当成了从大泽区那些村庄常来的小贩中的一个。她径直来到军营，阿尔卡蒂奥在曾经的教室、如今的后方基地接待了她。四围的吊床或卷起或系在铁环上，角落里堆着棕席，步枪、卡宾枪和猎枪散置一地。老妇人先立正行了个军礼，然后才自报身份：

“我是格雷戈里奥·史蒂文森上校。”

他带来了坏消息。据他说，自由派的最后几个抵抗据点都危在旦夕。奥雷里亚诺上校正边战斗边向里奥阿查一侧撤退，他是受上校委派来向阿尔卡蒂奥报信的。阿尔卡蒂奥应当放弃抵抗投降，以换取敌人保证自由派生命财产安全的允诺。阿尔卡蒂奥用怜悯的目光打量着这位奇怪的信使，他看起来与一个逃难的老妇人没什么两样。

“您自然是带来什么书面证明了。”他说。

“自然是没带，”信使回答，“这不难理解，当前形势下不能带任何会连累别人的东西。”

他说着从内衣里掏出一条小金鱼放在桌上。“我想有这个就足够了。”他说。阿尔卡蒂奥确信那小金鱼出自奥雷里亚诺·布恩迪亚上校之手，但也可能是别人在战前购买抑或偷抢得来，因而不足为凭。信使为了证明自己的身份，甚至不惜泄露一项军事秘密。他透露自己即将赶赴库拉索，招募整个加勒比海地区的流亡者，筹集武器装备，计划在年底登陆杀回国。奥雷里亚诺·布恩迪亚上校支持这一计划，不同意当下再作无谓的牺牲。但阿尔卡蒂奥没有动摇，他下令将信使关押起来直到弄清他的身份，并决心誓死守卫辖地。

他无须等上很久，因为自由派失利的消息不断传来，而且越发确切。三月末，提前到来的雨季的一个清晨，几星期以来紧张的平静被尖厉的军号声猝然打破。随后一声炮响，教堂的尖塔轰然倒塌。阿尔卡蒂奥的抵抗决心与疯狂无异。他手下不过五十来人，装备低劣，每人至多能分到二十发子弹。但这些人，他旧日的学生，受他那慷慨激昂的宣言所鼓动变得热血沸腾，时刻准备着为一项无望的事业献出生命。纷乱的军靴声，互相矛盾的号令声，令大地震颤的炮火声，慌乱的射击声，无谓的军号声——在这片混乱中，自称格雷戈里奥·史蒂文森上校的男人设法与阿尔卡蒂奥对上了话。“请不要让我蒙受羞耻，戴着镣铐穿着女人的破烂死掉，”他说，“如果我非死不可，请让我战斗而死。”他说服了他。阿尔卡蒂奥下令给他一支枪和二十发子弹，让他带着五个人保卫军营，他自己则领着参谋部冲向抵抗前线。他没能到达通往大泽区的路。街垒都已被清除，守军在无遮无挡的街道上作战，他们先用步枪直到子弹耗尽，然后用手枪对步枪，最后展开肉搏战。在镇子失守前，一些用棍棒和菜刀武装起来的妇女冲到街上。阿尔卡蒂奥在混乱中发现阿玛兰妲正像个疯子一样四处找他，身上还穿着睡衣，手持何塞·阿尔卡蒂奥·布恩迪亚的两把老式手枪。他把步枪交给一位在战斗中弄丢了武器的军官，拉上阿玛兰妲逃向邻近的街巷带她回家。乌尔苏拉等在门口，纷飞的流弹已在邻居家墙上打出一个窟窿，她却全不在乎。雨停了，街面变得像泡化的肥皂又软又滑，而且黑暗中辨不出远近距离。阿尔卡蒂奥把阿玛兰妲交给乌尔苏拉，想去对付两个从街角胡乱开枪的士兵，但老手枪在衣柜里收藏多年之后失去了效用。乌尔苏拉用身体护住阿尔卡蒂奥，想把他拉进家门。

“快进来，看在上帝的分上，”她喊着，“别再发疯了！”

士兵们瞄准了他们。

“放开那个男人，女士，”其中一个士兵喊道，“不然后果自负！”

阿尔卡蒂奥把乌尔苏拉推向家门，随即投降了。很快枪声停息，钟声敲响。不到半个小时，抵抗被彻底粉碎。阿尔卡蒂奥的人一个也没活下来，但在战死前拉上了三百个士兵陪葬。最后被攻占的堡垒是军营。那个自称格雷戈里奥·史蒂文森上校的人释放了囚犯，命令他的人上街战斗。他身形灵活，弹无虚发，将二十发子弹从不同窗口射出，给人以此地有重兵把守的印象。于是进攻者开炮将军营轰为平地。指挥进攻的上尉惊奇地发现，瓦砾堆里只有一个穿着衬裤的男人死在那里，没有子弹的步枪仍被炸离身体的手臂紧紧抓着。他那头像女人一样的浓密头发用发梳绾在颈后，脖子上的披巾上挂着一条小金鱼。上尉用靴尖翻过尸体，照亮这男人的脸，顿时愣住。“见鬼！”他喊了一声。其他军官围了上来。

“瞧瞧这家伙都跑到哪儿来了，”上尉对他们说，“是格雷戈里奥·史蒂文森。”

天亮的时候，经过军事法庭的即时审判，阿尔卡蒂奥被判处枪决，在公墓的墙前执行。在生命的最后两个小时里，他无法理解为什么自童年时代起一直折磨他的恐惧感消失了。他无动于衷地听着冗长的指控，甚至没想去展现自己刚刚获得的勇气。他想着乌尔苏拉，她这会儿应该和何塞·阿尔卡蒂奥·布恩迪亚在栗树下喝咖啡。他想着八个月大的女儿还没有名字，想着即将在八月出生的孩子。他想着桑塔索菲亚·德拉·彼达，昨天晚上他还给她留了一头鹿腌起来准备星期六中午吃；他想念她披散在肩头的发丝和她仿佛出自人工的睫毛。他想着他的亲人，并无感伤，只是在严格盘点过往时发现，实际上自己是多么热爱那些曾经恨得最深的人。军事法庭的庭长开始宣读最后的判决，阿尔卡蒂奥这才意识到已经过去两个小时。“尽管业已证实的指控不足以构成宣判依据，”庭长说，“然而被告人犯下了可怕的渎职罪行，导致其下属做出无谓的牺牲，仅此已足够被处以极刑。”置身于满目疮痍的学校，他曾在这里第一次感受到权力带来的安全感，他曾在一旁几米开外的房间里初尝情爱的滋味，阿尔卡蒂奥感到这样煞有介事的死亡不免可笑。其实他在意的不是死亡，而是生命，因此听到死刑判决时他心中没有恐惧只有留恋。直到被问及最后的愿望，他才开口。

“告诉我女人，”他声音非常平静，“给女儿起名乌尔苏拉。”他顿了一下，重复道，“乌尔苏拉，跟她祖母一样。再告诉她如果生了男孩，就叫他何塞·阿尔卡蒂奥，但不是随他伯父的名字，而是随他祖父。”

行刑前，尼卡诺尔神父想要引他作忏悔。“我没什么可忏悔的。”阿尔卡蒂奥喝过一杯黑咖啡，便听候行刑队处置。行刑队的首领是个擅长紧急枪决的老手，他拥有罗格·卡尔尼塞罗[①]这样的姓名绝非偶然。走向墓地的路上，细雨绵绵不绝，阿尔卡蒂奥望见星期三的曙光闪现在地平线上。留恋之情随着晨雾散去，取而代之的是强烈的好奇感。当行刑队命令他靠墙站好的时候，他才看见丽贝卡。她头发濡湿，身穿带玫瑰色花朵图案的外衣，正打开屋门。他努力想让她认出自己。实际上丽贝卡只是偶然向墙边瞟了一眼，立时惊呆，而后才勉强反应过来向他挥挥手以示告别。阿尔卡蒂奥也同样挥挥手。在被一排黑洞洞的枪口瞄准的瞬间，他听见梅尔基亚德斯仿佛教皇通谕的吟唱，听见还是处女的桑塔索菲亚·德拉·彼达在教室里迷离的足音，同时鼻中感

①“卡尔尼塞罗”（Carnicero），在西班牙语中意为“屠夫”。

受到曾在蕾梅黛丝尸体鼻腔内发觉的冰块般的坚冷。“啊，糟糕！”他想起来了，“我忘了说，如果生女儿，就叫她蕾梅黛丝。”一时间，随着撕心裂肺的剧痛，折磨他一生的全部恐惧重又涌上心头。上尉下令开枪。阿尔卡蒂奥几乎来不及挺胸抬头，就感到不知从哪里流出的滚烫液体在大腿间烧灼。

“浑蛋！”他喊道，“自由党万岁！”

战争在五月结束。政府发布正式通告，言辞夸张地宣称将毫不留情地严惩发动叛乱的首恶分子。奥雷里亚诺·布恩迪亚上校在通告发布两个星期前被捕，那时他化装成土著巫医，与西部边境相距咫尺。追随他上战场的二十一人中，十四人阵亡，六人受伤，只有一人陪伴他直到最后的失败时刻——赫里内勒多·马尔克斯上校。被捕的消息经一份特别通告传到马孔多。“他还活着，”乌尔苏拉告诉丈夫，“我们祈求上帝让他的敌人发发慈悲吧。”哀恸了三日，那天下午她正在厨房搅拌奶味甜食，耳边忽然清晰无比地响起儿子的声音。“是奥雷里亚诺，”她喊了起来，飞跑到栗树下告诉丈夫，“我不知道这神迹是怎么回事，不过他还活着，我们马上就能见着他了。”她对此深信不疑。她把家里的地板擦洗一新，又重新摆放了家具。一个星期后，虽然政府通告里没有提及，却有来源不明的传言戏剧性地证实了她的预感。奥雷里亚诺上校已被判处死刑，行刑地点定在马孔多，以儆效尤。星期一上午十点二十分，正在为奥雷里亚诺·何塞穿衣服的阿玛兰妲听到远处人声喧哗、军号嘹亮，一秒钟后乌尔苏拉就冲进房间，大喊道：“他被押来了。”押解队伍挥动枪托竭力抵御蜂拥而至的人群。乌尔苏拉和阿玛兰妲一路挤到街角，看见了他。他俨然一副乞丐模样，衣衫褴褛，须发乱成一团，还赤着脚。

他走在滚烫的地面上却浑不在意，双手捆在背后，绳索的另一头系在一位军官骑着的战马颈上。在他身旁，是同样蓬头垢面的赫里内勒多·马尔克斯上校。他们俩并未显出悲伤，面对那些百般谩骂士兵的人群反倒有些困惑。

“我的孩子！”乌尔苏拉在喧嚷中喊道，一巴掌打向试图拦堵自己的士兵。军官的坐骑前蹄腾空，直立起来，于是奥雷里亚诺·布恩迪亚上校停住脚步。他颤抖着，避开母亲的双臂，目光坚定地望着她的眼睛。

“回家吧，妈妈，”他说，“您去找当局批准，来监狱里看我。”

他看了阿玛兰妲一眼，她离乌尔苏拉两步远，正不知所措。他微笑着问道：“你的手怎么了？”阿玛兰妲举起缠着黑纱的手。“烧伤。”她回答，同时一把拉开乌尔苏拉免得被马践踏。军队朝天开枪示警。一支特别小队将囚犯围在中间，一路小跑赶到监狱。

黄昏时分，乌尔苏拉来到监狱探望奥雷里亚诺·布恩迪亚上校。她曾试着通过堂阿波利纳尔·摩斯科特获得批准，但这位里正在专权横蛮的军人面前毫无权威可言。尼卡诺尔神父得了肝病，发烧卧床不起。赫里内勒多·马尔克斯上校没被判处死刑，但他的父母去探监时仍被枪托轰了出来。眼看不可能找到任何传话的人，又确信儿子明天一早会被枪毙，乌尔苏拉便把要带给他的东西包成一包，独自去了军营。

“我是奥雷里亚诺·布恩迪亚上校的母亲。”她自报家门。

卫兵挡住她的去路。“无论如何我要进去，”乌尔苏拉表示决心已定，“如果你们得到了命令，那就开枪吧。”她推开一个卫兵，闯进当年的教室，里面一群赤身露体的士兵正在给武器上油。一位身穿野战服、戴着厚眼镜、脸色红润、举止庄重的军官，做了个手势要卫兵们退下。

“我是奥雷里亚诺·布恩迪亚上校的母亲。”乌尔苏拉重复了一遍。

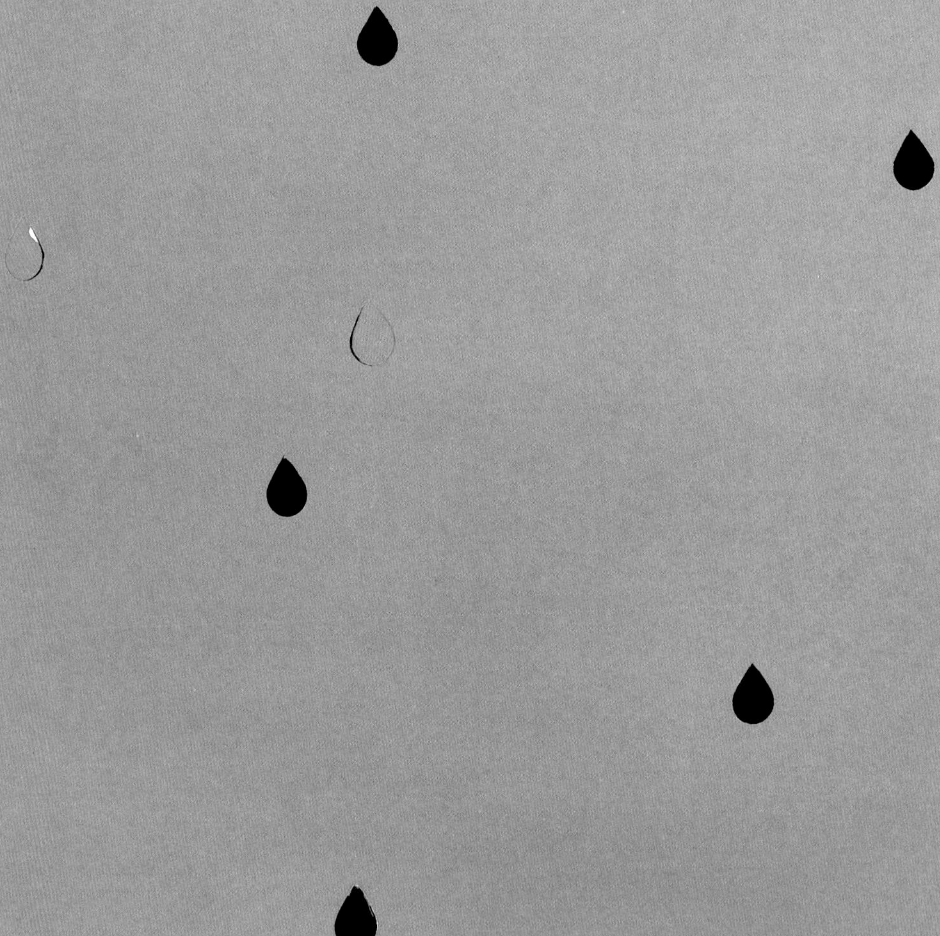

“您的意思是，”军官脸露和蔼的微笑纠正她，“您是奥雷里亚诺·布恩迪亚先生的母亲。”

乌尔苏拉从他咬文嚼字的说话方式中听出了内地人特有的慵懒腔调。

“随您怎么说，先生，”她承认道，“只要能让我见他就行。”

上级下令不允许探视死刑犯，但那位军官自行做主允了她十五分钟的会面时间。乌尔苏拉让他检查了自己的包袱：一套干净的换洗衣服，儿子结婚时穿过的靴子，她从预感儿子要归来的那天存留至今的奶味甜食。她在牢房里见到了奥雷里亚诺·布恩迪亚上校，他躺在行军床上，大张双臂，因为腋下长满了疖子。他们允许他刮了胡子，浓密的短髭尖角上翘，衬得颧骨线条分外突出。在乌尔苏拉眼中，他比离开时更苍白，但略高了些，也愈显孤单。他对家中的一切都了如指掌：皮埃特罗·克雷斯皮自杀，阿尔卡蒂奥任意妄为后被枪决，何塞·阿尔卡蒂奥·布恩迪亚在栗树下昏沉度日。他也知道阿玛兰妲把近似孀居的独身时光全部花在了奥雷里亚诺·何塞的抚养上，这孩子已显露出聪慧的头脑，学说话的同时也学会了读写。从进入房间的那一刻起，乌尔苏拉就被儿子老成持重的神情、生杀予夺的气概和通身放射出的威严光彩所震慑。她奇怪他消息如此灵通。“您别忘了，我能未卜先知。”他开玩笑道，随即又严肃地补充一句，“今天早上他们押我过来的时候，我觉得这一切都已发生过。”实际上，当喧嚣的人群拦住去路，他一直沉浸在自己的思绪中，惊讶于短短一年间镇子就衰老如斯。巴旦杏树枝叶凋零；漆成蓝色的房子时而改漆红色，时而又改回蓝色，最后那颜色都变得难以辨别了。

“你还能指望什么？”乌尔苏拉叹了口气，“时间过得很快。”

“话是没错，”奥雷里亚诺附和道，“可也没那么快。”

这本是期望已久的探视，双方也都准备好了问题甚至预先想好了答案，可就这样又成了家常聊天。卫兵通知时间已到，奥雷里亚诺从床席下取出一卷汗湿的纸张。那是他写的诗，有他离开时随身携带的为蕾梅黛丝而作的，还有后来在危机四伏的战时间歇写的。“答应我别给任何人看，”他说，“今天晚上就用这些生炉子。”乌尔苏拉答应了，站起身来与他吻别。

“我给你带了把左轮手枪。”她低声说道。

奥雷里亚诺·布恩迪亚上校确认了他们不在卫兵的视线之内。“我用不着，”他压低声音答道，“不过还是给我，免得您出去的时候被搜出来。”乌尔苏拉从胸衣里掏出左轮手枪，他接过去藏在床席下面。“现在不要告别。”他镇静地结束了谈话，“不要乞求任何人，也不要向任何人低头。您就当我早被枪毙了。”乌尔苏拉咬着嘴唇没哭出来。

“找热石头贴到疖子上。”她说。

她转身，离开牢房。奥雷里亚诺·布恩迪亚上校站在那里，若有所思，直到牢门关闭。他回到床上，仍旧大张双臂。自从少年时代开始对自己的预感有所意识，他就想死亡的来临会由一种不容置疑、不可改变的明确征兆来预告，但如今还剩几个小时就要上刑场，那征兆仍未出现。有一次，一个极其美貌的姑娘走进他在图库林卡的营地，请求卫兵放她进去见他。卫兵同意了，因为他们知道有些狂热的母亲会把女儿送进最出名的勇士的卧室，据她们自己说是为了改良血统。姑娘走进房间的时候，奥雷里亚诺·布恩迪亚上校正要写完那首关于雨中迷路人的诗。他背对着她，把诗页收进存放诗作的带锁小箱子。他感觉到了。他抓起箱子里的手枪，却没有回头。

“请不要开枪。”他说。

他握着子弹上膛的手枪转过身，看见那姑娘已放下自己的枪，一副不知所措的样子。就这样，他躲过了十一次伏击中的四次。相反，一个至今未被抓获的凶手一天晚上潜入革命军在马纳乌雷的军营，刺死了他的好友马格尼菲科·比斯巴勒上校，而他是为了让马格尼菲科·比斯巴勒上校发热退烧才把自己的行军床让出来的。他就睡在同一房间内几米外的吊床上，却毫无察觉。他试图摸清预感的规律，却是徒然。预感总是倏然来临，灵光一现，好像一种确凿无疑的信念在瞬间萌生却无从捕捉。有些时候来得如此自然，直到应验之后才有所察觉。也有些时候非常明确却没有应验。还有许多时候不过是普通的迷信而已。然而在被判处死刑并被问及有何愿望的那一刻，他毫无困难地认清了预感，据此回答：

“我要求在马孔多执行。”他说。

庭长有些不快。

“别耍滑头，布恩迪亚，”他说，“你这是在拖延时间。”

“同意与否，悉听尊便，”上校说，“但这就是我的最后愿望。”

从那时起预感不再光临。乌尔苏拉来探监的这一天，他反复思考，终于得出结论：或许这次死亡不会给出预告，因为它并非由运气决定，而是取决于刽子手的意愿。他被疖子折磨得整夜不眠。黎明将近，走道上传来脚步声。“来了。”他对自己说，不知为什么还想到何塞·阿尔卡蒂奥·布恩迪亚，而那老人这时也正在栗树下晦暗的晨曦中想着他。他心里没有恐惧，没有留恋，只有深深的怒气，愤怒于这人为的死亡害得他看不到那么多未竟的事情如何收场。门开了，卫兵端着一杯咖啡走了进来。第二天同一时间他还是一样，为腋下的疼痛而恼火，发生的事情也一般无二。星期四，他和卫兵们分享了奶味甜食，换上了穿着略紧的干净衣服和漆皮靴。到了星期五，仍未行刑。

实际上，他们不敢执行判决。镇上人的桀骜不驯使军人们想到，处决奥雷里亚诺·布恩迪亚上校在马孔多甚至整个大泽区都将引发严重的政治后果，因此他们向省政府请求指示。星期六晚上等待命令的同时，罗格·卡尔尼塞罗上尉和其他几个军官去了卡塔利诺的店里。只有一个女人，几乎出于胁迫，才勉强答应和他同房。“没人愿意和一个要死的人上床，”她向他承认，“谁也不知道是怎么回事，但大家都在说处决奥雷里亚诺·布恩迪亚上校的军官，包括行刑队的所有士兵，一个挨一个早晚都会被干掉，就算躲到天边也没用。”罗格·卡尔尼塞罗上尉告诉了其他军官，那些军官又告诉了自己的上司。星期天，尽管没人明确透露，尽管没发生任何军事行动打破这些日子透着紧张的平静，整个镇子却都已知道军官们在寻找各种托辞逃避行刑的任务。星期一，邮差带来正式命令：“枪决必须在二十四小时内执行。”当晚军官们把七张写着各自名字的小纸条放进一顶帽子，残酷的命运令罗格·卡尔尼塞罗上尉中了彩。“霉运逃也逃不掉，”他满心苦涩地说，“我生下来就不走运，到死也是倒霉鬼。”早上五点，他抽签选出行刑队，在院中排好，随后一句话叫醒了死刑犯，也预告了他的命运。

“上路吧，布恩迪亚，”他告诉他，“时候到了。”

“原来是指这个，”上校回答，“我正梦见疖子都破了。”

丽贝卡·布恩迪亚听说了奥雷里亚诺将被枪决的消息，凌晨三点就起床。她待在卧室里，摸黑透过半开的窗户盯着墓地的墙，身下坐着的床铺在何塞·阿尔卡蒂奥的鼾声中颤抖着。整整一个星期，她都执着地在暗中等待，就像当年等待皮埃特罗·克雷斯皮的来信。“不会在这儿枪毙他。”何塞·阿尔卡蒂奥对她说，“他们会半夜在军营里枪毙他，然后就在原地埋掉，免得让人知道谁参加了行刑。”丽贝卡继续等待。“他们那么蠢，一定会在这儿枪毙他。”她说。她对此确信不疑，甚至连开门挥手告别的方式都预先想好了。“就凭那六个吓破胆的士兵，他们才不会从街上押他过来，”何塞·阿尔卡蒂奥坚持道，

"他们知道镇上的人什么事都做得出来。"尽管丈夫说得头头是道，丽贝卡仍然守在窗前。

"你看着吧，他们就是那么蠢。"她说。

星期二早上五点，何塞·阿尔卡蒂奥已喝过咖啡，放出狗去。这时丽贝卡关上窗户，猛地抓住床头，险些摔倒。"他们押他过来了，"她叹了口气，"他真精神。"何塞·阿尔卡蒂奥往窗外望去，看见了他，穿着年轻时穿的裤子，在晨曦中颤抖。他已背朝墙站好，两手叉在腰间，因为腋下烧灼的疖块令他无法垂下手臂。"忍来忍去，"奥雷里亚诺·布恩迪亚上校嘀咕着，"忍来忍去就为了让六个软蛋干掉你，你还什么都做不了。"他气恼地反复念叨，看起来几近狂热，罗格·卡尔尼塞罗上尉还以为他在祈祷，不禁为之感动。当行刑队瞄准他的时候，怒气凝成黏稠苦涩的东西，麻痹了他的舌头又迫使他闭上眼睛。那一瞬间晨曦的银白色光芒隐没，他又看见了小时候穿着短裤系着领结的自己，看见了父亲在一个阳光明媚的下午带他走进帐篷见到了冰块。他听见喊叫声，以为那是最后的行刑命令。他出于好奇颤抖着睁开眼，准备迎接子弹白热的轨迹，却只看见罗格·卡尔尼塞罗上尉高举双手，何塞·阿尔卡蒂奥穿过街道，手中端着可怖的猎枪随时准备开火。

"请别开枪，"上尉对何塞·阿尔卡蒂奥说，"您一定是上帝派来的。"

由此，又一场战争爆发。罗格·卡尔尼塞罗上尉带着手下的六个士兵和奥雷里亚诺·布恩迪亚上校一起去里奥阿查，解救在那里被判处死刑的革命军将军维多利奥·梅迪纳。他们为了争取时间，本想沿着当年何塞·阿尔卡蒂奥·布恩迪亚创建马孔多时走过的道路穿越山区，但不到一个星期就确信那是不可能实现的行动。因此他们被迫取道危险的盘山路，随身装备除了行刑队配备的弹药再无其他。他们常常在村镇附近扎营，派出一个人乔装改扮一番，带着一条小金鱼在光天化日之下走进村子和潜伏的自由党人接头，次日清早那些人便出门打猎一去不回。当他们从一处山脊遥遥望见里奥阿查的时候，维多利奥·梅迪纳将军却已被处决。奥雷里亚诺·布恩迪亚上校的手下人推举他为加勒比海沿岸革命军统帅，挂将军衔。他接受了职务，但拒绝升衔，并发誓一天不推翻保守党政权就一天不变军衔。三个月后，他们成功武装起一千多人，但随即被打垮，幸存者逃到了东部边境。下一次消息传来的时候，他们已经离开安的列斯群岛，在贝拉角登陆。一份政府公告通过电文传遍全国，欢天喜地地宣布奥雷里亚诺·布恩迪亚上校的死讯。但是两天后，另一封通电几乎紧随前一封的余波，带来南方平原爆发起义的消息。奥雷里亚诺·布恩迪亚上校无所不在的神话由此而生。相互矛盾的消息同时传来，说他在比亚努埃瓦获胜，说他在瓜卡马亚勒被击败，说他被莫蒂隆印第安人生吃，说他死在大泽区的一个小镇，说他又在乌鲁米达起义。自由党的领导人那时正忙于谈判争取国会席位，称他为冒险主义者，完全不代表本党立场。国民政府将他归于土匪一类，悬赏五千比索买他的人头。经过十六次失利，奥雷里亚诺·布恩迪亚上校率领两千名武装精良的土著从瓜希拉出发，里奥阿查的守军在梦中惊醒，弃城而去。他在那里建立总部，对政府全面宣战。他从政府方面收到的第一份通告，以枪毙赫里内勒多·马尔克斯上校相威胁，要他在四十八小时内带人撤到东部边境。罗格·卡尔尼塞罗上校当时是参谋长，沮丧地将电文呈送到他面前，他看过之后却出人意料的高兴。

"太好了！"他喊道，"我们马孔多已经有电报了。"

他的答复很干脆。他会在三个月内将总部设到马孔多，如果到时看不到活着的赫里内勒多·马尔克斯上校，他将不经审判，先从将军们开始直接枪决俘虏的所有军官，并将下达命令让所有部属照办直到战争结束。三个月后，他胜利进入马孔多，在通向大泽区的路上接受的第一个拥抱便来自赫里内勒多·马尔克斯上校。

家里到处都是孩子。乌尔苏拉收留了桑塔索菲亚·德拉·彼达和她的长女，以及阿尔卡蒂奥被处决五个月后出生的一对双胞胎。她没有遵照死者的遗愿，而是用蕾梅黛丝的名字给女孩命了名。“我相信这才是阿尔卡蒂奥的意思。”她解释道，“我们别叫她乌尔苏拉，取这名字的人吃了太多的苦。”她给双胞胎取名为何塞·阿尔卡蒂奥第二和奥雷里亚诺第二。阿玛兰妲负责照顾所有的孩子。她在屋里摆上小木椅，还接纳了邻居的孩子，开设了一个幼儿园。奥雷里亚诺·布恩迪亚上校归来时，爆竹与时钟齐鸣，一个儿童合唱团唱起歌来欢迎他。长得像祖父一样高大的奥雷里亚诺·何塞身着革命军军服，向他行军礼致敬。

并非所有的消息都是好的。奥雷里亚诺·布恩迪亚上校逃走一年后，何塞·阿尔卡蒂奥和丽贝卡搬进了阿尔卡蒂奥建起的房子。没人知道他阻止行刑的事。新家坐落在广场最好的一角，掩映在一棵巴旦杏树的浓荫里，树上足有三个知更鸟的鸟巢。一扇大门迎送访客，四扇明窗承接阳光，他们就在这房子里安下热情好客的新家。丽贝卡旧日的女伴，包括摩斯科特家四个尚未出嫁的女儿，重新聚在一起刺绣，就像数年前在秋海棠长廊里一样。何塞·阿尔卡蒂奥继续享受掠夺来的土地收益，他的所有权已得到保守党政府的承认。每天下午都可以看见他骑马归来，扛着双铳猎枪，带着猎狗，一串兔子挂在马鞍上。九月的一天下午，眼看暴风雨迫近，他比平时提前回了家。他到饭厅和丽贝卡打过招呼，把狗拴在院中，又将兔子挂在厨房准备晚些时候腌起来，随后去卧室换衣服。丽贝卡事后声称丈夫进卧室时自己正在浴室，丝毫没有察觉。这一说法难以令人信服，但又没有更可信的其他说法，另外谁也想不出丽贝卡会有什么动机谋杀令她幸福的男人。这也许是马孔多唯一从未解开的谜团。何塞·阿尔卡蒂奥刚关上卧室的门，一声枪响震彻全屋。一道血线从门下涌出，穿过客厅，流到街上，沿着起伏不平的便道径直向前，经台阶下行，爬上路栏，绕过土耳其人大街，右拐又左拐，九十度转向直奔布恩迪亚家，从紧闭的大门下面潜入，紧贴墙边穿过客厅以免弄脏地毯，经过另一个房间，划出一道大弧线绕开餐桌，沿秋海棠长廊继续前行，无声无息地从正给奥雷里亚诺·何塞上算术课的阿玛兰妲的椅子下经过而没被察觉，钻进谷仓，最后出现在厨房，乌尔苏拉在那里正准备打上三十六个鸡蛋做面包。

“圣母在上！”乌尔苏拉喊了起来。

她沿着血流溯源而上，穿过谷仓，经过秋海棠长廊——奥雷里亚诺·何塞正在那里念诵三加三等于六、六加三等于九——又穿过饭厅和一个个房间，径直走到街上，先右拐再左拐到了土耳其人大街，忘了自己还穿着烤面包的围裙和家居拖鞋，来到广场，走进一户从未登过门的人家，推开卧室的门，险些被火药燃烧的气味呛死，发现何塞·阿尔卡蒂奥趴在地上，身下压着刚解下来的绑腿，这就看到了血流的源头，而血已不再从他右耳流出。没发现他身上有任何伤口，也没找到凶器何在。另外也无法除去尸体上呛人的火药味。最初用丝瓜瓤蘸肥皂洗过三遍，然后先用盐和醋、后用草木灰和柠檬汁擦拭，最后浸到一桶碱水里泡了六个小时。经过反复揉搓擦洗，他身上的刺青花纹开始退色。他们不得已想出一个极端的方案，加入胡椒、莳萝和月桂叶用小火煮上一整天，但尸体已经开始腐烂，不得不即刻下葬。他们用一口长两米三、宽一米一，内部以铁板与钢栓加固的特制棺材将他密封下葬，但仍然在一路经过的街道上留下了气味。尼卡诺尔神父的肝部肿胀紧绷如鼓，他只能在床上为死者祈福。此后数月，虽然为坟墓砌起层层护板，在其间撒上压实的灰土、锯末和生石灰，墓园依然飘荡着火药味，直到多年以后香蕉公司的工程师在坟上浇了一层水泥，那气味才消失。从尸体被抬出的那一刻起，丽贝卡就紧闭家门，过上了活死人的生活。她将自己包覆在高傲的厚壳里，尘世间的一切诱惑都无法将其打破。她出过一次家门，那时她已进入晚年，脚下一双古银色鞋子，头上一顶缀有小花的女帽。那时正值传言中“流浪的犹太人”经过村庄带来酷暑，飞鸟都热得撞破纱窗死在卧室里。最后一次有人看到她的时候，她一枪命中，当场击毙一个企图撬门入室的小偷。除了阿尔赫尼妲，她的女仆和心腹，再也没人与她有过联系。人们一度听说她给被她视作表兄的主教写过信，但从未听说她收到过回音。她已被镇上的人遗忘。

奥雷里亚诺· 布恩迪亚上校凯旋，但他并没有为事情的这种表象而兴奋。政府军未作抵抗便放弃许多村镇，这在自由派民众当中激发的胜利憧憬不宜打破，然而革命者了解真相，奥雷里亚诺·布恩迪亚上校更是如此。此时他手下士兵超过五千，控制着沿海两个州，但他清醒地意识到自己已背海受困，并陷入了混乱的政治环境之中，无怪乎当他下令重建毁于政府军炮火的教堂尖塔时，尼卡诺尔神父在病榻上不禁感慨：“这实在荒唐，基督信仰的卫士摧毁教堂，共济会的人却下令重建。”为了寻找一条出路，他在电报室一待就是几个小时，与其他城镇的首领商谈，他日益确信战争已陷入僵局。每当自由派的捷报传来，就会有通报大肆庆贺，但他会在地图上标出实际进展，进而发现他们的队伍正在深入雨林，与疟疾和蚊虫作战，与现实背道而驰。“我们在浪费时间，”他向他的军官们抱怨，“只要党内那些混账东西还在乞讨国会的位子，我们就得接着浪费。”失眠的夜里，就在当死囚犯时待过的同一个房间，他仰面躺在吊床上，眼前浮现出那些身着黑衣的律师的形象，他们在黎明的寒意中离开总统府邸，竖起大衣领子遮住耳朵，搓手御寒，窃窃私语，庇身于凌晨时分昏暗的小咖啡馆，细细揣摩总统说“是”的时候真正想说什么，说“不”的时候又想说什么，甚至还推测总统心口不一的时候究竟想的是什么——而他此时在三十五度的高温中驱赶着蚊子，感到可怕的黎明正在迫近，到时他就只能下令让自己的人跳进海里。

一个疑虑重重的夜晚，庇拉尔·特尔内拉正在院中和士兵一起唱歌，上校请她用纸牌为自己推算将来。“当心嘴巴，”这是庇拉尔·特尔内拉推算三次后得出的全部结论，“我不知道什么意思，但预示非常清楚：当心嘴巴。”两天后，有人递给勤务兵一大杯没加糖的浓咖啡，勤务兵给了别人，这人又给了另一人，传来传去最后送到了奥雷里亚诺·布恩迪亚上校的办公室里。上校并没有要过咖啡，但既然端到面前，他便喝了下去。咖啡里下了足够毒死一匹马的马钱子碱。他被送回家的时候，身体已经僵成弓形，舌头伸在齿间。乌尔苏拉与死神搏斗抢夺他的生命，她用催吐剂给他洗胃后，拿一床床热毯子将他裹紧，又喂了他两天蛋清，直到受损的身体恢复正常温度。到第四天，他脱离了危险。在乌尔苏拉和军官们的坚持下，他无奈地又在床上躺了一个星期。那时他才知道他的诗稿并没有烧掉。“我想不用那么急。”乌尔苏拉向他解释，“那天晚上，我准备生火，就跟自己说最好还是等尸体送来了再说。”在身体初愈的恍惚中，奥雷里亚诺·布恩迪亚上校身边摆满了蕾梅黛丝落满尘灰的娃娃，他读起自己的诗来，生命中的关键时刻一一浮现。他又开始写诗。一个小时又一个小时，他远离这场徒劳战争中的惊涛骇浪，将自己与死亡擦肩而过的经历化作押上韵脚的诗行。他的想法由此变得分外清晰，经得起反复思索。一天晚上他问赫里内勒多·马尔克斯上校：

“告诉我，老兄：你打仗是为了什么？”

“还能为了什么，老兄，”赫里内勒多·马尔克斯上校回答，“为了伟大的自由党呗。”

“你知道为了什么，算是有福，”他答道，“我呢，现在刚发现我打仗是为了自尊。”

“这可不好。”赫里内勒多·马尔克斯上校说。

对方的警觉令奥雷里亚诺·布恩迪亚上校感到好笑。“当然，”他说，“不过不管怎么说，这总比不知道为了什么打仗强。”他看着赫里内勒多·马尔克斯上校的眼睛，笑着加上一句：

“也比你强，你是为了一样对谁都没用的东西打仗。”

他的自尊曾令他放弃与内陆武装组织的联系，除非党的领导人公开更正称他为强盗的说法。然而，他知道只要放下这些顾忌，就能立刻打破战争的恶性循环。休养身体给了他反思的契机。他说服乌尔苏拉挖出剩余的遗产，连同她可观的积蓄都交给自己，又任命赫里内勒多·马尔克斯上校为马孔多的军政首领，随后便起程去与内陆的反抗武装建立联系。

赫里内勒多·马尔克斯上校不仅是奥雷里亚诺·布恩迪亚上校最信任的人，还被乌尔苏拉当作家中的一员。他体质虚弱，性格腼腆，生来文质彬彬，却更适合打仗，不适合从政，他的政治顾问们毫不费力就将他绕进了理论迷宫。不过他还是在马孔多实现了奥雷里亚诺上校梦寐以求的乡土平安，后者希望可以在此安心打造小金鱼以终老。他住在父母家里，但每星期总有两三次到乌尔苏拉这里吃午饭。他开始教奥雷里亚诺·何塞使用火器，对这位后辈提前进行军事训练，还在征得乌尔苏拉的同意后带奥雷里亚诺·何塞去军营生活了几个月，使男孩成长为男子汉。多年以前，赫里内勒多·马尔克斯几乎还是个孩子，就表白过对阿玛兰妲的爱意。她那时正沉浸在对皮埃特罗·克雷斯皮的单相思中，因而还嘲笑过他。赫里内勒多·马尔克斯在等待。有一回他从狱中给阿玛兰妲捎来一张小纸条，请她在一打细棉布手帕上绣上自己父亲的名字缩写，还捎去了工钱。一个星期后，阿玛兰妲去监狱给他送那一打绣好的手帕，钱也还了他，两人谈了几个小时的往事。“等我出去就和你结婚。”赫里内勒多·马尔克斯在告别时说道。阿玛兰妲笑了，但教孩子们读写的时候仍然想着他，希望为他寻回年轻时对皮埃特罗·克雷斯皮燃起的激情。每个星期六是探监的日子，她都去赫里内勒多·马尔克斯父母家，陪他们一同去监狱。其中一个星期六，乌尔苏拉看见她在厨房里等蛋糕出炉，要挑出最好的裹在专为此绣出的餐巾里。

“嫁给他吧，”乌尔苏拉对她说，“你很难再找到像他这样的男人。”

阿玛兰妲装出生气的样子。

“我不需要追着男人嫁，”她回答，“我给赫里内勒多带蛋糕，是觉得他可怜，迟早会被枪毙。”

她本是随口一说，却赶上政府公开威胁，如果叛军不交出里奥阿查就要枪毙赫里内勒多·马尔克斯上校。探监被取消。阿玛兰妲关起门来痛哭，与当初蕾梅黛丝死时相仿的罪疚感折磨着她，仿佛是她出于无心的话语又一次引来死亡。母亲安慰她，让她相信奥雷里亚诺·布恩迪亚上校一定会有所举动制止枪决，并许诺一等战争结束就亲自把赫里内勒多·马尔克斯给她带来。结果她提前兑现了承诺。当赫里内勒多·马尔克斯以军政首领的显赫身份再次登门时，她像对待儿子一般接待他，百般恭维以取悦他，全心祈求以唤起他迎娶阿玛兰妲的初衷。她的祈求看来灵验了。每次吃过午饭，赫里内勒多·马尔克斯上校都会留下，在秋海棠长廊里和阿玛兰妲下跳棋。乌尔苏拉给他们送上牛奶咖啡和蛋糕，并照顾好孩子，免得他们被打扰。阿玛兰妲在奋力重燃心中已被遗忘的青春激情的余烬。她无法忍受心头的焦虑，期盼着共进午餐的日子，期盼着下跳棋的午后。有这位勇士的陪伴时间流逝得飞快，他的名字带有怀旧色彩，他的手指移动棋子时的轻微颤抖不易觉察。但那天赫里内勒多·马尔克斯上校再次提出结婚的请求时，她拒绝了。

“我谁也不嫁，”她告诉他，“尤其不嫁给你。你太爱奥雷里亚诺才想跟我结婚，因为你没法跟他结婚。”

赫里内勒多·马尔克斯上校是个有耐性的人。“我会再提出来，”他说，“我迟早要说服你。”他继续登门造访。阿玛兰妲关在卧室里强忍悲声，捂住耳朵，免得听见那位追求者向乌尔苏拉谈论最新战况的声音。尽管心里无比渴望，她仍能克制着不出去见面。

奥雷里亚诺·布恩迪亚上校那时还能抽出时间，每两个星期发一份详细的通报到马孔多。只有一回，就在离开近八个月后，他直接写信给乌尔苏拉。一位特使把一封火漆封口的信送到家里，里面的一张纸上是上校工整的字迹：*好好照顾爸爸，他就要死了。*乌尔苏拉吃了一惊。“既然奥雷里亚诺这么说，奥雷里亚诺就有把握。”她说。她去请人帮忙把何塞·阿尔卡蒂奥·布恩迪亚带回卧室。他一如往昔身子沉重，而且栗树下的漫长岁月助长了他随意增重的本事，结果七个人协力都搬不动他，只能勉强把他拖到床上。身量巨硕的老人饱受淫雨骄阳的折磨，他一呼气，屋里的空气中便充溢着幼蘑、鸡蛋花以及经年凝聚的风雨的味道。次日清晨，床上不见了他的踪影。各个房间找过一遍之后，乌尔苏拉发现他又回到了栗树下。于是把他绑在床上。尽管气力仍在，何塞·阿尔卡蒂奥·布恩迪亚却无意反抗。他对一切都无所谓。他回到栗树下也不是出于本人意志，只不过源于身体的习惯。乌尔苏拉照顾他，喂他进食，给他讲奥雷里亚诺的消息。然而实际上，他很久以来还保持交流的对象只有普鲁邓希奥·阿基拉尔。普鲁邓希奥·阿基拉尔死后衰老已极，几近归于尘土，但仍每天两次找他聊天。他们谈起斗鸡。他们约好建立一个饲养优异品种的养殖场，倒不是为了享受他们已不再需要的胜利，而是为了在阴间沉闷的星期天聊作消遣。正是普鲁邓希奥·阿基拉尔为他擦洗，给他喂食，向他讲述一个陌生人的光辉业绩，那人名叫奥雷里亚诺，是战时的一名上校。一个人的时候，何塞·阿尔卡蒂奥·布恩迪亚在一个有无穷房间的梦中得到慰藉。他梦见自己从床上起来，打开房门，走进另一间一模一样的房间，里面有同样铸铁床头的床、同样的藤椅和后墙上同样的救难圣母像。从这一间又进入另一间一模一样的，如此循环，无穷无尽。他喜欢从一间走到另一间，仿佛漫步在镜廊中，直到普鲁邓希奥·阿基拉尔轻拍他的肩头。于是，他一间间回溯，渐渐苏醒，他原路折返，在现实的房间里与普鲁邓希奥·阿基拉尔相会。然而一天晚上，就在他被拖回床上两个星期之后，普鲁邓希奥·阿基拉尔在居中的房间里拍了他的肩膀，他便永远留在了那里，认为那才是现实的房间。第二天早上乌尔苏拉给他送饭的时候，看见一个男人从长廊走近。他个子矮小敦实，身穿黑呢大衣，一顶同样漆黑的巨大帽子直压至忧郁的眼际。“上帝啊，”乌尔苏拉想，“简直就是梅尔基亚德斯。”那是卡塔乌雷，比西塔西翁的兄弟，当年为了逃避失眠症而出走，一去再没有消息。当比西塔西翁问他为什么回来，他用他们庄重的语言答道：

“我来是为了王的下葬。”

于是他们走进何塞·阿尔卡蒂奥·布恩迪亚的房间，用尽全身力气摇晃他，冲他耳边叫喊，又把一面镜子放在他的鼻孔前，但都无法将他唤醒。不多时，木匠开始为他量身打造棺材，他们透过窗户看见无数小黄花如细雨缤纷飘落。花雨在镇上落了一整夜，这静寂的风暴覆盖了屋顶，堵住了房门，令露宿的动物窒息而死。如此多的花朵自天而降，天亮时大街小巷都覆上了一层绵密的花毯，人们得用铲子耙子清理出通道才能出殡。

阿玛兰妲坐在藤摇椅上，将手中活计搁在膝头，看着奥雷里亚诺·何塞往下巴上涂满泡沫，在皮条上刮着剃刀，准备平生第一次刮胡子。他试着把上唇棕黄的茸毛理成髭须时不慎割破皮肤，粉刺流出血来，而到最后他也没理成个样子，但这番艰苦的努力让阿玛兰妲觉得自己从这时起便开始老了。

“你和奥雷里亚诺这个年纪的时候一模一样，”她说，“你已经是大人了。”

其实他早就是了，这可以追溯到已然遥远的一天，阿玛兰妲仍把他当作孩子，在浴室里当着他的面脱下衣服。自从庇拉尔·特尔内拉把孩子托付给她抚养，她一向这样做，已经习惯了。他第一次看到的时候，唯一注意到的是乳房间的深沟。他天真地问这是怎么了，阿玛兰妲装作用指尖在胸前掏挖的样子回答：“挖呀挖呀挖呀就成这样了。”后来，她从皮埃特罗·克雷斯皮的自杀事件中恢复，又和奥雷里亚诺·何塞一起洗澡，他已经不再注意那深沟，而注目于那紫色乳头和丰硕双峰，感到一阵奇怪的战栗。他继续观察，一点一点发现她隐秘处的神奇，窥看时感到皮肤上汗毛倒竖，就像她的皮肤碰到水时一样。很小的时候他就习惯天亮前离开自己的吊床睡到阿玛兰妲的床上，觉得和她在一起就不会惧怕黑暗。然而从意识到她的裸体那天起，驱使他钻进她蚊帐的不再是对黑暗的恐惧，而是对天明时感受她温暖呼吸的渴望。一天凌晨，就在阿玛兰妲拒绝赫里内勒多·马尔克斯上校的那段日子，奥雷里亚诺·何塞在几近窒息中惊醒，感觉她的手指像滚烫的虫子在焦灼地向他的腹部蠕动。他装作熟睡未醒，调整姿势为她除去一切障碍，随即感到那只未缠黑纱的手宛如失明的软体动物在他饥渴的水藻间潜游。两人都装作不知道双方心知肚明的事实，都装作不知道对方已知情，自那天晚上起被一种不容侵犯的默契紧紧联结在一处。奥雷里亚诺·何塞不听到客厅里时钟午夜报时的华尔兹就无法安眠，而那位容颜开始枯萎的盛年处女没等到梦游人钻进蚊帐也一刻不得安宁。她亲手将他抚养大，未曾想到他有朝一日会成为宽慰自己孤独的良药。他们不仅赤身露体睡在一起，彼此爱抚到精疲力竭，还在家中各个角落互相追逐，随时随刻关在卧室里，沉浸于持久的兴奋中。他们差点儿被乌尔苏拉发现，那天下午她走进谷仓，正撞见他们准备接吻。“你很爱你姑妈？”她毫不知情地问奥雷里亚诺·何塞。他回答说是。“你做得对。”乌尔苏拉评判道，称好做面包的面粉就回了厨房。这一幕让阿玛兰妲从狂热中惊醒。她意识到自己已经走得太远，不是在和孩子玩亲嘴游戏，而是在挑动人过中年危险无望的情火，便决然断绝了关系。奥雷里亚诺·何塞那时快要完成军训，最终接受了现实，搬到军营去睡。每个星期六他都和士兵们去卡塔利诺的店里。他突如其来的孤独，早熟的青春，都在散发着残花味道的女人们身上得到了慰藉。他在黑暗中展开幻想，竭力将她们想象成阿玛兰妲。

没过多久，开始传来互相矛盾的战局消息。政府承认叛乱在扩大，但马孔多的军官们得到内部消息称和议即将达成。四月初，一位特使出现在赫里内勒多·马尔克斯上校面前。特使向他证实，党的领导人确实已经与内陆的起义军取得联系，即将议定停战协定，以此为自由党换取三个部长职位、国会里的少

数席位以及对所有放下武器的起义者的大赦。特使同时带来了奥雷里亚诺·布恩迪亚上校的绝密命令，他在命令中表明不赞同停战协定，赫里内勒多·马尔克斯上校应当选出五名最好的手下，作好准备带他们离开国境。命令执行得极其隐秘。协定公布一个星期前，正当彼此矛盾的传言四起的时候，奥雷里亚诺·布恩迪亚上校带领包括罗格·卡尔尼塞罗上校在内的十名亲信军官，夜半时分暗中潜入马孔多，遣散驻军，埋掉武器，毁去文件。天亮时，他们已经和赫里内勒多·马尔克斯上校及其手下五名军官一起离开镇子。这次行动迅速又隐秘，连乌尔苏拉都直到最后一刻才知情，那时有人轻轻敲响她卧室的窗户，低声道："如果您想看一眼奥雷里亚诺·布恩迪亚上校，现在就去门口。"乌尔苏拉跳下床，穿着睡衣出了门，只隐隐望见一小队骑手在无声的尘烟中离开镇子。到了第二天，她才知道奥雷里亚诺·何塞也随他父亲去了。

政府与反对党发布联合声明宣告停战，十天后传来消息说奥雷里亚诺·布恩迪亚上校在西部边境发动了第一场武装起义。他那支人员不足、装备低劣的部队不到一个星期就被击溃。但在这一年，当自由党人和保守党人试图使国人相信和解已经达成，他又组织了另外七次起义。一晚，他从一条纵帆船上炮轰里奥阿查，守军将当地最知名的十四个自由党人从床上拖出来枪决以示报复。他曾占领一处边界关卡半个多月，从那里通电全国宣告发动全面战争。他曾在一次远征中迷失于雨林三个月，异想天开地试图穿越一千五百多公里的原始森林直捣首都近郊。还有一次，他距马孔多不到二十公里，却在政府军巡逻队的威逼下退到山区，趋近他父亲多年前发现西班牙大帆船残骸的着魔之地。

比西塔西翁在那段时间去世。她因为对失眠症的恐惧放弃王位，最后得偿所愿，安详离世。她的遗愿是起出埋藏在她床下二十多年的积蓄，寄给奥雷里亚诺·布恩迪亚上校继续战斗。乌尔苏拉并未取出这笔钱，因为那时四处传言奥雷里亚诺·布恩迪亚上校已经死于一次在省城附近的登陆行动中。人们相信了官方通告——那已是不到两年内的第四份——因为六个月里再没有听到他的任何消息。当乌尔苏拉和阿玛兰妲旧丧未除又添新丧，意料之外的消息突然传来。奥雷里亚诺·布恩迪亚上校还活着，但似乎已放弃对本国政府的侵扰，加入了加勒比海其他共和国胜利在望的联邦派军队。他以不同的名字活动，离祖国日益遥远。日后人们将会知道，当时的他一心想要联合中美洲各地的联邦派力量，横扫从阿拉斯加到巴塔哥尼亚的一切保守党政权。他离去几年后，乌尔苏拉第一次收到他的亲笔信，那封信寄自古巴的圣地亚哥，经过多人辗转传递已经皱皱巴巴、字迹模糊。

“我们永远失去他了，”乌尔苏拉感叹道，“这样下去他就得在世界尽头过圣诞了。”

听她说这话的人，也是她对其出示信件的第一个人，是保守党将军何塞·拉克尔·蒙卡达，战后马孔多的市长。“这个奥雷里亚诺，”蒙卡达将军说，“真可惜他不是保守党。”他的敬佩出自真心。像许多保守党人一样，何塞·拉克尔·蒙卡达为了捍卫自己的党派才参战，并在战场上获得了将军的头衔，但他无意成为职业军人。恰恰相反，他和党内许多同道一样，是反军事主义者。在他看来，军人都是些没有原则的懒虫、野心勃勃的阴谋家，惯于欺压平民乱中牟利。他聪明和善，性格开朗，胃口好，爱斗鸡，一度成为奥雷里亚诺·布恩迪亚上校最可怕的对手。他在沿海广阔区域内的职业军人中建立了自己的权威。曾有一次，他出于战略考虑被迫放弃一座据点让奥雷里亚诺·布恩迪亚上校的军队占领，同时留下了两封信。其中一封很长，他在信中邀请对手共同努力促使战争更人道。另一封写给他身陷自由派占领区的妻子，他请求将信送给她。从那以后，即使在战事最激烈的时期，两位指挥官仍会达成暂时休战的协定来互换战俘。那些战事间歇期洋溢着节庆气息，蒙卡达将军有了机会教奥雷里亚诺·布恩迪亚上校下象棋。他们成了好友。他们甚至考虑过这种可能性：团结两党的民众力量，肃清军人和职业政客的流毒，建立一个汲取了两党理论思想精华的人道主义政府。战争结束后，奥雷里亚诺·布恩迪亚上校铤而走险，不断起事，而蒙卡达将军被任命为马孔多的里正。他脱下军装，以不带武器的警察取代士兵，实行大赦法令，并救助一些阵亡自由党人的家属。他成功让马孔多提升为市，也因此当了第一任市长。他营造出安定的氛围，令战争成为昔日荒诞的噩梦。尼卡诺尔神父被肝病高热折磨得奄奄一息，已由科罗奈尔神父取代，后者被人称作“新手”，是第一次联邦战争中的老兵。布鲁诺·克雷斯皮与安帕萝·摩斯科特结了婚，他的玩具乐器店生意蒸蒸日上。他盖了一座剧院，成为许多西班牙剧团的巡演站点。那是一座宏伟的露天大厅，配有木制靠背椅，饰以古希腊面具的天鹅绒大幕。三个售票窗造成狮头形状，从大张的狮口出售戏票。学校也在那一时期重建，由堂梅尔乔·埃斯卡洛纳负责。他是一位从大泽区派来的老教师，让不用功的学生在院中石灰地面上跪着行走，让言语放肆的学生吃辣椒，家长们对此十分满意。奥雷里亚诺第二和何塞·阿尔卡蒂奥第二，桑塔索菲亚·德拉·彼达这对任性的双胞胎儿子，是第一批带着小黑板、粉笔和标有名字的小铝壶坐到教室里的学生。蕾梅黛丝遗传了母亲的美貌，开始被称为美人儿蕾梅黛丝。尽管时光流逝，丧事接二连三，苦痛不断增添，乌尔苏拉却并不显衰老。在桑塔索菲亚·德拉·彼达的帮助下，她将自己的甜食生意推上新的高峰，不仅在短短几年内挣回了儿子消耗于战争中的资财，还用纯金塞满了一个个葫芦埋在卧室里。“只要上帝还让我活着，”她时常这样说，“这个净出疯子的家里就缺不了钱。”就在这时候，奥雷里亚诺·何塞从尼加拉瓜联邦派军队里开了小差，跑到一艘德国船上当水手，最后出现在家中的厨房里。他壮实如马，肤色黝黑，头发浓密，像个印第安人。他怀着秘密的目的回来，一心要和阿玛兰妲结婚。

阿玛兰妲见他进来，没等他开口，便明白了他回来的原因。在饭桌上，他们不敢对视。但两个星期后，他当着乌尔苏拉的面盯着她的双眼说："我一直在想你。"阿玛兰妲躲着他，竭力避免碰面的机会，尽量不与美人儿蕾梅黛丝分开。那天当侄子问她手上的黑纱要戴到什么时候，她脸红了，并因自己脸红而气恼，因为她觉得那问题在影射她的童贞。自从他回来后，她就闩上了卧室的门，但许多个夜晚过去，听着隔壁房间他那平稳的鼾声，她放松了警惕。在他归来两个月后的一天凌晨，她察觉到他进了卧室。那一刻，她并没有像预想的那样逃走或叫喊，心头反而涌上一阵如释重负的轻松。她感觉到他钻进蚊帐，就像他孩提时代常做的那样，就像他一直所做的那样。她意识到他寸丝不挂，不禁冷汗直流，牙齿咯咯打战。"你走，"她低声道，惊得喘不过气来，"不走我就喊了。"但奥雷里亚诺·何塞知道此刻该做些什么，他已经不再是怕黑的孩子，而是出自军营的猛兽。自那天晚上起，没有结果的无声战斗又开始了，每每持续到黎明。"我是你姑妈，"精疲力竭的阿玛兰妲低声道，"差不多就等于你母亲，这不光因为年纪，我还把你养大，就差没给你喂过奶。"奥雷里亚诺·何塞黎明时离开，第二天凌晨又回来，每次发现房门并未闩上就愈加兴奋。他没有一刻不想她。在那些被攻陷村镇的阴暗卧室里，特别是在那些最下贱的地方，找到她的影子；在伤员绷带上干涸血迹的味道中，觅见她的身形；在致命危险所激发的恐惧中，随时随地与她相遇。他曾经从她身边逃开，试图在记忆中将她抹去，为此不仅远走他方，还表现出被战友们归为莽撞的凶悍冒进。他越是在战争的粪坑里摔打她的形象，战争本身就越像阿玛兰妲。他就这样在流亡中忍受煎熬，寻求以自己的死亡来消灭她，直到听见有人讲起那个古老的故事。故事主人公和既是自己姑妈又是自己表姐的女人结婚，结果生出的儿子成了自己的祖父。

“一个人能娶自己的姑妈吗？”他惊异地问。

“不光可以娶姑妈，”一个士兵回答，“我们现在跟教士打这场仗，就是为了让人连亲娘都能娶。”

十五天后他开了小差。他发现阿玛兰妲比记忆中更憔悴，也更忧伤、更端庄；她岁月的航船正在绕过盛年的最后一个岬角，但在卧室的幽暗中她显出从未有过的狂热，激烈的反抗也从未显得这样富于挑战。“你是头野兽。”受他追逼的阿玛兰妲说，“不能对一个可怜的姑妈干这种事，除非有教皇的特许。”奥雷里亚诺·何塞答应去罗马，答应膝行整个欧洲去亲吻教皇的鞋子，只要她肯放下悬着的吊桥。

“不光是这个，”阿玛兰妲反驳道，“会生出猪尾巴孩子的。”

奥雷里亚诺·何塞对一切道理都充耳不闻。

“就算生出犰狳也不要紧。”他恳求道。

一天凌晨，他再也无法压抑欲望和忍受痛苦，便去了卡塔利诺的店里。他找到一个乳房干瘪、亲切又廉价的女人，暂时平息了欲火。他试图对阿玛兰妲采取蔑视的态度，见到她在长廊里做缝纫活计，已经能将手摇式缝纫机应用自如时，一句话都不对她说。阿玛兰妲感觉卸去了重担，却不明白自己为什么又想起了赫里内勒多·马尔克斯上校，为什么怀念下跳棋的午后，甚至渴望他成为卧室中的情人。奥雷里亚诺·何塞还不知道自己已丧失多少领地，一天晚上他无法再忍受伪装的漠然，又回到阿玛兰妲的房间。她以无可动摇的决心拒绝了他，从此永远闩上了卧室的房门。

奥雷里亚诺·何塞回来后没几个月，家里来了个体态丰满的女人，浑身散发出茉莉香，带着一个五岁多的男孩。她声称那是奥雷里亚诺·布恩迪亚上校的儿子，她带来请乌尔苏拉起名。没有人怀疑那个无名男孩的血脉：他和被领去看冰块时的上校长得分毫不差。女人说孩子一出生就大睁双眼，用大人的方式打量众人，他那种眼睫不眨看东西的样子令人害怕。“一模一样，”乌尔苏拉说，“就差用眼神翻倒椅子了。”他们给他起名为奥雷里亚诺，用了母亲的姓氏，因为法律不允许在生父尚未承认前使用父姓。蒙卡达将军做了教父。阿玛兰妲坚持要把孩子留下来抚养，但他母亲拒不同意。

乌尔苏拉那时还不知道将少女送进军人卧室的习俗，那就像把母鸡赶到良种公鸡那里去。但在这一年她有了充分的了解：又有九个奥雷里亚诺·布恩迪亚上校的孩子被送到家里起名。其中最大的已过十岁，长相奇特，肤色黝黑，眼睛碧绿，与父家没有丝毫相似。送来的孩子有各种年龄各种肤色的，但都是男孩，都带着落落寡合的神情，显示出毋庸置疑的血缘归属。其中有两个格外突出。一个身材魁伟与年龄不符，打碎了许多花瓶和餐具，双手仿佛拥有损坏一切所碰东西的特性。另一个一头金发，长着母亲那样的蓝眼睛，留着女人一样的长鬈发。他走进家里，一副熟门熟路的样子，仿佛就在这里长大。他径直来到乌尔苏拉卧室里的一个箱子前，说：“我要上弦的跳舞女郎。”乌尔苏拉吓了一跳。她打开箱子，在梅尔基亚德斯时期落满尘灰的旧物中翻寻，找到了包裹在一双长袜中的上弦跳舞女郎，这东西是当初皮埃特罗·克雷斯皮带到家里的，此后被人遗忘了。不到两年内，他们为上校在战场上一路播撒的儿子命了名，都叫奥雷里亚诺，姓氏则随母亲：共计十七个。起初，乌尔苏拉还往孩子的口袋里塞满钱，阿玛兰妲则努力争取把他们留下来抚养，但后来她们只是送一份礼物，并担当教母。“我们起了名就行了。”乌尔苏拉一边说，一边在小本子上记下母亲的姓名地址及孩子出生的时间地点，“奥雷里亚诺一定算得清楚，等他回来自己拿主意吧。”吃午饭时，她对蒙卡达将军谈起这意外的人丁兴旺，希望奥雷里亚诺·布恩迪亚上校能回来一次，和所有儿子在家中团聚。

“不用担心，大姐，”蒙卡达将军不无神秘地说，“他会比您预料中回来得早。”

蒙卡达将军知晓这事却不愿在午饭时明说，其实奥雷里亚诺·布恩迪亚上校正要发动一场迄今为止他所领导的最漫长、最激烈也最残酷的起义。

时局又变得像第一次战争爆发前的数月里那般紧张，一度获得市长本人支持的斗鸡比赛都被取消了。市政大权实际落在驻军首领阿基莱斯·里卡多上尉手中，自由党人将他视作挑衅分子。“要出大事，”乌尔苏拉对奥雷里亚诺·何塞说，“下午六点以后不要上街。”这些劝告都归于徒然。奥雷里亚诺·何塞和当年的阿尔卡蒂奥一样，已经脱离她的怀抱。他回到家里，仿佛就可以不再为日常所需操心，这在他身上唤醒了伯父何塞·阿尔卡蒂奥那种放浪懒散的习性。他对阿玛兰姐的激情消逝得无影无踪。他四处游荡，打打台球，拈花惹草排解孤独，翻出各个角落里乌尔苏拉藏起又忘记的钱财。到后来他只为换衣服回家。“都一个样。”乌尔苏拉哀叹道，“一开始好好的，又听话又体面连只苍蝇都舍不得打，结果刚长出胡子就都变坏了。”与阿尔卡蒂奥不同，他知道自己是庇拉尔·特尔内拉的儿子，她在家里支起一张吊床供他午睡。两人是母子，却更像是孤独中的同伙。庇拉尔·特尔内拉已经无所期盼。她的微笑带上风琴那般的低音，她的乳房经过无数爱抚奄垂下来，她的小腹和大腿成为无可挽回的尤物生涯的牺牲品，但她的心在衰老中不觉苦涩。她肥胖，饶舌，散发出落难主妇的傲气，摒弃了纸牌营造的乏味幻梦，却在旁人的爱情中找到了慰藉。就在奥雷里亚诺·何塞午睡的屋子里，邻家的姑娘们带着露水情郎来幽会。“把房间借给我，庇拉尔。”他们就这么简单说一句，人已经在屋里。“没问题。”庇拉尔回答。如果还有旁人在场，她会这样解释：

“人家在床上快活，我也快活。”

她从未为此收钱。她从未拒绝帮忙，就像她从未拒绝不计其数的男人，而直到她盛年的尾声还有人找上门来。他们既没有付出钱财也没有献上爱情，连愉悦也不过奉上寥寥几次。她的五个女儿遗传了她火热的天性，少女时代就迷失在人生的歧路上。两个长大成人的儿子，一个在奥雷里亚诺·布恩迪亚上校的部队里战死，另一个十四岁时在大泽区某村偷一篓母鸡受伤被抓。在某种意义上，奥雷里亚诺·何塞就是半个世纪以来金杯国王向她允诺的那个高大黝黑的男人，他也像所有纸牌召唤来的男人一样，走进她内心时已经死星照命。她在牌上看到了。

“今晚你别出门，”她对他说，“你在这儿睡，卡梅莉塔·蒙铁尔求了我不知多少次，让我把她带进你屋里。”

奥雷里亚诺·何塞没能理解这一恳求的深意。

“告诉她半夜等我。”他回答。

他去了剧院。一家西班牙剧团将上演《狐狸的匕首》，那实际上是索里利亚的戏，但阿基莱斯·里卡多上尉下令改了名字，因为自由派把保守派称作哥特人。[①] 到入口验票的时候，奥雷里亚诺·何塞才发现阿基莱斯·里卡多带着两个荷枪实弹的士兵在搜查过往人流。“留神，上尉，”奥雷里亚诺·何塞提醒道，“敢对我动手动脚的人还没生出来呢。”上尉试图强行搜查，奥雷里亚诺·何塞因为没带武器，撒腿便跑。士兵们没有听从开枪的命令。“他是布恩迪亚家的人。”一个士兵解释道。上尉气急败坏，一把抢过步枪，跨到街心，

① 此处剧目为西班牙剧作家何塞·索里利亚的《哥特人的匕首》。西班牙语中“索里利亚”（Zorrilla）字面上有“狐狸”的意思。

瞄准了目标。

“胆小鬼！”他喊了起来，“是奥雷里亚诺·布恩迪亚上校本人才好呢。”

二十岁的处女卡梅莉塔·蒙铁尔，刚用橘花水沐浴完毕，正在庇拉尔·特尔内拉的床上撒迷迭香叶子，枪声就在这时响起。奥雷里亚诺·何塞本来注定要在她身上享受阿玛兰妲拒绝给予的幸福，生下七个儿女，最后老死在她怀里，然而一发步枪子弹被纸牌算命的失误导引，从他背后穿入在胸前开花。而阿基莱斯·里卡多上尉，本是这天夜晚注定要死的人，确实比奥雷里亚诺·何塞早死了四个小时。枪声刚响，他就被两发至今未明来源的子弹同时击中，人群的呐喊随即响彻夜空。

“自由党万岁！奥雷里亚诺·布恩迪亚上校万岁！”

十二点时，奥雷里亚诺·何塞血已流尽，卡梅莉塔·蒙铁尔发现纸牌指引的前途落了空。四百多人列队从剧院门口经过，用左轮手枪向阿基莱斯·里卡多上尉被遗弃的尸体开火。填满铅弹的尸体像泡了水的面包支离破碎，动用了一个小队推着独轮车才运走。

何塞·拉克尔·蒙卡达将军对政府军的过分举动深感恼火，他运用自己的政治影响，重又穿上军装，掌握了马孔多的军政大权。但他并不指望凭自己息事宁人的态度改变已经无法挽回的事态。九月间传来各种消息，彼此矛盾。政府一再宣称仍掌握着对整个国家的控制权，而自由党人接连收到内陆武装起义的秘密消息。在军事法庭缺席审判奥雷里亚诺·布恩迪亚上校并判处其死刑之后，政府才宣布进入战时状态。任何部队一旦抓到他必须立即执行枪决。“这就是说，他回来了。”乌尔苏拉在蒙卡达将军面前喜形于色，但将军自己并没有得到这一消息。

实际上，奥雷里亚诺·布恩迪亚上校早在一个多月前就已回国。人还未到，互相矛盾的传言就已传来，说他同一时间在相隔千里的不同地方出现，因此蒙卡达将军起初并不相信他已归来，直到官方正式宣布他占领了沿海两州。“祝贺您，大姐，”蒙卡达将军对乌尔苏拉说，同时把电报拿给她看，“您很快就能见着他了。”乌尔苏拉从那时起担心起来。“那您怎么办，老弟？”她问道。这个问题，蒙卡达将军已经问过自己很多次。

“和他一样，大姐，”他回答，“尽我的职责。”

十月一日黎明时分，奥雷里亚诺·布恩迪亚上校率领装备精良的一千人进攻马孔多，守军接到命令要抵抗到底。到中午蒙卡达将军与乌尔苏拉一起吃饭的时候，起义军的一声炮击响彻全市，将市政府金库的大门炸为齑粉。“他们的装备不比我们差，”蒙卡达将军感叹道，“而且他们士气更高。”下午两点，大地在双方的炮声中颤抖。他向乌尔苏拉道别，确信自己在打一场无望的仗。

“我祈求上帝让您今晚不会在家里看到奥雷里亚诺，”他说，“如果真是那样，请代我拥抱他，因为我不会再见到他了。”

当晚，他试图逃离马孔多时被捕，临行前他还给奥雷里亚诺·布恩迪亚上校写了一封长信，追缅当年想让战争更人道的共同理想，并祝愿他在对抗两党军人腐败和政客野心的战斗中获得最终胜利。次日，奥雷里亚诺·布恩迪亚上校和他在乌尔苏拉那儿共进午餐，他就被囚禁在那里等待革命军事法庭决定他的命运。这是一次家庭聚会。然而就在敌对双方忘却战事一起缅怀往昔的同时，乌尔苏拉心头却蒙上一层阴影，感觉自己的儿子才是外来的侵入者。她从看到他进门起就有这种感觉，那时一群喧嚣的军人护卫着他进来，搜遍各个房间确信没有危险才罢休。奥雷里亚诺·布恩迪亚上校不仅允许他们这样做，还颁下严令不准任何人走进他周围三米以内，甚至连乌尔苏拉也不例外，与此同时他的卫队在房子附近忙着设置岗哨。他身穿寻常粗布军装，没佩任何军衔标志，带马刺的长靴上沾满泥土和干血迹。他腰间佩戴手枪，枪套未扣，手永远按在枪柄上，与眼神一样显出高度的警觉与果断。他的前额如今分外开阔，像是被文火烤过。他的脸庞因加勒比海的盐分而皴裂，带着几分金属般的坚厉。他凭着某种活力胜过了迫近的衰老，只是这活力与内心的冷漠不无关联。他比离家时更高，更苍白嶙峋，开始表露不念旧情的迹象。“上帝啊，”乌尔苏拉心想，“他现在看起来什么事儿都干得出来。”他的确成了这样的人。他带给阿玛兰妲的阿兹特克头巾，他在午饭时的怀旧，他口中的趣闻逸事，都不过是昔日性情的残余。将死尸掩埋到公墓里的命令刚被执行，他就指派罗格·卡尔尼塞罗上校去敦促建立军事法庭展开审判，他自己则担负起推行激进改革的艰巨任务，决心将江河日下的保守党政权摧毁殆尽。“我们要赶在党内政客前面。”他对自己的顾问说，“等他们睁眼面对现实的时候，看到的就是既成事实。”就在此时，他决定审查百年来的地契，便发现了他哥哥何塞·阿尔卡蒂奥强占土地又将其合法化的行径。他将那些文书一笔勾销。最后出于礼貌，他搁下手头的事务，抽出一个小时去见丽贝卡通知他的决定。

在屋内的阴影中，那位曾经见证他被压抑的爱情，并以自己的执拗救过他性命的孤零孀妇已变成往昔的幽灵。她遍体着黑直到指节，心如死灰，对战事几乎一无所知。奥雷里亚诺·布恩迪亚上校感觉她骨头的磷光从皮肤透出，感觉她在重重鬼火间行走，而凝滞的空气中还能隐隐闻到火药的味道。他开始劝说她节哀除丧，改善屋内通风，不要再为何塞·阿尔卡蒂奥的死迁怒整个世间。然而丽贝卡已经看破一切浮华。她曾经在泥土的味道中，在皮埃特罗·克雷斯皮芬芳的书信里，在丈夫如狂风暴雨的床榻上徒劳地寻寻觅觅，最终却在这个家中找到了安宁。在这里，记忆因思绪无情的力量化为实体，如同活人一般在幽闭的房间里游荡。她躺在藤摇椅里，望着奥雷里亚诺·布恩迪亚上校，仿佛他才是一个往昔的幽灵。甚至听到何塞·阿尔卡蒂奥强夺的土地都将归还原主，她也不显丝毫激动。

“你想怎样就怎样吧，奥雷里亚诺。”她叹息道，“我一直认为，你是个无情的人，现在更确定了。”

审查地契的同时即决审判也在进行，由赫里内勒多·马尔克斯上校负责，以枪决所有被革命军俘虏的政府军军官告终。最后受审的是何塞·拉克尔·蒙卡达将军。乌尔苏拉出面干预。“他是我们马孔多有史以来最好的长官。”她对奥雷里亚诺·布恩迪亚上校说，“他心肠有多好，待我们多亲切，就更不用我跟你说了，因为你比谁都清楚。”奥雷里亚诺·布恩迪亚上校不满地盯着她。

“我不能越权执法，”他回答，“如果您有话要说，请到军事法庭上去说。”

乌尔苏拉不仅这样做了，而且叫上了所有生活在马孔多的革命军军官的母亲。这些建村元老都已年迈，其中不少人参加过当年翻越山脉的可怕远征，她们一个接一个颂扬何塞·拉克尔·蒙卡达将军的种种恩德。乌尔苏拉最后登场。她庄严的哀伤、她显赫的姓氏，以及她令人信服的慷慨陈词一度打破法庭的平静。“诸位把这场可怕的游戏玩得很认真，你们做得不错，因为你们是在履行自己的职责。”她对法庭成员说，“但是请别忘了，只要上帝还让我们活着，我们就还是母亲；不管你们有多么革命，只要没规矩，我们就有权脱了你们的裤子打一顿。”法官们退庭讨论，她那铿锵的话语仍在已变为军营的学校里回响。午夜时分，何塞·拉克尔·蒙卡达将军被判处死刑。奥雷里亚诺·布恩迪亚上校不顾乌尔苏拉激烈的责骂，拒绝改判。快天亮的时候，他去牢房探望死囚。

“你记住，老兄，”他说，“不是我要枪毙你。是革命要枪毙你。”

看见他走进来，蒙卡达将军甚至没从床上起来。

“见鬼去吧，老兄。”他回答。

直到此刻，归来以后的奥雷里亚诺·布恩迪亚上校才有机会与他真诚相对。上校惊讶于他的猝然衰老、他双手的颤抖、他等候死亡时多少出于惯性的逆来顺受，于是感到一阵对自己的深深蔑视，却将其误认为同情心萌发的表现。

“你比我更清楚，”他说，“所有的军事法庭都是闹剧。实际上你是在为别人的罪行受过，因为这次我们不惜代价要赢得胜利。换了是你，难道不会这样做？”

蒙卡达将军站起身来，用衬衫衣角擦拭玳瑁框眼镜的厚镜片。“也许吧，”他说，“不过我担心的不是你要枪毙我，因为说到底，对于像我们这样的人来说这就算是自然死亡了。”他把眼镜放在床上，又摘下怀表。“我担心的是，”他补充道，“你那么憎恨军人，跟他们斗了那么久，琢磨了他们那么久，最终却变得和他们一样。人世间没有任何理想值得以这样的沉沦作为代价。”他摘下结婚戒指和救难圣母徽章，与眼镜和怀表放在一处。

“这样一来，”他总结道，“你不仅会变成我们历史上最专制最残忍的独裁者，而且还得枪毙我的乌尔苏拉大姐来抚慰你的良心。”

奥雷里亚诺·布恩迪亚上校不为所动。蒙卡达将军将眼镜、徽章、怀表和戒指递给他，换了副口气。

“不过我让你来不是为了指责你，”他说，“我想拜托你把这些东西交给我妻子。”

奥雷里亚诺·布恩迪亚上校将东西收进兜里。

“她还在马纳乌雷吗？”

“还在马纳乌雷，”蒙卡达将军确认道，“还在教堂后面你送过信的同一幢房子里。”

“很乐意效劳，何塞·拉克尔。”奥雷里亚诺·布恩迪亚上校说。

当上校走入蓝色的晨雾，脸庞像当年另一个清晨那般湿润，他才明白为什么要下令在院中行刑，而不是在墓地的墙前。行刑队在门前列开，向他致以对国家元首的敬礼。

“可以把何塞·拉克尔带来了。”他下了命令。

赫里内勒多·马尔克斯上校第一个感觉到战争的虚无。身为马孔多的军政首领，他每星期两次与奥雷里亚诺·布恩迪亚上校互通电报。起初，这种通话决定着一场血肉战争的进程，那清晰的局势让他们任何时刻都能确认所处位置并预见未来走向。奥雷里亚诺·布恩迪亚上校虽然从未与人推心置腹，即使对最亲近的朋友也不例外，但那时他尚保持着亲切的口吻，能让线路另一端的人辨认出来。很多次他都延长谈话超出预计，扯开话题拉起家常来。然而随着战事吃紧战火绵延，他的形象渐渐黯淡，消逝在一个虚幻的世界。代表他声音的点横越来越遥远模糊，汇聚组合而成的词语逐渐失去意义。赫里内勒多·马尔克斯上校只是倾听，心中却感惶惑，觉得仿佛在和另一个世界的陌生人通电。

“明白，奥雷里亚诺，”他按下发报键作结，“自由党万岁！”

他最终失去了与战争的一切关联。曾经一段真实的经历、一股青春年代不可抗拒的激情，如今对他而言已成为遥远的注脚：虚无而已。他在阿玛兰妲的缝纫间里找到了唯一的慰藉。他每天下午都去看她。他喜欢看着她的双手为细麻布上褶，美人儿蕾梅黛丝则在一旁摇着缝纫机的摇柄。他们就这样静静地度过几个小时，享受彼此的陪伴。但当阿玛兰妲因他衷情不改而暗自欣喜的时候，他却猜不透她那无法捉摸的秘密思绪。刚听到他归来的消息，阿玛兰妲心中就无比焦灼。但当看见他混在奥雷里亚诺·布恩迪亚上校的卫队中进门，看见他被严酷的流亡生活折磨得脱了形，因岁月流逝和遭人遗忘而愈显衰老，因汗水和尘土而污秽不堪，左臂悬着绷带模样丑陋，甚至还闻到他散发出牲畜的气味，她险些因幻灭而晕倒。“上帝啊，”她想，“这可不是我盼的那个人。”但第二天他再次登门时，已经剃须沐浴，髭髯散发出薰衣草的香气，臂上染血的绷带也不见了。他给她带来一本散发着珍珠光泽的精装祈祷书。

“男人真是奇怪，”她这样说，因为想不出别的话来，“反对教士打了一辈子仗，到头来还送人祈祷书。”

从那以后，即使是战事最激烈的时日，他仍然每天下午来看她。有很多次美人儿蕾梅黛丝不在，他就负责转动缝纫机的摇柄。阿玛兰妲面对这个男人表现出的恒心、忠诚和温顺不知所措——他虽然大权在握，但总是将所有武器留在客厅，寸铁不带地走进缝纫间。四年间他多次求爱，她总能找到办法拒绝却不伤害他，因为她虽然无法爱他，却也离不开他。美人儿蕾梅黛丝似乎对一切都无动于衷，且被认为智力发育迟缓，却为这痴情感动，自愿帮赫里内勒多·马尔克斯上校说项。阿玛兰妲突然间发现，自己一手抚养成人的小女孩刚刚步入花季，就已出落成马孔多有史以来最美丽的女子。她感到当年对丽贝卡的那种仇怨在心中苏醒，于是祈求上帝不要让自己走上极端盼望她死去，同时将她赶出了缝纫间。就在这个时期，赫里内勒多·马尔克斯上校开始厌倦战争。他对阿玛兰妲百般劝说，表露出深沉蕴藉的无限柔情，甚至不惜为她牺牲自己用锦绣年华换来的荣光，却没能说服她。八月的一个下午，阿玛兰妲在彻底拒绝了这位坚毅的追求者后，再也无法忍受执拗性情的重压，锁在房间里为自己孤独到死的命运痛哭起来。

“你我都忘掉对方吧，”她对他说，“我们已经老得不适合谈这种事了。”

那天下午赫里内勒多·马尔克斯上校收到了奥雷里亚诺·布恩迪亚上校的电报。那是一次例行公事的谈话，没有为胶着的战局带来任何突破。谈话即将结束时，赫里内勒多·马尔克斯上校望着荒凉的街道、巴旦杏树上凝结的水珠，感觉自己在孤独中迷失了。

“奥雷里亚诺，”他悲伤地敲下发报键，“马孔多在下雨。”

线路上一阵长久的沉默。忽然，机器上跳出奥雷里亚诺·布恩迪亚上校冷漠的电码。

“别犯傻了，赫里内勒多，”电码如是说道，“八月下雨很正常。”

两人时隔太久没有见面，赫里内勒多·马尔克斯上校猝然间收到这样粗暴的回答，不由一阵茫然。两个月后，奥雷里亚诺·布恩迪亚上校回到马孔多，这茫然变作了惊愕。连乌尔苏拉都惊讶于他的改变。他回来时没有声张没带卫队，不顾天热裹着斗篷，和三个情人住在同一间屋里，大部分时间都躺在吊床上。他几乎不怎么看通报一般战况的电文。有一次，赫里内勒多·马尔克斯上校向他请示如何从边境上的一处地方撤离，以免引发国际纠纷。

“别拿这种小事来烦我，”他下令道，“去问上帝吧。”

那或许是战局最紧张的时候。最初支持革命的自由派地主已经与保守派地主签订秘密协定，以阻挠地产审查。在流亡中借战争渔利的政客已经公开指责奥雷里亚诺·布恩迪亚上校的激进行为，但即使是这样的群起反对也没能令他萦怀。他写下的五卷多诗歌再也没有读过，被遗忘在箱底。到晚上或午睡的时候，他会从自己的女人中叫一个同睡吊床，从她身上获得欢愉，随即沉沉睡去，不曾流露丝毫忧虑。这时只有他自己知道，他惶惑的心灵永远失去了平静。起初他陶醉于凯旋的荣光、不可思议的频频得胜，濒临显赫声名的深渊。

他将马尔伯勒公爵置于座右，此人是教授他战争艺术的导师，以一身虎皮虎爪的华服让大人起敬、令小儿惊悚。正是那时他决定，任何人，包括乌尔苏拉在内，都不得靠近他身旁三米以内。他走到哪里都待在副官们用粉笔画出且只有他一人能进入的圆圈中心，从那里发出简短却不容置疑的命令，决定着世界的命运。他处决蒙卡达将军后第一次到马纳乌雷时，一刻也没延误，就去完成死于己手的受害者的遗愿。将军遗孀接过眼镜、徽章、怀表和戒指，却不允许他进门一步。

“请别进来，上校。”她对他说，“在您的战争里您说了算，但在我家里我说了算。”

奥雷里亚诺·布恩迪亚上校没有显出丝毫不快，但在私人卫队将那位寡妇的家舍夷为平地化为灰烬之后，他的心才恢复平静。“留神你的心，奥雷里亚诺，”赫里内勒多·马尔克斯上校对他说，“你正在活活腐烂。”那一时期，他召集起义军的主要将领举行第二次会议。会议上各色人等群集，有理想主义者、野心家、冒险者、愤世嫉俗者，还有普通的罪犯。甚至一位前保守党官员也在其中，他贪污公款后托身于起义军以逃避法律制裁。他们当中的许多人甚至不知道自己为何而战。他们彼此间存在着巨大分歧，几乎要酿成一场内讧，就在这鱼龙混杂中一位居心叵测的强权人物脱颖而出——特奥菲洛·巴尔加斯将军。他是纯印第安人，出身山野，大字不识，却暗藏祸心，同时拥有救世主般的感召力，引得手下狂热地追随。奥雷里亚诺·布恩迪亚上校召集会议是为了统一起义军的指挥，以抵制政客的操纵。但特奥菲洛·巴尔加斯将军抢在了他前面：在短短几个小时内就让最优秀的将领组成的联盟土崩瓦解，攫取了总指挥权。“这是一头狡诈的野兽，需要小心提防，”奥雷里亚诺·布恩迪亚上校对手下的军官们说，“对我们来说，这人比国防部长更危险。”这时，一位一向极其腼腆的年轻上尉小心翼翼地竖起食指。

“这很简单，上校，”他提议道，“得杀了他。”

令奥雷里亚诺·布恩迪亚上校吃惊的并不是这一建议的冷酷，而是竟有人一瞬间抢先一步把自己的想法表达出来。

“别指望我下这个命令。”他说。

他没下命令，的确没有。但十五天后特奥菲洛·巴尔加斯将军遇伏，在乱刀下被剁成肉酱，大权落到奥雷里亚诺·布恩迪亚上校手中。就在他的权威被所有起义军将领承认的当天夜里，他猝然惊醒，叫喊着要毯子。一种内在的寒冷直入骨髓，即使烈日当空也让他不堪其苦，好几个月都难以安眠，到最后成了习惯。权力带来的陶醉消失于阵阵烦恼之中。他试图找到抵御寒意的方法，就下令枪毙了提议暗杀特奥菲洛·巴尔加斯将军的年轻上尉。他的命令总是在发布之前，甚至早在他动念之前，就已被执行，而且总会执行得超出他事先所敢想望的范围。他大权独揽却在孤独中陷入迷途，开始失去方向。被占领市镇中人们的欢呼令他厌烦，因为他们也曾向他的敌人发出同样的欢呼。每到一处，他总能见到那些少年用和他一模一样的眼睛望着他，用和他一模一样的声音同他说话，向他致意时的警惕神色和他回应时的神色一般无二，并且都自称是他的儿子。他感觉自己被分裂，被重复，从未这般孤独。他确信手下的军官对自己撒谎。他对马尔伯勒公爵也产生了敌视。“最好的朋友，”那时他常这样说，“是刚死去的朋友。”他厌倦了战事无常，身陷这场永无休止的战争的恶性循环中总在原地打转，只不过一次比一次越发老迈，越发衰朽，越发不知道为何而战、如何而战、要战到何时。总有人待在粉笔圈外，手头拮据的人，儿子得了百日咳的人，因为受不了嘴里粪便一样的战争味道而想一睡不醒、但仍鼓足最后的气力报告的人：“一切正常，我的上校。”正常恰恰是这场无尽的战争最可怕的地方：什么都不曾发生。他深陷孤独，不再感知到预兆，他为了逃避必将陪伴他终生的寒意回到了马孔多，在最久远的回忆中寻求最后的慰藉。他如此懒怠，当听说党组织派来一个代表团商议如何打破战争的僵局时，也只是在吊床上翻了个身，甚至没有完全醒转。

“带他们去逛窑子。”他说。

来的是六位身着礼服头戴礼帽的律师，在十一月的烈日下以极大的坚忍耐着酷暑。乌尔苏拉把他们安顿在家里。白天大部分时间他们都关在卧室里密谋，到了晚上就请来卫兵和手风琴乐队，自费去卡塔利诺的店里消遣。“别打扰他们，”奥雷里亚诺·布恩迪亚上校下令，“总之，我知道他们想要什么。”十二月初，期待已久的会谈开始，很多人事先预计会谈将极其漫长，实际上不到一个小时就结束了。

在闷热的客厅里，覆着如裹尸布般白床单的自动钢琴透出几分鬼气，奥雷里亚诺·布恩迪亚上校就坐在钢琴旁，这回他周围没有副官用粉笔画的圆圈。他由自己的政治顾问们簇拥着坐在椅子上，裹在羊毛毯里，安静地倾听使者们简要的建议。他们首先请求放弃审核地产以重新换取自由派地主的支持，其次请求放弃对抗教会势力来获取信众的拥护，最后请求放弃争取私生子与婚生子的同等权利以维护家庭完整。

“你们的意思是，”奥雷里亚诺·布恩迪亚上校听罢微笑道，“我们只是为了权力而战。”

“这只是暂时的调整。”一位代表回答，“当下，最重要的是扩大战争的群众基础，然后再视情况而定。”

奥雷里亚诺·布恩迪亚上校的一位政治顾问迫不及待地插入谈话。

“这是自相矛盾的。”这位顾问说，“如果这些调整是正确的，那就意味着保守党政府是正确的。如果靠这些调整就能扩大战争的群众基础，像你们说的那样，那就等于是说政府拥有广大的群众基础。总而言之，也就是说近二十年来我们在和全国人民作对。”

顾问还想继续，但奥雷里亚诺·布恩迪亚上校用一个手势打断了他。“不用浪费时间，博士。”他说，“重要的是，从今以后我们只为权力而战。”他仍微笑着，接过代表们递上的文件准备签字。

“既然是这样，”他总结道，“我们没有什么不能接受的。”

他的手下面面相觑，迷惑不解。

“抱歉，上校，”赫里内勒多·马尔克斯上校轻声说道，“这是背叛。”

奥雷里亚诺·布恩迪亚上校在半空停下蘸了墨水的笔，将全部威权都压到他身上。

“交出你的武器。”他命令道。

赫里内勒多·马尔克斯上校站起来，把武器放在桌上。

“去军营报到，”奥雷里亚诺· 布恩迪亚上校下令道，“听候革命军事法庭发落。”

随即他签署了声明，交给使者，说道：

“先生们，拿好你们的文件。好好利用吧。”

两天后，赫里内勒多·马尔克斯上校以叛国罪被判处死刑。奥雷里亚诺·布恩迪亚上校吊床高卧，对一切求情置若罔闻。行刑前夜，乌尔苏拉不顾禁止打扰的命令，到卧室去见他。她一身黑衣，带着罕见的肃穆神情，在会面的三分钟内一直保持站姿。“我知道你要枪毙赫里内勒多，”她庄严宣告，“我怎么做也拦不住。但是我告诉你：我以我父母的骨头发誓，以何塞·阿尔卡蒂奥·布恩迪亚的名义在上帝面前发誓，我只要一看见他的尸体，不管你在哪儿都会立刻把你揪出来，亲手杀了你。”没等他回答，她转头就走了，最后又丢下一句话：

“就跟你出生时如果长着猪尾巴一样处理。”

那个漫无尽头的夜里，赫里内勒多·马尔克斯上校追忆着在阿玛兰妲缝纫间里度过的那些一去不返的午后时光，奥雷里亚诺·布恩迪亚上校则苦苦挣扎了数小时，试图抓裂自己孤独的硬壳。自从那个遥远的午后父亲带他去见识冰块，他唯一的快乐时光就是在金银器作坊里打造小金鱼的时刻。他被迫发动三十二场战争，打破与死亡之间的所有协定，并像猪一样在荣誉的猪圈里打滚，最后耽搁了将近四十年才发现纯真的可贵。

天亮的时候，离行刑还有一个小时，他来到牢房里，因整夜未眠备受煎熬而显得精疲力竭。“闹剧结束了，老兄，”他对赫里内勒多·马尔克斯上校说，“我们离开这儿，不然蚊子就先把你枪毙了。”赫里内勒多·马尔克斯上校无法掩饰对这一态度的蔑视。

“不，奥雷里亚诺，”他回答，“我宁可死也不愿意看到你变成一个屠夫。”

“不会的。”奥雷里亚诺·布恩迪亚上校说，“穿上鞋，帮我结束这场狗屁战争。”

说这话的时候，他没有想到结束一场战争要比发动它艰难得多。他花了将近一年时间以血腥手段强迫政府同意对起义军有利的和平条件，又用了一年时间说服自己党派的人接受这些条件。他甚至不惜运用超出想象的铁腕手段来镇压手下那些不肯出售胜利果实的军官的反叛，最终还是借助敌人的力量才令他们屈服。

他从未像那时一样骁勇善战。他终于能为自己的自由而战，而不再为抽象的概念，不再为政客见风使舵、翻云覆雨的口号而战，这样的信念令他激情满怀、斗志昂扬。赫里内勒多·马尔克斯上校一如以往坚定忠诚，当初怎样为胜利而战，如今便怎样为失败而战。他曾责备奥雷里亚诺·布恩迪亚上校无谓的鲁莽。“别担心，”上校微笑着回答，“死亡远比想象的要难。”就他而言，的确如此。他坚信自己的大限早已注定，这信念赋予他一种神奇的免疫力和一定期限的永生，使他在枪林弹雨中毫发无伤，最终赢得一场比胜利更艰难、更血腥、代价更高昂的失败。

在将近二十年的沙场生涯中，奥雷里亚诺·布恩迪亚上校多次回家，但由于总是身处紧急状态，总有军队随员簇拥身旁，总有传奇光环笼罩四周——那光芒连乌尔苏拉也无法视而不见——最终他变成一个陌生人。他最近一次回马孔多，是和三位情妇单住一处，只在家里出现过两三次，还是有空回来吃午饭的时候。美人儿蕾梅黛丝和战时出生的那对孪生子，几乎都不认识他。阿玛兰妲也无法将少年时代制作小金鱼的兄长，与这个用三米隔离线把自己和其他人隔开的传奇军人联系起来。然而当停战的日子临近，家人想到他会变成正常人回归家庭，长久沉睡的亲情便以前所未有的劲头复苏了。

“终于，”乌尔苏拉说，“我们家又有男人了。”

阿玛兰妲第一个怀疑家里人已经永远失去了他。停战前一星期，他没带卫队而只让两个赤脚的勤务兵走在前面，进家后把骡子上的鞍鞯和收藏诗稿的箱子卸在长廊里，那是他当年帝王般行装仅存的部分。她看见他从缝纫间门口经过，便叫了一声。奥雷里亚诺·布恩迪亚上校似乎一时想不起她是谁。

“我是阿玛兰妲呀。”她为他的归来感到欣喜，高兴地说，又向他举起缠着黑纱的手，“你看。”

奥雷里亚诺·布恩迪亚上校微微一笑，一如那个遥远的清晨他被判死刑回到马孔多，第一次看见她缠着黑纱的时候。

“真可怕，”他说，“时间过得真快！”

政府军必须将房子保护起来。他在回来的一路上遭人唾骂，被指责加剧战事只为了卖上更好的价钱。他发烧畏寒，浑身颤抖，腋下又一次生满疖子。六个月前，乌尔苏拉听说了停战的消息，便打开他的婚房清扫一新，又在各个角落点起没药熏香，想着他这次回来应该会在蕾梅黛丝发霉的娃娃间安心养老。然而，最近两年他已耗尽对生命的全部眷恋，连安度晚年也已与他无缘。他从乌尔苏拉格外用心拾掇过的金银器作坊门口走过，甚至没发觉门上的锁眼里已插好钥匙。他对时光在家中侵蚀出的种种令人心碎的细微创痕毫无察觉，而任何一个还保有鲜活记忆的人，像他这样长久离家后归来都本该有触目惊心之感。壁上石灰墙皮剥落，角落里肮脏蛛网絮结，秋海棠落灰蒙尘，房梁上白蚁蛀痕纵横，门后青苔累累，然而乡愁的精巧陷阱徒然虚设，这一切都没能勾起他的忆旧伤怀。他在长廊里坐下，裹着毯子，连靴子也没换，仿佛只想等待雨停。整个下午，他都在观看落在秋海棠上的雨水。乌尔苏拉这才意识到，他不可能在家里待得长久。“如果不是战争，”她想，“那就是死亡把他带走。”这推测如此清晰可信，她当作是一种预兆。

当天晚饭席间，那个应该是奥雷里亚诺·布恩迪亚第二的孩子用右手掰面包，左手喝汤，而他的孪生兄弟，应该是何塞·阿尔卡蒂奥第二，用左手掰面包，右手喝汤。他们动作整齐划一，不像是面对面坐着的两兄弟，更像是照镜子的游戏。孪生兄弟自从意识到彼此的相像便发明出这一游戏，这次为了给他接风又特意上演。但奥雷里亚诺·布恩迪亚上校毫无察觉。他完全心不在焉，甚至都没注意到美人儿蕾梅黛丝赤着身子走向卧室。只有乌尔苏拉敢于打断他的出神。

“如果你注定还要走，”她在晚饭吃到一半的时候说，“至少要记住我们今晚的样子。”

这时奥雷里亚诺·布恩迪亚上校才意识到——却毫不意外——乌尔苏拉是唯一能够看透自己不幸的人。多年来，他第一次鼓起勇气正视她的脸庞。她皮肤皴裂，满口蛀牙，头发枯白，眼神惊慌。他唤起心中尚存的最久远的记忆，那个他曾预感滚烫的汤锅将从桌上掉落的下午，相比那时如今的她已是面目全非。一瞬间，他意识到半个多世纪的操持给她留下了种种创伤与疤痕，也证实了这些磨难并不能在自己心里激起分毫怜悯。于是他作出最后的努力，在心中寻找情感腐蚀殆尽的所在，却没能找到。曾经，他在自己的皮肤上嗅到乌尔苏拉的体味，至少还隐约感到羞赧，他也不止一次感到自己的思想受她干扰。然而这一切都已被战争抹去。就连蕾梅黛丝，他的妻子，此刻也不过是某个足可做他女儿的人的模糊形象。他在爱的荒漠中结识的无数女人，把他的血脉播撒在整个沿海地区，却不曾在他的情感中留下任何痕迹。她们大多摸黑进房，黎明前离去，次日给他留下的只是肉体的些许厌倦感。唯一经受了时间和战争考验的，只有孩提时代他对哥哥何塞·阿尔卡蒂奥的感情，但那不是基于友爱，而是源于同谋。

“对不起，”他找借口推脱乌尔苏拉的请求，“这场战争把一切都毁了。”

此后的日子，他忙于毁去在世上留下的一切痕迹。他清理金银器作坊，只留下不带任何个人标记的用具；把自己的衣服送给勤务兵；怀着父亲当年埋葬刺死普鲁邓希奥·阿基拉尔的长矛时的忏悔心情，把武器埋在院子里。他只留下一把手枪，一发子弹。乌尔苏拉没有干涉他。她只是在他想要毁掉蕾梅黛丝的银版照片时，才上前劝阻。那照片保存在客厅里，由一盏长明灯照亮。“这张照片早就不属于你了，”她说，“这是留给全家的遗物。”到停战前夜，家里一件与他有关联的物事都没剩下。他带上装诗稿的箱子来到面包房，遇上桑塔索菲亚·德拉·彼达正准备点炉子。

“用这个点火，”他对她说，递过第一卷发黄的纸张，“更好烧，都是很旧的东西。”

桑塔索菲亚·德拉·彼达一向寡言温顺，连对自己的儿子都从未拂逆，这时却觉得不能遵命行事。

“这是很重要的文件。”她说。

“哪儿的话，”上校说，“是自己写给自己的玩意儿。”

“那么，”她说，“您自己烧吧，上校。”

他不仅这样做了，还用小斧子把箱子劈了，将木片丢入火中。几个小时前，庇拉尔·特尔内拉来看他。多年未见，奥雷里亚诺·布恩迪亚上校惊讶于她已如此衰老，如此肥硕，同时纸牌算命术又如此精进。“当心嘴巴。”她告诉他。他不禁暗自思忖，她在他声誉如日中天的时候也这样说过，莫非那是对他命运的预见，只是惊人地提前了而已？不久，私人医生为他除去疖子的时候，他不经意地问起心脏的确切位置。医生用听诊器听罢，拿蘸了碘酒的棉团在他胸前画了个圈。

星期二停战日的清晨天气温和，细雨绵绵。奥雷里亚诺·布恩迪亚上校不到五点就走进厨房，喝他惯常喝的不加糖的咖啡。“你就是在这样的天气里出生的，”乌尔苏拉对他说，“所有人都被你睁开的眼睛吓坏了。”他没有理会，因为他正专心倾听部队的集合声、军号声和打破黎明寂静的颁令声。尽管经过多年的军旅生涯，他对这些已是司空见惯，这回却仍像年轻时面对一个女人的胴体一样感到双膝发软浑身起鸡皮疙瘩。他最终还是陷入了怀旧的罗网，隐约想着自己如果娶了她，或许会远离战争和荣耀，做一个无名的匠人、一头幸福的动物。这迟来的震颤并不在他的预料当中，给早饭添了几许苦涩。早上七点，赫里内勒多·马尔克斯上校带着一群起义军军官来找他，发现他变得更加沉默、孤独、阴郁。乌尔苏拉想在他肩上披一条新毯子。“政府会怎么想呢，”她对他说，“人家还以为你是因为连买毯子的钱都没有才投降的。”但他没有接下毯子。直走到门口，看见雨还在下，他才答应戴上何塞·阿尔卡蒂奥·布恩迪亚的一顶旧毡帽。

“奥雷里亚诺，”这时乌尔苏拉对他说，“答应我，你如果在那边碰上难缠的事，就想想你母亲。”

他冲她淡淡一笑，伸直五指举起手来，一言不发走出门去，迎上一路的叫喊、谩骂和诅咒直到市镇出口。乌尔苏拉挂上门闩，决定有生之年不再摘下。“我们就在家里烂掉吧，”她想，“就在这没有男人的家里化成灰。绝不能让这个可耻的市镇看见我们流泪。”她整个上午找遍最隐秘的角落，却没能找到任何能拿来怀想儿子的物事。

仪式在距马孔多二十公里的一棵巨大木棉树的浓荫下举行，日后将围绕这棵树建起尼兰迪亚镇。负责接待政府与两党代表，以及起义军缴械代表团的是一群身着白衣、唧唧喳喳的见习修女，她们活像风雨中盘旋飞舞的受惊鸽子。奥雷里亚诺·布恩迪亚上校骑着一头泥迹斑斑的骡子到来。他没有刮胡子。既然已抵达一切希望的终点，丧失了全部荣光以及对荣光的怀念，比起梦想的破灭来倒是疖子的烦扰更令他痛苦。按照他的要求，现场没有音乐，没有爆竹，没有庆典钟声，没有欢呼喝彩，没有任何可能破坏停战悲凉气氛的程序。一位旅行摄影师为他拍了唯一一张本可能流传后世的照片，却被迫在显影前毁掉了底版。

仪式仅仅持续了签署文件所需的一段时间。各方代表在补丁重重的马戏团帐篷正中一张简陋的桌前就坐，忠心追随奥雷里亚诺·布恩迪亚上校到底的军官围在四周。签字之前，共和国总统特使准备高声朗读降书，但奥雷里亚诺·布恩迪亚上校表示反对。“我们不要在形式上浪费时间了。”他说，看也不看就要在文件上签字。这时他手下的一位军官打破了帐篷里令人昏昏欲睡的沉默。

“上校，”他说，“拜托您不要第一个签字。”

奥雷里亚诺·布恩迪亚上校同意了。现场一片寂静，仿佛能从清晰可辨的笔尖落纸声中听出签的是谁的名字。文件在桌上整整转了一圈，最前面的位置依然空着。奥雷里亚诺·布恩迪亚上校准备填上这一空白。

“上校，”他手下的另一位军官说，“现在挽回还来得及。”

奥雷里亚诺·布恩迪亚上校不为所动，在第一份文件上签了名。最后一份还没签完，一位起义军上校牵着骡子出现在帐篷门口，骡背上驮着两个箱子。来人非常年轻，却显出一副老成持重的模样。他是马孔多地区革命军金库的保管人。他拽着饥肠辘辘的骡子艰难跋涉了六天，终于在停战协定签字的日子及时赶到。他万分谨慎地卸下箱子，打开，一块接一块共取出七十二块金砖摆在桌上。没人记得有这笔财富存在。最近一年的混乱中，中央指挥部四分五裂，革命沦为各部首领之间的血腥混战，再无任何职责可言。革命军的黄金被熔铸成砖锭，后来又裹上一层陶土，却落得无人监管。奥雷里亚诺·布恩迪亚上校将这七十二块金砖列入上缴清单，不容多说当下就结束了仪式。瘦削的年轻人仍站在他面前，一双糖浆色的眸子肃然望着他的双眼。

“还有事吗？”奥雷里亚诺·布恩迪亚上校问道。年轻的上校从牙缝间挤出两个字。

“收据。”他回答。

奥雷里亚诺·布恩迪亚上校亲笔写了张收据给他。随后他喝了杯见习修女分发的柠檬水，吃了块饼干，就退到事先备好供他休息的野战帐篷里。他脱下衬衣，坐在行军床边，于下午三点一刻拿起手枪朝胸前私人医生画圈的地方开了一枪。同一时刻在马孔多，乌尔苏拉见灶上的奶锅久烧不开，便掀开锅盖，发现里面满是蛆虫。

“他们杀了奥雷里亚诺！”她喊道。

她出于孤独时养成的习惯往院中望去，看见何塞·阿尔卡蒂奥·布恩迪亚在雨中淋得浑身湿透，神情哀伤，比死的时候衰老许多。“他们背信弃义杀了他，”乌尔苏拉对此确信无疑，“没有人会好心为他合上眼睛。”到傍晚的时候，她透过泪水看见发光的橙色圆盘如闪电般急速飞过天空，便相信这就是死亡的兆头。当她还在栗树下伏在丈夫膝上啜泣的时候，奥雷里亚诺·布恩迪亚上校已被人送回家来，他裹在结着血迹变得硬挺的毯子里，愤怒地圆睁双眼。

他没有生命危险。子弹的轨迹完美无缺，医生能够将一根浸过碘酒的丝带从他胸前塞进又从后背拉出。“这是我平生的杰作。”医生得意地对他说，“这个点是唯一一处子弹可以穿过而不伤及重要器官的地方。”奥雷里亚诺·布恩迪亚上校发现身边围满了慈悲的见习修女，正绝望地念诵圣诗祈求他的灵魂安息。于是他深深悔恨仅仅为了嘲弄庇拉尔·特尔内拉的预言，没有按当初的计划在腭部开枪。

“如果我现在还掌权，”他对医生说，“我就会不经审判直接枪毙你。不是因为你救了我的命，而是因为你让我成为笑柄。”

短短几个小时里，自杀未遂使他恢复了失去的荣誉。那些编造谣言说他出卖革命换来一间金砖砌墙的卧室的人，现在都将他的自杀举动誉为悲壮之举，视他为烈士大肆颂扬。后来当他拒绝了共和国总统颁发的勋章，连与他不共戴天的敌人也陆续来到家中，请求他推翻停战协定，发动新的战争。屋里堆满了赔情道歉的礼品。晚些时候，奥雷里亚诺·布恩迪亚上校才被旧日同袍的广泛支持所触动，并没有排除顺应众意的可能。不仅如此，有时他还显得很热衷想再发动一场战争，赫里内勒多·马尔克斯上校觉得他只是在等待一个合适的理由。理由出现了：共和国总统表示，在特别委员会一一审查以及国会批准抚恤金申请之前，不会给自由派或保守派的老兵发放抚恤金。“这是在践踏协定。”奥雷里亚诺·布恩迪亚上校怒吼道，“他们会等邮件等到死。”他第一次从乌尔苏拉买来给他养伤的摇椅上起身，在房间里来回踱步，然后口述了一份措辞激烈的电文给共和国总统。在这份从未公开的电文中，他严词谴责这第一次罔顾尼兰迪亚协定的行径，威胁说养老抚恤金的问题如果不能在十五天内解决，他将再次发起战争，不死不休。他自觉态度磊落无私，还期望保守派的老兵支持。然而政府的唯一答复便是以保护为名加强了部署在他家门口的武装力量，并禁止一切探访。相似的措施也应用到了其他需要监视的军事首领身上。这场行动雷厉风行，及时有效，到停战两个月后奥雷里亚诺·布恩迪亚上校伤势痊愈时，当初极为坚决鼓动他起事的手下不是被杀便是被驱逐出境，或是死心塌地融入到政府机关中。

十二月，奥雷里亚诺·布恩迪亚上校出了房间，往长廊里只看了一眼便彻底打消了开战的念头。乌尔苏拉迸发出与年龄全然不符的活力，令家中焕然一新。“现在让他们瞧瞧我是什么人，”她看到自己的儿子没什么大碍便说，“这世上再也找不到比我们这个疯人院更漂亮更好客的人家。”她请人清扫和油漆房屋，更换家具，重整花园，播下新花种，大开门窗让夏日的明净阳光照进卧室。她宣布一次次累加的丧期结束，自己也脱下死气沉沉的旧衣，换上洋溢着青春气息的新衫。自动钢琴再次奏响，为家里带来欢乐。听到钢琴声，阿玛兰妲想起了皮埃特罗·克雷斯皮，想起了黄昏时分他佩戴的栀子花、他身上的薰

CIEN AÑOS DE SOLEDA

CIEN AÑOS DE SOLEDA

CIEN AÑOS DE SOLEDA

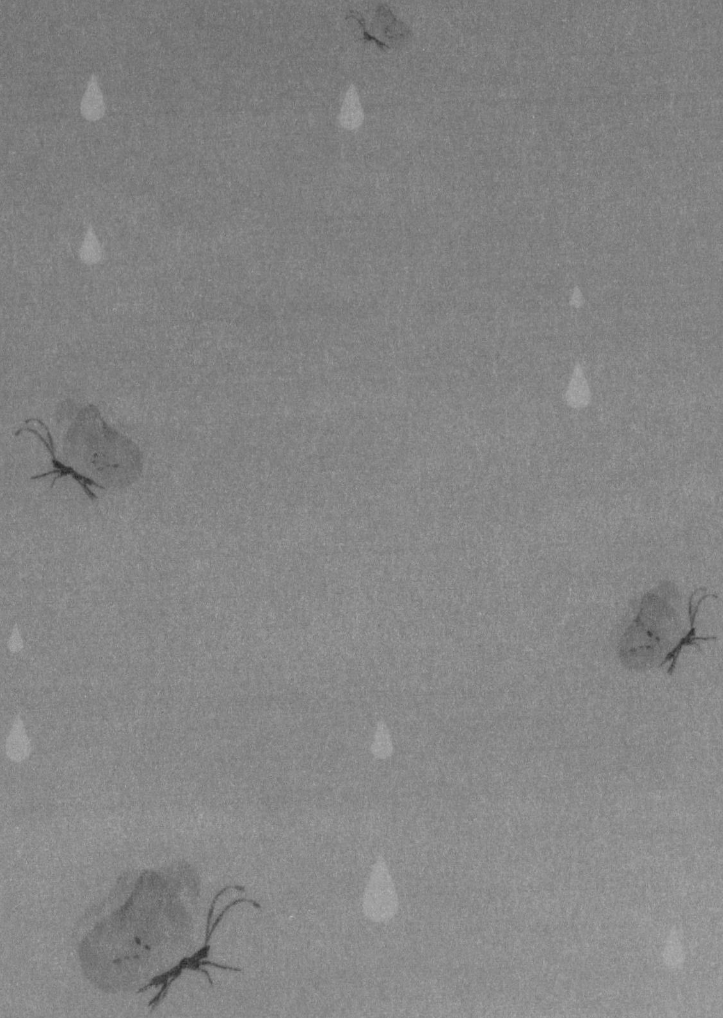

Cien años de soleda

衣草香气，她枯萎的内心深处萌生出经岁月淘洗后的纯净幽怨。一天下午整理客厅的时候，乌尔苏拉向看守住宅的士兵请求帮忙。年轻的警卫队队长批准了这一请求。渐渐地，乌尔苏拉不断委派他们新的任务。她请他们吃饭，送他们衣服和鞋子，教他们读写。当政府撤除监视时，有一个士兵还留下来，为家里服务了许多年。新年那天，年轻的警卫队队长受不了美人儿蕾梅黛丝的冷落而失去理智，天亮前在她窗前殉情而死。

多年以后，在临终的床榻上，奥雷里亚诺第二将会回想起那个阴雨绵绵的六月午后，他走进卧室去看自己的头生子。那孩子孱弱又爱哭，没有丝毫布恩迪亚家人的样子，但他未作多想便给他取好了名字。

“叫他何塞·阿尔卡蒂奥。”他说。

费尔南达·德尔·卡皮奥，他一年前娶来的美丽妻子，表示同意。但乌尔苏拉无法掩饰那隐隐的不祥预感。她从家族漫长历史上重复命名的传统中得出了在她看来无可争辩的结论：所有叫奥雷里亚诺的都性格孤僻，但头脑敏锐，富于洞察力；所有叫何塞·阿尔卡蒂奥的都性格冲动，富于事业心，但命中注定带有悲剧色彩。唯一无法归类的特例是何塞·阿尔卡蒂奥第二和奥雷里亚诺第二。他们在童年时如此相似又顽皮，连桑塔索菲亚·德拉·彼达也分不清。洗礼那天，阿玛兰妲给他们戴上写有各自名字的手环，穿上颜色不同并标有名字缩写的衣服。可开始上学的时候，他们决定互换衣服和手环，管自己叫对方的名字。梅尔乔·埃斯卡洛纳老师已经习惯管穿绿色衬衣的叫何塞·阿尔卡蒂奥第二，因此当发现后者戴着奥雷里亚诺第二的手环，而另一个虽然穿着白色衬衣戴着何塞·阿尔卡蒂奥第二的手环，也自称奥雷里亚诺第二的时候，不禁大为光火。从那以后，再没有人能确定无误地分辨两人。他们渐渐长大，不再彼此酷似，但乌尔苏拉仍暗自寻思，他们会不会在玩复杂换名游戏的某一时刻混淆，从此永远对换了身份。直到青春期初始，他们仍是按同一节奏生活。他们同时醒来，同时想去浴室，同样感到身体不适，甚至做同样的梦。家人一向以为他们动作划一只是为了让人混淆，直到有一天桑塔索菲亚·德拉·彼达发现了真相：她给兄弟俩中的一个一杯柠檬水，他刚尝了一口，另一个就抢先说里面没放糖。桑塔索菲亚·德拉·彼达想起来的确忘了放糖，随后把事情讲给乌尔苏拉听。“全都一个样，”她毫不惊奇，“天生的疯子。”随着时间流逝，事情都乱了套。在换名游戏中保留下奥雷里亚诺第二这名字的男孩变成和祖父一样的彪形大汉，而那个叫作何塞·阿尔卡蒂奥第二的却长得像上校一样瘦骨嶙峋，两人之间仅存的共同点就是家传的孤独气质。或许正是这种体魄、姓名与性格的交错，才使得乌尔苏拉怀疑他们从童年时起就互换了身份。

两人之间的差异在战争最酣时显露无遗，那时何塞·阿尔卡蒂奥第二请求赫里内勒多·马尔克斯上校带他去看枪决犯人。尽管有乌尔苏拉反对，他的愿望还是得到了满足。但对奥雷里亚诺第二来说，光是去看行刑这念头就足以让他胆战心惊。他宁愿待在家里。十二岁那年，他问乌尔苏拉那个锁着的房间里有什么。“纸，”她回答，“是梅尔基亚德斯的书和他最后几年写的古怪东西。”这回答不但没令他满意，反而激起了他的好奇心。他反复恳求，并保证不破坏任何东西，最后乌尔苏拉给了他钥匙。自从梅尔基亚德斯的尸体被搬出之后，再没有人进过这个房间，门上的锁都已锈住。但当奥雷里亚诺第二打开窗子，一道光线施施然射入，仿佛是这房间的常客，天天造访从未间断，而且屋内没有丝毫灰尘或蛛网，一切整洁如经清扫，甚至比梅尔基亚德斯下葬那天还要干净几分。墨水瓶里没有干涸，金属材料上不见锈迹，连何塞·阿尔卡蒂奥·布恩迪亚烧煮水银的炉火也不曾熄灭。隔板上摆放着用一种色泽苍白、硬如纸板，仿佛鞣制人皮的材料做衬面的书籍，还有保存完好的手稿。虽然幽闭多年，房间里的空气却似乎比家中别处还要纯净。一切都如此整洁，几个星期后乌尔苏拉提着水桶拿着扫帚走进房间想要打扫的时候，竟发现无事可做。奥雷里亚诺第二沉浸在一本书里。这书缺了封面，哪儿都找不到书名，那孩子仍读得津津有味，诸如一个女人坐在桌旁用大头针专挑饭粒吃，一位渔夫向邻居借压渔网用的铅坠，后来作为报偿送的鱼腹中含有一颗钻石，此外还有能满足一切愿望的神灯的故事和飞毯的传奇。他惊奇地询问乌尔苏拉这些可都是真的，她回答说是，多年前吉卜赛人就曾给马孔多带来神灯和飞毯。

"只不过，"她叹了口气，"世界一天不如一天，那些东西也不见了。"

看完这本很多故事因为缺页没有结束的书，奥雷里亚诺第二开始破译手稿，只是这项艰巨的任务不可能完成。手稿上的字迹仿佛晾在铁丝上的衣服，比起文字来更像是音符。一个炎热的中午，他正在钻研手稿，忽然感觉自己并非单独待在房间里。背对窗口的光线，梅尔基亚德斯坐在那里，手放在膝盖上。他还不到四十岁，穿着同一件不合时宜的坎肩，戴着同一顶鸦翼状礼帽，发间的油脂因炎热而融化，沿着苍白的鬓角流淌，与奥雷里亚诺和何塞·阿尔卡蒂奥孩童时所见一模一样。奥雷里亚诺第二立时认出了他，因为这份记忆代代相传，从祖父遗传到了他这里。

"你好。"奥雷里亚诺第二说。

"你好，年轻人。"梅尔基亚德斯说。

从那以后的好几年里，他们几乎每天下午都见面。梅尔基亚德斯为他讲起世上万事，想把古老的智慧传授给他，却不肯译出手稿。"不到一百年，就不该有人知道其中的含义。"他解释道。对于这些交谈，奥雷里亚诺第二终生持守秘密。有一次，他感觉自己的世界瞬时崩塌了，因为乌尔苏拉在梅尔基亚德斯出现时进了房间。但她看不见他。

“你在和谁说话？”她问。

“没和谁。”奥雷里亚诺第二回答。

“你曾祖父也是这样，”乌尔苏拉说，“他也老自言自语。”

何塞·阿尔卡蒂奥第二实现了观看枪决的愿望。他毕生都将记得六个枪口同时冒出的青色焰光、回响于山间直至消失的枪声，以及死刑犯凄惨的微笑和迷茫的眼神。那人保持直立，鲜血浸透衬衫，从柱子上被解下到被塞进装满石灰的棺材一直微笑着。“他还活着，”他想，“他们要把他活埋。”这给他留下了极其深刻的印象，从此他便厌恶军事演练和战争，这倒并不是因为行刑这件事本身，而是因为活埋死刑犯的做法。没人知道他从何时起开始到钟楼上敲钟，帮助“新手”的继任者安东尼奥·伊莎贝尔神父做弥撒，还负责喂养神父住处院里的斗鸡。赫里内勒多·马尔克斯上校得知后，严厉批评他竟去学习这些被自由派唾弃的行径。“问题是，”他回答，“我觉得我天生是保守派。”在他看来，这是命中注定。赫里内勒多·马尔克斯上校大为光火，忙去告诉乌尔苏拉。

“这更好。”她表示赞成，“但愿他当个神父，这样上帝就终于能进这个家门了。”

很快便听说，安东尼奥·伊莎贝尔神父在为他准备第一次领圣体仪式。他一边为斗鸡修剪颈羽，一边跟神父学习教理问答。在他安置母鸡抱窝的时候，神父用简明的例子为他解释上帝如何在创世第二日想到让鸡在蛋中孕育。从那时起神父表现出老年谵语的最初症状，数年后甚至妄言或许魔鬼已在对上帝的反叛中获胜，如今是它坐在天国的宝座上，隐藏自己的身份来引人受骗上当。

经过导师的大胆锤炼，何塞·阿尔卡蒂奥第二在短短几个月内就掌握了足以迷惑魔鬼的神学诀窍，不亚于他在斗鸡方面的百般花招。阿玛兰妲给他做了身亚麻正装，配上硬领和领带，又给他买了一双雪白的鞋子，还用金字把他的姓名印在大蜡烛的丝带上。领圣体前两天，安东尼奥·伊莎贝尔神父把两人关在圣器室里听他告解，手捧一本罪孽大全作为参照。那份罪孽清单那么长，神父上了年纪，平时又习惯六点就寝，终于没等结束就在扶手椅上睡了过去。这场问讯令何塞·阿尔卡蒂奥第二眼界大开。神父问他有没有和女人做坏事，他并不吃惊，当下如实回答没有，但被问到有没有和动物做过的时候，他不禁一阵惶然。五月第一个星期五，他在好奇心的煎熬中领了圣体。后来他去向佩特洛尼奥请教，这个疾病缠身的圣器保管人住在钟楼上，据说以蝙蝠为食，他这样回答："是有些堕落的基督徒和母驴干那种事。"何塞·阿尔卡蒂奥第二仍很好奇，缠着问个不停，佩特洛尼奥终于失去了耐心。

"我每星期二晚上去，"他透露了秘密，"如果你保证谁也不告诉，下星期二我就带你去。"

到了星期二，佩特洛尼奥果然拎着一张此前无人知晓其用途的小木凳，下了钟楼，带何塞·阿尔卡蒂奥第二走进附近的一处菜园。男孩迷上了这样的夜间出游，很长一段时间后卡塔利诺的店里也出现了他的身影。他一心扑在斗鸡上。"把你的这些畜生拿到别处去，"乌尔苏拉第一次看见他带着漂亮的斗鸡回来，便下了命令，"斗鸡让这个家受的苦已经够多了，你现在还给我们往回带。"何塞·阿尔卡蒂奥第二没有争辩就照办了，带到他祖母庇拉尔·特尔内拉那里继续养，后者只要他肯来，愿意提供他所需的一切。很快他在斗鸡上显露出安东尼奥·伊莎贝尔神父传授的智慧，挣的钱不仅够他扩大养殖，也可以满足他作为男人的需要。那时候乌尔苏拉拿他与他兄弟相比，难以理解童年时相似如一个人的兄弟俩最后为什么会变得如此迥异。她无须困惑太久，因为奥雷里亚诺第二也开始表现出懒散放荡的倾向。关在梅尔基亚德斯的房间里时，他是个孤僻内向的人，就像年轻时的奥雷里亚诺·布恩迪亚上校一样。但就在尼兰迪亚协定签订前不久，一桩偶然事件令他走出自己的天地，回到现实世界。他遇上一个让人买彩票赢手风琴的年轻女人，她非常亲热地和他打招呼。奥雷里亚诺第二没有感到惊讶，因为常有人将他错认作他的兄弟。那女人哭闹着想让他心软，最终把他领进了自己的房间，他却一直没有纠正这个错误。这次邂逅之后，她对他爱恋有加，甚至在彩票上做手脚让他赢得了手风琴。两个星期后，奥雷里亚诺第二意识到女人在轮换着与他们兄弟俩睡觉且满心以为是同一个人，他却没有挑明事实，反而想方设法继续下去。他再没有回到梅尔基亚德斯的房间。下午他待在院子里，凭着听来的印象自学手风琴。乌尔苏拉对此提出反对，因为当时正值丧期，何况她也鄙视手风琴，把它看作是好汉弗朗西斯科的徒子徒孙那路流浪汉才用的乐器。但奥雷里亚诺第二未加理会，终于成为一名手风琴高手，他直到结婚生子，跻身马孔多最受尊敬的人物之列，依然保持着这一爱好。

将近两个月的时间里，他和他兄弟共享一个女人。他监视他的行踪，打乱他的安排，一经确认他当晚不会去找他们共同的情人，就去和她睡觉。一天早晨，他发现自己得病了。两天后，他撞见他兄弟抱着浴室的柱子，浑身大汗，痛哭流涕，便立刻明白了缘故。他兄弟向他坦承，自己使那女人染上了被她称作花柳病的恶疾，被赶了出来。他还说庇拉尔·特尔内拉曾设法给他医治。奥雷里亚诺第二暗中用滚热的高锰酸洗液擦洗，服用利尿剂。暗暗忍耐三个月的折磨后，两人分别痊愈。何塞·阿尔卡蒂奥第二再没找过这个女人。奥雷里亚诺第二获得了她的原谅，和她一起生活到死。

她叫佩特拉·科特斯。她在战争最激烈的时期和一个卖彩票的露水情人一起来到马孔多，那男人死后她便接过这桩生意。她是个年轻整洁的黑白混血女人，一双黄色的杏眼使她的脸庞带上几分美洲豹般的凶悍，但她有着慷慨的心灵和绝妙的情爱天赋。当乌尔苏拉终于知道何塞·阿尔卡蒂奥第二成了斗鸡人，而奥雷里亚诺第二则忙于为自己情人喧闹的聚会拉手风琴时，她觉得自己混乱得要发疯。这两人身上好像都集中了家族的缺点，却没有继承任何美德。于是她决定谁也不能再叫奥雷里亚诺和何塞·阿尔卡蒂奥这两个名字。但当奥雷里亚诺第二的头生子出生时，她没敢违抗他的意愿。

"好吧，"乌尔苏拉说，"但有个条件，孩子由我来养。"

尽管她已年逾百岁，患白内障几近失明，却仍然活力不减，性格不变，头脑清醒。没有人比她更适合培养一位品德高尚的人才来重振家声，他将远离战争、斗鸡、放荡女人和疯狂举动，这四样灾难在乌尔苏拉看来正是造成家族衰落的罪魁祸首。"他将成为神父。"她神情庄重地许诺，"如果上帝让我活得够长，我一定能看见他当上教皇。"所有人，不仅卧室里的，还有整幢房子里聚集的奥雷里亚诺第二的狐朋狗友，听了都忍俊不禁。战争成为糟糕的记忆已被人遗忘，但此时一瓶瓶香槟的瓶塞轰然迸脱，倒像是瞬间回到了枪炮隆隆的日子。

"为教皇的健康干杯。"奥雷里亚诺第二打趣道。

客人们齐声响应。随后，主人拉起手风琴，爆竹噼啪燃响，市镇上敲起欢快的鼓声。清晨，淋透香槟的客人宰掉六头牛拿到街上任人随取。没人对此大惊小怪。自从奥雷里亚诺第二主持家务以来，这类聚会成了家常便饭，尽管通常并没有庆祝一位教皇的诞生这样名正言顺的借口。短短几年间，他不靠努力，全凭运气，因所饲养牲畜的神奇繁殖力挣下了在大泽区数一数二的巨大财富。他的母马一胎生三驹，他的母鸡一天下两次蛋，他的猪飞速长膘。没人能解释这种荒唐的繁殖力，只能归结为魔法。“你现在得省着点儿，”乌尔苏拉对她那毫无长远打算的曾孙说道，“这种运气不可能一辈子跟着你。”但奥雷里亚诺第二未加理会。他越是大开香槟供朋友畅饮，他的牲畜就越发疯狂地繁衍，而他也就越发确信好运与自己的行为无关，而是来自于佩特拉·科特斯，他的情妇，她的爱具有催化自然的能力。他认定这就是财富的源头，坚信不疑，因此从未让佩特拉·科特斯远离自己的牲畜，即使结婚生子后仍征得费尔南达的同意和她生活在一起。奥雷里亚诺第二和祖辈一样身材壮硕，却有着享乐的活力和令人无法抗拒的亲切感，这是前人身上所没有的。他几乎没时间去照管畜群。他只需带上佩特拉·科特斯去养殖场，和她一起骑马在自己的土地上绕一圈，就足以令所有带着自己标记的牲畜无可救药地染上多产症。

就像他漫长一生中所有的好事一样，这笔巨大的财富也是出于偶然。直到战争末期，佩特拉·科特斯还在靠卖彩票糊口，奥雷里亚诺第二则不时洗劫乌尔苏拉的储钱罐来过活。他们成了轻浮的一对，只知道夜夜睡在一起，即使在禁止寻欢的日子也不例外，在床上嬉闹直到天明。“这女人非毁了你不可，”乌尔苏拉看着曾孙梦游般走进家门，朝他大喊起来，“她把你变傻了，过不了两天你肚子里就会生只癞蛤蟆，疼得直不起腰。”何塞·阿尔卡蒂奥第二过了很久才发现他冒名顶替自己，很难理解兄弟的痴狂。在他的印象中，佩特拉·科特斯是个很平常的女人，在床上甚至有些慵懒，完全不具备勾人情愫的魅力。对乌尔苏拉的呼号和兄弟的嘲弄，奥雷里亚诺第二一概充耳不闻，他那时只想着找个营生养活佩特拉·科特斯，在某个狂欢之夜与她死在一起，死在她身上，死在她身下。当奥雷里亚诺·布恩迪亚上校终于抵不住安享晚年的诱惑，重开作坊，奥雷里亚诺第二觉得制作小金鱼是桩不错的生意。他在那间酷热的小屋里待了很久，看着上校在大彻大悟后生发出难以想象的耐心，让坚硬的金属片在手中渐渐变成金色的鱼鳞。他觉得这活计太过费力，而他又无时无刻不思念着佩特拉·科特斯，因此三个星期后便彻底从作坊消失了。正是在那段时间，佩特拉·科特斯忽然想到卖彩票抽兔子的主意。她的兔子不断繁殖生长，速度之快甚至没等彩票卖完就已发育成熟。开始的时候，这种惊人的繁衍并没有引起奥雷里亚诺第二的注意，直到后来市镇上的人都厌烦了兔子彩票，一天晚上他听到隔着院墙传来阵阵喧闹声。“别担心，”佩特拉·科特斯说，“是兔子。”两人再没睡着，被兔子的忙碌声吵了一夜。天亮时，奥雷里亚诺第二打开房门，看见院里满是兔子，在晨光中一片青蓝。佩特拉·科特斯笑弯了腰，忍不住跟他开个玩笑。

“这些都是昨晚生的。”她说。

“太可怕了！”他说，“你干吗不试试养牛？”

几天后，为了在院子里腾出地方，佩特拉·科特斯用兔子换了一头奶牛。两个月后这奶牛就生了三胞胎。事情便是这样开始的。一夜之间，奥雷里亚诺第二拥有了土地和畜群，几乎来不及扩建拥挤的畜栏和猪圈。这种匪夷所思的兴旺令他自己都觉得好笑，他只好选择荒唐的方式来抒发大好心情。“让一让，母牛们，生命短暂啊。”他喊叫道。乌尔苏拉纳闷他究竟在搞什么鬼，想着牲畜会不会是偷来的，他是不是成了偷牛贼。每次看到他打开香槟仅仅是为了往头上喷泡沫寻找乐趣，她都要大声斥责他挥霍浪费。他对此十分厌烦，一天清早心血来潮，拿起一箱钞票、一罐糨糊和一把刷子，哼着好汉弗朗西斯科的老歌把家中里里外外、上上下下贴满了一比索的纸币。从自动钢琴运抵时就漆成白色的老宅，现在变得像清真寺一样。家人乱作一团，乌尔苏拉大惊失色，市镇上的人都挤在街上观看这挥霍豪举，这时奥雷里亚诺第二已经从立面到厨房全部裱糊完毕，连浴室和卧室都没放过，最后把剩下的钞票抛到了院子里。

“好了，”他最后宣告，“我希望在这个家里再没有人跟我提钱的事。”

的确如此。乌尔苏拉命人把钞票揭下来，连带着还揭下大片大片的石灰墙皮，又重新把房子刷白。“上帝啊，”她恳求道，“让我们和当初建村时一样穷吧，免得下辈子你为这样的浪费惩罚我们。”她的祈求得蒙垂听，结果却与她期待的相反。一个揭钞票的工人不小心碰倒了一尊战争末期别人寄存在家里的圣约瑟石膏雕像，那空心雕像跌在地上摔碎了。里面满是金币。没人记得是谁送来这尊真人大小的雕像。“是三个人带来的，”阿玛兰妲解释道，“请我们保存到雨季过去，我对他们说就放在这儿，谁也不会碰到。他们就非常小心地把它放在这儿，一直搁到现在，再也没人回来要过。”最近一段时间，乌尔苏拉在雕像前点上蜡烛，跪地膜拜，从未想过她所敬拜的不是一尊圣徒像，而是将近两百公斤的黄金。想到自己无意中犯下异教行径却迟迟不自知，她更加痛苦。她朝着壮观的金币小山啐了一口，把它们装进三个帆布袋，埋在一处秘密的地方，等待那三个陌生人早晚来讨要。很久以后，她已进入行动不便的暮年，还常常加入许多流连于家中的旅人的谈话，询问他们有没有在战争期间寄存过一尊圣约瑟石膏雕像，等雨季过后来取。

这种事情给乌尔苏拉带来巨大烦扰，在那段时间却时常发生。马孔多沉浸在一派奇迹般的繁荣景象中。泥巴和芦苇盖成的屋子已经被配有木制百叶窗和水泥地面的砖石建筑所替代，后者更有利于散去午后两点令人窒息的酷热。何塞·阿尔卡蒂奥·布恩迪亚时代的旧村庄唯一的残留，就是那些覆满灰尘的巴旦杏树，它们忍耐得了最恶劣的环境，而清澈见底的河里那些史前巨石都被何塞·阿尔卡蒂奥第二疯狂的长柄锤砸成了粉末，为的是清理河道开发航路。这是一个疯狂的梦想，不比当初他曾祖父的诸多狂想逊色，因为布满石块的河床和险阻重重的湍流使马孔多无法通航到海。但何塞·阿尔卡蒂奥第二出人预料地心血来潮，顽固地要实施这一计划。到那时为止，他还从未表现出什么想象力。除了与佩特拉·科特斯的露水情缘，他并没有别的女人。乌尔苏拉认为他是整个家族史上最没出息的子孙，觉得他一无可取，甚至在斗鸡场上也没出多少风头。就在这时候，奥雷里亚诺·布恩迪亚上校给他讲起离大海十二公里处搁浅的西班牙大帆船，上校战时曾亲眼见过它烧焦的龙骨。这一说法在很长时间里被很多人视为荒诞不经的神话，可在何塞·阿尔卡蒂奥第二听来却不啻一个启示。他拍卖了所有的斗鸡，然后招募人手，购买工具，展开一系列砸碎石块、挖掘河道、铲除暗礁甚至填平瀑布的宏伟工程。“这些我太熟悉了。”乌尔苏拉喊道，“时间好像倒转了，我们又回到了从前。”预计河道可以通航的时候，何塞·阿尔卡蒂奥第二向兄弟详细讲述了自己的计划，奥雷里亚诺第二为他提供了所缺的资金。此后，他消失了很长一段时间。当人们已经在议论他买船的计划不过是卷走兄弟钱财的骗局时，却有消息传来说一艘奇怪的船正向市镇驶来。已经淡忘了何塞·阿尔卡蒂奥·布恩迪亚当年丰功伟业的马孔多居民，争先恐后地奔向河滨，难以置信地看着第一艘也是最后一艘造访该市的船。那不过是一条树干扎成的木筏，靠着岸上的二十个男人用粗索牵引前行。何塞·阿尔卡蒂奥第二站立船头，眼里闪着志得意满的神色，正在指挥这项艰巨的作业。和他一起到来的是一群风情万种的女郎，她们撑起鲜艳的阳伞抵御灼热的日光，肩上是精美的丝绸披巾，脸上是彩色的脂粉，发间插着鲜花，臂上佩着金蛇，齿间镶着钻石。这条用树干扎成的木筏是唯一能让何塞·阿尔卡蒂奥第二航行到马孔多的船只，也仅此一次，然而他却从未承认失败，反而将自己的成就当成一次意志的胜利。他将记录得一丝不苟的账目交给兄弟，很快又回到与斗鸡相伴的生活中。这场不走运的冒险的唯一遗泽，就是来自法国的女郎们带来的新潮流。她们的精湛技艺令传统的风月套路彻底改观，她们在社会福利方面的贡献将过气的卡塔利诺店远远抛在后面，使整条街变成一座市场，其间日式灯笼灯影摇曳，手摇风琴琴声忧伤。正是她们发起了那场血腥狂欢节，使马孔多陷入三日的疯狂，唯一长久的成果就是奥雷里亚诺第二获得了认识费尔南达·德尔·卡皮奥的机会。

美人儿蕾梅黛丝被选为狂欢节女王。乌尔苏拉为曾孙女惊心动魄的美貌感到恐惧，却无法阻止她当选。此前，乌尔苏拉禁止她出门，除非是和阿玛兰妲一起去望弥撒，但是也要她用一块黑色头巾蒙住脸庞。那些并不虔敬的男人，那些在卡塔利诺店里化装成神父主持渎神弥撒的男人，都涌向教堂，只为一窥美人儿蕾梅黛丝的脸庞，哪怕看上一眼也好。她的美貌传说伴着人们惊人的狂热在整个大泽区流传。他们等了很久才如愿以偿，事实上等不到那机会才是真正的幸运，因为他们中的大多数人终生再也无法安眠。让她露出面容的男人，那个外来者，尊严尽失，陷入自轻自贱的泥潭，数年后睡在枕木上被一辆夜行列车轧死。从他身着绿色丝绒上装和绣花马甲出现在教堂的那一刻起，就没有人怀疑他必定是受美人儿蕾梅黛丝的魔力所吸引，从远方而来，或许是从域外某个遥远的城市而来。他如此英俊，如此优雅沉静，如此风度翩翩，和他比起来皮埃特罗·克雷斯皮不过是个充大人的毛头小子。不少女人笑容中含着不满，嘟囔说他才配得上黑纱蒙面。他在马孔多不曾与任何人交谈。星期天清晨他如同神话中的王子一般现身，骑着配有银马镫和天鹅绒鞍褥的骏马，弥撒结束后便离开市镇。

他的风采如此摄人心魄，以至于第一次在教堂里看见他，所有人都认定美人儿蕾梅黛丝与他之间已然存在一桩秘密约定，一场紧张的无声对决，一次势不可免的争霸，不仅会以爱情告终，还要加上死亡方能了结。到了第六个星期天，这位绅士现身时手中拿着一枝黄玫瑰。他和往常一样站着望弥撒，弥撒结束时拦住了美人儿蕾梅黛丝的去路，献上那枝孤独的玫瑰。她再自然不过地接过去，仿佛对这一馈赠早有准备，并在一瞬间掀开头巾，嫣然一笑表示感谢。仅此而已。然而对于那位绅士，对于所有不幸一睹风采的男人来说，那一刻便是永恒。

从那时起，那位绅士夜夜带着乐队在美人儿蕾梅黛丝窗前流连，有时候直待到黎明时分。奥雷里亚诺第二是唯一对他产生真切同情的人，曾试图打破他执着的幻想。“别浪费时间了，”一天晚上他劝道，“这家里的女人比骡子还糟糕。”他伸出友谊之手，邀请他畅饮香槟，试图使他明白自己家里的女人个个铁石心肠，却没能稍减他的决心。奥雷里亚诺·布恩迪亚上校受够了夜夜无休无止的乐声，威胁要用手枪子弹来治疗他的相思病。但真正令他放弃努力的是他自己可悲的绝望。曾经衣着考究、毫无瑕疵的人物沦为衣衫褴褛、龌龊卑下的渣滓。有传言说他抛下了在远方国度的权势与财富，但实际上没人知道他从何处来。他整日惹是生非，在酒馆寻衅滋事，在卡塔利诺的店里待到天亮，滚在自己的排泄物里。他的最大悲剧在于，美人儿蕾梅黛丝从未注意过他，即使在他如王子般盛装出现于教堂时也不例外。她接受那枝黄玫瑰并没有任何恶意，只不过觉得他的夸张表现有趣；她掀开头巾也是为了看清他的脸，而非有意展示自己的容颜。

事实上，美人儿蕾梅黛丝不属于这个世界。进入青春期后很久，她还要桑塔索菲亚·德拉·彼达为她洗澡穿衣；等到她生活能够自理的时候，仍得有人留神她，防止她用自己的一撅儿粪便在墙上画小动物。她到了二十岁还没有学会读写，不会使用餐具，赤着身子在家里走来走去，因为她天生拒斥一切常规。当年轻的警卫队队长向她表白爱意时，她被这冒失的举动吓了一跳，当下拒绝了。“你看他好傻，”她对阿玛兰妲说，“他说他因为我难受得要死，好像我是绞肠痧似的。”当那年轻人果真死在她的窗下，美人儿蕾梅黛丝便证实了自己最初的印象。

“你们看，”她评论道，“他就是太傻了。”

她仿佛拥有一种敏锐的洞察力，能够透过一切表象看到事物的本质。至少奥雷里亚诺·布恩迪亚上校这样认为，在他看来美人儿蕾梅黛丝根本不像人们所想的那样弱智，恰恰相反。“她就好像是打了二十年仗回来的人。”他常这样说。至于乌尔苏拉，她常常感谢上帝赐予这家里一个纯洁无瑕的灵魂，但同时也为其美貌而惶惶不安。她觉得那是与美德相冲突的优点，是隐藏在纯真之中的邪恶圈套。为此乌尔苏拉决定让她远离尘世，避开凡间一切引诱，殊不知她早在母亲腹中就注定永不受玷染。她从未想过在一场群魔乱舞的狂欢节上成为选美女王。然而一心想化装成老虎的奥雷里亚诺第二把神父安东尼奥·伊莎贝尔请到家中，说服乌尔苏拉相信狂欢节并非像她认为的那样是异教节日，其实出自天主教传统。最终她被说服，勉强同意了举行女王加冕礼。

蕾梅黛丝·布恩迪亚将成为狂欢节女王的消息在短短几个小时内飞越大泽区的边界，传至遥远到从未听说过她超凡美貌的地方，引发了一些人的担忧。在他们眼中，这一姓氏仍与反叛作乱联系在一起。这种担忧是毫无根据的。如果那个时期还有谁能做到与世无争，那便是日渐衰老、归于平凡的奥雷里亚诺·布恩迪亚上校，他渐渐失去了与家国现世的一切联系。他待在作坊里足不出户，小金鱼生意是联结他与外界的唯一纽带。停战初期被派来监视他家的士兵中有一个负责将成品拿到大泽区的村镇去贩卖，又带着金币和最近的消息回来。他说保守党政府获得了自由党人的支持，正在修改历书使每任总统可以在任一百年。他说政府终于与教廷达成协定，还有一位红衣主教从罗马被派来，头戴钻石冠冕，端坐在实心的黄金宝座上，而自由党的部长们都跪下来亲吻他的戒指并摄影存照。他说一家西班牙剧团经过首都时，女主唱在化妆室里被一群戴面具的人绑架，到了星期天却出现在共和国总统的消夏别墅里跳裸体舞。“别跟我谈政治，”奥雷里亚诺·布恩迪亚上校对他说，“咱们只管卖小金鱼。”坊间有流言说他对国家现状不闻不问是因为靠着作坊发了财，但传到乌尔苏拉耳中时只引发了她的讥笑。从她纯粹的实用主义观念出发，她实在难以理解上校的生意意义何在：用小金鱼换来金币，随即把金币变成小金鱼，如此反复，卖得越多活计越辛苦，却只是为了维持一种不断加剧的恶性循环。实际上上校在乎的不是生意，而是干活本身。他必须全神贯注地投入，嵌上片片鱼鳞，用红宝石微粒镶鱼眼，锤出鱼鳃，添上尾鳍，再没有余暇为战后的失落而烦恼。这门精密的手艺极其耗费心神，令他在短短时间内比在整个战争年代衰老得更甚。不变的坐姿令他脊柱变形，精确到毫米的工艺使他视力受损，但不容丝毫分心的专注让他获得了心灵的平静。一群来自两个党派的老兵寻求他的支持，希望解决养老抚恤金的问题，因为政府一直许诺却从未落实，那是他最后一次涉入与战争相关的事务。“忘了这回事吧，”他劝道，“你们看我早就放弃了养老金，免得傻等到死受罪。”开始的时候，赫里内勒多·马尔克斯上校每到傍晚都来拜访，两人坐在大门口追忆过往。但阿玛兰妲无法忍受这个疲累的男人勾起自己的回忆，他的秃顶正将他引向未老先衰的深渊。于是她无理地令他处处难堪，终于他只在特殊情况下才登门，最后因瘫痪而彻底消失。沉默寡言的奥雷里亚诺·布恩迪亚上校对家中重新焕发的活力视若无睹，约略懂得幸福晚年的秘诀不过是与孤独签下不失尊严的协定罢了。每天浅睡一觉后五点起床，照例到厨房喝上一杯不加糖的咖啡，然后一整天关在作坊里，到下午四点才拖着一张矮凳走过长廊，如火如荼的玫瑰、明媚耀眼的暮色、阿玛兰妲的漠然——每到黄昏时分她的忧郁就发出开锅般清晰可闻的声响——都无法吸引他的注意。他在临街的门口坐下，直到蚊虫开始肆虐才回到家中。一次，有人鼓起勇气打扰了他的独处。

“您近来可好，上校？”那人走过时问道。

“就在这儿待着，”他回答，“等着给我下葬。”

由此可见，因美人儿蕾梅黛丝被封为女王，他的姓氏重新出现在公众视野而引发的担忧实际上缺乏事实根据。然而很多人并不这样想。市镇上的人们对迫近的悲剧一无所知，广场上人声鼎沸，一派欢天喜地的热闹景象。狂欢节达到疯狂的最高潮，奥雷里亚诺第二实现了扮成老虎的愿望，快乐地在狂热的人群中奔跑，因长久吼叫而嗓音嘶哑。就在此时，通往大泽区的路上出现了一队庞大的化装人群，他们抬着一座金光耀眼的花台，上面是一位人们所能想象出的最迷人的女子。一时间，马孔多本来心境平和的居民都摘下面具好看清这位神奇的美人，她头戴翡翠王冠，身披白鼬皮斗篷，俨然拥有货真价实的权柄，而不仅是闪光的缀片和皱纹纸打扮起来的女王。不乏目光敏锐的人觉察到这是一种挑衅行为。但奥雷里亚诺第二马上摆脱了困惑，宣布将新来者视作贵宾，并很聪明地让美人儿蕾梅黛丝和外来的女王在同一高台上就座。直到午夜时分，那些化装成贝都因人的外来者仍在热闹狂欢，并用绚丽的烟火和精彩的杂耍助兴，让人想起当年吉卜赛人的本领。突然间，就在节日的最高潮，有人打破了这微妙的平衡。

“自由党万岁！”他喊道，“奥雷里亚诺·布恩迪亚上校万岁！”

步枪倾泻的弹雨压倒了烟火的光彩，惊恐的喊叫盖过了乐声，欢乐被恐慌所取代。多年以后，人们仍确信外来女王的亲卫队实际上是一个中队的政府军，每人的外袍下都暗藏着军用枪械。政府在一份特别通告中否认了这一指控，并许诺将彻底清查这场血案。然而真相从未澄清，广为流传的说法是女王卫队在未受到任何挑衅的情况下，根据指挥官的暗示进入战斗状态，毫无怜悯地向人群开火。当一切恢复平静，那些假贝都因人都不见了。广场上有死有伤，倒下了九个小丑、四个科隆比纳[①]、十七个纸牌大王、一个魔鬼、三个音乐家、两个法国贵族和三个日本皇后。在惊惶困惑中，何塞·阿尔卡蒂奥第二救出了美人儿蕾梅黛丝，而奥雷里亚诺第二把外来女王抱在怀里带回了家，她的衣服被撕扯成碎片，白鼬皮斗篷上满是血迹。她名叫费尔南达·德尔·卡皮奥。她在全国最美丽的五千名女性中力拔头筹，他们领她到马孔多来，答应封她为马达加斯加女王。乌尔苏拉把她当作女儿对待。人们不但没有质疑她的无辜，反而都同情她的天真。屠杀发生六个月后，当伤者都已痊愈，公墓上最后的花朵全部凋落的时候，奥雷里亚诺第二远赴她和父亲生活的城市找她。后来在马孔多与她成婚，喧闹的欢庆活动持续了二十天。

① 科隆比纳（Colombina，亦作 Columbine），起源于意大利喜剧的固定角色，多以活泼伶俐的年轻女仆形象出现。

婚姻险些在第二个月破裂，原因在于奥雷里亚诺第二为了向佩特拉·科特斯赔礼，给她拍了一张身着马达加斯加女王盛装的照片。费尔南达知道后收拾起嫁妆箱笼，不辞而别离开了马孔多。奥雷里亚诺第二在去往大泽区的路上追上了她。他苦苦劝说并一再表示要痛改前非，终于将她接回家去。从此，他与情人断绝了来往。

佩特拉·科特斯了解自己的能耐，并没流露出忧愁的迹象。是她令他成为男人。当初她把他从梅尔基亚德斯的房间里引出来时，他还是个孩子，一脑袋荒唐的念头，对现实一无所知，是她为他在这个世界上找到了位置。他天生内向，落落寡合，喜欢沉浸在自己的世界里，是她赋予他截然相反的性格：充满活力，豪爽开朗，无拘无束；是她教会他享受生命和狂欢挥霍的乐趣，最终将他由内到外塑造成自己从少女时代起就梦寐以求的男人。他结婚了，就像儿女们或早或晚都会成家一样。他不敢事先告诉她这个消息。在这种情形下，他采取了非常幼稚的做法，不是无端发火便是凭空抱怨，总之想让佩特拉·科特斯主动提出分手。一天，奥雷里亚诺第二又无理取闹，她避开了圈套，并将事情挑明。

“说白了，”她说，“你就是想和女王结婚。”

奥雷里亚诺第二羞愧不已，装出勃然大怒的样子，声称这是对自己的曲解和侮辱，于是一去再没回来。佩特拉·科特斯听着婚礼的音乐和爆竹声、宾客狂欢的喧闹声，一刻也不曾失去休憩中猛兽的那种镇定自若，仿佛这一切不过是奥雷里亚诺第二的又一场淘气。有人向她表示同情，她却报之以微笑。“不用担心，”她说，“连女王都得听我的。”一位女邻居给她带来烛台好在失去的情人像前点亮，她的言语中带着神秘的自信：

“唯一一根能让他回来的蜡烛一直亮着。”

不出所料，蜜月一结束奥雷里亚诺第二就回到了她这里。他带来了那群狐朋狗友，以及一位旅行摄影师，还拿来了费尔南达·德尔·卡皮奥在狂欢节上穿过并沾染了血迹的外装和白鼬皮斗篷。当天下午趁着欢闹的气氛，他让佩特拉·科特斯穿上女王的盛装，封她为马达加斯加至高无上的终身统治者，并在朋友当中大肆分发记录盛况的照片。她积极配合这场游戏，内心满怀对他的怜悯，认为他想出这样荒唐的举动来跟自己和好一定没少担惊受怕。到晚上七点，她仍穿着女王的盛装，在床上款待他。他结婚已近两个月，她却立刻觉察出他的婚姻生活并不美满，心中因实现报复而涌出甜美的快意。然而两天后他没敢再来，而是请别人居间解决分手的善后事宜，她便明白自己得比预期更具耐心，因为他看起来已决心牺牲自我来维持表面的婚姻。但她也并不慌张。她仍然逆来顺受，这更证实了人们的印象：她是个可怜的女人。她留下的唯一纪念品是奥雷里亚诺第二的一双漆皮靴，他自己曾说过要穿着这双靴子睡到棺材里去。她用布把靴子包好收在衣箱深处，准备开始一场耐心的等待。

“他早晚会回来的，”她想，“哪怕只是为了穿这双靴子。”

她等待的时间并没有预期的那样久。实际上，奥雷里亚诺第二在新婚之夜就知道，自己根本不必等到穿漆皮靴的时候就会回到佩特拉·科特斯家里：费尔南达是一个与现实世界格格不入的女人。她出生和成长在距大海一千公里的一座阴风惨惨的城市，阴森的夜里城中的石板小巷仍然有总督时代的马车辚辚驶过。每到下午六点，全城三十二座钟楼齐声敲响丧钟。那座以墓园长砖铺地的领主深宅，终年不见阳光。庭院中柏树枝叶不惊，卧室里苍白的帷幔暗淡无光，晚香玉花园的拱廊上水渍蔓延，到处一派死气沉沉。直到进入青春期，费尔南达对外界的认识都只是邻家传来的忧伤钢琴练习曲，那弹奏者甘愿放弃午休，经年累月练习不止。在母亲的房中——母亲生着病，她的脸在蒙尘的彩色玻璃窗下显出青黄色——她听着那刻板、重复、消沉的音阶，心想这乐声在世上自由飘荡，自己却在编织棕榈花圈中年华老去。母亲患五点钟热病汗流不止，对她讲起往日的辉煌。费尔南达还很小的时候，一个月夜，她看见一位身着白衣的美貌女子穿过花园向祈祷室走去。在这惊鸿一瞥中，最令她不安的是那女子长得与自己一模一样，仿佛就是二十年后的自己。“那是你曾祖母，她当过女王。”母亲在咳嗽的间歇对她说，“她折下一枝晚香玉时染了风寒，后来因此而死。”多年以后，费尔南达发觉自己与曾祖母模样酷似的时候，不禁对童年时所见的情景产生怀疑，但母亲责备了她的这种疑惑。

“我们家权势无比，财富无边，”她说道，“你也会成为女王的。”

她信以为真，尽管家里将亚麻布铺上长桌又摆上银餐具，只是为了喝一杯掺水的巧克力、吃一块甜面包而已。直到婚礼那天，她还梦想着成为一个传奇国度的女王，尽管她父亲堂费尔南多为置办嫁妆不得不将房产抵押。这并非幼稚无知或是野心谵妄。她就是这样被培养成人的。从记事时起，她记得自己都是在刻有家族纹章的黄金溺盆里大小便。十二岁时第一次出家门，她去的不过是两个街区外的修道院，仍需乘坐马车前往。她的同学惊奇地发现她被单独隔开，坐在一把高背椅上，即使在休息时间也不和旁人混在一处。“她可不一般，”修女们解释道，“将来是要做女王的。”她的同学深信不疑，因为那时的她就已出落成她们从未见过的美貌、高贵又端庄的姑娘。八年之后，她学会了用拉丁语作诗，学会了弹奏古钢琴，学会了与绅士谈鹰猎术、和主教论护教学，学会了向外邦君主阐述人间政务、为教皇诠释天国事宜，却还是回到父母家中又编起花圈来。她发现屋里已变得空空荡荡，只剩下必需的家具、烛台和银餐具，其他家居物品都已一件件卖掉以负担她的学费。母亲因五点钟热病去世了。父亲堂费尔南多一身黑衣，戴着硬领，怀表的金链绕过胸前，他每星期一给她一枚银币作为家用，同时取走前一个星期编好的花圈。他一天大部分时间都关在书房里，少有的几回出门上街也都会在六点前回家，陪她一起念玫瑰经。她从未和任何人结下亲密的友情。她从未听说过令整个国家流血败落的频繁战事。她从未间断过每天下午三点倾听钢琴练习曲。她那做女王的梦想开始破灭时，大门上传来了两下急迫的门环敲击声。她打开门，面前是一位衣着得体的军人，举止庄重有礼，脸颊上有一道伤疤，胸前佩戴着一枚金质勋章。他和她父亲走进书房密谈。两个小时后，父亲来缝纫间找她。“请准备好行李，”他对她说，“你要长途旅行了。”她就这样被带到了马孔多。仅仅一天之内，生活粗暴地打碎了幻梦，将父母多年来极力向她隐藏的现实赤裸裸地全盘呈现。回家后，她把自己关在房里痛哭，毫不理睬堂费尔南多的哀求和解释，试图借此消抹这场耸人听闻的嘲弄造成的创伤。就在她下定决心终生不再走出卧室一步的时候，奥雷里亚诺第二赶来找她了。这一转机完全出乎意料，因为她当初又惊又怒、又羞又恼，便撒谎隐瞒了自己的真实身份。奥雷里亚诺第二出门来找她的时候，所掌握的真实线索只有两条：内地人的独特口音和编棕榈花圈的职业。他豁出一切寻找她。他凭着何塞·阿尔卡蒂奥·布恩迪亚翻越山脉创立马孔多那样的蛮勇，凭着奥雷里亚诺·布恩迪亚上校一次次徒劳发动战争那样的盲目骄傲，凭着乌尔苏拉一心延续家族血脉那样的疯狂执拗，寻找费尔南达时不曾有片刻气馁。当他问起何处出售棕榈花圈时，人们带他一家一家挑选。当他问起哪里有世上最美的女人时，所有的母亲都把自己的女儿带到他面前。在雾气弥漫的隘道间，在注定被遗忘的时光中，在幻灭的迷宫里，他一度迷失方向。他穿过一片黄色荒原，在那里回声重复着人的所思所想，焦虑引出预示未来的蜃景。徒劳寻找数星期后，他来到一座陌生的城市，城里所有的钟楼同时敲响丧钟。尽管从未见过，也从没听人描述过，他还是立即认出了被尸骨析出的石灰质侵蚀的外墙，被菌类蛀空木头的衰败凉台，以及钉在大门上，被雨水冲刷得模糊难辨，堪称世上最悲凉的纸板：出售棕榈花圈。从那一刻起到费尔南达将家里托付给女修道院院长照看后出发的那个寒冷早晨，修女们几乎来不及缝好嫁衣，并将烛台、银餐具、金溺盆，以及两百年间家业衰败后余下的无数无用的家什装进六个箱子。堂费尔南多婉拒了同去的邀请。他答应晚些时候等处理完手头的事务再去。他为女儿送上祝福后，又关在书房里，用印有惨淡花饰和家族纹章的信笺给她写信，那是父女俩有生以来第一次充满人情味的交流。对费尔南达而言，这才是生活的真正开始。对奥雷里亚诺第二而言，这几乎同时是幸福的开端和结束。

费尔南达有一册配有金色小钥匙的精美历书，她的灵修导师在上面用紫色墨水标出了需要禁欲的日期。除去圣周、主日、守节日、每月第一个星期五、静修日、弥撒日以及月事周期，她一年中可行房的日子只剩四十二天，分散在密密麻麻的紫色小叉之间。奥雷里亚诺第二确信时间会摧毁这面凶恶的铁网，同时大大延长了预定的喜宴天数。乌尔苏拉忙于将白兰地和香槟的空瓶丢进垃圾桶，以免家中无处落脚，她在精疲力竭之余惊奇地发现，爆竹声和音乐声在继续，一头头牛被屠宰，新婚夫妇却在不同时间就寝且睡在不同的房间。她不由得想起自己的经历，暗中疑惑费尔南达是否也贴身穿着一条贞节裤，迟早会引发人们的嘲笑，酿成又一场悲剧。然而费尔南达向她坦承，自己仅仅是需要两个星期的预备期才能和丈夫有肌肤之亲。期限过去，她果然打开卧室房门，表现出赎罪祭品一般的自我牺牲气概。世上最美的女人出现在奥雷里亚诺第二眼前，她光彩诱人的眸子好像受惊的动物，长长的黄铜色发丝散满枕上。目醉神驰之下，他过了一会儿才意识到费尔南达穿了一件宽大的白睡衣，衣角直垂至脚踝，袖口遮住双手，小腹位置一个圆洞掩映于精美花边中。奥雷里亚诺第二不禁放声大笑。

“我从来没见过这么淫秽的，”他大叫道，笑声在整个家中回荡，“我娶了个慈悲的修女回家。”

一个月后，他仍然没能让妻子脱下睡衣，便去为佩特拉·科特斯照女王相。晚些时候当他把费尔南达劝回家，趁着和好的热度百般纠缠，她终于让步了，却无法给予他当初远赴三十二座钟楼之城寻找她时所梦想的满足。奥雷里亚诺第二在她身上找到的只有深深的痛苦。在他们第一个孩子降生前不久的一天夜里，费尔南达发觉丈夫又偷偷回到了佩特拉·科特斯的床上。

“是这样。”他承认了，以无可奈何的语气解释道，“为了让牲口继续繁殖，我不得不这么做。”

他花了些时间使费尔南达相信这离奇的理由，当他用无可辩驳的证据将她说服，她却只要他保证一件事：最后不要让人撞见他死在情妇的床上。于是三个人就这样相安无事地生活下去。奥雷里亚诺第二对两人一般亲热。佩特拉·科特斯为情人的回归而扬扬自得，费尔南达则装作毫不知情。

这种默契并未令费尔南达融入这个家庭。乌尔苏拉多次要求她丢掉行房后起床时必戴的羊毛皱衬领，那已经引起邻居的窃窃私语，但她没有理会。乌尔苏拉也没能说服她改上厕所或是改用夜壶，将金溺盆卖给奥雷里亚诺·布恩迪亚上校做成小金鱼。阿玛兰妲对她矫揉造作的用词、谈起任何事情都要拐弯抹角的说话习惯十分不满，在她面前说起自创的黑话。

“这非是非，”她说，“非那发种发连非自非己非拉非的非屎非都夫恶发心夫的发女非人非。”

终于有一天，费尔南达再也无法忍受嘲弄，想知道阿玛兰妲究竟说了些什么。她直截了当地回答，毫不拐弯抹角。

“我是说，”她答道，“你就是那种把屁股说成斋戒日的女人。”

从那天开始两人不再说话。实在迫不得已，她们会互留便条，或者对着空气传话。费尔南达感觉得到自己在家中不受欢迎，但并未因此稍减推行祖上规矩的决心。她取缔了家中谁饿了就自行去厨房吃饭的习惯，强制家人准时准点在饭厅的大桌上就餐，并铺好亚麻桌布，配上枝状烛台和银餐具。乌尔苏拉一向视为日常生活中最简单的事情变成庄严的仪式，由此形成了一种紧张气氛，沉默寡言的何塞·阿尔卡蒂奥第二首先对此表示反对。但这一仪式仍被固定下来，再加上晚饭前念诵玫瑰经的程序，都引起了左邻右舍的注意，很快就有风言风语传出，说布恩迪亚家的人不像一般人家那样坐在桌旁，而是把就餐变成一场大弥撒。甚至乌尔苏拉的迷信也和费尔南达的迷信之间产生了冲突，前者更多源于个人的灵光一现，与传统关系不大，而后者则继承自父母，清晰明确，分门别类适用于不同场合。在乌尔苏拉耳聪目明的时候，她的意愿在家中还有一定影响，往日的一些习惯尚能勉强保留，但当她视力大减，被岁月的重负逼入角落，从费尔南达到来的那一刻启动的严酷变革便彻底完成，家庭的发展走向完全取决于她一人的决定。桑塔索菲亚·德拉·彼达按照乌尔苏拉的吩咐接手经营甜食和糖果小动物生意，这在费尔南达眼中有失体面，立刻被取消了。往日从清晨到入睡一直敞开的屋门，在午睡时段以阳光晒热了卧室为理由关闭，到后来也就不再打开。从村庄创建时起就挂在房梁上的芦荟枝和面包，被一座耶稣圣心神龛代替。奥雷里亚诺·布恩迪亚上校察觉到这些变化并预言了后果。“我们正在变成贵族老爷，”他抗议道，“这样下去，我们又得跟保守党政府开战了，不过这一次是要把国王推上台。”费尔南达极有分寸，避免与他发生冲突。但他的特立独行、他对一切社会成规的排斥，都令她在内心深处十分反感。他清晨五点必喝的咖啡，作坊里的杂乱无序，身上脱线的毛毯以及傍晚坐在门口的习惯都让她恼火。但她不得不忍受家里的这一不和谐音，因为她确信年老的上校是一头猛兽，只是因岁月消磨和理想幻灭而暂时平静下来，而一旦老人脾气失控就足以令家里天翻地覆。当丈夫决定用曾祖父的名字为他们的长子命名时，她没敢提出异议，因为她来到这个家不过一年。到第一个女儿出生时，她便直接表明了自己的决定，要用她母亲的名字取名——雷纳塔。那时乌尔苏拉已经想好要叫她蕾梅黛丝。经过一番紧张的争执，并由奥雷里亚诺第二笑吟吟地居中调停，新生儿以雷纳塔·蕾梅黛丝的名字受洗。但费尔南达仍叫她雷纳塔，而她丈夫一家及市镇上的人都叫她梅梅，即蕾梅黛丝的昵称。

最初，费尔南达没有提及自己的家世，但随着时间的流逝，她开始营造父亲的神话。她在饭桌上谈起他，经她描述他俨然是摒弃世间虚荣的超凡者，甚至渐渐荣升为圣徒。奥雷里亚诺第二为妻子这样出格地美化岳父而惊奇，忍不住在她背后小小嘲弄一番。家里其他人也仿效他。就连乌尔苏拉，一向极力维护家庭和睦、暗自为家中冲突而痛苦的人，有一次也不禁说了一句，她的小玄孙必定能当上教皇，因为他是“圣徒的外孙，女王的儿子，还有个偷牲口的父亲”。尽管有这样的暗中戏谑，但孩子们已经习惯将外祖父当作传奇人物。他在给他们的信中抄录虔敬的诗行，每个圣诞节寄来一大箱礼物，箱子送到的时候险些把家里的大门撑坏。其实那些礼物都是昔日显赫家业的最后遗存。他们用礼物在孩子们的卧室里建起一座祭坛，上面的圣徒像有真人大小，玻璃珠眼睛闪烁着令人不安的神采和生机，精美的绣花呢绒外衣用的是马孔多任何居民都不曾穿过的好衣料。那栋古老冰冷的深宅中如殡葬品般的堂皇陈设，一件件转移到了布恩迪亚家敞亮的房子里。“已经把整个家族墓地都给咱们搬来了，”有一次奥雷里亚诺第二评论道，“就差那些柳树和墓地砖了。”虽然箱子里从来没有出现过适合孩子们玩耍的东西，但他们每年仍然期待十二月的到来，因为那些永远无从预知的古董礼物终归是家里的新鲜事物。到第十个圣诞，小何塞·阿尔卡蒂奥已经准备上神学院，外祖父的大箱子比往年来得格外早，钉合严密且涂了沥青防水，并用一贯的哥特体上书“无比尊敬的堂娜费尔南达·德尔·卡皮奥·德·布恩迪亚女士收”。她在卧室读信时，孩子们已经迫不及待地要打开箱子。和往年一样，他们在奥雷里亚诺第二的帮助下，先刮去沥青封印，起出钉子开盖，再清除保护用的锯末，这才看到一个带铜螺栓的密封铅匣。奥雷里亚诺第二起出八枚螺栓，孩子们已等得不耐烦，但当他掀开铅板，立刻发出一声惊呼，随即将孩子们赶到一边。他看见堂费尔南多躺在匣子里，身着黑衣，胸前挂着耶稣受难像，皮肤寸寸迸裂溢出臭气，浑身浸泡在文火熬煮的汤里，翻滚的泡沫宛如珍珠。

就在梅梅出生后不久传来意外的消息，政府将为奥雷里亚诺·布恩迪亚上校举行纪念特典以庆祝当年尼兰迪亚协定的签订。这一举动与当局的施政方针大相径庭，上校毫不掩饰地表示了反对，并拒绝参加纪念活动。“我平生第一次听说特典这个词，”他说，“但不管是什么意思，这只能是个笑话。”局促的作坊里挤满了使者。当年像乌鸦一般围着上校转的那几位黑衣律师再次登门，一个个更加衰老却也更加庄严。看着这些人像当年斡旋停战时一样出现在眼前，为自己唱起赞歌，上校实在无法容忍他们的厚颜无耻。他下令不许他们打扰，坚称自己不是他们所说的什么开国元勋，而只是个没有回忆的手工匠，剩下的唯一梦想就是被人遗忘，清贫度日，制作小金鱼劳累而死。共和国总统要来马孔多参加仪式并亲自为他授勋的消息，最令他恼火。奥雷里亚诺·布恩迪亚上校派人一字不差地传话给总统，说自己非常期待这个迟到的机会好给他应得的一枪，倒不是为了惩罚他治下政府的任意妄为和倒行逆施，而是因为他没有尊重一个已经对任何人都不构成危险的老人。这一有力威胁促使总统在最后一刻取消了行程，派一名代表送来勋章。赫里内勒多·马尔克斯上校迫于各界压力，离开病床抱着瘫痪之躯来劝说他的老战友。上校看见从青年时代起与自己同甘共苦的伙伴倚着厚厚的靠垫坐在四人抬着的摇椅上进来，一刻也没有犹疑，认定他辛苦赶来是为了支持自己。当他发现了来访者的真实意图，便立刻叫人把他从作坊里抬了出去。

“我明白得太晚了，”上校对他说，“当初让他们枪毙你才是帮了你的大忙。”

于是纪念特典在没有任何布恩迪亚家成员出席的情况下举行了。庆祝活动碰巧赶上狂欢节，但没有人能让奥雷里亚诺·布恩迪亚上校打消因此而产生的顽固念头，他认定这一巧合也是政府有意为之，为的就是加剧其中残酷的讽刺意味。他在孤寂的作坊里听见军乐声声，礼炮齐鸣，钟声敲响感恩赞，以及家门口飘来演说的只言片语，他们正宣布用他的名字为街道命名。他愤怒得眼眶湿润，恨自己的软弱，自战败后头一回因为再没有年轻时的勇气发动一场血腥的战争，将保守党政府消灭干净而深感痛苦。活动的余响尚未沉寂，乌尔苏拉敲响了作坊的房门。

“别打扰我，”他说，“我没空。”

“开门，”乌尔苏拉用平常的语调坚持道，“这事和庆典没什么关系。”

于是奥雷里亚诺·布恩迪亚上校拉开门闩，看见门口聚集着十七个形貌迥异的男子，他们体型肤色各不相同，但都带着落落寡合的气质，在任何地方都能被分辨出来。他们是他的儿子。他们事先未经协商，甚至彼此互不相识，都是风闻纪念特典的消息从沿海地区的各个角落赶来。他们都自豪地取了奥雷里亚诺这个名字，用的母亲的姓氏。他们在家中逗留了三日，弄得像战场一样混乱，乌尔苏拉心满意足，费尔南达又惊又怒。阿玛兰妲从故纸堆里找出乌尔苏拉当年记录姓名、出生日期和受洗日期的小本子，在对应每个名字的空白中添上现在的住址。这份表格可以看作是二十年战争的缩影，凭着它足以重绘上校夜间的行军路线，从那天凌晨他带着二十一个人离开马孔多加入一场荒唐的起义，直到最后一次他裹在沾了血迹而硬结的毯子里归来。奥雷里亚诺第二没有放过款待堂兄弟们的机会，他打开香槟，拉起手风琴，大肆庆祝，算是补回了因纪念特典而未能尽兴的狂欢节。他们打碎了家里一半的餐具，为了追赶一头公牛并将它兜在毯子里抛耍而将花园里的玫瑰践踏殆尽；他们开枪射杀母鸡，强迫阿玛兰妲跳起皮埃特罗·克雷斯皮所教的悲伤华尔兹，怂恿美人儿蕾梅黛丝穿上男人的裤子参加爬竿游戏；他们在饭厅里放出一头涂满油脂的猪，结果将费尔南达撞翻在地，但没有人抱怨这些意外，欢快的气氛席卷全家。奥雷里亚诺·布恩迪亚上校开始时还有所顾虑，甚至对其中几人的血脉心存怀疑，但他渐渐被他们的疯狂感染，临行前还送了每人一条小金鱼。连冷漠的何塞·阿尔卡蒂奥第二也为他们准备了一场斗鸡，但险些以悲剧结束，因为好几个奥雷里亚诺都是此中老手，一眼就看穿了安东尼奥·伊莎贝尔神父传授的花招。奥雷里亚诺第二从这些为数众多的亲戚身上看到了大肆欢宴的无限可能，决定让所有人都留下来跟他一起干活。唯一接受邀请的人是奥雷里亚诺·特里斯特，一个身形高大的黑白混血儿，有着祖父的冲劲儿和开拓精神，他已经周游半个世界寻找机会，留在哪里都一样。其他人尽管尚未成家，但都已认准自己的前途，个个都是灵巧的工匠，家中的支柱，性情平和的男人。到了圣灰星期三，在众人四散回到沿海各地之前，阿玛兰妲让他们穿上主日正装，陪他们去了教堂。他们更多是感到有趣而非出于虔诚，被领到祭坛围栏前，由安东尼奥·伊莎贝尔神父用圣灰在前额上画上十字。回到家后，最小的奥雷里亚诺想要清洗前额，却发现那痕迹无法消除，他的兄弟们也是如此。他们试过清水与肥皂，试过泥土和瓜瓤，最后用上了浮石和碱液，仍然无法除去那痕迹。但阿玛兰妲和其他去望弥撒的人都轻而易举地洗掉了。“这样更好，”乌尔苏拉在与他们告别时说，“从今往后谁都不会把你们认错。”他们在乐队演奏声和爆竹声中胡乱散去，给市镇上的人留下的印象是布恩迪亚家的血脉将绵延不绝。额上印着十字的奥雷里亚诺·特里斯特在市郊建起一座制冰厂，那正是昔日何塞·阿尔卡蒂奥·布恩迪亚痴迷于发明变得癫狂时所梦想的事。

数月过去，奥雷里亚诺·特里斯特已为人们所熟识和喜爱，开始四处寻找房屋准备把自己的母亲和妹妹——不是上校的女儿——接来。他看上了广场一角那座似已废弃的破败宅子，便打听主人是谁。有人告诉他那房子没有主人，过去曾经住过一位以泥土和墙皮为食的孤单寡妇，她晚年时别人在街上只见过她两次。她头戴缀有细小假花的女帽，脚穿古银色的鞋子，穿过广场到邮局寄信给主教。他们说陪伴她的只有一个残忍的女仆，那女人杀死猫狗及其他一切闯入家中的动物，并把尸体抛到街上，让市镇上的人都闻得到腐烂的恶臭味。自从最后一只动物的尸体在阳光下晒干后，又过了很久，所有人都确信那女主人和她的女仆早在战争结束前就已去世，房子迄今未倒不过是因为近年来没赶上严酷的冬季，也没遇上能使房倒屋塌的暴风。铰链因锈蚀而断裂，门板靠成团的蛛网勉强支撑，窗框受潮卡死，地面长满杂草野花，其间裂缝成为蜥蜴和各种爬虫的巢穴，一切似乎都证明这里至少有半个世纪没人居住过。对冲动的奥雷里亚诺·特里斯特而言，并不需要见到这些迹象才会采取行动。他用肩膀撞了下大门，蛀蚀的木板便寂然倒塌，灰尘四溢，白蚁巢碎屑飞扬。奥雷里亚诺·特里斯特伫立在门口不动，等到尘雾落定，立时看见了客厅中央那位瘦骨嶙峋的女人。她穿着上个世纪的衣服，光秃的头顶上稀疏几根黄发，一双大眼睛仍残存着昔日的美丽，只是最后的希望之光已在其间熄灭，脸上的皮肤因孤寂而干裂。奥雷里亚诺·特里斯特被眼前非人间所有的景象震慑，险些没有察觉到那女人正用一把老旧的军用手枪指着他。

“抱歉。”他含糊地低声道。

她在堆满破烂的客厅中央一动不动，一点点仔细打量这肩宽背厚、额头有灰烬刺青的大汉。她透过尘雾看到他站在往昔的薄雾中，背上斜挎着双铳猎枪，手里拎着一串兔子。

“慈悲的上帝啊，”她低声惊叹道，“这不公平，现在又让我想起这些！”

“我想租房。”奥雷里亚诺·特里斯特说。

那女人举起手枪，稳稳瞄准他额间的灰烬十字，毅然决然地扣紧扳机。

“请出去。”她下令道。

当天晚上吃饭时，奥雷里亚诺·特里斯特向家人讲起自己的遭遇，乌尔苏拉难过地哭了起来。“神圣的上帝啊，”她双手抱头喊道，“她还活着！”时光流逝，战事频仍，加上平日里无数的不幸，她都把丽贝卡给忘了。自始至终清楚地知道她还活着并在蛆虫窝里腐烂的人，只有日渐衰老却毫不心软的阿玛兰姐。当天亮时心中的寒意将她从孤枕上唤醒，她会想起她；当她用肥皂擦洗自己凋零的乳房和枯萎的腹部，当她穿上老年人雪白的细棉布裙和胸衣，当她更换手上缠裹赎罪伤痕的黑纱，都会想起她。无论何时，或睡或醒，从最庄重到最卑下的时刻，她都会想起丽贝卡，因为孤独已经为她筛选记忆，将生活在她心中累积的无数垃圾尽行焚毁，并净化、升华了其他记忆，即那些最苦涩的记忆，使其永远存留。从她那里美人儿蕾梅黛丝知道了丽贝卡的存在。每当她们路过那幢破败的房子，她都会讲起丽贝卡一桩负心的事件，一个出丑的故事，想借此让侄女分享自己日渐衰竭的怨尤，并使积怨在她死后延续。但她没能成功，因为蕾梅黛丝对一切激烈的情感都具有免疫力，遑论他人恩怨。乌尔苏拉经历了与阿玛兰妲截然相反的过程，她记忆中的丽贝卡已经被净化，那个和父母的骨殖袋一起被送来的小女孩令人怜惜的形象已经掩盖了大逆不道脱离家庭的那段过往。奥雷里亚诺第二决定接她回家好生照料，但他的好意遭到丽贝卡的断然拒绝。她辛苦多年忍受折磨好不容易赢得的孤独特权，绝不肯用来换取一个被虚假迷人的怜悯打扰的晚年。

二月里，奥雷里亚诺·布恩迪亚上校的十六个儿子归来时额上仍带着灰烬十字的印记。奥雷里亚诺·特里斯特在欢闹中提起丽贝卡，于是他们在半天内就修复了房子外观：更换门窗，给立面漆上欢快的颜色，加固墙壁，重铺水泥地面。但他们没能得到许可进行室内装修。丽贝卡甚至没在门口露面。她任凭他们七手八脚完成了工程，随后估算了花销，让一直陪伴自己的老女仆阿尔赫尼妲送去一把在最后一场战事结束后就不再流通，而她以为还通用的硬币。这时人们才明白她与世隔绝到了何种程度，也知道只要她一息尚存，便不可能将她从顽固的自闭中解救出来。

奥雷里亚诺·布恩迪亚上校的儿子们第二次造访马孔多时，其中的另一个，奥雷里亚诺·森特诺，也留下来和奥雷里亚诺·特里斯特一起干活。他属于最早一批来到家里受洗的人，乌尔苏拉和阿玛兰姐都清楚地记得他，因为短短几个小时内所有经过他手的易碎物品全被打个粉碎。时间的流逝遏制住当初的成长势头，他长成一个中等身材的汉子，天花疤痕十分醒目，手上惊人的毁灭力量却丝毫未减。他甚至碰都没碰就已打碎无数盘子，费尔南达只得赶在自己仅存的昂贵餐具损失殆尽之前为他买来一套白镴餐具，但这些耐用的金属盘碟也很快釉彩剥落、扭曲变形。这种不可救药的能力令他本人也很恼火，不过他同时还拥有热忱可亲的气质，一见面就能赢得他人的信任，干活也十分出色。在很短的时间内，他大幅提高了冰块的产量，超出了本地市场的需求，奥雷里亚诺·特里斯特不得不考虑将生意扩展到大泽区的其他市镇。就在这时他突发奇想，这一设想不仅对工厂的现代化，甚至对市镇与外界的沟通都具有决定意义。

“应当把铁路修过来。”他说。

这是马孔多人第一次听说铁路这个词。奥雷里亚诺·特里斯特在桌上画出的图样，分明与何塞·阿尔卡蒂奥·布恩迪亚当年为太阳战方案所绘制的草图一脉相承，乌尔苏拉见此情形便确认了自己的感觉：时光倒流了。然而与祖父不同，奥雷里亚诺·特里斯特既不失眠也没影响胃口，更没乱发脾气迁怒旁人。再荒唐的设想他都视为近在眼前的可能，他合理地计算成本和工期，有条不紊地实施计划。而奥雷里亚诺第二——如果说他从曾祖父身上继承了某种奥雷里亚诺·布恩迪亚上校所不具备的气质，那就是从不汲取过往的教训——掏出大把的钱来资助修建铁路，就像过去资助他兄弟荒唐的航运事业一样。奥雷里亚诺·特里斯特查过日历后在接下来的那个星期三出发了，预计雨季过后返程。但从此就没有了他的音讯。鉴于生产过剩，奥雷里亚诺·森特诺已经开始用果汁代替水制冰，无意中为冰激凌的发明奠定了基础。他相信这样做可以使厂子的产品多样化。由于雨季已过而他兄弟整整一个夏天都没有消息，也没有任何返回的迹象，他已将这厂子视为己有。然而到了下一年初冬，有个女人在最炎热的时候去河边洗衣，忽然她喊叫着跑过市镇中心的大街，神情紧张而兴奋。

“朝这边来了，”她竭力解释道，“一个吓人的东西，好像一间厨房拖着一个镇子。”

那一刻，市镇上的人都在一阵可怖的汽笛声和急促的喷气轰响中惊愕不已。之前几个星期，他们曾看见一队工人铺设枕木和铁轨，但没有人在意，都认为是吉卜赛人带着新花样归来，还是吹笛子打铃鼓那老一套，吹嘘耶路撒冷的天才们发明的鬼知道什么药水。人们从汽笛和喷气引发的骚乱中回过神来之后，都涌上街头，看见奥雷里亚诺·特里斯特正在火车头上向他们招手。他们目瞪口呆地望着用鲜花装扮的火车在晚点八个月后首次开到。这列无辜的黄色火车注定要为马孔多带来无数疑窦与明证，无数甜蜜与不幸，无数变化、灾难与怀念。

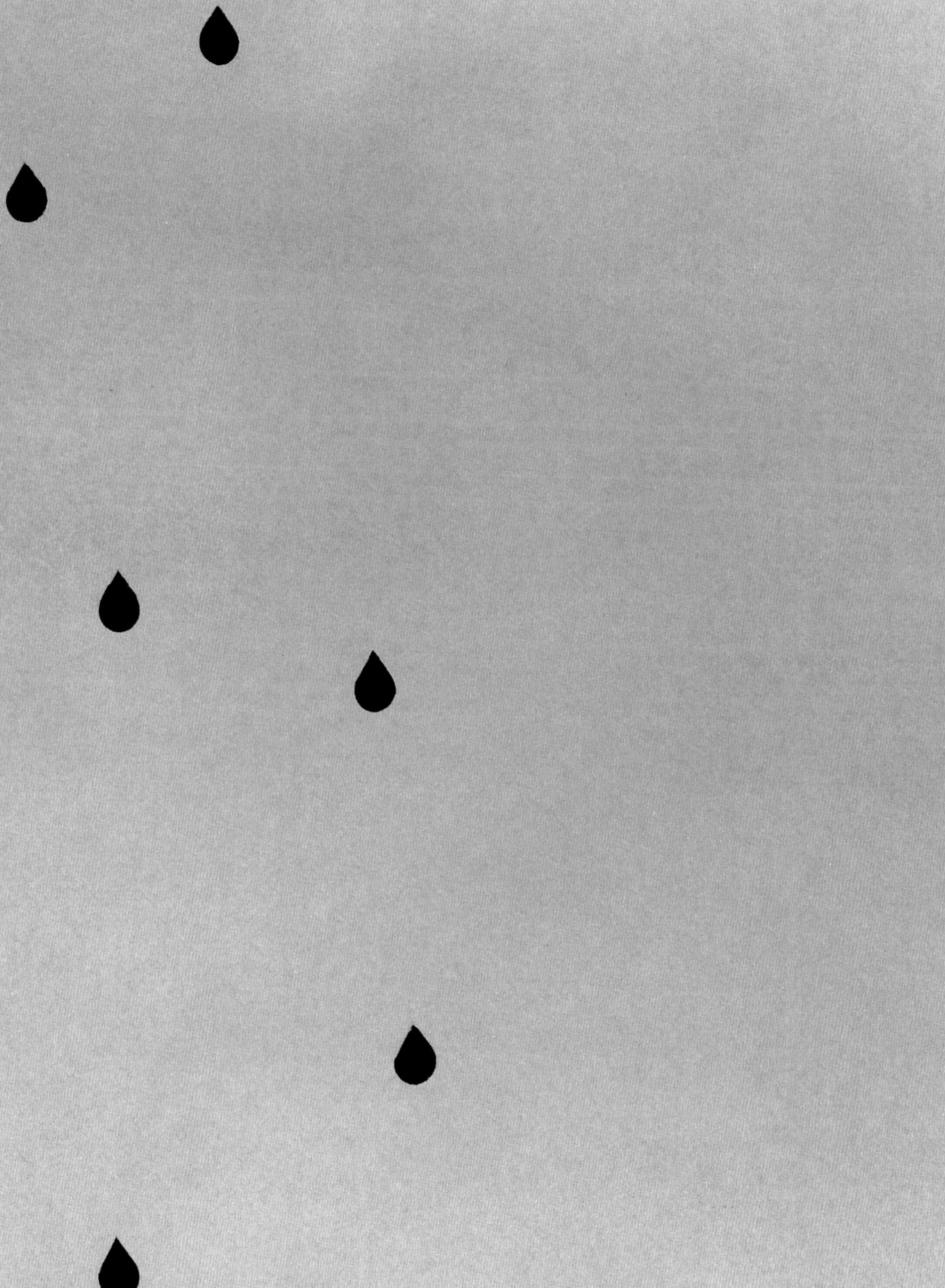

马孔多人被诸多神奇发明弄得眼花缭乱，不知该从哪里开始惊叹。他们彻夜观看发出惨白光芒的电灯泡，电力是由奥雷里亚诺·特里斯特第二次坐火车带来的发电机所提供，机器发出的无休无止的嗡嗡声他们过了很长时间才渐渐习惯。生意兴隆的堂布鲁诺·克雷斯皮在他那狮头状售票窗的剧院里放映的活动人影戏，引发了市民的愤慨，因为他们刚刚为一个人物不幸死亡并被下葬而抛洒伤心之泪，转眼间那人又变成阿拉伯人，生龙活虎地出现在下一部影片里。付过两个生太伏来与剧中人共悲欢的观众无法忍受这种闻所未闻的嘲弄，遂将坐椅砸个稀烂。市长应堂布鲁诺·克雷斯皮之请，特意发布公告解释，称电影不过是一种造梦机器，不值得观众如此激情投入。听到这一令人沮丧的解释，不少人认为自己成了吉卜赛人又一新奇发明的牺牲品，决定再也不来剧院，因为自家已经有够多烦恼，不必再为那些虚幻人物装出来的不幸落泪。手摇唱机也遭遇了类似的命运。那些法国卖笑女郎带来唱机取代了过时的手摇风琴，令乐队的收入一度受到严重影响。开始的时候，好奇心使光顾花街柳巷的寻欢作乐者人数激增，据说连一些可敬的女士也化装成乡民男子，特意跑去就近观看新奇的唱机，但经过反复的近距离观察，她们很快得出结论：那并不是所有人想象的，或是那些女郎宣传的什么魔法音乐轮，而不过是个机器把戏，远不如乐队那样富于感染力、人性化又充满日常真实感。人们深感失望，因此到后来唱机变得普遍，家家户户都有一台的时候，也没有用来供成人消遣，而是当作给儿童拆卸的玩具。然而，当市镇上有人在火车站亲身体验了电话这一惊人事物——因为也有手柄，一度被视为简易唱机——连最不肯轻信的人也陷入了困惑。上帝仿佛决心要试验人类惊奇的极限，令马孔多人时时摇摆于欢乐与失望、疑惑与明了之间，结果再没有人能确切分清何处是现实的界限。真实与幻景错综纠结，引得栗树下何塞·阿尔卡蒂奥·布恩迪亚的鬼魂也按捺不住，大白天在家中四处游荡。铁路正式开通之后，火车于每个星期三上午十一点定时抵达，于是一座简易的木屋小站盖起来了，配有一张写字台、一部电话和一个售票窗口。从那以后，马孔多的街巷间出现了许多男男女女，他们装作平常人模样，其实却像马戏团的演员。这些走街串巷、巧舌如簧的商贩以同等泛滥的热情推销高压锅和宣扬第七日使灵魂得救的修行法则，按说他们在这个受过吉卜赛人愚弄的市镇上前景并不乐观，但仍从那些耐不住反复游说以及容易上当的人身上获得了不菲的收入。在这些夸夸其谈的演员中，有一位身穿马裤加护腿，头戴软木帽，鼻上架着一副钢框眼镜，眼睛呈黄玉色，皮肤如斗鸡的人物，在一个星期三来到马孔多并在布恩迪亚家用了午饭。他就是身材矮胖、一脸笑容的赫伯特先生。

他吃完第一把香蕉之前，并没有引起桌上任何人的注意。奥雷里亚诺第二只是偶然遇见了他，当时雅各酒店已客满，他正费劲地用西班牙语抗议。奥雷里亚诺第二就像平常对待陌生人那样，将他带回家里。他经营系留气球生意，已经游遍半个世界，一向收入可观，但在马孔多没有一个人愿意乘坐气球升空，因为人们曾经见识并坐过吉卜赛人的飞毯，不免把这项发明视为一种倒退。他正打算赶下一趟火车离开。午饭时，平日挂在饭厅里的虎纹香蕉端上了桌，他心不在焉地掰下一根。他边说边吃，慢慢品尝，细细咀嚼，不像是食客在享受美味，倒像是学者在借此消遣。他吃完一把又要了一把。这时他从一直带在身边的工具箱里取出一套精密仪器，以丝毫不逊于钻石买家的谨慎专注态度仔细检查了一根香蕉，又用专门的探针切割，再用药剂师的天平称重，用军械师的卡尺测长。随后他又从箱子里拿出一系列仪器，依次测量温度、湿度和光照强度。面对这一令人困惑的仪式，没有人还能安心吃饭，都在等待赫伯特先生最后发布重大结论，但他守口如瓶，丝毫没有透露自己的意图。

此后的日子里，人们看见他带着网罩和小筐在市镇周边捕捉蝴蝶。星期三的时候来了一群人，有工程师、农艺师、水文专家、地形测绘员和土地测量员，他们在几星期内将赫伯特先生捕捉蝴蝶的地方都考察了一遍。晚些时候，杰克·布朗先生乘坐挂在黄色火车后面的专用车厢来到，那车厢整体包银，配有紫色天鹅绒安乐椅和蓝色玻璃车顶。乘坐专用车厢一道赶来的还有神情肃穆的黑衣律师，当年他们曾四处追随奥雷里亚诺·布恩迪亚上校的脚步，如今又簇拥在布朗先生左右。人们不禁由此猜想，那些农艺师、水文专家、地形测绘员和土地测量员，包括赫伯特先生和他的系留气球、彩色蝴蝶，以及布朗先生和他带轮子的陵墓、凶猛的德国犬，都与战争不无关联。然而疑心重重的马孔多人根本来不及思忖，他们刚开始纳闷究竟发生了什么事，市镇已经变成一片锌顶木屋的营地，住满了从世界各地乘火车——不光有坐在座位和平台上的，还有坐在车顶上的——赶来的外乡人。美国佬带来了他们身披麦斯林纱、头戴薄纱大礼帽、神情慵懒的女人，在铁路另一侧建起一座城镇。街道上棕榈树荫掩映，家家户户装有金属纱窗，阳台上摆着白色小桌，天花板上挂着吊扇，宽广的绿草地上有孔雀和鹌鹑漫步。整个城区被一圈金属网环绕，仿佛电网保护下的巨大鸡笼。在夏天凉爽的清晨，网上缀满烧焦的燕子，远远望去黝黑一片。仍然没有人知道他们目的何在，或者真的只是些慈善家，然而这些人已经闹得天翻地覆，令当初吉卜赛人造成的混乱相形见绌，而且更持久也更难以索解。他们掌握了往昔唯有造物主才拥有的力量，能调节降水量，加速收获周期，令河流从亘古不变的路线改道，将河中巨大的白石连同冰冷的激流都移到了市镇另一端的墓地后面。就是这一次，他们在何塞·阿尔卡蒂奥退色的墓上加筑了一层混凝土，以免尸体散发的火药味污染水源。为那些缺乏爱情滋润的外乡人考虑，他们将柔情万种的法国女郎们所在的街道扩建成大得多的集镇，并在一个值得铭记的星期三运来一火车不可思议的妓女大军。这些淫靡放荡的风月高手，古老技艺无一不精，药膏器具无所不备，能够使无能者受振奋，腼腆者获激励，贪婪者得餍足，节制者生欲望，纵欲者遭惩戒，孤僻者变性情。灯火辉煌的舶来品商号取代了五色杂陈的破旧店铺，令土耳其人大街愈加繁华。每到星期六夜晚街上人声鼎沸，众多冒险者在赌桌上、打靶摊前、专营算命解梦的小巷里、摆着油炸食品和饮料的餐桌间互相推搡拥挤。到星期天清早一片狼藉，四下横躺的常有快乐的酒鬼，但总少不了斗殴时被子弹、拳头、刀子、酒瓶殃及的围观者。外来人潮不合时宜地涌入，最初街上几乎无法行走，堆满了家具和箱笼。有人未经批准就随便在空地上自行盖房，大张旗鼓地干起木工活。也有人在巴旦杏树林间拉起吊床，支起遮阳篷，光天化日众目睽睽之下寻欢做爱。唯一保持安宁的角落是来自安的列斯群岛生性平和的黑人的居住区，他们把木屋搭在桩子上，在市郊建成一条街道。每到傍晚，他们便坐在家门口，用含混的帕皮亚门托语唱起忧伤的赞美诗。短短时间内发生了如此多的变化，在赫伯特先生来访后八个月，马孔多的老居民每天都要早早起来重新认识自己的家乡。

“瞧瞧我们自找的麻烦，”那阵子奥雷里亚诺·布恩迪亚上校常常说，“就因为请个美国佬吃香蕉。”

奥雷里亚诺第二却对外乡人的潮涌而至兴奋不已。家里突然间挤满了陌生的来宾、世界各地的酒肉豪客，不得不在院中加盖卧室，扩建饭厅，换上一张可供十六人就餐的新餐桌，并配上成套的新餐具，即使如此仍需排出班次轮流进餐。费尔南达压下疑虑，像款待国王一样招待最卑劣的客人，他们却穿靴踩脏长廊地板，在花园里随地小便，到处铺席子午睡，言语间全然不顾女士的感受，毫无绅士风度可言。阿玛兰姐对入侵家中的人潮愤慨不已，恢复了旧时习惯回到厨房吃饭。奥雷里亚诺·布恩迪亚上校认定大多数人来作坊探访他并非出自善意或敬意，而是抱着瞻仰历史遗迹、观赏博物馆化石的猎奇心态，因此决定紧闭房门，此后便很少再见他坐在大门口。乌尔苏拉却不同，即使在步履蹒跚扶墙行走的日子里，每当火车驶来仍像孩童般兴奋。“鱼和肉都得做。”她下令给四个厨娘，她们在桑塔索菲亚·德拉·彼达的沉着指挥下忙碌着将一切准备到位。“什么都得做一些，”她说，“你永远不知道外乡人爱吃什么。”火车在一天中最炎热的时刻到达。午饭时，整个家在集市般的喧闹中震颤。那些汗流浃背的客人甚至不知道主人是谁，你推我搡地抢占餐桌上的有利位置，与此同时厨娘们忙不迭端上大锅大锅的汤、一罐罐炖肉、一瓢瓢蔬菜、一盘盘米饭，并用长柄勺不停地将整桶整桶的柠檬水舀进杯里。家里乱成一片，费尔南达一想到不少人吃了两回便气恼不已，而且不止一次恨不得用市井小贩才说的粗话来发泄怒火，因为竟有昏了头的客人要找她结账。赫伯特先生来到马孔多已经一年多，人们只知道美国佬想在何塞·阿尔卡蒂奥·布恩迪亚当年带人寻找伟大发明时穿越的着魔之地上种植香蕉。奥雷里亚诺·布恩迪亚上校的另外两个儿子，额头上仍带着灰烬十字的印记，也被这热潮吸引而来。他们说明来意的一句话或许能代表所有人的心声。

“大家都来，”他们说，“我们也来了。”

美人儿蕾梅黛丝是唯一不为香蕉热潮所动的人。岁月流逝，她却永远停留在天真烂漫的童年，对各样人情世故越发排斥，对一切恶意与猜疑越发无动于衷，幸福地生活在自己单纯的现实世界里。她不明白女人为什么要费事穿胸衣和衬裙，便为自己缝制了一件麻布长袍，往头上一套就简单解决了穿衣服的麻烦，并且感觉上仍像没穿一样。按照她的想法，在家里赤身露体才是唯一体面的方式。她本有一头瀑布般垂至腿肚的长发，但她厌烦了家人总要她修剪，还要用发卡束成发髻，或用彩色绳圈编出辫子，便索性剃了个光头，拿头发去给圣徒像做假发。她简化事物的本性有个惊人之处：她越是抛开时髦只求舒适，越是罔顾成规仅凭感觉行事，她那不可思议的美貌就越发动人心魄，对男人也越有诱惑力。奥雷里亚诺·布恩迪亚上校的儿子们第一次来到马孔多时，乌尔苏拉一想到他们和曾孙女的血管里流淌着同样的血液，立刻因久远的恐惧而战栗。“你得睁大眼睛，”她提醒蕾梅黛丝，“跟他们中间的任何一个搞上，都会生出长猪尾巴的孩子。”她毫不理会这提醒，穿上男人的衣服，在沙地上打了个滚就去爬竿。十七个堂兄弟见此景象都难以自持，险些酿成一场悲剧。正因如此，他们逗留期间都没住在家里，其中四人留下后也都按乌尔苏拉的安排租房另住。如果美人儿蕾梅黛丝得知这样小心防范的理由，一定会觉得十分好笑。直到羁留尘世的最后一刻，她都丝毫不曾察觉自己红颜祸水的宿命意味着日常生活中的灾难。每一次她不顾乌尔苏拉的命令出现在饭厅，总会在外乡人中激起惊恐和骚乱。显而易见，她在肥大的外袍下全然赤裸，而且所有人都会把她线条完美的光头当作挑逗，把她天热时肆无忌惮露出的大腿、用手吃饭后吮吮手指的习惯视为罪恶的诱惑。家里从没人注意，外乡人却很快发觉，美人儿蕾梅黛丝能散发撩人心魄的气息、扬起令人断肠的微风，所过之处几小时后仍然余香袅袅。在世界各地历经沧桑的情场老手一致认定，像美人儿蕾梅黛丝天生香气所催发出的这般强烈的渴望，他们平生从未体验过。凭着这种气息，他们在秋海棠长廊、在客厅、在家中任何一处，都能判断出她驻足的确切位置以及她离开了多长时间。这是一种特征明显、不易混淆的踪迹，很久以前就已融入家中其他气味因而家里人无从察觉，但外乡人能立刻辨认出来。因此，只有他们能理解那位年轻的警卫队队长为何殉情，另一位来自远方的绅士为何陷入绝望。美人儿蕾梅黛丝对身边的紧张氛围毫无察觉，对自己在所到之处引发的可怕的情感灾难一无所知。她对男人没有丝毫恶意，可最终她那无辜的和善态度却使他们陷入狂乱。乌尔苏拉为了让她不被外乡人看到，强迫她和阿玛兰妲在厨房里吃饭，她反倒觉得更轻松自在，终于从一切束缚中解放出来。实际上，她对在哪儿吃饭无所谓，也没有固定时间，而是视自己的胃口而定。有时她凌晨三点起床吃午饭，然后睡上一整天，如此日夜颠倒过上几月，直到某个偶然事件让她恢复正常。情形好的时候，她上午十一点起床，接下来的两个小时赤身露体关在浴室里杀蝎子，慢慢从漫长而昏沉的梦境里清醒过来。然后她用加拉巴木果壳瓢从池里舀水沐浴。沐浴过程漫长且细致，充满仪式感，不了解她的人会以为她在专注地欣赏自己的胴体，而那胴体也的确值得这样欣赏。其实对她而言，这一独自进行的仪式毫无肉欲的意味，仅仅是打发时间的方式，直到自己有了吃饭的胃口。一天，她刚开始沐浴，有个外乡人掀开屋瓦偷窥，看到她惊人的裸体顿时透不过气来。她从屋瓦的缝隙间发现了那双凄楚的眼睛，但并没有害羞，只是惊慌。

"当心，"她喊道，"会掉下来的。"

"我只想看看你。"外乡人嗫嚅道。

"好吧，"她说，"不过要当心，瓦片都烂了。"

外乡人的脸上浮现出惊愕又痛苦的表情，似乎正在与自己的本能冲动展开无声斗争，不愿打破眼前的幻梦。美人儿蕾梅黛丝以为他害怕压碎屋瓦，于是比平时洗得更快，想让他尽早脱离险境。她一边从水池里舀水冲洗身子，一边告诉他屋顶的状况是个问题，想必是铺的落叶淋雨腐烂才招来满浴室的蝎子。外乡人把这样的闲谈当作了纵容，终于在她开始打肥皂的时候没能抵制住诱惑，迈进一步。

“让我给你打肥皂吧。”他嗫嚅道。

“谢谢你的好意，”她回答，“我用自己的手就够了。”

“哪怕只是背上也行。”外乡人恳求道。

“没那个必要，”她说，“从没见过谁往背上打肥皂。”

后来，她擦干身子的时候，外乡人双眼含泪地恳求她嫁给自己。她直截了当地答道，自己绝不会嫁给就为了看女人洗澡而浪费将近一小时，甚至错过了午饭的傻男人。最后，当她穿上外袍，他证实了她里面的确什么也没穿，就像所有人猜测的那样。他再也无法忍受，感觉这秘密像灼热的铁已经在自己身上留下永远的烙印。于是他又揭去两片屋瓦，准备跳进浴室。

“这很高，”她吓坏了，赶忙提醒他，“你会摔死的！”

腐坏的屋顶在巨响中四分五裂，那男人来不及发出一声惊恐的叫喊，就已摔得头破血流，当即死在水泥地面上。从饭厅闻声赶来的外乡人匆忙抬走尸体，他们在死者的皮肤上闻到了美人儿蕾梅黛丝那令人窒息的气息。那气息深深渗入尸体，连头颅裂缝里涌出的都不是鲜血，而是一种饱含那神秘香气的琥珀色液体。于是他们明白美人儿蕾梅黛丝的气息仍在折磨死者，直到尸骨成灰也不放过。然而，他们并没有将这桩恐怖的事件与其他两个为美人儿蕾梅黛丝而死的男人联系起来。要等到另一个牺牲者出现，外乡人以及马孔多的许多老住户才会相信关于美人儿蕾梅黛丝的传说，即她发出的不是爱情的气息，而是死亡的召唤。证实这一点的机会出现在几个月后，那天下午美人儿蕾梅黛丝和一群女友一起去见识那些新奇的种植园。对马孔多的居民来说，这是一种新兴的消遣：在香蕉林中弥漫着湿润气息又杳无尽头的小径间漫步，那里的寂静仿佛刚刚从别处迁来，崭新未用，因此还不能正常传递声音。有时候在半米的距离内听不清别人说话，在种植园另一头却能听得清清楚楚。这个新游戏为马孔多的少女带来欢笑和惊奇，引发惊恐与戏嘲，直到晚上她们还会谈起恍如梦境的散步经历。那里的寂静如此出名，乌尔苏拉也不忍剥夺美人儿蕾梅黛丝的乐趣，便同意她那天下午出门，但要衣着得体并戴上帽子。从少女们走进种植园的那一刻起，空气中便有致命的芳香满溢。在沟垄间劳作的男人感到自己被奇异的魔力所控制，面临着无形的危险，很多人甚至忍不住想要痛哭一场。美人儿蕾梅黛丝和她受惊的女友们险些落入一群凶暴的男人手中，好不容易才躲进附近的一户人家。没过多久四个奥雷里亚诺将她们救出，他们额上的灰烬十字引发某种对神明的敬意，仿佛那是门第等级的标志、免受伤害的印记。美人儿蕾梅黛丝没跟任何人说起有个男人趁着混乱在她腹部摸了一把，那只手更像是攫在悬崖边缘的鹰爪。那一瞬她惊愕地望着袭击者，那双绝望的眼睛像灼人的炭火印在她的心里。当晚，那男人在土耳其人大街吹嘘自己的勇气，炫耀自己的幸运，可几分钟后一匹马就从他胸前踏过，众多外乡人看着他在街上垂死挣扎，直到在自己吐出的鲜血里窒息。

四桩无可置疑的事例证实了美人儿蕾梅黛丝拥有致命力量这一猜测。尽管不乏言语轻薄的男人乐于宣称与这样令人心动的女人过上一夜死了也值，可实际上没人敢去尝试。或许想要征服她乃至祛除她带来的危险，只需一种最自然最简单、被称为“爱”的情感，但从没有人想到过这一点。乌尔苏拉不再为她费心。有段时间，她尚未放弃挽救美人儿蕾梅黛丝的努力，试图令曾孙女融入现实、对家务产生兴趣。“男人比你想的要求更多。”她故作神秘地说道，“有很多饭要做、很多地要扫，还有很多小事要忍耐，不是你想的那么简单。”乌尔苏拉试图训练她为家庭幸福作准备的想法不过是自我欺骗，因为她早已确信一旦欲望得到满足，没有任何男人能忍受哪怕一天这种不可思议的懒散。最后一个何塞·阿尔卡蒂奥降生后，她一心要将他培养成教皇，也就不再为曾孙女操心。乌尔苏拉任由她自生自灭，相信早晚会有奇迹发生，在这个无奇不有的世界上总会有一个耐性足够的男人能接受她。很早以前，阿玛兰妲就放弃了将她改造成贤妻良母的一切努力。在缝纫间里那些被遗忘的午后，她这个侄女连对帮忙摇缝纫机摇柄都不大感兴趣，那时阿玛兰妲便得出明确的结论：她脑子有问题。阿玛兰妲奇怪她竟会对男人的甜言蜜语完全无动于衷，便对她说：“看来我们得卖彩票才能把你推销出去。”后来，乌尔苏拉坚持要美人儿蕾梅黛丝用头巾蒙脸去望弥撒，阿玛兰妲认为这样平添了神秘感，很快就能吸引某个好奇的男人耐下性子来寻索她内心的弱点。然而当阿玛兰妲看到对那个在各方面都胜过一位王子的追求者她竟愚蠢地不屑一顾，便不再抱任何希望。费尔南达从未试图去理解她。她在血腥狂欢节上见到美人儿蕾梅黛丝一身女王打扮，觉得她真是个出众的美人。可看到她用手抓饭吃，说出的话没有一句不显天真，费尔南达只有在心里哀叹，家里这些傻子都活得太久了。尽管奥雷里亚诺·布恩迪亚上校依然相信并再三宣扬，美人儿蕾梅黛丝实际上是他平生见过最有智慧的人，这一点从她不时嘲弄众人的惊人能力上就可以看出，但他们还是对她不闻不问，任其自然。美人儿蕾梅黛丝独自留在孤独的荒漠中，一无牵绊。她在没有恶魔的梦境中，在费时良久的沐浴中，在毫无规律的进餐中，在没有回忆的漫长而深沉的寂静中，渐渐成熟，直到三月的一个下午，费尔南达想在花园里叠起她的亚麻床单，请来家里其他女人帮忙。她们刚刚动手，阿玛兰妲就发现美人儿蕾梅黛丝变得极其苍白，几近透明。

“你不舒服吗？”她问道。

美人儿蕾梅黛丝正攥着床单的另一侧，露出一个怜悯的笑容。

“正相反，”她说，“我从来没这么好过。”

她话音刚落，费尔南达就感到一阵明亮的微风吹过，床单从手里挣脱并在风中完全展开。阿玛兰妲感到从裙裾花边传来一阵神秘的震颤，不得不抓紧床单免得跌倒。就在这时美人儿蕾梅黛丝开始离开地面。乌尔苏拉那时几近失明，却只有她能镇定自若地看出那阵不可阻挡的微风因何而来，便任凭床单随光芒而去，看着美人儿蕾梅黛丝挥手告别，身边鼓荡放光的床单和她一起冉冉上升，和她一起离开金龟子和大丽花的空间，和她一起穿过下午四点结束时的空间，和她一起永远消失在连飞得最高的回忆之鸟也无法企及的高邈空间。

外乡人想当然地认为美人儿蕾梅黛丝终于屈从于成为蜂后的宿命，而她的家人不过是编出升天的鬼话来挽救名誉。费尔南达尽管妒火中烧，最终还是承认了这一奇迹，很长一段时期内都在恳求上帝归还那些床单。大多数人相信这一奇迹，甚至点起蜡烛念诵经文，举行九日祭。如果不是奥雷里亚诺兄弟惨遭屠杀使恐怖代替了惊诧，或许人们在很长时间内都不会有其他的话题。奥雷里亚诺·布恩迪亚上校从未认为自己事先感知过预兆，但他的确在某种程度上早料到了儿子们的悲惨结局。当随着人潮赶来的奥雷里亚诺·塞拉多和奥雷里亚诺·阿卡亚表示愿意留在马孔多，父亲曾试图让他们打消这个念头。他看不出他们留在这个一夜之间就变为危险地带的市镇上有什么可做。但奥雷里亚诺·森特诺和奥雷里亚诺·特里斯特得到奥雷里亚诺第二的支持，在自己的厂子里给他们安排了工作。奥雷里亚诺·布恩迪亚上校当时出于尚说不清楚的理由反对这一决定。自从见到布朗先生坐着马孔多的第一辆汽车登场——那是辆橙色的翻篷轿车，喇叭声把市镇上的狗吓得不轻——这位老军人就对众人大惊小怪的样子气恼不已，他意识到人性发生了变化，现在已不再是那个抛下妻儿肩扛猎枪上战场的时代。自从尼兰迪亚停战协定签订以来，先后上任的都是些从马孔多温和乏味的保守派中选出的庸庸碌碌的市长、沦为摆设的法官。“这是一帮可怜虫的政府。”奥雷里亚诺·布恩迪亚上校看着配有警棍的赤足警察走过时评论道，“我们打了那么多仗，就争取到没让人把房子漆成蓝色。”但自从香蕉公司到来，当地官员被外来势力取代，布朗先生还把他们接进电网鸡笼里生活，据他说是去那里享受与他们地位相称的待遇，不用再忍受酷热、蚊虫以及市镇上各种不便和匮乏。昔日的警察换成了手持砍刀的雇佣兵。奥雷里亚诺·布恩迪亚上校关在作坊里，思考着这些变化，在沉寂的孤独岁月中第一次痛苦地确信没将战争进行到底是个错误。就在那些天里，已被遗忘的马格尼菲科·比斯巴勒上校的兄弟带着他七岁的孙子去广场买饮料，孩子不小心撞上一个警察小头目，把饮料洒到了他的制服上，那个暴徒就挥起砍刀将他剁成肉酱。孩子的爷爷试图上前阻止，也被一刀砍下脑袋。市镇上所有人都看见一群人如何将无头的尸体送回家里，看见那脑袋被一个女人揪住头发拎着，还看见鲜血模糊的袋子里装着孩子的碎尸。

这一事件结束了奥雷里亚诺·布恩迪亚上校的赎罪心境。蓦然间他内心又充满了年轻时的愤怒，当年他面对那个因被疯狗咬伤就惨遭乱棍打死的女人的尸体时也曾这般怒火中烧。他望着家门口好奇围观的人群，因着对自己的深深蔑视又恢复了当年的洪亮嗓音，向他们发泄胸中再也无法忍受的愤恨。

“等着瞧，”他喊道，“我要领着我的人拿起武器，干掉这些该死的美国佬！”

那个星期里，在沿海各地，他的十七个儿子像兔子般被暗藏的凶手瞄准额间的灰烬十字一一猎杀。奥雷里亚诺·特里斯特晚上七点从母亲家出来，被黑暗中射出的一发子弹打穿了脑门。奥雷里亚诺·森特诺被发现死在工厂中他时常挂起的吊床上，眉间插着一把冰锥没至手柄。奥雷里亚诺·塞拉多看完电影把女友送回她父母家，归来时走在灯火通明的土耳其人大街上，被人群中一个永远无法确知身份的凶手用左轮手枪一枪放倒，跌进一锅沸腾的黄油里。几分钟后，正和一个女人待在房间里的奥雷里亚诺·阿卡亚听见有人敲响紧闭的房门并喊道："快，有人在杀你的兄弟。"据那女人事后讲述，他从床上跳起来，打开门，迎面一发毛瑟枪子弹爆开了他的脑袋。在那个死亡之夜，家里准备为四具尸体守灵的同时，费尔南达发疯似的跑遍整个市镇寻找奥雷里亚诺第二。而他已被佩特拉·科特斯藏在衣柜里，她以为屠杀的目标包括所有与上校同名的人。直到第四天他才被放出来，那时来自沿海各地的电报已经证实，暗藏的敌人只针对带有灰烬十字的兄弟下手。阿玛兰妲找出记录侄子们信息的小本，收到一封电报就划去一个姓名，到最后只剩下最年长的那个。他们都清楚地记得他，因为他黝黑的皮肤和碧色的大眼睛形成了强烈反差。他叫奥雷里亚诺·阿玛多，是个木匠，生活在深山脚下一个偏僻的小村庄里。等了两个星期仍没收到告知他死讯的电报，奥雷里亚诺第二想到他或许还不知道死亡的威胁，便派出一名信差去提醒他。信差带回消息，说奥雷里亚诺·阿玛多还活着。在暗杀之夜，有两个男人去了他家，用手枪向他射击，但没打中额间的灰烬十字。奥雷里亚诺·阿玛多翻出院墙，消失在深山的迷宫里。他曾与当地的印第安人做过木材生意并结下友谊，因而对那里了如指掌。他从此没有了消息。

对奥雷里亚诺·布恩迪亚上校而言，那是一段黑暗的日子。共和国总统向他发来唁电，承诺会彻底调查，并为死者表示哀悼。在总统的授意下，市长为葬礼送来四个花圈，想摆在棺材上，却被上校拦在街头。葬礼之后，他起草了一份措辞激烈的电文给共和国总统并亲自去发送，但电报员拒绝办理。于是他添上更多火药味十足的字句，装进信封寄了出去。就像妻子去世或战争中好友接连战死时一样，他心里没有悲痛，只有无处发泄的盲目愤怒，以及徒耗精力的无奈。他甚至指控安东尼奥·伊莎贝尔神父参与了暗杀，因为神父曾给他的儿子们留下无法消除的印记便于敌人辨认。衰朽不堪的神父那时已头脑糊涂，在布道坛上的荒唐布道开始吓走教区的信众。一天下午他拿着圣灰星期三的灰罐来到家里，要为全家画十字来证明那灰烬完全可以用水洗掉。然而惨剧已造成深深的恐惧，连费尔南达也不愿参与实验，并且从此再没有布恩迪亚家的人在圣灰星期三跪在祭坛围栏前。

奥雷里亚诺·布恩迪亚上校很久都未能恢复平静。他不再制作小金鱼，吃不下东西，拖着毯子像梦游者一般在家中游荡，口中咀嚼着默然的怒火。三个月过去，他的头发变得灰白，往日里修剪齐整的髭须耷垂在苍白的唇边，但他的双眼重又变成两团火炭，这双眼睛曾吓住看到他出生的人，曾仅仅一瞥就让椅子打转。忍受着怒火的折磨，他试图唤起青年时代曾引导自己走上危险道路直至荣耀的荒原的预兆，却都归于徒然。他迷失在一个陌生的家中，这里没有人也没有任何事物能引发他丝毫的感怀。一次他打开梅尔基亚德斯房间的门，想寻找战前岁月的痕迹，却只看见废料、垃圾和多年积累下来的污物。在没人再翻动的残破书页间，在被潮气侵蚀的羊皮卷上，生出繁密的紫苔；曾经是家中空气最洁净的房间，却充斥着腐朽记忆令人难以忍受的气味。一天早上，他看见乌尔苏拉趴在栗树下已故丈夫的膝上哭泣。家里只有奥雷里亚诺·布恩迪亚上校看不见那位经历半个世纪风吹雨打的健硕老人。“跟你父亲打个招呼吧。”乌尔苏拉对他说。他在栗树前停了片刻，又一次确认了那片空旷的空间同样无法触动他的情感。

“他说什么？”他问。

“他很难过，”乌尔苏拉回答，“因为他认为你快死了。”

“请告诉他，”上校笑了，“一个人不是在该死的时候死，而是在能死的时候死。”

亡父的预感拨动了他心中残存的最后一分高傲的余烬，他却错以为陡然间重获了力量。因此他纠缠着乌尔苏拉要她说出院中何处埋藏着圣约瑟石膏雕像里的金币。“你永远不会知道。”她回答道，那坚定的态度源于往日的教训。“早晚有一天，”她补充道，“这笔财富的主人会出现，只有他能挖出来。”没人知道一向慷慨大方的人怎么会如此迫不及待地开始聚敛金钱。那并非足够救急的小钱，而是提一下就能让奥雷里亚诺第二咋舌的惊人巨款。他登门求助时，那些旧日的党内同僚都躲起来不见他。就在这个时期他听到人们说：“如今自由派和保守派的唯一区别就是，自由派去做五点的弥撒，而保守派去做八点的。”然而他如此坚持，四处奔走恳求，不惜牺牲自己的尊严东拼西凑，暗中不懈努力，结果在八个月里筹到的款项超过了乌尔苏拉埋藏的金币数目。于是他去拜访病中的赫里内勒多·马尔克斯上校，要他协助自己掀起一场全面战争。

赫里内勒多·马尔克斯上校尽管瘫痪在摇椅上，但在一段时期内的确是唯一能够联络到起义军旧部的人物。自从尼兰迪亚停战协定签订以来，奥雷里亚诺·布恩迪亚上校寄身于打造小金鱼的作坊，他却与直到战败仍忠心耿耿的部下保持着联系。他和他们一起打着一场屈辱的日常战争，其中充满恳求与申请：“请您明天再来”，“就快了”，“我们正在认真研究您的问题”；打着一场彻底失败的战争，败给了那些“您忠实恭顺的仆人”，他们应该签发但从未签发养老抚恤金。另一场血腥的战争延续了二十年，却不曾像这场无限拖延、日日消磨的战争带给他们如此多伤害。赫里内勒多·马尔克斯上校曾躲过三次暗杀，五次受伤大难不死，身经百战安然无恙，却败给了无尽的等待，屈服于凄凉的晚景，在一间借来的光线昏暗的屋子里想着阿玛兰妲。最后一批他知晓下落的老兵出现在报纸上的照片里，卑顺地仰着面孔，身旁站着不知名的共和国总统。他赏赐他们铸有自己头像的金扣子别在衣领上，又归还给他们一面染着鲜血和硝烟污痕的战旗，以备日后覆在棺材上。另一些人更有骨气，在社会救济的荫庇下仍苦苦等待回音，他们或因饥饿而死，或怀着一腔怒火苟活，或在精致的荣誉粪堆中衰老腐烂。因此，当奥雷里亚诺·布恩迪亚上校邀请他发动一场殊死决战，彻底铲除外国入侵者扶植的腐败可耻的政府，赫里内勒多·马尔克斯上校不禁因同情而颤抖起来。

“噢，奥雷里亚诺，”他叹气道，“我知道你老了，可现在才明白你比看起来的样子还要老得多。”

在最后惶惑的几年，乌尔苏拉几乎无暇顾及对何塞·阿尔卡蒂奥的教皇培养，一转眼就到了他该收拾行装去上神学院的时候。他的妹妹梅梅，夹在费尔南达的严厉和阿玛兰妲的幽怨之间，几乎同时到了预定的年龄，该送到修女开办的学校，她将在那里被培养成古钢琴大师。乌尔苏拉十分苦恼，她怀疑自己的方法是否有效，竟调教出这样一位倦怠的见习教皇，但她没有归咎于自己老年蹒跚的步履、视物模糊的翳障，而是怪罪于某种她说不清的东西，只能模糊地想象为时代的逐渐衰败。“如今的日子不比从前了。”她常这么说，感到失去了对日常现实的把握。以前，她觉得孩子们很久也长不大。只要想想，过了多长时间长子何塞·阿尔卡蒂奥才跟着吉卜赛人离开，又过了多久之后他才刺了一身蟒蛇似的花纹，带着满口占星术士的腔调回家，而在阿玛兰妲和阿尔卡蒂奥忘掉印第安人的语言学会卡斯蒂利亚语之前家里又发生了多少事。再想想可怜的何塞·阿尔卡蒂奥·布恩迪亚在栗树下经历了多少天烈日与寒露，她为他的去世又哭过多少回，然后是经历无数战事、为家人带来无数忧愁的奥雷里亚诺·布恩迪亚上校在奄奄一息中被抬回家来，当时他还不满五十岁。过去，她做了整整一天的糖果小动物仍有时间照顾孩子，检查他们的眼白看是否需要一剂蓖麻油。而现在，她无事可做，驮着何塞·阿尔卡蒂奥从早到晚游逛，这分外匆忙的时光流逝却使得她做起事来全都半途而废。事实上乌尔苏拉虽然连自己的年岁都已忘记却仍不服老。她四处碍事却又想事事插手，连外乡人也厌烦了她不停的询问，问他们在战争时期可曾寄存一尊圣约瑟石膏雕像，等过了雨季再取走。没人确切知道她从何时开始丧失视力。最后几年她已经卧床不起，但仍表现得仿佛只是衰老所致，没有人察觉到她的失明。她在何塞·阿尔卡蒂奥出生之前便意识到了这一异常。一开始她以为只是暂时的视力衰退，偷偷服用骨髓糖浆并往眼睛里滴蜂蜜，但不久便渐渐确认自己已经无可挽回地陷入黑暗，以至于对电灯这一新发明一直没有明确的概念，因为第一批电灯泡装上时她只能隐约感受到那光亮。她没有告诉任何人，因为那等于公开承认自己的无用。她暗中用心记下东西的位置、人们的声音，继续凭记忆“观看”患白内障后看不到的事物。到后来她意外地发现了气味的助益，在黑暗中据此分辨东西远比凭借体积和颜色更为有效，她由此终于免去了认输的羞耻。在黑暗的房间里，她能穿针缝扣，还知道牛奶何时会煮沸。她对所有东西的位置了如指掌，有时连她自己都忘记她已失明。有一次，费尔南达因丢失了结婚戒指把家里搅得地覆天翻，最后还是乌尔苏拉在孩子们房间的壁架上找到。其实很简单，当其他人漫不经心地四下走动时，乌尔苏拉用剩余的四种感官关注着他们，免得被他们不小心撞到；一段时间后她发现家里的每个人每天都在无意中重复同样的路线，做同样的事，甚至在同一时刻说同样的话。只有当他们偏离这些刻板的常规时，才会有丢东西的危险。因此乌尔苏拉听见费尔南达为丢了戒指而沮丧，立刻想起她当天所做唯一与往日不同的事就是晾晒孩子们的床席，因为前一天夜里梅梅发现了一只跳蚤。那时孩子们也帮忙干活，由此乌尔苏拉想到费尔南达一定是将戒指放在了他们唯一够不着的地方——壁架上。而费尔南达只在她平常经过的路线上寻找，殊不知寻找失物会受到日常习惯的妨碍，因此总是难以找到。

乌尔苏拉竭力跟上家里的一切细微变化，而抚养何塞·阿尔卡蒂奥正帮了她的忙。她注意到阿玛兰妲在为卧室里的圣徒像换衣服，便装作要教孩子辨别颜色。

“来，”她对他说，“告诉我天使长圣拉斐尔穿的衣服是什么颜色。”

就这样，孩子提供了她双眼无法获得的信息，而早在他离家去神学院学习之前，她就已经能够凭着圣徒像衣服的质地来分辨不同的颜色。但有时也会发生意外。一天下午，阿玛兰妲在秋海棠长廊里绣花，乌尔苏拉一下撞在她身上。

“上帝啊，”阿玛兰妲抱怨道，“请您走路看着点儿。”

“这得怪你，”乌尔苏拉说，“你坐在不该坐的地方。”

她觉得自己是对的。但从那天起，她意识到从没有人发现过的一件事，即一年中太阳的位置不断发生细微的变化，坐在长廊里的人也会不知不觉随之挪动。从那以后，乌尔苏拉只需记得日期，就能准确无误地判断出阿玛兰妲所坐的位置。尽管双手颤抖得越来越明显，双脚越来越沉重，她瘦小的身影却从未那样活跃，同时在无数地方出现。她几乎像当年操持整个家时一样忙碌。然而，在晚年无法穿透的孤独中，她获得了非凡的洞察力，能察觉到家中任何不起眼的小事，也第一次看清了过去因忙碌而忽略的真相。在培养何塞·阿尔卡蒂奥为上神学院作准备的那段时期，她细细回顾了马孔多创建以来家中的大事小情，彻底改变了对子孙的一贯看法。她意识到奥雷里亚诺·布恩迪亚上校并非像她想的那样，由于战争的摧残而丧失对家人的情感，实际上他从未爱过任何人，包括妻子蕾梅黛丝和一夜风流后随即从他生命中消失的无数女人，更不必提他的儿子们。她猜到他并非像所有人想的那样为着某种理想发动那些战争，也并非像所有人想的那样因为疲倦而放弃了近在眼前的胜利，实际上他成功和失败都因为同一个原因，即纯粹、罪恶的自大。她最终得出结论，自己不惜为他付出生命的这个儿子，不过是个无力去爱的人。他还在她腹中的时候，一天晚上她听见他哭泣。那清晰可辨的哭声惊醒了身边的何塞·阿尔卡蒂奥·布恩迪亚，他高兴地认定儿子拥有腹语能力。其他人则预测他会成为一个预言家。而她却浑身颤抖，确信这深沉的哭号正是那可怕的猪尾巴的最初征兆，恳求上帝让他死在腹中。然而晚年的洞察力使她明白——这一点她也多次向人提起——胎儿在母腹中的哭泣不是腹语或预言能力的先兆，而是缺乏爱的能力的明显信号。儿子身上的光环剥落，反而在她心里激起所有他应得的同情。至于阿玛兰妲，那孩子的铁石心肠曾令她恐惧，那刻骨的痛苦曾令她痛苦，但现在她终于发现阿玛兰妲才是世上从未有过的最温柔的女人。她怀着惋惜的心情弄明白了，阿玛兰妲令皮埃特罗·克雷斯皮遭受那些不公平的折磨，并非像所有人想的那样是出于报复心理；令赫里内勒多·马尔克斯上校日夜煎熬徒劳等待，也并非像所有人想的那样是出于痛苦的怨毒。实际上，这两样行为都属于无穷的爱意与无法战胜的胆怯之间的殊死较量，最终胜出的是阿玛兰妲毫无理由的恐惧，恐惧的对象是她自己饱受折磨的心灵。也正是在这段时间，乌尔苏拉开始呼唤丽贝卡的名字。迟来的悔恨和突如其来的敬意激发了旧日的亲情，她明白只有丽贝卡，从未喝过自己的奶水只以地上的泥土和墙上的石灰为食的丽贝卡，血管中流淌的不是自己的血液而是陌生人的陌生血液——他们的骨殖仍在坟墓里咯咯作响——拥有冲动心性和炽热情欲的丽贝卡，才拥有无畏的勇气，而那正是乌尔苏拉希望自己的后代具备的品质。

“丽贝卡，”她说着，手在墙壁上摸索，“我们对你太不公平！”

家里人以为她失去了理智，自从她走路时像天使长加百列一样高举右手，人们便认定了这一判断。但费尔南达发现她失常的阴影中隐藏着明察秋毫的光亮，因为她能毫不犹豫地说出家中上一年的开销。阿玛兰妲也持相似的看法。一天，她母亲在厨房搅拌着一锅汤，并不知道有人在一旁，却突然说起当初从第一拨吉卜赛人那里买来的玉米磨早在何塞·阿尔卡蒂奥六十五次周游世界之前就已丢失，可它其实还在庇拉尔·特尔内拉家里。庇拉尔·特尔内拉也将近百岁，依然身体健康，充满活力，只是出奇肥胖，到了能吓跑小孩的地步，就像当年她的笑声能惊飞鸽群一样。她对乌尔苏拉的本领毫不奇怪，因为她凭自己的经验开始明白，老年人的清醒判断会比纸牌算命更精准。

然而，当乌尔苏拉意识到她已经没有足够的时间让何塞·阿尔卡蒂奥来坚定志向，立时因沮丧而陷入迷惘。她试图用眼睛去看那些本可以靠直觉看得更清楚的东西，于是开始频频出错。一天早上，她把一瓶墨水误当作花露水倒在孩子头上。她执意四处插手却造成无数麻烦，弄得自己也情绪恶劣，烦躁不安，一心想要挣脱如蛛网般缠着自己的黑暗。这时她并未将自己的笨拙视作衰老与黑暗的最初胜利，而是归咎于时光的错误。她想起以前，上帝还没让岁月缩水如同土耳其商人丈量花布时偷减尺寸，那时候不像现在这样。如今不仅孩子们长得更快，连人的情感也变了样。美人儿蕾梅黛丝连身体带灵魂才升天，凉薄的费尔南达就在角落里踱来踱去，为那些被卷走的床单愤愤不平。奥雷里亚诺们在坟墓里尸骨未寒，奥雷里亚诺第二就又点亮家中的灯火，聚上一群醉汉拉起手风琴，浑身浇透香槟酒，仿佛被害的不是基督徒而只是几条狗，仿佛用无数的操劳和无数的糖果小动物换来的这个疯人之家注定要沦为堕落的垃圾场。她想到这些的时候，家人正为何塞·阿尔卡蒂奥准备行李。乌尔苏拉又不禁自问是否应当索性躺进坟墓让人埋土，并毫无顾忌地质询上帝是否真的认为人心如铁足以经受这许多痛苦的折磨。她问了又问，愈加惶惑，并感到无可抑制的强烈欲望涌上心头，想要像外乡人一样破口大骂，想要让自己最终能放任片刻，那是她渴求已久却反复拖延的时刻，在这一时刻她不再逆来顺受，而要痛骂一场，把整整一个世纪忍气吞声压在心底的无数污言秽语一吐为快。

“妈的！”她叫了一声。

阿玛兰妲正要把衣服收进箱子，以为她被蝎子蜇了。

“在哪儿？”她警觉地问道。

“什么？”

“虫子！”阿玛兰妲解释道。

乌尔苏拉伸出一根手指指向心脏部位。

“这儿。”她回答。

星期四下午两点，何塞·阿尔卡蒂奥离家去了神学院。乌尔苏拉将会永远记得想象中他告别时的样子：无精打采而又神情严肃，像她教导过的那样没流一滴泪；身穿配铜扣的绿呢正装，颈系浆过的领结，热得透不过气来。饭厅里满是她为了掌握他的行踪而洒在他头上的花露水气味。在饯行午宴上，家人用欢快的表情掩饰内心的不安，以夸张的热情回应安东尼奥·伊萨贝尔神父的妙语。当天鹅绒包面、四角镶银的箱子被搬出时，活像是从家里抬出一口棺材。唯一拒绝参加告别仪式的人就是奥雷里亚诺·布恩迪亚上校。

“这下麻烦事全齐了，”他愤愤道，“一个教皇！”

三个月后，奥雷里亚诺第二和费尔南达把梅梅送到学校，带回一架击弦古钢琴代替了原先的自动钢琴。正是在这个时候阿玛兰妲开始织起自己的寿衣。香蕉引发的狂热已经平息下去。马孔多的老住户被外乡人挤到边缘，勉强守住旧日的营生，但仍深感庆幸仿佛遭遇了一场海难劫后余生。家里依旧招待客人吃午饭，一直要等到多年以后香蕉公司离开时，昔日的生活才得以恢复。然而好客的传统发生了根本变化，因为现在是费尔南达发号施令。乌尔苏拉被遗忘在黑暗中，阿玛兰妲只顾织寿衣，旧日的见习女王终于掌控了选择宾客的权力，并将承袭自父母的森严规矩强加给他们。在这样一个外乡人胡乱挥霍轻易得来的财富，闹得四处乌烟瘴气的市镇上，她的严厉举措却将家里变成旧习俗的堡垒。对她而言，只有和香蕉公司无涉的人才是体面人，就此毫无通融余地。连小叔子何塞·阿尔卡蒂奥第二，也成为她歧视之下的牺牲品，因为他早在第一波狂潮中就将自己优异的斗鸡全部出手，当上了香蕉公司的庄园监工。

“只要他还长着外乡人的疖子，”费尔南达说，“就别想进这个家门。”

家中限制如此之严，相形之下奥雷里亚诺第二更体会到在佩特拉·科特斯那里的舒适。起初，他借口减轻妻子的负担，将宴会转移过去。后来，又借口牲畜的繁殖力下降，将牛棚和马厩移走。最后，借口情妇家更凉快，将打理生意的小办公室也移了去。等费尔南达发觉丈夫还在世自己就成了寡妇，已经错过了挽救的时机。奥雷里亚诺第二几乎不在家里吃饭，虽然还陪妻子过夜，但这些表面维持的假象已经无法瞒过任何人。一天晚上，他由于疏忽在佩特拉·科特斯的床上过了一夜。出乎他的意料，费尔南达既无一句斥责也无一声幽怨，只是在次日把他的两箱衣物送到他情妇家里。她有意挑选大白天，又命人抬着箱子走在街道中央，好让所有人看到，以为这样做能使迷途的丈夫羞愧难当，低头回归正道。然而这一英勇壮举只是再次证明费尔南达不仅根本不了解自己的丈夫，而且也不了解这个与她父母所处完全不同的社区，因为所有看到衣箱经过的人都认为这是一段众所周知的历史的必然结局，奥雷里亚诺第二则连续三天大摆筵席庆祝获得自由。对他妻子尤为不利的是，当她因颜色阴郁垂至脚踵的长袍、散发陈腐气息的诸多圣牌和不合时宜的高傲显得未老先衰，那位情妇却身裹华丽的真丝衣裙，眼中因旧情重燃漾出虎纹一样的光彩，像是再度焕发青春。奥雷里亚诺第二对她重又萌发了年轻时的激情，那时佩特拉·科特斯将他错认为他的孪生兄弟而爱他，同时与两人睡觉，并相信是上帝赐予好运让自己拥有这样的男人，做起爱来好像两个不同的人。这重拾的激情如此炽烈，两人不止一次正要吃饭，只因眼波交错，无需只言片语就立刻盖上饭菜，忍着饥饿去卧室里极尽欢爱。奥雷里亚诺第二从偷偷拜访法国女郎的几次经历中受到启发，为佩特拉·科特斯买了一张带主教式华盖的床，在窗前挂起天鹅绒窗帘，在天花板和墙壁上镶满水晶镜面。他从未像那时一般喜爱欢宴，大肆挥霍。每天十一点抵达的火车为他运来一箱又一箱的香槟和白兰地。从车站回家的路上，他像跳昆比安巴舞时即兴邀请舞伴一样将所有碰见的人拉去赴宴，不管是本地人还是外乡人，认识的还是即将认识的，一概都在邀请之列。连只会说外语的布朗先生那样难以捉摸的人物，也被奥雷里亚诺第二诱人的表情和手势招引来，一次次在佩特拉·科特斯家烂醉如泥，甚至在手风琴的乐声中胡乱哼唱得克萨斯民歌，让一直跟在身边的德国猛犬伴着歌声跳舞。

“让一让，母牛们，”奥雷里亚诺第二在狂欢的高潮时分喊道，“让一让，生命短暂啊。”

他气色从未那样好过，他本人从未像那样广受爱戴，他的畜群也从未像那样疯狂地繁殖。那么多的猪、牛、鸡在无休无止的宴席中被屠宰，院中泥土在无数鲜血的浇灌下变得淤软乌黑。那里成了永久垃圾场，骨骸内脏遍地，残羹剩饭成堆，人们不得不一直燃放炸药吓走秃鹫，以免它们啄出宾客的眼珠来。奥雷里亚诺第二变得肥硕臃肿，面色红中透紫，走路像乌龟般迟缓。这都要归因于他奇佳的胃口，只有周游世界归来时的何塞·阿尔卡蒂奥才能比得上。耸人听闻的贪食，一掷千金的豪气，无人可比的好客，他的名声越出大泽区的边界，吸引了沿海一带最知名的老饕。神奇的饭桌精英从四面八方赶到，参加在佩特拉·科特斯家举行的疯狂的饕餮大赛。奥雷里亚诺第二保持常胜不败，直到那个不祥的星期六卡米拉·萨迦丝杜梅出现，这个图腾般的女人以“母象”的美名享誉全国。比赛一直持续到星期二清晨。在最初的二十四小时里，奥雷里亚诺第二就着木薯、山药和烤香蕉吃掉一头牛，喝下一箱半香槟，对胜利充满信心。比起波澜不惊的对手，他看起来兴奋活跃得多。对手明显更具专业风范，但也正因如此在挤满屋子的各路观众眼中显得缺乏激情。奥雷里亚诺第二在求胜欲望驱使下张口大嚼的同时，“母象”施展外科医生般的技艺将肉细细分解，慢慢享用，甚至带有几分愉悦。她体形巨大敦实，但壮硕的身架掩不住女性的温情。她脸庞秀美，纤细的双手保养得当，浑身散发出不可抗拒的个人魅力，奥雷里亚诺第二在她进门时低声说，自己宁愿和她在床上而不是在桌上比赛。后来看到她吃下整整一扇牛肉仍保持着淑女的最佳仪态，他严肃地评价道，这头娇柔迷人而又胃口奇佳的长鼻动物从某种角度来看正是理想的女人类型。他说得不错。得名“母象”之前，她一度被称为“兀鹫”，这实在没有道理可言。她不像流言所说是杀牛碎骨的屠夫，也不是希腊马戏团里长胡子的悍妇，而是一所声乐学校的校长。她开始学习进食技巧时已是一位可敬的母亲，她这么做是为了找到合适的方式让自己的儿女吃得更好，即不靠人为刺激，而是凭借精神的绝对平静。她那已被实践证明的理论基于以下原则：一个人只要能完全拥有良心上的安宁，就可以不断进食直到疲惫无力为止。因此，她是出于道义上的考虑而非竞技方面的兴趣才离开学校和家庭，来与这个以无所顾忌的大胃王之名享誉全国的男人比试。她第一眼看到奥雷里亚诺第二，就意识到他不会输在胃上，却会输在性格上。第一个夜晚过去，

“母象”依然不动声色，奥雷里亚诺第二却因为说笑太多而渐渐困乏。他们睡了四个小时。醒来的时候，每人喝下五十个橙子榨出的果汁、八升咖啡，吃了三十个生鸡蛋。到第二个早上，两人都许久未眠，又吃下两头猪、一把香蕉和四箱香槟。“母象”怀疑奥雷里亚诺第二也在无意中发现了同样的进食诀窍，但区别在于他是从彻底放纵的荒唐之道中领悟的。这样他就比她预想的更为危险。然而在佩特拉·科特斯端上两只烤火鸡时，奥雷里亚诺第二的肚子已快撑到极限。

“如果吃不了，就别再吃了，”“母象”说，“我们算打成平手。”

她说这话是出于真心，知道自己眼看要将对手逼死，在懊悔中再无法咽下任何食物。但奥雷里亚诺第二将这话错当成新的挑战而猛吞火鸡，结果连他惊人的巨胃也无法承受。他失去了知觉，一头扎在盛残骨的盘子里，像狗一样口吐白沫，发出窒息垂死时的嘶嘶声。他感觉在黑暗中被人从一座塔的顶端扔下，坠向无底的深渊，并在最后一线清醒的光亮中意识到在这没完没了的下落尽头等待他的是死亡。

“带我去费尔南达那里。”他挤出了这句话。

朋友们把他送回家，认为他算是履行了对妻子的承诺，没有死在情妇的床上。佩特拉·科特斯把他想要穿到棺材里去的那双漆皮靴打好鞋油，正四处找人要给他送去，这时却有人来告诉她说奥雷里亚诺第二已脱离危险。实际上他不到一个星期就康复了，十五天后举办了规模空前的筵席庆祝大难不死。他仍然住在佩特拉·科特斯家里，但每天都去看望费尔南达，有时还会留下来和家人吃饭，仿佛命运颠倒了事物，使他成了情人的丈夫、妻子的情人。

这对费尔南达而言是一种宽慰。遭冷落时，她排解烦闷的方法只剩下在午休时间弹奏古钢琴和阅读儿女的来信。在半月一封寄给他们的信中，她没写一句真话。她对儿女避而不言自己的痛苦，刻意隐去家中的悲哀。尽管阳光仍照耀在秋海棠上，午后两点依然炎热难耐，欢闹声还不时从街上传来，这个家却越来越像她父母那座殖民时代的深宅。费尔南达游荡于三个活着的鬼魂和何塞·阿尔卡蒂奥·布恩迪亚死去的鬼魂之间，后者在她弹奏古钢琴时，偶尔会坐在客厅的阴影里，露出探询的目光。奥雷里亚诺·布恩迪亚上校恍如一个影子。自从上次出门去找赫里内勒多·马尔克斯上校要发动一场无望的战争之后，他除了到栗树下小便几乎从未离开作坊。他只允许理发师每三个星期登门一次，旁人一概不见。乌尔苏拉每天给他送一次饭，送什么他便吃什么。他制作小金鱼的热情未减，但自从听说人们买去不是当作首饰而是当作历史遗物，就不再出售。他把蕾梅黛丝那些从成婚时起就装饰在卧室里的娃娃拿到院里付之一炬。警觉的乌尔苏拉发现了儿子的举动，却没能制止。

“你心肠硬得像石头。”她对他说。

“这不是心肠的问题。”他回答，“房间里全是蛀虫。”

阿玛兰妲在织她的寿衣。费尔南达不理解她为什么不时给梅梅写信，还寄去礼物，但对何塞·阿尔卡蒂奥却提都不愿提起。“你们到死也不会明白。”当她通过乌尔苏拉询问原因时，阿玛兰妲这样回答，而这一回答在她心中种下的疑问，永远也没有得到解答。身材高挑瘦削，神情高傲，总穿着宽松的泡泡纱裙，顽强地抗拒岁月流逝以及苦痛记忆的侵蚀，阿玛兰妲仿佛在前额上刻着代表贞洁的灰烬十字。其实真正的记号在她手上，在她睡觉时也不摘下并且总是亲手清洗熨平的黑纱上。时间在她织绣寿衣的指缝间流逝。在人们的印象中，她似乎白天织晚上拆，却不是为了借此击败孤独，恰恰相反，为的是持守孤独。

在被遗弃的岁月里，费尔南达最担心的是梅梅放假回家却见不到奥雷里亚诺第二。那次暴食晕厥事件结束了她的担忧。梅梅回来的时候，她父母已经商定，不仅要让女儿相信奥雷里亚诺第二仍是个顾家的丈夫，还要避免让她察觉到家里的悲凉气息。每年的那两个月，奥雷里亚诺第二扮演起模范丈夫的角色，举办有冰激凌和小饼干的聚会，其间由这个活泼开朗的女学生弹奏古钢琴助兴。从那时就可明显看出，她没有继承母亲的性格。她更像是阿玛兰妲的缩影，仿如十二三岁时的她，还浑然不知伤心的滋味，走起路来仿佛踩着舞步，为家里平添生机，直到对皮埃特罗·克雷斯皮的秘密激情永远扭曲了她的心灵。但与阿玛兰妲不同，与所有家人都不同，梅梅尚未表现出继承自家族的孤独宿命，看上去完全与外界融成一片，只是到了下午两点会雷打不动地关在客厅里练习古钢琴。很明显她喜欢这个家，一整年都期盼着回家后在年轻人中引发的那种欢腾。她喜爱聚会和殷勤好客的性情与父亲相去不远。这一灾难性遗传的最初征兆显露于第三个假期，梅梅事先没打招呼，自作主张邀请了四位修女和六十八个同学来家里度假一周。

“太不幸了！”费尔南达哀叹道，“这孩子和她父亲一样荒唐！”

家里不得不向邻居借床及吊床，让她们分成九组就餐，排定沐浴时刻，并借来四十张凳子好让这些穿着蓝色校服和男式靴子的姑娘安稳片刻。这是一次失败的邀请，因为这些唧唧喳喳的女学生刚刚吃完早饭，不一会儿又得开始排队吃午饭，然后是晚饭，整整一个星期只来得及去种植园散了一次步。到了晚上，修女们个个精疲力竭，无法动弹也无力再下达命令，而不知疲惫的女学生们仍在院中高唱乏味的校歌。一天，她们险些踩到乌尔苏拉身上，因为她总是坚持要帮忙，结果越帮越忙。另一天，修女们一阵大乱，因为奥雷里亚诺·布恩迪亚上校在栗树下小便，毫不顾及院中有女学生在场。阿玛兰妲也险些制造出恐慌，当时一位修女走进厨房看见她正往汤里放盐，一时觉得没话可说，便问她那白色粉末是什么。

“砒霜。”阿玛兰妲答道。

到达的当天晚上，女学生们为了在睡前如厕乱成一团，直到凌晨一点还有人没轮到。于是费尔南达买来七十二个便盆，但结果只是把夜里的难题推迟到早上，因为一清早女学生们就在厕所门前排起长队，每人手持自己的便盆等着刷洗。尽管有人发烧，不少人身上因蚊虫叮咬而发炎，但大多数人都表现出不屈的耐力，能战胜最艰巨的困难，甚至在一天中最热的时刻还在花园里跑来跑去。等她们终于离开时，家里鲜花萎地，家具破损，墙壁上满是涂鸦，但费尔南达因她们的离开而备感轻松，也就原谅了她们造成的破坏。她将借来的床和凳子归还，把七十二个便盆收进梅尔基亚德斯的房间。那个紧锁的房间，一度指引过家中精神生活的方向，从此以后遂被称为“便盆室”。在奥雷里亚诺·布恩迪亚上校看来，这才是最合适的名字，因为在家里其他人惊讶于梅尔基亚德斯的房间历经岁月侵蚀仍一尘不染的时候，他就已看出里面垃圾成堆。说到底他本不在乎究竟谁看到的才是真相，他得知那房间的归宿也只是因为整整一下午费尔南达都在摆放便盆，进进出出打扰了他的工作。

那些天里，何塞·阿尔卡蒂奥第二又在家中出现。他穿过长廊，没和任何人打招呼，一头钻进作坊与上校交谈起来。尽管眼不能见，乌尔苏拉却听出了他那代表监工身份的皮靴声，惊讶于他与家人之间，包括与他的孪生兄弟之间无法消弭的隔阂，他们童年时曾一起上演奇妙的换名游戏，现在却已不剩任何相似之处。他瘦削，严肃，总带着一副沉思的神态和几分撒拉逊人的忧郁，暮色沉沉的脸上闪烁着凄凉的光亮。他最像他们的母亲，桑塔索菲亚·德拉·彼达。乌尔苏拉在说起家人的时候常忘掉他，并因此而自责。但当她感觉到他又在家中出现，而且注意到上校是在干活的时候允许他进了作坊，不由再次检视往日的记忆，从而确认了在童年的某个时刻他一定与孪生兄弟换了身份，应该是他而不是他的兄弟叫奥雷里亚诺这个名字。没人了解他的生活细节。据说有一段时间他没有固定住所，在庇拉尔·特尔内拉家里养斗鸡，有时也睡在那里，但一般都会在法国女郎的房间里过夜。他胡乱度日，不动感情，毫无志气，仿佛乌尔苏拉星系中的一颗流星。

事实上，何塞·阿尔卡蒂奥第二不属于这个家，也从未属于任何一个，这都要追溯到赫里内勒多·马尔克斯上校带他去军营观看枪决的那个遥远的清晨。他终其一生也无法忘记那个死刑犯悲伤而略带嘲弄的笑容。那是他最早也是唯一的童年记忆。另一段记忆，关于一个身穿不合时宜的坎肩、头戴鸦翼状礼帽，在明亮的窗前谈玄说异的老人的记忆，他却不知道该归于哪一时期。那是一段模糊的记忆，毫无教益也不令人怀念，而对死刑犯的记忆则截然不同，不仅实际确定了他一生的走向，而且随着年纪渐长反而愈加清晰，仿佛流逝的时光使他与往事日益接近。乌尔苏拉想托何塞·阿尔卡蒂奥第二帮忙让奥雷里亚诺·布恩迪亚上校走出幽闭。“劝他去看看电影，”她对他说，“就算他不喜欢看电影，起码可以呼吸一下新鲜空气。”但她很快发现他与上校一样对自己的恳求充耳不闻，两人都是铁石心肠，不为情所动。尽管她无从得知，也没有任何人知道，两人关在作坊里长谈时究竟说了些什么，但她明白家里只有这两人是因相似而走到一起。

事实上，即使何塞·阿尔卡蒂奥第二也无法将上校从幽闭中拉出来。女学生的侵扰已经耗尽他的耐心。尽管烧毁了蕾梅黛丝可爱的娃娃，他仍以卧室里蛀虫太多为借口，在作坊里支起吊床，除了去院中大小便以外再不离开。乌尔苏拉连跟他随便聊天都做不到。她知道他只顾着打制小金鱼，对盘里的食物看也不看就推到桌角，不在乎汤里油渐凝肉已冷。自从赫里内勒多·马尔克斯上校拒绝帮助他在晚年发动一场战争，他一天天变得愈加冷酷。他紧紧封闭起自己的内心，家人最后就权当他已不在人世。他再没有表现出任何人性的反应，直到有一年的十月十一日他出门去看马戏团游行。对奥雷里亚诺·布恩迪亚上校来说，那一天与他最后几年中的任何一天都没什么两样。清晨五点，他被墙外蟾蜍和蟋蟀的齐鸣惊醒。绵绵细雨从星期六开始就没有停歇，他即使不曾听到花园枝叶上的淅沥声，也能从自己骨头中的寒意里察觉到。他与往常一样裹着羊毛毯，穿着粗棉布衬裤。他还沿用旧年间的过时名谓称这裤子为“哥特佬衬裤”，但图舒适一直穿着。他套上紧身裤，但没有系上带子，也没有像往常那样在衬衣领口别上金纽扣，因为他准备马上洗澡。随后他把毯子披到头上好像兜帽，用手指捋捋下垂的髭须，就去院中小便。离太阳出来还有好些时候，何塞·阿尔卡蒂奥·布恩迪亚还在泡了雨水而腐烂的棕榈棚下打盹。上校像往常一样没看见他，也没听见他的鬼魂因热尿溅在靴子上被惊醒时所说的难解的言语。他决定晚些时候洗澡，不是因为寒冷和潮湿，而是因为十月里沉闷的雾气。回作坊的路上，他闻到桑塔索菲亚·德拉·彼达用来点燃炉灶的火捻的气味，便到厨房里等待咖啡煮开，好取走自己不加糖的那一杯。桑塔索菲亚·德拉·彼达像每天清晨那样问他那天是星期几，他回答说是星期二、十月十一日。他望着眼前这个被火光映成金色的沉稳女人，这个无论此时还是其他时刻都仿佛从未真实存在过的女人，忽然想起战事激烈时的另一个十月十一日，他因确信与他过夜的女人已死而突然惊醒。她的确死了，而他没有忘记那个日期，因为那女人在死前一小时曾问过他那天是星期几。在回忆中，这一次他仍未意识到往日的预感早已弃他而去。咖啡在沸腾，他纯粹出于好奇，不带丝毫怀旧的风险，想着那个他从未知晓姓名，从未见过她生前模样的女人，因为她是在黑暗中跌跌撞撞摸上他的吊床。然而，有太多女人以同样的方式进入他的生活，在他脑海中成为茫然一片，他记不起是否就是她在初会的狂热中几乎淹没在自己的眼泪里，并且在死前不到一小时还信誓旦旦要爱他到死。他不再想她，也不再想其他女人，端着热气腾腾的咖啡走进作坊，打开灯来数点存在铁皮罐里的小金鱼。有十七条。自从决定不再出售，他仍然每天做两条，等凑够二十五条就放到坩埚里熔化重做。他干了一上午活计，全神贯注，心无旁骛，没有察觉到十点的时候雨下大了，有人在作坊前叫喊着关门别让水淹到家里；他甚至忘掉了自我，直到乌尔苏拉端着午饭进来并关了灯。

“这雨下的！”乌尔苏拉说。

“十月嘛。”他回答。

说话的时候，他并未从当天做的第一条小金鱼上移开视线，他正往鱼眼里镶嵌红宝石。直到做完小金鱼丢进罐子，他才开始喝汤。然后他不急不慌，慢慢吃下盛在同一个盘子里的洋葱炖肉、白米饭和炸香蕉片。他的胃口不受环境好坏的影响。午饭后，他感到一阵闲下来的空虚。出于一种科学的迷信，他在饭后消化的两小时内不干活、不阅读、不洗澡也不做爱。这种信念如此根深蒂固，早在战时他就曾为了避免士兵们消化不良而多次推迟行动。他躺在吊床上，用折叠小刀掏着耳朵，不到几分钟便睡着了。他梦见自己走进一幢空空的房子，墙壁雪白，还因为自己是第一个走进这房子的人而深感不安。在梦中，他记起前一夜以及近年来无数个夜晚自己都做过同样的梦，知道醒来时就会遗忘，因为这个不断重复的梦只能在梦中想起。果然，片刻后当理发师敲响作坊的门，奥雷里亚诺·布恩迪亚上校醒来，只觉得自己无意中睡了短短几秒钟，还来不及做梦。

“今天不用理了，”他对理发师说，“星期五见。”

他的胡须三天没刮，夹杂着白茸毛，但他觉得没必要刮，反正星期五可以在理发时一并解决。糟糕的小睡后，黏糊的汗水令他腋下疖子的旧疾又隐隐发作了。雨停了，但还没出太阳。奥雷里亚诺·布恩迪亚上校打了个响亮的嗝，嘴里泛起汤的酸味，仿佛是身体在下达命令，要他披上毯子去上厕所。他蹲在那里超出了必要的时间，脚下木箱中发酵的臭气直往上腾，最后还是习惯提醒他该回去干活了。在刚才等待的时间里，他又想到今天是星期二，香蕉公司的庄园里发工资的日子，所以何塞·阿尔卡蒂奥第二没来作坊。这一记忆和近年来所有的记忆一样，总会让他不知不觉想起战争。他记得赫里内勒多·马尔克斯上校曾答应为他找一匹额间带白斑的马，此后却再没谈起这个话题。随后他又想起其他纷杂的事情，却无意评判，因为既然无法引开思绪，他便学会了冷静地回想过往，不让那些无法删除的记忆勾起自己的情感。在回作坊的路上，他见空气开始变得干爽，觉得是洗澡的好时候，却被阿玛兰妲抢了先，于是便去制作当天的第二条小金鱼。在他嵌鱼尾的时候太阳出来了，射出炽烈的光芒如帆船破浪般吱嘎作响。空气经过三天细雨的洗涤，漫天都是飞蚁。这时他觉得想要小便，但一直拖到把小金鱼做完才去。四点十分，他向院子走去，忽然听见远处铜管奏乐、大鼓轰鸣、孩童欢呼。从年轻时代起，他第一次有意落入怀旧的陷阱，仿佛回到了吉卜赛人到来时父亲带他去见识冰块的那个神奇下午。桑塔索菲亚·德拉·彼达丢下厨房里的活计，向门口跑去。

“是马戏团。”她喊道。

奥雷里亚诺·布恩迪亚上校没有去栗树下，也走出门外，混在好奇的人群里观看游行。他看见一个女人穿得金光闪闪骑在大象的脖子上。他看见哀伤的单峰驼。他看见打扮成荷兰姑娘的熊用炒勺和菜锅敲出音乐节奏。他看见小丑在游行队尾表演杂耍。最后当队伍全部走过，街上只剩下空荡荡一片，空中满是飞蚁，几个好奇的人还在茫然观望时，他又一次看见了自己那可悲的孤独的脸。于是他向栗树走去，心里想着马戏团。小便的同时，他仍努力想着马戏团，却已经失去记忆。他像只小鸡一样把头缩在双肩里，额头抵上树干便一动不动了。家里人毫无察觉，直到第二天上午十一点桑塔索菲亚·德拉·彼达去后院倒垃圾，忽然发现秃鹫正纷纷从天而降。

梅梅的最后一个假期正赶上家人为奥雷里亚诺·布恩迪亚上校守丧。家里大门紧闭，一切聚会取消。他们低声说话，安静进餐，每天三次念诵玫瑰经，连炎热的午休时分古钢琴练习都流露出举哀的悲音。费尔南达曾暗中对上校不满，但正是她严格规定以上守丧礼仪，同时惊讶于政府对死去的敌手大肆追缅。奥雷里亚诺第二照例在女儿休假期间睡在家里。费尔南达想必作出了某些努力来恢复合法妻子的权利，转过年来梅梅就多了一个新生的小妹妹，家人不顾做母亲的意愿，给她起名为阿玛兰妲·乌尔苏拉。

梅梅结束了学业。在专为庆祝她结业而举行，同时也代表服丧期结束的聚会上，她以精湛的技艺演奏十七世纪的流行曲目，证明她获得古钢琴琴师的证书是实至名归。比起她的技艺，她的双重性格更令宾客们惊叹。她举止浮泛，甚至有些幼稚，本不适合从事任何严肃的活动，但只要她在古钢琴前就座，立刻变成另一个迥然不同的少女，那份出人意表的沉稳给人以老成的印象。她一向如此。实际上她没有任何明显的天赋，但她为了不令母亲失望，通过严格的训练获得了最优异的成绩。如果当初强迫她学习的是其他技能，结果也会一样。从很小的时候起，她就厌恶费尔南达的严苛以及为别人作决定的习惯，但仅仅为了不拂逆母亲的苛求，她完全能做出比上古钢琴课程更大的牺牲。在结业仪式上，她以为有了那张印着华丽的哥特体大写字母的羊皮纸，自己就能从责任中解脱出来，而当初她担起这份责任与其说是出于顺从，倒不如说是为了求个清静。她相信即使固执如费尔南达，也不会再为这样一种古旧的乐器费心，毕竟连修女们都将其视作博物馆里的化石。最初几年她以为自己的打算有误，因为在她走遍半个城市的各家客厅，并在马孔多举行的所有慈善晚会、学校会演、爱国主义纪念活动上展露身手令人昏昏欲睡之后，她母亲仍在向所有看上去能欣赏女儿才华的新来者发出邀请。只有到阿玛兰妲死后，家中再次闭门服丧，梅梅才能锁起古钢琴，把钥匙落在某个衣柜里，连费尔南达也懒得查问遗失于何时又是出于谁的过错。梅梅四处表演时的坚韧不比刻苦学琴时逊色，这是她获得自由的代价。费尔南达对她的顺服极其满意，对她的琴艺引发的赞赏无比自豪，因而从不反对她往家里带来众多女友，在种植园度过午后时光，和奥雷里亚诺第二或可信任的女士去看电影，只要所看的片子是安东尼奥·伊莎贝尔神父在布道坛上允准的。在那些娱乐时间里梅梅才显露出自己的真正爱好。她的快乐正与自律相悖，她爱的是聚会的喧闹、情爱的八卦，以及和女友长时间关在房里学习抽烟和谈论男人。有一次，她们分喝了三瓶朗姆酒，最后脱光衣服相互测量和比较身体的各个部位。梅梅永远忘不了那个夜晚：她嚼着甘草根走进家门，坐到桌前，费尔南达和阿玛兰妲正吃着晚饭，互不理睬，都没有觉察到她的反常。她在一位女友的卧室里度过了疯狂的两个小时，又笑又怕哭个不停。在这场危机过去后，她获得了不寻常的勇气，想要逃离学校还要坦然告诉母亲不如拿古钢琴当作灌肠器。梅梅坐在桌首，喝着鸡汤，那汤在胃里仿佛令人重生的灵药。她看见费尔南达和阿玛兰妲周身笼罩在无视现实的可笑光晕中，极力克制才压下冲动，没去揭穿她们的做作、心灵的空虚以及自大的幻觉。从第二个假期起，她就知道父亲只是为了面子才住在家里。她对母亲一向了解，后来又设法认识了佩特拉·科特斯，就觉得父亲的选择不无道理。她也更愿意让父亲那个情妇做自己的母亲。梅梅仍带着酒意头脑昏沉，快乐地想象着如果这时说出自己的所思所想会引发怎样的热闹。她正为这促狭的念头暗暗得意，费尔南达已有所察觉。

“你怎么了？”她问。

“没什么，”梅梅回答，“我到现在才发现我多爱你们俩。”

阿玛兰妲听出了这宣告中明显的怨恨，吓了一跳。费尔南达却感动不已，但后来当梅梅在半夜醒来，头痛欲裂，胆汁吐了一身的时候，她险些疯了。她给梅梅服下一小瓶河狸油，往腹部敷上药泥，在额头放上冰袋，还强迫她遵照新来的古怪法国医生的要求，五天内节制饮食并足不出户。那位医生给梅梅检查两个多小时后得出一个含糊的结论，说她患上了某种妇科失调症。梅梅丧失了勇气，彻底陷入消沉，对这一切只有忍受。乌尔苏拉尽管已完全失明，依然活跃而清醒，只有她猜到了真正的病因。“照我看，”她心想，“这和醉鬼的表现没什么两样。”但她不仅摒弃了这念头，还为自己轻率的想法而自责。奥雷里亚诺第二看着梅梅萎靡不振不由心中一阵绞痛，下定决心以后要多关心她。父女间愉快的伙伴关系就这样诞生，使他在一段时间里摆脱了盛宴中的孤独，也使她摆脱了费尔南达的监护，又不至于激发看起来势不可免的家庭冲突。奥雷里亚诺第二推开一切活动和梅梅在一起，带她去看电影或马戏，把大部分空闲时间都花在她身上。近年来，他已过度肥胖，甚至无法弯腰系鞋带，再加上过于放纵各种欲望，性格也变得恶劣。女儿使他恢复了往日的开朗，和女儿在一起的快乐令他渐渐远离放浪的生活。梅梅正当花季，她算不上美貌，就像阿玛兰妲一样，却单纯可亲，初次见面就能赢得别人的好感。她那现代派的性格与费尔南达陈腐的矜持做派以及遮掩不住的狭隘心胸格格不入，却得到了奥雷里亚诺第二的喜爱与维护。正是他让女儿搬出从小居住的那间卧室，摆脱了屋里从童年时代起就令她一直恐惧的圣徒像的惊悚眼神。他为她的新房间配备了豪华的卧床、大梳妆台和天鹅绒窗帘，丝毫没有意识到布置成了佩特拉·科特斯卧室的翻版。他对女儿慷慨大方，自己都不知道给了她多少钱，因为他总让她从兜里随意取用。他还给女儿买来香蕉公司商店里的所有美容新品，她的房间里摆满了磨甲的浮石垫、烫发的发夹、洁齿的牙膏、令眼神迷离的眼液，以及其他五光十色的新奇化妆品和美容用具。费尔南达每次走进女儿的房间都大为震惊，感觉她的梳妆台和那些法国女郎的简直没什么两样。然而那个时期有两件事令费尔南达无暇分心，她在照料多病又任性的小阿玛兰妲·乌尔苏拉之外，还要忙于与隐身的医生们进行激动人心的通信。因此当她察觉到丈夫与女儿之间的亲密后，只能让奥雷里亚诺第二承诺永远不带梅梅去佩特拉·科特斯家。这一警告其实毫无必要，因为那个女人正为情人和他女儿的亲密无间吃醋，根本不愿与梅梅产生任何瓜葛。一种莫名的恐惧折磨着佩特拉·科特斯，仿佛直觉在告诉自己只要梅梅愿意就可以做到费尔南达做不到的事：夺走那份她自以为至死不渝的爱情。奥雷里亚诺第二第一次遭到情妇的冷落和讥嘲，不禁担心自己搬来运去的衣箱又要回到妻子身边。这种担心并未变成现实。没有谁像佩特拉·科特斯了解自己的情人那样了解一个男人，她明白衣箱会一直留下，因为说起来奥雷里亚诺第二如果有什么厌烦之事，那就是一切变动对生活造成的麻烦。衣箱仍待在原来的地方，佩特拉·科特斯则奋力运用做女儿的无法与之相争的唯一手段来夺回爱人。这同样是毫无必要的努力，因为梅梅根本不愿介入父亲的私事，而即使她愿意，也很可能会站在父亲的情妇这一边。她也没有时间为别人找麻烦。她每天自己整理床铺，打扫房间，就像修女们教导的那样。上午她忙着打理自己的衣服，或者在长廊里刺绣，或者用阿玛兰妲那台古老的手摇式缝纫机做活计。到别人午休的时候，她练上两个小时古钢琴，知道每日的这样一点儿牺牲能使费尔南达心情平静。出于同样的原因，她继续在教会慈善义卖会和学校晚会上演奏，尽管邀请已日渐减少。到了傍晚，她化妆完毕就穿上简便的衣服和硬挺的高筒靴，不是和父亲出门就是去女友家，直待到晚饭时分。这时候，奥雷里亚诺第二多半会带她去看电影。

梅梅的女友中有三个美国姑娘，她们钻出电网鸡笼和马孔多的少女们建立了友谊。其中一个叫帕特里夏·布朗。出于对奥雷里亚诺第二慷慨招待的感谢，布朗先生也为梅梅敞开了自家的大门，邀请她参加星期六的舞会，那是美国佬和本地人共同参与的唯一活动。费尔南达知道后，暂时撇下阿玛兰妲·乌尔苏拉和隐身的医生，掀起一场轩然大波。“你想想，”她对梅梅说，“上校在坟墓里会怎么看呢？”显然，她是在寻求乌尔苏拉的支持。然而出乎所有人的意料，这位失明的老妇人认为梅梅参加舞会并和同龄美国姑娘交友没什么不妥，只要她立场坚定不改信新教就好。梅梅很好地领会了高祖母的意思，舞会后第二天都会提早起床去望弥撒。费尔南达依然反对，直到有一天梅梅告诉她美国人想听自己弹奏古钢琴。古钢琴再次从家中运出，送到布朗先生家中，在那里年轻的演奏家赢得了最真诚的掌声和最热烈的祝贺。从此以后，他们邀请她参加舞会、星期天去泳池游泳，还每星期请她吃一次午饭。梅梅学会了游泳且游得相当专业，还学会了打网球和吃弗吉尼亚火腿配菠萝片。从舞会、泳池到网球场，她很快发现英语对她不再是难题。奥雷里亚诺第二因女儿的进步兴奋不已，于是从一个游商手中买下配有许多彩图的六卷本英语百科全书送给她，她就在空闲时阅读。读书取代了以前的情爱八卦、和女友一起进行的密室探险，这倒不是因为有人强迫，而是因为她不再有兴趣讨论已经众所周知的所谓秘密。回想起醉酒的经历，她只当作幼稚的冒险，并兴致盎然地讲给父亲听，结果奥雷里亚诺第二比当事人更觉有趣。他笑得喘不过气来，“要是让你母亲知道了”，每当她透露一个秘密他都会这样评论。他曾经让女儿答应以同样的信任告诉他初恋的进展，而梅梅也向他倾诉过自己对一个随父母来度假的美国红发男孩的好感。“好家伙，”奥雷里亚诺第二笑道，“要是让你母亲知道了……”但梅梅又告诉他那男孩已经回国，再也没有消息。她周全的考虑确保了家中的和睦。奥雷里亚诺第二有了更多时间花在佩特拉·科特斯那里，尽管身心都不允许他再像当年那般大宴宾客，但他仍不放过宴饮作乐的机会，再次拿出自己的手风琴，那琴上已经有些按键松动要用鞋带系住。在家里，阿玛兰妲织着那永远织不完的寿衣，乌尔苏拉则任凭自己被衰老引向幽暗深处，那里唯一可见的就是栗树下何塞·阿尔卡蒂奥·布恩迪亚的鬼魂。费尔南达巩固了自己的权威，在每月寄给儿子何塞·阿尔卡蒂奥的信里没再写一句谎言，只是略去了自己和隐身的医生通信一节。他们诊断出她的大肠里有个良性肿瘤，正准备运用通灵术实施治疗。

如果不是阿玛兰妲不合时宜的死亡引发新的动荡，布恩迪亚家衰颓宅院中安静恬和的日子或许能持续很久。这一事件出乎所有人的意料。她虽然衰老又孤僻离群，但看起来依然结实挺拔，一如往常健康得好像磐石。自从那个下午她彻底拒绝赫里内勒多·马尔克斯上校并关在房中痛哭，再没有人能窥见她的内心。她在走出房门的那一刻，已经耗尽所有的眼泪。从此再没见她哭过，不管是在美人儿蕾梅黛丝升天的时候、奥雷里亚诺们遇害的时候，还是在奥雷里亚诺·布恩迪亚上校去世的时候。上校是她在这世上最爱的人，尽管直到他的尸体在栗树下被发现时她才表现出这一点。她去帮忙抬运尸体。她为他穿上军装，刮胡子，梳头发，给髭须上蜡，比他自己在光荣岁月中做得还好。没有人觉察到其中的爱意，因为他们都已见惯阿玛兰妲熟练地处理丧葬事宜。费尔南达惊诧于她对天主教与生活的关系一无所知，只懂得天主教与死亡的关联，仿佛那不是一种宗教，而只是一套丧葬习俗的手册。阿玛兰妲太过沉浸于自己的回忆，无法理解那些精微的教理。她人老了，心中的往事却依然鲜活。她听到皮埃特罗·克雷斯皮的华尔兹舞曲时，想哭的欲望一如年轻时涌上心来，仿佛流逝的时间和往日的教训都没留下痕迹。那些她借口受潮发霉而亲手扔进垃圾桶的乐谱纸带，依然在记忆中转动令琴槌敲击不停。她曾经试图在与侄子奥雷里亚诺·何塞窘迫的激情中将记忆淹没，试图在赫里内勒多·马尔克斯上校稳重阳刚的庇护下藏身，但都是枉然，连她老年时最绝望的举措也归于徒劳。还在小何塞·阿尔卡蒂奥被送去神学院之前三年，她为他洗澡时用的爱抚方式就不像是老祖母对待孙儿，更像是女人对待男人，如同传言中法国女郎们所做的那样，也如同十二三岁的她看见皮埃特罗·克雷斯皮穿着紧身舞蹈长裤随着节拍器的拍子舞动魔杖时想要对他做的那样。她有时为自己没能阻止这一悲惨的暗流而痛苦，有时愤怒得甚至用针扎手指，然而最令她痛苦最令她愤怒最令她心酸的却是爱情这棵芳香四溢却暗遭虫蛀的番石榴树正渐渐走向死亡。就像奥雷里亚诺·布恩迪亚上校总想起战争一样，她不可避免地想起丽贝卡。她兄长可以看淡记忆，她却只能让它越发灼烫。多年间她对上帝的唯一祈求，就是不要让自己遭受惩罚死在丽贝卡之前。每次路过丽贝卡的家，看着房子日渐破败，她便心满意足地以为上帝垂听了她的祈求。一天下午，她在长廊里缝纫，突然冒出一个念头，确信自己会坐在这里，以同样的姿势并在同一束阳光下听见丽贝卡的死讯传来。她坐下等待，仿佛在等一封信。一段时间里，她拆下扣子又缝上，让等待变得不那么漫长难耐。家里没人注意到阿玛兰妲在为丽贝卡缝制一件精美的寿衣。后来，当奥雷里亚诺·特里斯特说看见丽贝卡形如鬼魂，皮肤遍布裂纹，头顶黄发稀疏，阿玛兰妲丝毫不觉惊奇，因为他描述的鬼魂和她很久以来想象的一模一样。她已作好决定要为丽贝卡的尸身装殓整容，用石蜡掩盖脸上的裂纹，再用圣徒像的头发为她做一顶假发。她将装扮出一具美丽的尸体，让它身着亚麻寿衣，并为棺材套上带紫色花边的丝绒衬面，还要举行最体面的仪式下葬到蛆虫的所在。她满怀怨恨地制定了计划，但心中一个念头令她战惊：纵然出于爱意，她也无法做得比这更好。但她没受困惑搅扰，继续完善各种细节，最后超越了丧葬专家的水准，不啻精通死亡仪轨的大师。在这可怖的计划中唯一没有考虑到的就是，她尽管曾向上帝祈求，仍有可能死在丽贝卡之前。事实上，事情就这样发生了。然而在最后的时刻，阿玛兰妲毫无受挫感，相反感到摆脱一切苦痛获得了自由，因为死神格外开恩，提前几年预先给出了通知。那是在梅梅上学后不久，一个炎热的中午，她正在长廊里缝纫时看见了死神。她当下认了出来，没有丝毫恐惧，因为她面前是一位穿蓝衫的长发女人，外表有些老气，与昔日帮忙下厨的庇拉尔·特尔内拉有几分相似。费尔南达很多次也在场，却没有看见她，尽管她是那样真实，那样有血有肉，好几回还请阿玛兰妲帮忙穿针。死神并未说到她何时会死，也没告知她是否会死在丽贝卡之前，只是让她从四月六日起开始为自己缝制寿衣。死神应许她尽可以做得精美复杂，但要像为丽贝卡缝制时一样认真，还说她会死在完工的当天傍晚，死时没有痛苦、没有恐惧也没有烦恼。为了尽可能拖延时间，阿玛兰妲订购了优等麻纱，亲手织布。她织得极其仔细，光做这项活计就耗费了四年时间。然后她开始绣花。随着完工日期不可避免地临近，她意识到除非发生奇迹，才能将活计拖到丽贝卡死后，但干活时的专注令她得以保持必要的镇静来接受失败。也就在那时，她理解了奥雷里亚诺·布恩迪亚上校制成小金鱼随即又销毁的举动。世界不过是身外之物，她的内心不再为任何苦痛而波动。

她深深遗憾没能在多年前获得这样的领悟，那时还来得及净化记忆，在崭新的光芒下重建世界，平静地唤回傍晚时皮埃特罗·克雷斯皮身上的薰衣草味道，并且将丽贝卡救出悲惨的境地，而这不是出于爱也不是出于恨，而是出于对孤独的深切理解。那天晚上梅梅言语中的怨恨令她惊讶，并非因为她在情感上受到触动，而是因为她感觉到自己的经历在另一个少女身上重演，她表面看来纯洁无瑕，实际上却已遭到怨恨的玷污。但那时她已完全接受命运，明知纠正的一切可能都不复存在，也并不觉得失落。做完寿衣成了她的唯一目标。她非但没像当初那样借助不必要的精工细作来拖延时间，反而加快了进度。一个星期前，她估计将在二月四日晚间缝上最后一针，便向梅梅提议将预定在次日举行的古钢琴音乐会提前。她没有说明原因，结果建议没被采纳。于是，阿玛兰妲开始设法拖延四十八个小时，后来她甚至觉得死神也在助她一臂之力，因为二月四日晚上风雨大作破坏了发电厂。但到第二天早上八点，她还是在任何女人都不曾完成过的精美作品上添上了最后一针，并以最平常的口气宣告自己将死于当晚。她不仅告诉了家人，还通知了整个市镇，因为她相信可以通过最后一次造福世人的举动来补救自己卑微的一生，而在她看来没有什么事比给逝者带信更好。

正午之前，阿玛兰妲·布恩迪亚将在傍晚起程捎带冥信的消息就在马孔多传开，到下午三点客厅里已经放了整整一箱信件。不愿写信的人托阿玛兰妲带个口信，她就在小本子上一一记下收信人的姓名和去世日期。“放心，”她安慰委托人，“我一到那边就去打听他的下落，把口信带给他。”一切仿佛一场闹剧。阿玛兰妲没显出丝毫慌乱，也没露出任何痛苦的迹象，甚至因为履行了义务而显得更加年轻。她身形挺拔修长一如平常。如果不是颧骨凸出和牙齿略有缺残，她看上去会比实际年龄年轻得多。她亲自吩咐将信件放进涂了柏油的箱子，并指定安放在坟墓中的位置，以尽量做到防潮。上午她请来一位木匠，站在客厅里让他量尺寸做棺材，就像是要做一件礼服。她在最后几小时迸发出无穷活力，费尔南达认为她是在拿所有人寻开心。乌尔苏拉知道布恩迪亚家的人都是无疾而终，并不怀疑阿玛兰妲的死亡预感，但仍害怕昏了头的寄信人希望信件早些送达而将她活着下葬。于是她拼命在家中清场，喊叫着与侵入者争吵，到下午四点时终于达到目的。这时，阿玛兰妲刚刚将自己的物品分发给穷人，只留下死后要穿的一套换洗内衣和一双普通的灯芯绒便鞋放在简陋的粗木棺材板上。她没有忽略这个细节，因为她还记得奥雷里亚诺·布恩迪亚上校死的时候只剩下在作坊里穿的拖鞋，自己不得不给他买一双新鞋。快五点的时候，奥雷里亚诺第二来接梅梅去参加音乐会，惊讶地发现家里正在筹备丧事。那时看上去生机勃勃的活人就只有阿玛兰妲，她甚至还好整以暇地修了鸡眼。奥雷里亚诺第二和梅梅开玩笑似的与她告别，还约好下个星期六举办复活宴席。听说阿玛兰妲·布恩迪亚将给死人带信，安东尼奥·伊莎贝尔神父在五点钟赶来准备施行临终仪式，但等了一刻多钟才看到濒死的女士从浴室出来。一见她穿着马达普兰白细布睡衣、披散着头发出现，老迈的神父便认定这是一个玩笑，随即遣走了祭童。但他认为可以利用这个机会，让阿玛兰妲作出一次延宕了二十年的忏悔。阿玛兰妲直截了当地回答说，她不需要任何宗教仪式的帮助，因为她的良心是清白的。费尔南达大惊失色，她不顾别人会听见，高声自问阿玛兰妲究竟犯下了怎样可怕的罪行，以至于宁可亵渎神明而死也不愿丢脸地忏悔。于是阿玛兰妲躺下，逼迫乌尔苏拉当众检查自己的贞洁。

“谁也不用乱猜，”她喊道，好让费尔南达听见，“阿玛兰妲·布恩迪亚怎样来到这世上就怎样离开。”

她没再站起来。她靠在厚垫子上仿佛真的病了，编起长辫子在耳边盘好，根据死神的教导她应该这样躺进棺材。然后，她向乌尔苏拉要来一面镜子，四十多年来第一次看见自己饱经岁月摧残与苦痛煎熬的面容，惊讶于所见竟然与想象中的形象分毫不差。乌尔苏拉从房间里的寂静知道天色已暗了下来。

“跟费尔南达告别吧，”她恳求道，“一分钟的和好抵得过一辈子的友谊。”

“已经没这个必要了。”阿玛兰妲回答。

当临时搭起的舞台上灯光亮起，演出的第二部分开始时，梅梅不禁想到了她。曲子弹奏到一半时，有人到她耳边告知了消息，演出当即中止。奥雷里亚诺第二赶到家中的时候，不得不推开人群挤进去，看到了那位老处女的尸体。她面容丑陋惨淡，手缠黑纱，身穿精美的寿衣。棺材安置在客厅里，旁边是一箱信件。

为阿玛兰妲守灵九天后，乌尔苏拉再没有起床。桑塔索菲亚·德拉·彼达负责照顾她。她每天往卧室里送饭和用来洗漱的胭脂果水，将马孔多发生的一切讲给她听。奥雷里亚诺第二时常来探望，给她送来衣服。她把衣服和日常必需品一起放在床边，很快就建起一个触手可及的小天地。她还赢得了小阿玛兰妲·乌尔苏拉的亲近，教这个与她酷似的孩子认字。她神志清醒，生活能够自理，给人的印象只是历经百年沧桑而自然衰老。虽然她明显视物困难，却没有人怀疑她已彻底失明。她有足够充裕的时间和平和的心境来关注家人的一举一动，也是她首先发觉了梅梅的隐忧。

“过来，”她对梅梅说，“现在只有我们俩，告诉我这个可怜的老太太到底出了什么事。”

梅梅挤出几声笑，避开了谈话。乌尔苏拉没有勉强，此后见梅梅不再来看她便确认了心里的猜测。她知道梅梅比平日里更早开始打扮，等待出门时一刻不能安宁，整夜在隔壁卧室辗转反侧，看见一只蝴蝶蹁跹就痛苦难耐。有一次梅梅说要去找奥雷里亚诺第二，但奥雷里亚诺第二不久就来家里找女儿，乌尔苏拉惊诧于此时的费尔南达竟如此缺乏联想毫不生疑。梅梅那诡异的举动、迫切的约会、压抑的渴望都再明显不过，而费尔南达却要到很久以后的一个夜晚才发现她在剧院里和一个男人接吻，回到家里掀起轩然大波。

那时梅梅太过沉浸于自己的世界，还责怪乌尔苏拉出卖了她。实际上是她出卖了自己。一段时间以来，她处处留下蛛丝马迹，连最迟钝的人也会察觉，而费尔南达那么晚才发现是因为她自己正沉迷于与隐身医生的秘密交往中。尽管如此，她最后还是注意到了女儿的缄默寡言、莫名惊恐、情绪无常和行为乖张。她开始不动声色地严密监视。她任凭女儿和平日的女友出门，帮她为星期六的聚会打扮，从未提出任何可能引起她戒心的问题。她已掌握证据能充分证明梅梅言行不一，但从不流露自己的怀疑，以等待决定性的机会。一天晚上，梅梅对她说要和父亲去看电影。没过多久，费尔南达就听见宴会的鞭炮声和奥雷里亚诺第二的手风琴声从佩特拉·科特斯家的方向传来。于是，她穿好衣服，赶到剧院，在光线昏暗的观众席中认出了自己的女儿。由于猜测得到证实，她一时激动没能看清与梅梅接吻的男人，但她还是在观众震耳欲聋的嘘声与大笑声中听出了他颤抖的声音。“对不起，亲爱的。”她听见他这么说，一言不发就将梅梅拉出剧院，为了羞辱她还特意经过人声鼎沸的土耳其人大街回家，随后将她锁在卧室里。

第二天下午六点，费尔南达听出了那个登门拜访者的声音。他年轻，神情忧郁，若是她以前见过吉卜赛人便不会为他那双悲伤的深色眼睛而吃惊，若是其他任何心肠不这样冷酷的女人见了他那梦幻般的神情都会理解女儿的心思。他身穿旧亚麻衣裳，鞋上奋力涂过层层锌白，手里拿着上星期六新买的窄边草帽。在一生中，他此前没有过而此后也不会有现在这般恐惧，但他的自尊和稳重使他不显卑屈，只是因干活而变得粗糙的双手和开裂的指甲有损他不凡的风度。然而费尔南达不用看第二眼就知道他是个工匠。她还知道他身上穿的是唯一一套周末正装，衬衫下面的皮肤上生着从香蕉公司染上的疖子。她没给他说话的机会。她甚至没让他进屋，片刻后就不得不将门关闭，因为家里已经到处飞舞着黄蝴蝶。

“请走开，”她对他说，“我们正派人家里没有您要找的人。”

他叫马乌里肖·巴比伦。他在马孔多出生成长，是香蕉公司汽修厂里的学徒。梅梅是偶然与他结识的。一天下午，她和帕特里夏·布朗想找一辆汽车到种植园里兜风，当时司机病了，他便被派来开车。梅梅终于如愿以偿坐到了副驾驶位置，可以近距离观察驾驶操作。和那位正式司机不同，马乌里肖·巴比伦为她作了操作示范。那还是梅梅刚开始来布朗先生家串门的时候，女士开车在马孔多仍被视为有失体统，因此她得到些理论知识便心满意足，此后几个月都没再见到马乌里肖·巴比伦。后来她想起兜风时，除了那双粗糙的手，他的男性美也曾引起自己的注意，但事后她又曾向帕特里夏抱怨过他那不无高傲的自信令人厌烦。她第一次和父亲星期六去看电影的时候，又见到了马乌里肖·巴比伦，他穿着亚麻正装，坐在离他们不远的地方。她发觉他不看电影却总是回头看她，其实那也不是为了看她而是为了引起她的注意。梅梅很厌恶这种粗俗的把戏。最后，马乌里肖·巴比伦过来和奥雷里亚诺第二打招呼，这时梅梅才知道他曾在奥雷里亚诺·特里斯特简陋的发电厂工作过，因而在她父亲面前也像对待上级一样恭敬。这一幕减轻了她对他高傲的反感。他们没有单独见过面，除了打招呼没有谈过一句话，但那天夜里她梦见他在一场海难中救了自己，而她没有任何感激之情还大为光火。这看起来像是自己给了他一个他所渴求的机会，而那是她不希望发生的，不仅对马乌里肖·巴比伦，对所有属意于她的男人都是如此。故此她在梦醒后很生自己的气，因为不但没有对他产生厌恶，反而感到一种无法压抑的冲动想要见他。一个星期以来，这冲动日益强烈，到星期六在电影院相遇时达到顶点，她得极力控制才能在他打招呼时不让他看出自己的一颗心快要跳出来。她在愉悦与愤怒交杂的感觉中昏了头，第一次伸出手去，而直到此刻马乌里肖·巴比伦才握上她的手。梅梅在刹那间又为自己的冲动而悔恨，可发现他的手也同样冰凉汗湿，心中的悔恨旋即化作残酷的满足感。当天晚上，她明白如果不让马乌里肖·巴比伦意识到他只是痴心妄想，自己就不会有片刻安宁，于是整个星期都在为此奔忙。她要尽一切花招想让帕特里夏·布朗陪自己去要车，却没能成功。最后，她利用了那个正在马孔多度假的美国红发男孩，借口想见识新型号汽车让他带自己来到厂里。在看见马乌里肖·巴比伦的那一刻，梅梅便无法再欺骗自己，明白事实上是自己无法抵抗与他单独见面的欲望。她也确信对方一见自己来到便明白了这一点，不由又是一阵气恼。

“我来看看新型号汽车。”她说。

“这是很好的借口。”他回答。

梅梅意识到自己正被他傲慢的光芒灼伤，拼命想打压他的气焰。但他没给她留时间。“不用怕，”他低声对她说，“女人爱上男人，这不是头一回。”她感觉如此无助，连新型号汽车也没看就离开了。她整夜在床上翻来覆去，愤怒得哭泣。她最初的确对那个美国红发男孩有兴趣，但他现在看起来不过是个没长大的孩子。就在那时，她发觉在马乌里肖·巴比伦出现之前总会见到那些黄蝴蝶。她以前见过，特别是在汽修厂里，当时还以为它们是迷上了油漆的气味。有一次在昏暗的剧院里，她也感觉到蝴蝶在头顶盘旋。直到马乌里肖·巴比伦开始追求她，混在人群里像个只有她才能认出的幽灵，她才明白黄蝴蝶与他有关。在音乐会的听众中，在剧院的观众中，在大弥撒的人群中，都时时有马乌里肖·巴比伦的身影，她无须见到就能发现，因为蝴蝶已经指明他在场。有一次，奥雷里亚诺第二被蝴蝶令人窒息的扑腾搅得不胜其烦，她险些忍不住像当初答应的那样向他透露秘密，但直觉告诉她这一次他不会像往常那般笑起来："要是让你母亲知道了……"一天早上，费尔南达正在给玫瑰修枝，突然发出一声惊叫，一把拽过梅梅，因为她刚才正站在美人儿蕾梅黛丝升天的地方。那一瞬间，她感到神迹将再次发生在女儿身上，因为一阵突如其来的振翅声让她慌了神。那是蝴蝶在盘旋。梅梅看见它们仿佛从光芒中凭空出现，心里顿时一惊。这时马乌里肖·巴比伦走了进来，手里拿着一个包裹，说是帕特里夏·布朗送的礼物。梅梅按捺下羞赧，掩饰起不安，甚至努力装出自然的微笑，请他把东西放在扶栏上，因为自己的手上满是泥污。几个月后费尔南达把这个男人赶出门去时完全不记得这次见面，而此时她也仅仅注意到他那患了胆病般的黄暗肤色。

"这男人很奇怪，"费尔南达说，"一副快要死的样子。"

梅梅以为是蝴蝶令母亲留下了深刻印象。修剪完玫瑰，她洗了手把包裹拿进卧室打开。那是一套中国玩具，由五个盒子层层相套，最里面的那个装有一张卡片，上面的字迹写得很吃力，仿佛出自不大会写字的人之手：我们星期六剧院见。盒子那么长时间一直放在扶栏上，费尔南达完全有可能出于好奇打开，梅梅此时一阵后怕，同时也为马乌里肖·巴比伦的大胆机智而欢喜，并惊讶于他认定自己必然赴约的天真信念。梅梅已经知道奥雷里亚诺第二星期六晚上有约会，但渴望的烈焰炙烤了她一个星期，到星期六她终于说服父亲把她一个人留在剧院，等电影散场再来接她。灯光还亮着的时候，就有一只夜间活动的蝴蝶在她头顶盘旋。时候到了。灯光熄灭，马乌里肖·巴比伦坐到了她身边。梅梅感觉自己在惶然不安的沼泽中挣扎，而且就像她梦到的那样，只有那个身上带着机油味、黑暗中几乎看不见的男人才能拯救她。

“你要是不来，”他说，“以后就再也见不着我了。”

梅梅感到他的手重重压在自己的膝盖上，明白那一刻两人都已抵达孤独的彼岸。

“我就不喜欢你这一点，”她微笑着说，“你总是说最不该说的话。”

她疯狂地爱上了他。她辗转难眠，茶饭不思，深深沉浸在孤独里，连自己的父亲都成了障碍。她利用约会的借口编织出错综复杂的迷网令费尔南达无从捉摸，她不再去看女友，打破常规在任意时间和地点与马乌里肖·巴比伦见面。开始的时候她不喜欢他的粗鲁。他们在汽修厂后面荒凉的草地上第一次单独相处时，他毫不怜惜地带着她进入野兽般的状态，令她精疲力竭。后来她意识到这种方式也是柔情的表现，便失去了平静，再也离不开他，一心渴望沉醉在他那混杂着去污剂和机油气味的迷人气息中。阿玛兰妲死前不久，梅梅在疯狂中突然显出一线清醒，开始为未卜的前途恐慌。这时她听说有个女人会用纸牌算命，便暗中登门拜访。那是庇拉尔·特尔内拉。一见梅梅进门，她就猜出了她的心思。“坐吧，”她说，“不用纸牌我也能猜出布恩迪亚家人的未来。”梅梅那时并不知道，而且永远不会知道，这个年过百岁的算命老妪是自己的曾祖母。即使她知道也不会相信，尤其老人还毫不掩饰地告诉她热恋中的焦灼只能在床上平息。马乌里肖·巴比伦也持同样的观点，但梅梅不肯相信，她在内心深处怀疑那只不过是匠人的错误想法。她当时认为爱情的一种方式能够击败另一种方式，这与胃口得到满足就不觉饥饿是同样的道理。庇拉尔·特尔内拉不仅纠正了她的错误，还将那张铺着麻布的旧床慷慨出借，她在那上面孕育了梅梅的祖父阿尔卡蒂奥，后来又怀上了奥雷里亚诺·何塞。她还教她如何用芥末泥蒸气来避孕，并传授她药水配方，好在意外发生时消除麻烦，甚至摆脱“良心的挣扎”。这次会面令梅梅获得了与那天下午醉酒后同样的勇气。然而，阿玛兰妲的死迫使她推迟了行动。在守灵的九天里，她片刻不曾离开混在家中吊唁人群里的马乌里肖·巴比伦。后来是漫长的服丧和必不可免的闭门幽居，他们分开了一段时间。那段日子她内心受尽煎熬，焦急不安，难忍冲动，因此在能够脱身出门的第一个下午便径直来到庇拉尔·特尔内拉家里。她献身给马乌里肖·巴比伦，不抗拒、不扭捏也不羞赧，显出优异的天赋和过人的敏锐，若换一个比她的情人更多疑的男人或许要怀疑她熟稔此道。三个多月中他们每星期幽会两次，蒙在鼓里的奥雷里亚诺第二还一直提供庇护，天真地为女儿的借口作保，只为帮她摆脱她母亲的严厉管束。

费尔南达在剧院抓到两人的当天晚上，奥雷里亚诺第二无法忍受良心的重负，便去费尔南达把梅梅关禁闭的卧室找她，相信她会对自己倾诉一切隐情。但梅梅断然拒绝。她那样自信，那样紧守着自己的孤独，奥雷里亚诺第二觉得两人之间的一切关联都不复存在，父女情谊和默契已成往昔的幻梦。他想和马乌里肖·巴比伦谈谈，认为凭着旧主人的权威能够让他打消念头，但又被佩特拉·科特斯说服那是女人的事，一时犹豫不定，并对禁闭结束女儿的苦难几乎不抱希望。

梅梅没有显出丝毫痛苦的迹象。恰恰相反，乌尔苏拉察觉到她在隔壁卧室入睡安稳，起居正常，饮食按时，消化良好。唯一令乌尔苏拉不解的是，近两个月的惩罚期间梅梅不像其他家人一样在早上洗澡，而是改在晚上七点。有一次她曾想提醒梅梅小心蝎子，但考虑到梅梅坚信是自己告密而避之不及，她也就不愿去打扰，免得被当成啰唆烦人的高祖母。每到傍晚，黄蝴蝶便飞进家来。每天晚上从浴室出来，梅梅都能见到费尔南达用杀虫剂拼命扑杀蝴蝶。

“这太糟糕了，”她说，“别人一直告诉我夜里的蝴蝶会带来厄运。”一天晚上，梅梅还在洗澡，费尔南达偶然走进她的卧室，屋内群集盘旋的蝴蝶几乎让她无法呼吸。她随手抓起一块布来驱赶，而当她将女儿晚间洗澡的习惯与洒满一地的芥末泥联系起来，一颗心立时恐惧得冻结了。她没像第一次那样再去等候合适的机会，第二天便邀请同她一样来自内地的新任市长共进午餐，请求他在后院安排一个守夜人，因为她感觉有人不时潜入家中偷鸡。那天晚上，守夜人将马乌里肖·巴比伦一枪放倒，当时他正揭开屋瓦准备钻进浴室，而梅梅则赤身裸体正为爱情而浑身颤抖，在蝎子与蝴蝶的环绕中等他，就像近几个月来几乎夜夜所做的那样。一颗嵌在脊柱里的子弹令马乌里肖·巴比伦从此卧床不起。他在孤独中老死，没有一句抱怨、一声抗议，也没有一丝吐露真相的企图；他忍受着往事的折磨，忍受着不容他安生片刻的黄蝴蝶，一直被当成偷鸡贼遭人唾弃。

梅梅·布恩迪亚的儿子被送到家中时，行将给马孔多带来致命打击的各种事件已经渐露端倪。当时局势很不明朗，人们无心关注私人丑闻，费尔南达借着这有利的环境将孩子藏匿起来，只当他从未存在。她不得不收留他，因为他被送来时的情形不容她拒绝。她不得不在余生中违心地忍受他，因为真要下手时她又缺乏勇气将他溺死在浴室的水池里。她把孩子关在奥雷里亚诺·布恩迪亚上校旧日的作坊里，并让桑塔索菲亚·德拉·彼达相信这孩子是她在一个漂来的篮子里捡到的。乌尔苏拉到死也不会知道孩子的真实来历。小阿玛兰妲·乌尔苏拉一次去作坊时撞见费尔南达给孩子喂食，也相信了篮中漂来这一说法。奥雷里亚诺第二因妻子以荒唐的方式处理梅梅的悲剧而彻底与她疏远，直到孩子被送来三年后他才知道外孙的存在，这还是因为费尔南达一时不慎让孩子从禁闭中跑了出来，在长廊里停留了片刻。他浑身赤裸，头发蓬松，惊人的生殖器好像火鸡垂肉，不似人类的后代倒像地道的野人。

费尔南达不曾料到自己无可更改的宿命中会出现这样的变数。她本以为已经彻底消除的耻辱，随着那孩子又回到了家中。当初被子弹击断脊柱的马乌里肖·巴比伦刚被抬走，费尔南达就已制定出全盘计划来洗濯耻辱。她没和丈夫商量，第二天收拾好行装，往小行李箱里放进女儿的三套换洗衣服，在火车抵达半小时前来卧室找她。

“我们走，雷纳塔。”她说。

她没作任何解释。梅梅没指望也无心听她解释。她不知道要去哪里，但哪怕是被送到屠宰场也不在乎。自从听见后院的枪声和马乌里肖·巴比伦同时发出的痛号，她再没说过一句话，至死不曾开口。母亲命她离开房间时，她没梳头也没洗脸。她像个梦游者般登上火车，甚至没有注意到那些黄蝴蝶仍然陪伴着她。费尔南达从未知道，也不曾费心去探究，女儿岩石般的沉默究竟是出于意志还是因为惨遭打击后丧失了言语能力。梅梅对穿越昔日着魔之地的旅行几乎毫无意识。她不曾看见铁路两侧遮天蔽日的香蕉种植园。她不曾看见美国佬的白房子，因尘土和酷热变得荒芜的花园，身穿短裤和蓝条衬衫在门厅里玩牌的女人。她不曾看见尘雾飞扬的路上满载着香蕉的牛车。她不曾看见如同鲱鱼般跃入清澈河水的少女，她们高耸的酥胸令火车上的乘客饱受折磨。她不曾看见工人居住的杂乱破烂的棚屋，马乌里肖·巴比伦的黄蝴蝶在那里盘旋，脸色青绿、瘦骨嶙峋的孩子坐在门口的便盆上，怀孕的女人们朝开过的火车高喊着污言秽语。这些飞速闪过的情景，当初在离校回家的路上曾令她兴奋不已，如今却无法在她心里激起一丝涟漪。种植园热烘烘的湿气消失了，火车穿过开满罂粟花，还矗立着西班牙大帆船烧焦的龙骨的原野，迎上与将近一个世纪前同样清凉的空气，驶向泡沫泛涌的肮脏大海边，驶向当年何塞·阿尔卡蒂奥·布恩迪亚梦想破灭的地方，而梅梅却不曾往窗外看过一眼。

下午五点，当她们到达大泽区的终点站，费尔南达要她下车她便下了车。她们坐上一辆好像大蝙蝠似的小车，由一匹喘着粗气的马拉着，穿过凄凉的城市。在遭硝石侵蚀开裂的无尽长街上空回响着钢琴练习曲的旋律，与费尔南达少女时代在午休时段听到的一模一样。她们登上一艘内河航船，船上的木头螺旋桨发出可怕的响声，锈迹斑斑的铁板活像火炉口一般映出红光。梅梅把自己关在舱室里。费尔南达每天两次在床边给她留下一份食物，又每天两次原封不动地拿走。梅梅倒不是决意要绝食而死，她只是一闻到食物的味道就会恶心，甚至连喝清水都会反胃。那时连她自己也不知道芥末泥蒸气没能生效，费尔南达更是要到近一年后孩子被送来时才知晓。在令人窒息的舱室里，在铁皮舱壁的摇晃和桨轮搅起的淤泥臭气中，梅梅昏昏沉沉，不辨日期。很长时间后，她看见最后一只黄蝴蝶在风扇扇叶间撞得粉碎，便认定是马乌里肖·巴比伦已死的明证。然而她没有放弃。她继续想念他，这期间她们骑在骡背上艰辛地跨越了幻象丛生的荒原，奥雷里亚诺第二在寻找世上最美的女人时曾经在此迷路，又沿着印第安人的道路翻过山脉进入那个阴风惨惨的城市，那里的石板路上回响着三十二座教堂的丧钟齐鸣。那天晚上，她们在被遗弃的殖民风格的深宅中过夜。在一间杂草丛生的房间里，费尔南达把木板铺在地上当床，又拽下残存的窗帘裹在身上御寒，那窗帘在她们稍一翻身时便化为了碎片。梅梅知道了身在何处，因为她在失眠的惊恐中看见了一位黑衣绅士，正是在很久以前的一个圣诞前夕被装进铅棺送到家里的那位。第二天望过弥撒，费尔南达带她走进一座阴暗的建筑，她立刻认出了是母亲常常提及接受女王培训的修道院，便明白旅程已到终点。费尔南达去一旁的房间里与人交谈，留下她在星罗棋布地挂满殖民地时期历代主教油画肖像的大厅里。她冷得直抖，因为仍穿着印有黑色细花的单纱衣和经过荒原时冻得变了形的高帮皮鞋。她站在大厅中央想念着马乌里肖·巴比伦，透过彩色玻璃窗射进来的黄色光线洒在她身上。这时，从房间里走出一位十分美丽的见习修女，手里提着装有她那三套换洗衣服的小行李箱。她走到梅梅身边伸出手，并没有停下脚步。

“我们走，雷纳塔。”她说。

梅梅握住她的手，跟了上去。那是费尔南达最后一次看见她，她正努力跟上修女的脚步，最后消失在修道院的铁栅后面。她仍在想念马乌里肖·巴比伦，想念他身上的机油味和身边的蝴蝶。她每一天都在想念他，直到多年以后一个秋天的早晨在克拉科夫一家阴森的医院里衰老而死，那时的她已改名换姓，终生一言未发。

费尔南达乘坐一列由武装警察保护的火车回到马孔多。一路上她注意到了旅客们的紧张，沿线村镇驻军的戒备状态，意味着将有重大事件发生的不祥气氛，但她无从得知究竟是什么事，直到抵达马孔多，听说何塞·阿尔卡蒂奥第二正在鼓动香蕉公司的工人罢工。“这下全齐了，”费尔南达心想，“家里又出了个无政府主义者。”罢工在两个星期后爆发，但并未造成事先所担心的严重后果。工人希望星期天可以不用去采收和运送香蕉，这一要求听起来合情合理，连安东尼奥·伊莎贝尔神父都认为正符合上帝的准则，因此出面支持。这次行动以及此后几个月中其他行动的成功，使默默无闻的何塞·阿尔卡蒂奥第二名声大噪，而以前人们还常说他唯一干成的事情就是让法国妓女挤满了整个市镇。他以当年拍卖斗鸡去发展荒唐的航运事业的那种冲动，辞去香蕉公司的监工职务，加入到工人一边。没过多久，他就被指控为企图扰乱公共秩序的国际阴谋集团的特务。在流言四起的那个黑暗星期里，一天夜里他参加秘密会议后遭到陌生人袭击，却在四发手枪子弹下奇迹般逃脱。接下来的几个月，连隅居在自己黑暗角落里的乌尔苏拉都觉察到了外界的紧张气氛，感觉回到了儿子奥雷里亚诺·布恩迪亚上校怀揣顺势疗法药丸暗中策划起义的那个危险年代。她曾试图以前车之鉴劝告何塞·阿尔卡蒂奥第二，但奥雷里亚诺第二告诉她在那个暗杀之夜后就再也没有听到兄弟的消息。

“和奥雷里亚诺一个样，”乌尔苏拉感叹道，“世界好像在原地转圈。”

费尔南达在那些动荡的日子里安之若素。丈夫因她未经自己同意就决定了梅梅的命运而与她大吵一通，从那以后她便失去了与外界的联系。奥雷里亚诺第二曾想去搭救女儿，必要的话甚至会报警，但费尔南达给他出示了文件，上面写明女儿进修道院是出于自愿。实际上，梅梅签字时已经置身于铁栅的另一边，仍像被人领入时一样浑不在意。在内心里，奥雷里亚诺第二不相信那些证据的合法性，就像他不相信马乌里肖·巴比伦进院子是为了偷鸡，但这两个说法安抚了他的良心，使他没有歉疚地回到了佩特拉·科特斯的护庇下，继续摆宴欢闹、大吃大喝。费尔南达对市镇上的动荡漠不关心，对乌尔苏拉的预言充耳不闻，实施了自己的最后一步计划。她给将要成为初阶神职人员的儿子何塞·阿尔卡蒂奥写了一封长信，在信中说他妹妹雷纳塔因患黄热病已安息在天主的怀抱里。后来，她将阿玛兰妲·乌尔苏拉交给桑塔索菲亚·德拉·彼达照顾，专心与隐身的医生通信。她所做的第一件事就是为几经推迟的通灵手术定下最终日期。然而隐身的医生答复说鉴于马孔多的局势不稳定，暂时不宜做手术。她急不可耐同时又缺乏对外界的了解，居然在另一封信里向他们解释不存在什么时局不稳，一切都是自己小叔子胡闹的结果，说他最近心血来潮搞什么工会，就像以前开河通航时一样疯狂。到了炎热的星期三，他们还没达成共识，这时有人敲响家门，是一位老修女挎着一个篮子。为她开门的时候，桑塔索菲亚·德拉·彼达以为是一件礼物，想接过那个盖有精致绣花台巾的篮子。但修女没让她拿过去，声称自己受命要严守秘密，亲手交与堂娜费尔南达·德尔·卡皮奥·德·布恩迪亚本人。那是梅梅的儿子。费尔南达以前的灵修导师在信中告诉她孩子出生于两个月前，由于他母亲不愿开口表达自己的意愿，只好用他外祖父的名字奥雷里亚诺为他命名施洗。费尔南达对命运的这一嘲弄愤怒不已，但在修女面前仍不动声色。

“我们就说是从漂来的篮子里发现的。”她微笑道。

“没人会相信。”修女说。

“既然大家都相信《圣经》，”费尔南达反驳道，“我看不出有什么理由不相信我的话。”

修女留下吃午饭，等待返程的火车。她谨守严训没有再提婴儿一个字，但费尔南达仍然将她视为自家耻辱的一个知情者，暗自惋惜中世纪绞死通报噩耗的使者的习俗没能流传至今。就在那时，她决定等修女一走就在水池里溺死婴儿，但良心阻止了她，她只好选择耐心地等待，等着上帝以无限慈悲来帮自己摆脱这个累赘。

新来的奥雷里亚诺满一岁时，市镇上的紧张局势毫无预兆地被激化了。何塞·阿尔卡蒂奥第二和其他一直隐藏于地下的工会领导人在一个周末不合时宜地出现，在香蕉种植区的各村镇发动游行。警察只是出来维持秩序。但到星期一晚上，领导人被逐个拖出家来，戴上五公斤重的脚镣，关进省监狱。这其中有何塞·阿尔卡蒂奥第二和洛伦索·加比兰，后者是墨西哥革命中的一位上校，流亡到了马孔多，他常说自己曾亲眼见证战友阿尔特米奥·克鲁斯[①]的英雄事迹。不到三个月他们就获释了，因为政府与香蕉公司没能就哪一方应当负担囚犯在狱中的伙食达成协议。这一次工人的不满在于居住区缺乏卫生设施，医疗服务纯属欺骗，工作条件太过恶劣。另外他们还提出，公司从未支付现钞，总以代用券顶替，而那只能用来在公司的货栈购买弗吉尼亚火腿。何

① 洛伦索·加比兰（Lorenzo Gavilán）与阿尔特米奥·克鲁斯（Artemio Cruz）皆为墨西哥作家卡洛斯·富恩特斯的长篇小说《阿尔特米奥·克鲁斯之死》中的人物。

塞·阿尔卡蒂奥第二入狱，是因为他揭露了公司利用代用券制度来降低果品的海运成本。假如不为公司货栈供货，那些从新奥尔良回到装载香蕉的港口的船只能白白空驶。其他的指责尽人皆知。公司的医生从不为患者作检查，仅仅让他们在医疗站前排成一队，由一位护士依序在舌头上放置一颗胆矾色小药丸，不管他们患的是疟疾、淋病还是便秘。这种千篇一律的疗法引得许多孩子一次又一次排队，领来药丸却并不吞下，都带回家去在玩彩票游戏时作筹码。公司的工人挤在简陋的宿舍里。工程师们没有设计厕所，只是在圣诞节时去营地给每五十人提供一间移动厕所，并当众示范如何延长使用寿命。一度簇拥在奥雷里亚诺·布恩迪亚上校身边的那些黑衣律师如今已经老迈，改为香蕉公司效力，他们以魔法般的手段将那些控诉变为无效。工人们拟出一份联合请愿书，但过了很久也未能正式通报到香蕉公司那里。一听说请愿的消息，布朗先生就把自己玻璃车顶的车厢挂上火车，与公司里最知名的代表们一起从马孔多消失。然而，在接下来的那个星期六，一些工人在妓院里捉到了他们当中的一个，让他在请愿书副本上签了名。当时他正赤身露体，和自愿引他入彀的女人待在一起。阴郁的律师们在法庭上证明那人与公司没有任何瓜葛，为防止他人质疑，他们还把那人当作骗子关进监狱。晚些时候，布朗先生微服出行时在三等车厢里被捉获，他们让他签了另一份请愿书副本。次日出庭时，来到法官们面前的是一个头发染成黑色、满口流利西班牙语的人。律师们证明这人不是杰克·布朗，生于阿拉巴马州普拉特维尔的香蕉公司总管，而只是一个人畜无害的药草贩子，生于马孔多并在本地以达格贝尔多·丰塞卡的名字受洗。不久，面对工人们新的努力，律师们在多处公开展示布朗先生的死亡证明书，该文件经领事和外长们认证，证明当事人已于六月九日在芝加哥被救火车轧死。工人们厌倦了这些荒诞的诡辩，越过马孔多当局，直接上诉于最高法院。在那里操纵法律的魔术师们证明所有的指控都毫无效力，因为香蕉公司没有，从未有过，也永远不会有任何正式工人，一直都是招募临时工。由此，关于弗吉尼亚火腿、神奇药丸和移动厕所的谎言彻底破灭，法庭作出最终判决，颁布公告严正宣布根本不存在什么工人。

大罢工爆发了。耕作在田间停滞，香蕉在枝头腐烂，一百二十节车厢的火车纷纷瘫痪在支线上。悠闲的工人挤满各村镇。土耳其人大街迎来漫长的喧嚣周末，雅各酒店的台球厅不得不二十四小时分场开放。军队宣布受命重建公共秩序的那天，何塞·阿尔卡蒂奥第二正待在台球厅里。尽管没有未卜先知的才能，他仍觉得这一消息不啻一个死亡宣告，自从那个遥远的清晨赫里内勒多·马尔克斯上校带他观看行刑以来他等待已久。不祥之兆并未扰乱他的镇静。他照旧打球，连击也没有失误。不一会儿，鼓声大作，号角长鸣，人潮喧嚷，他便知道不论这一局台球，还是从那个观看行刑的清晨起他与自己玩的孤单沉默的一局游戏都已告终。于是他向街上张望，就看见了军队。三个团的士兵踏着苦役犯划桨的鼓点行进，大地在他们脚下震颤。他们仿佛多头巨龙一般，在正午的阳光中呼出臭气。他们矮小，结实，粗鲁。他们像马一样流汗，发出太阳暴晒下的兽皮气味，带着内地人寡言的漠然和难以捉摸的神情。队伍走了一个多小时，但给人的印象似乎只是几个小队来回转圈，因为所有人都很相似，仿佛一个母亲生出的儿子，并且都同样呆滞地承受着背囊和水壶的重负、上了刺刀的步枪带来的耻辱、盲目服从与荣誉感之间的矛盾。乌尔苏拉在自己床榻上的黑暗中也听到军队经过，交叠两指[①]举起手来。桑塔索菲亚·德拉·彼达一瞬间显出形迹，趴在刚熨好的绣花桌布上，想着儿子何塞·阿尔卡蒂奥第二，而他正不动声色地看着最后一队士兵从雅各

① 此处指将中指半搭在食指上，借以消灾避祸，类似“触木袪灾”的迷信。

酒店门前走过。

根据军事管制法，军队负有处理争端的职责，但他们没有作出任何努力争取和解。刚在马孔多露面，士兵们就放下步枪，采摘香蕉，装上火车起运。迄今为止一直安于等待的工人们没有其他武器，便带上干活用的砍刀钻进山林，开始进行破坏活动。他们烧毁种植园和货栈，破坏铁轨阻止用机枪开路的火车通过，剪断电报电话线。水渠被鲜血染红。依然健在的布朗先生，连同家人及其他同胞被送出电网鸡笼，抵达军队保护下的安全区。眼看一场血腥恶战一触即发，当局发出通告，呼吁工人们到马孔多集合。通告中宣布，省军政主席将于下星期五前来调解争端。

何塞·阿尔卡蒂奥第二混在从星期五一早就向车站集中的人群里。他参加了一次工会领导层的会议，与加比兰上校一起被指派混进人群，见机行事引导群众。当发觉军队在小广场周围布下多处机枪掩体，电网内的香蕉公司所在地也被炮兵保护起来，他便感觉不妙，口中涌上一阵苦涩。快十二点的时候，等待的火车仍未到达，包括工人、妇女和孩子在内的三千多人挤满了站前的空地，又挤进一旁已被军队用一排排机枪封锁的街道。那场面不像是欢迎会，更像是欢闹的集市。土耳其人大街的油炸食品摊子和饮料小店都移了过来，人们在烈日下等待却仍心情愉快。将近三点时有传言说专列要等明天才到，疲倦的人群发出沮丧的叹息。这时，一位中尉登上车站屋顶，站在四个瞄准人群的机枪掩体之间，要求人群肃静。何塞·阿尔卡蒂奥第二身旁是一个十分肥胖的赤足女人，带着两个孩子，一个七岁，一个四岁。她并不认识他，自己抱起小的那个孩子，请他抱起另一个好让他听清下面要说些什么。何塞·阿尔卡蒂奥第二让孩子骑在自己的脖子上。多年以后，尽管无人相信，这个孩子还会传讲，他曾亲眼看到中尉拿着喊话筒宣读省军政主席四号令。政令由卡洛斯·科尔特斯·巴尔加斯将军及其书记官恩里克·加西亚·伊萨查少校签发，全文共三条八十字，宣布罢工者实为“一伙不法分子”，授命军队予以枪决。

政令念完后，一位上尉在震耳欲聋的嘘声和抗议声中接替了站在屋顶上的中尉，拿起喊话筒示意有话要说。人群恢复了平静。

“女士们，先生们，”上尉的声音低沉、缓慢，带着些许疲倦，“各位有五分钟的时间撤离。”

嘘声和高声喊叫淹没了计时开始的军号声。没有人挪动。

“五分钟过去了，”上尉声调不变，“再有一分钟就开枪了。”

何塞·阿尔卡蒂奥第二流着冷汗，把孩子放下来交给他母亲。“这些浑蛋真会开枪的。”她喃喃道。何塞·阿尔卡蒂奥第二来不及说话，因为他随即听到加比兰上校用沙哑的嗓音叫喊着重复那女人的话。现场紧张的形势、奇异的沉寂令他心醉神迷，并且确信任何事都无法赶走这些沉浸在死亡诱惑中的人。他踮起脚尖，越过前方人群的头顶，平生第一次抬高了音量。

“浑蛋！”他高喊道，“这一分钟你们自己留着吧。”

他喊叫后发生的事情并未令他产生恐惧，而是恍如幻觉。上尉下令开火，十四处机枪掩体立时响应。但一切宛似一场闹剧，仿佛机枪正在喷射的只是骗人的烟火，因为能听见急迫的枪声嗒嗒，能看见白炽的烈焰喷吐，却感受不到任何轻微的反应，听不到任何声音，甚至一声叹息。密集的人群仿佛瞬间石化，刀枪不入。突然，在车站一侧，一声垂死的呼号打破了着魔般的状态：“啊啊，妈妈呀。”一股翻天覆地的力量，一种火山爆发的气流，一阵大难临头的咆哮，在人群中以无比凶猛的势头猝然爆发。何塞·阿尔卡蒂奥第二几乎来不及抱起孩子，而他母亲和另一个孩子已经被四下奔逃的惊惶人群所吞没。

多年以后，尽管仍被邻居们当作胡言乱语，那孩子还会传讲，自己被何塞·阿尔卡蒂奥第二举过头顶随他奔走，几乎腾空，飘荡在人潮的恐惧之上，冲向附近的街道。他处在居高临下的位置，看到失控的人群冲到街角，一排机枪开始扫射。许多个声音同时叫喊：

“趴到地上！趴到地上！”

第一拨人已经这样做了，被弹雨横扫在地。幸存者们没有趴到地上，反而试图冲回广场，却在恐慌中仿佛被巨龙摆尾一击而退，密集的人潮撞上反向而来的另一波密集人潮，后者已被对面街上的龙尾击溃，那里的机枪也在一刻不停地开火。人们走投无路，形成一个巨大的旋涡，渐渐向中心缩拢，因为机枪子弹仿佛不知餍足又条理分明的剪刀，正像剥洋葱似的将周边有条不紊地逐一剪除。孩子看见一个女人双臂呈十字平伸，跪在一片神奇地未遭践踏的空地上。满脸鲜血的何塞·阿尔卡蒂奥第二在倒地的一刻将他推到那里，随后蜂拥而至的人潮淹没了空地，淹没了跪着的女人，淹没了旱季高远天空中的光线，淹没了乌尔苏拉·伊瓜兰曾售出无数糖果小动物的这个该死的世界。

何塞·阿尔卡蒂奥第二醒来的时候，发现自己仰面躺在黑暗中。他意识到自己是在一列长得望不见头的沉寂火车上，头发因凝固的鲜血而硬结，全身骨头都在疼痛。他感到困意难忍。他准备抛开恐惧大睡一场，便换成侧身姿势以减轻痛楚，这时才发现自己正躺在死人身上。车厢里除了中间的过道，没有一处空地方。大屠杀应该过去好几个小时了，因为尸体与秋天的石膏一样冰冷，也与石化的泡沫一样坚硬，装车的人甚至有时间像运送一串串香蕉似的把尸体排好码齐。为了逃出梦魇，何塞·阿尔卡蒂奥第二朝着火车前进的方向，匍匐着从一节车厢爬到另一节车厢。当火车驶过一座座沉睡的村庄，借着板条间映进的光线，他看见了男人的尸体，女人的尸体，儿童的尸体，他们都将像变质的香蕉一样被丢入大海。他只认出一个在广场上卖饮料的女人和加比兰上校，上校手里还握着卷成一团、带莫雷利亚银搭扣的皮带，曾试图用来在恐慌中开路。到达第一节车厢后，他跃入黑暗之中，卧在水沟里直到火车过去。那是他平生见过的最长的火车，有将近两百节运货车厢，首尾各有一个火车头，中间还夹着一个。火车悄无声息地在夜间滑行，车上没有任何光亮，连定位的红绿灯光也没有。车厢顶上依稀可见一挺挺机枪旁士兵的黑影。

午夜过后突降暴雨。何塞·阿尔卡蒂奥第二不知道自己置身何处，却知道只要与火车反向而行就能回到马孔多。三个多小时后，他已浑身湿透，头痛欲裂，在拂晓的晨光里远远看见了第一排房舍。他循着咖啡的香气走进一户人家的厨房，一个女人抱着孩子正向火炉弯下腰去。

“您好，”他有气无力地说，“我是何塞·阿尔卡蒂奥第二·布恩迪亚。”

他逐字说出全名，向她证明自己还活着。他这样做很明智，因为那女人乍见他那副憔悴、阴郁、头上衣间都沾满血迹、经历了死亡洗礼的模样出现在门口，还以为是鬼魂显现。她认得他。她给他拿来一条毯子御寒，好等着脱下来的衣服在火上烘干，为他烧水清洗伤口——好在只是皮肤上的一道划伤——又给他一片干净的尿布把头包住。然后，她按照传言中布恩迪亚家人的习惯煮了杯不加糖的咖啡给他，把衣服在火边摊开。

何塞·阿尔卡蒂奥第二喝完咖啡才开口说话。

“应该有三千人的样子。”他喃喃道。

“什么？”

“死人。”他解释道，“所有在车站的人都死了。”

那女人用同情的眼神打量着他。“这儿没有死人。”她说，“从你伯父，也就是上校那时候起，马孔多没发生过任何事。”何塞·阿尔卡蒂奥第二在到家前一路逗留过的三家厨房里都听到同样的回答：“没有死人。”他走过车站广场，看见油炸食品摊子的桌子已被码起，那里也没留下任何屠杀的痕迹。雨下个不停，街上空无一人，家家大门紧闭，看不出里面有丝毫生命的迹象。直到第一声弥撒钟声响起，才有了一丝人间气象。他敲开了加比兰上校家的门。一个他以前见过多次的孕妇，当面把门紧紧关闭。“他走了，”她惊恐地说道，“回他的老家了。”电网鸡笼的正门和往常一样，由两名地方警察守卫，他们身着雨衣，头戴橡胶头盔，在雨中仿佛石像。在偏僻的小巷里，安的列斯群岛的黑人齐声唱着安息日的赞美诗。何塞·阿尔卡蒂奥第二翻过院墙，从厨房进了家。桑塔索菲亚·德拉·彼达几乎没有提高声音。“别让费尔南达看见你，”她说，“她刚起床。”仿佛在完成一项早已领会的使命，她把他引到“便盆室”，收拾出梅尔基亚德斯快要散架的行军床，还在下午两点趁费尔南达午睡的时候从窗子递进一盘食物。

奥雷里亚诺第二被暴雨拦住只好睡在家里，下午三点还在等待天晴。桑塔索菲亚·德拉·彼达暗中告诉了他，他便在这时去梅尔基亚德斯的房间看望自己的兄弟。他同样无法相信大屠杀的发生，更不相信满载尸体的火车驶向大海的梦魇。前一天晚上，他已读过政府特别通告，通告称工人们已经听从命令撤离车站，平静地各自回家了。通告还称工会领导人本着高度的爱国精神，已将要求减为两条：改善医疗服务和在居住区设置厕所。晚些时候传来消息，称军队首脑与工人达成协议后，立即与布朗先生沟通，布朗先生不仅接受了新条件，而且主动提议出资举行三天的公众娱乐活动来庆祝争端的解决。只是当军方问及何时可以宣布签署协议，他望了望窗外闪电纵横的天空，摆出一副不置可否的表情。

“估计要等到天晴。”他说，“只要雨还在下，我们的一切活动都取消。”

此前三个月没有下过雨，正值旱季。但在布朗先生宣布他的决定后，整个香蕉种植区暴雨大作，何塞·阿尔卡蒂奥第二在回马孔多的路上正赶上这场暴雨。一个星期后雨仍未停。政府利用所掌控的一切传播渠道在全国千百遍反复宣传，官方说法最终成为定论：没有死人，心满意足的工人们已回到家中，香蕉公司在降雨期间取消一切活动。军事管制法继续施行，以备在必要时采取紧急措施处理持续降雨造成的社会危害，但军队已撤回军营。白天，士兵们高高挽起裤腿，在街上的激流中和孩子们玩溺水者游戏。晚上宵禁之后，他们用枪托砸开房门，把嫌疑人从床上拖出来，送他们踏上没有归途的旅程。根据四号令对不法分子、杀人犯、纵火犯和反叛分子实施的搜捕及剿灭仍在继续，但军方面对挤满司令部办公室的受害者亲属的询问，却一概矢口否认。“您一定是在做梦，”军官们坚持道，“马孔多没发生过任何事，现在没有将来也不会有。这是一座幸福的小城。”就这样，工会领导人被消灭殆尽。

何塞·阿尔卡蒂奥第二是唯一的幸存者。二月的一天晚上，响起枪托砸门特有的声音。仍在等待雨停的奥雷里亚诺第二打开门，看见一位军官带着六名士兵。他们浑身淋得湿透，一言不发，从厅堂到谷仓逐一搜查，不放过每一个房间、每一个衣柜。乌尔苏拉被屋里亮起的灯光惊醒，但在搜查的过程中没吭一声，只是将手指交叠，指向士兵们活动的位置。桑塔索菲亚·德拉·彼达急忙去通知睡在梅尔基亚德斯房间里的何塞·阿尔卡蒂奥第二，但他知道已经来不及逃走。于是桑塔索菲亚·德拉·彼达又把门锁上。他在屋里穿上衬衣和鞋子，坐在行军床上等待他们到来。那时他们正在搜查金银器作坊。军官命人打开门锁，借着提灯的光亮扫视一周，看到了工作台和玻璃柜，柜中的酸液瓶罐和各式器具都按当初主人留下的原样放着。他看出来没有人住在这房间里，却仍狡诈地向奥雷里亚诺第二询问他是不是金银匠。奥雷里亚诺第二向他解释这作坊属于奥雷里亚诺·布恩迪亚上校。“啊哈。”军官恍然大悟，打开灯下令仔细搜查，连收在瓶子后面铁皮罐里的十八条未被熔化的小金鱼也被找了出来。军官将小金鱼摆在工作台上一条一条检查了一遍，神色和缓下来，忽然间变得有人情味了。“我想要一条，如果您允许的话。”他说，“过去是叛乱的信物，现在可成了文物。”他很年轻，几乎还未成年，但丝毫不显腼腆，并带有一种与生俱来的亲切，只是直到此时才流露出来。奥雷里亚诺第二送了他一条小金鱼，军官收在衬衣口袋里，眼中闪烁着孩子般的光彩，又把余下的倒进罐里放回原处。

“这是无价的纪念品，”他说，“奥雷里亚诺·布恩迪亚上校可是一位最伟大的人物。”

然而，他的人情味并不妨碍他严格履行职责。在重新锁好的梅尔基亚德斯房间的门口，桑塔索菲亚·德拉·彼达没有放弃最后一线希望。“这间屋子一百年没有住人了。”她说。军官仍下令开门，拎起提灯扫视一圈。光线照在何塞·阿尔卡蒂奥第二脸上的瞬间，奥雷里亚诺第二和桑塔索菲亚·德拉·彼达看见了他那双阿拉伯人似的眼睛，心下便明白这是一段焦虑的结束，又是另一段焦虑的开始，而只有彻底放弃才能安心。军官仍拎着提灯四下检视，直到发现堆放在衣柜里的那七十二个便盆才表现出兴趣。他打开了灯。何塞·阿尔卡蒂奥第二坐在行军床边，一副整装待发的样子，从未显得如此庄严深沉。房间深处的隔板上放着书页散落的书籍和羊皮卷，整洁的工作台一尘不染，墨水瓶中的墨水仍未干涸。空气纯净明澈，一切不染尘埃，清新如故，与奥雷里亚诺第二童年记忆中的景象丝毫不差，只有当初的奥雷里亚诺·布恩迪亚上校感觉不到。但军官只对便盆感兴趣。

“这家住了几口人？”他问道。

“五口。”

军官显然无法理解。他的视线停留在奥雷里亚诺第二和桑塔索菲亚·德拉·彼达看见何塞·阿尔卡蒂奥第二的地方，但连何塞·阿尔卡蒂奥第二也意识到他对自己视而不见。随后他熄了灯，关上门。听着他对士兵们说的话，奥雷里亚诺第二明白这位年轻的军官和当年的奥雷里亚诺·布恩迪亚上校看到的是同样的景象。

“这间屋子确实至少有一百年没住人了，”军官对士兵们说，“说不定都有蛇。”

门一关上，何塞·阿尔卡蒂奥第二就确信自己的战争已经结束。数年前，奥雷里亚诺·布恩迪亚上校曾对他讲起战争的魅力，并试图用个人经历中的无数实例来证明。他信以为真。但就在军人们对他视而不见的这个晚上，他回想起过去几个月的紧张局势，狱中的苦难，车站里的恐慌，以及满载死尸的火车，得出一个结论：奥雷里亚诺·布恩迪亚上校不过是个伪君子或懦夫。他不理解上校何必用那么多言辞来解释自己在战争中的感受，其实用一个词便足够：恐惧。相反，在梅尔基亚德斯的房间里，被神奇的光线、落雨的声音、隐身的感觉所保护，他找到了此前生命中一刻不曾有过的安宁，余下的唯一恐惧就是自己有可能会被活埋。他告诉了每天前来送饭的桑塔索菲亚·德拉·彼达，她答应只要自己一息尚存，就一定让他先死后葬。摆脱了所有恐惧，何塞·阿尔卡蒂奥第二得以专心钻研梅尔基亚德斯的羊皮卷，愈难索解兴致愈高。他习惯了雨声，两个月之后那已经无异于另一种静谧，唯一打扰他独处的就是桑塔索菲亚·德拉·彼达的进进出出。因此他恳求她把饭留在窗台上，再次关门上锁。家人已将他遗忘，包括费尔南达，她得悉军人们对他视而不见，便不觉得留他在那里有什么不妥。六个月的幽闭过去，军队已撤离马孔多，奥雷里亚诺第二想找人聊天打发等待雨停的时间，便打开门锁。门一开，刺鼻的气味扑面而来，这气味散发自屋里满地的便盆，每一个都已用过多次。何塞·阿尔卡蒂奥第二须发蓬乱形容难辨，对令人作呕的气味恍若不知，仍在反复研读天书般的羊皮卷。他身上闪耀着天使般的光芒。门开的时候，他只是微微抬了下头，但就在那一瞥中，他的兄弟分明看到了曾祖父那种无可挽回的宿命在重演。

“有三千多人，”何塞·阿尔卡蒂奥第二只说了一句话，“现在我能确定车站里所有的人都死了。”

雨下了四年十一个月零两天。间或有细雨绵绵的日子，一开始人人都还身着盛装，带着久病初愈的神情预备庆祝天晴，但很快便习惯了将这些间歇当作滂沱重现的前奏。暴雨倾盆破空而降，飓风自北方而来，掀瓴破瓦，推墙倒垣，将种植园里的残株连根拔起。就像乌尔苏拉在这些日子里常会想起的失眠症蔓延时一样，灾难本身能激发人们找出对抗烦闷的方法。奥雷里亚诺第二便是其中的佼佼者，不甘心向无所事事的日子屈服。布朗先生引发暴雨的当晚，他碰巧为一件小事回到家里，费尔南达从柜中找出一把快要散架的雨伞给他。“用不着，”他说，“我等雨停了再走。”这当然算不上什么无法更改的承诺，但他不折不扣地履行了。衣服都放在佩特拉·科特斯家里，因此他每三天脱下身上的脏衣服，只穿着衬裤等候衣服洗净。为了不觉无聊，他投入到家里各处的修缮活计中。他把合页调好，给锁孔上油，拧紧门环，校正插销。一连几个月，只见他带着工具箱四处奔忙，那箱子恐怕还是何塞·阿尔卡蒂奥·布恩迪亚时代吉卜赛人落下的。没人知道是无意的锻炼、越冬的烦闷，抑或是被迫的节欲，令他的肚子像皮袋泄气似的渐渐瘪了下去，快活的乌龟脸不再那么赤红，颏下的垂肉也不再那么鼓突，最后整个人都不再那么臃肿，又能够自己系鞋带了。看着他装门锁，修钟表，费尔南达不禁暗自担心他会不会也染上了且造且毁、且毁且造的恶习，就如同奥雷里亚诺·布恩迪亚上校做小金鱼、阿玛兰妲缝扣子做寿衣、何塞·阿尔卡蒂奥第二读羊皮卷、乌尔苏拉追忆往事那样。然而实情并非如此。问题就出在搅乱一切的连绵大雨上，如果三天不上一次油连最干燥的机械也会从齿轮间绽放出花朵，而锦缎中的金银线长了锈，潮湿的衣服上则生出橙红色的水藻。环境如此湿润，仿佛鱼儿可以从门窗游进游出，在各个房间的空气中畅泳。一天早上乌尔苏拉醒来，觉得自己陷入一种恬静的恍惚中，叫人哪怕用担架也要将自己送到安东尼奥·伊莎贝尔神父那里。就在此时，桑塔索菲亚·德拉·彼达发现她后背上密密麻麻全是水蛭。赶在乌尔苏拉的鲜血被吸干之前，她用未熄的木炭烫灼把水蛭一条条揭下来。家里不得不开沟排水，清除蟾蜍和蜗牛，这样才能晾干地面，撤去垫在床脚的砖块，重新穿鞋走路。奥雷里亚诺第二忙着应付各样需要处理的琐事，直到一天下午坐在摇椅上望着早至的暮色，想起佩特拉·科特斯却毫不动情，他才意识到自己的衰老。他大可顺势重拾费尔南达乏味的爱情，步入盛年的她仍美貌不减，但雨水已经令他远离一切情欲的冲动，代之以清心寡欲的平和。他兴致盎然地想象，换了以前在这样将近一年的雨天里自己能做出什么事来。他第一个将锌板引进马孔多，远在香蕉公司将其引为时尚之先，不过他单单是为了给佩特拉·科特斯的卧室盖屋顶，享受雨声淅沥带来的私密感。但即使是这些年轻时的荒唐回忆也没能触发他的激情，仿佛最后一场欢宴已经耗尽他所有的欲望，只为他留下一项奇妙的奖励，即可以纵情回忆过往而不带半点儿苦涩与悔恨。或许有人会想，是暴雨给了他安静沉思的机会，是钳子加油壶的忙碌活计唤醒了他迟来的感怀，让他想到一生有许多有益的事情可做却从未实行。但这两者都不正确，因为他安于家室的渴望既不是反复思考的结果，也不是痛改前非的产物，而可以追溯到遥远的往昔，那时他还在梅尔基亚德斯的房间里读着飞毯和巨鲸吞食水手与航船的神奇故事，到如今这愿望又因暴雨连绵而重新浮现。在这段日子里，由于费尔南达偶一疏忽，小奥雷里亚诺跑到了走廊上，被外祖父发现了身世的秘密。他给孩子理发，穿好衣服，让他不再怕人。这孩子凸出的颧骨、惊奇的眼神和孤僻的神态，很快显出他是一个货真价实的奥雷里亚诺·布恩迪亚。这对费尔南达而言算是了却一桩心事。一段时间以来，她已经在克制自己的傲慢，却不知该如何补救，因为她越是思索解决的办法，越发觉得不可行。若早知道奥雷里亚诺第二会这样处理问题，这样乐于做外祖父，她本不必绕那么多圈子拖那么长时间，在一年前就能摆脱煎熬。对已经开始换牙的阿玛兰妲·乌尔苏拉来说，小外甥就像是一件难以掌控的玩具，成为无聊雨天里的消遣。奥雷里亚诺第二想起了那套丢在梅梅以前的卧室里再也没人动过的英语百科全书，他开始把书上的插图，特别是动物插图翻给孩子们看，然后是地图、异国风景和知名人物的照片。由于不懂英语，只能勉强认出那些最出名的城市和最常见的人物，他就编造出人名和传说来满足孩子们无穷的好奇心。

费尔南达真的相信丈夫在等待天晴回到情妇那里。下雨的最初几个月，她担心丈夫会溜进自己的卧室，那样她只得不顾羞赧地坦诚，自从阿玛兰妲·乌尔苏拉出生以后她就失去了过夫妻生活的能力。正是出于这个原因，她急切地与隐身的医生通信，但总因频频发生的邮政事故而中断。最初几个月，常有消息说火车在暴风雨中出轨，隐身的医生也来信告知没有收到她的信件。晚些时候，她与从未谋面的医生失去联系后，已然在认真考虑戴上丈夫参加血腥狂欢节时用过的老虎面具，化名去找香蕉公司的医生作检查。但那时常有人带来有关暴雨的不幸消息，其中一个告诉她公司已经撤走医疗站，搬到了没下雨的地区。因此她的指望化为泡影。她只能一边期待雨天过去邮路恢复，一边自行设法缓解身上的暗疾，因为她宁死也不愿落在马孔多所剩唯一的医生，那个以驴草为食的古怪的法国人手里。她去找乌尔苏拉，相信她会知道某种可以缓解自己不适的方子。但她出于拐弯抹角的说话习惯，从不直接叫出事物的名称，不惜前后颠倒以减轻羞耻感，将分娩说成排出，将血漏唤作胃热，结果乌尔苏拉合乎情理地得出结论，认为她的病与子宫无关而属于肠胃问题，建议空腹服用甘汞。对于其他不这样过分正经的人来说，这病症其实并非难言之隐。如果不是身染暗疾，不是遗失信件，费尔南达才不会在乎下雨，因为她的一生中本就阴雨不停。她不曾改变作息时间，也不曾稍减繁文缛节。当桌子四脚还立在砖块上，椅子下还垫着木板以免吃饭时弄湿双脚，她依然不忘铺上亚麻桌布，摆设中国瓷器，吃晚饭时点亮烛台，因为她认为灾难不能成为不守规矩的借口。家里没有人再向街上张望。要是依着费尔南达，她一定会永远禁止这种行为，而且远在雨天开始前她就有此想法，因为在她看来门发明出来就是为了关闭，对街上动静感到好奇的都是妓女。然而，当听说赫里内勒多·马尔克斯上校的送葬队伍正经过时，她自己首先向外张望，结果透过半掩的窗户所见的景象令她痛苦不已，很长时间都为自己的软弱而悔恨。

她想不到会有这样凄惨的送葬队伍。棺材由一辆牛车拉着，车上用香蕉叶搭了个遮篷，但在雨水暴烈击打下，地面一片泥泞中，车轮每走一步都不住下陷，遮篷也摇摇欲坠。一道道凄凉的水柱倾泻在棺材上，浸透了覆在上面的旗帜。那是一面染着鲜血和硝烟污痕的战旗，被最有骨气的老兵们所唾弃。棺材上还摆着一把饰有丝穗铜缨的军刀，赫里内勒多·马尔克斯上校当年寸铁不带地进入阿玛兰妲的缝纫间之前，总是把它挂在客厅的衣架上。牛车后面是尼兰迪亚协定签订后硕果仅存的老兵，全把裤腿挽起半截，有几人还赤着脚，他们都在泥泞中扑腾着，一只手拄着白坚木手杖，另一只手拿着被雨淋得退色的纸花圈。他们仿佛幻象出现在仍以奥雷里亚诺·布恩迪亚上校的名字命名的街道上，所有人在经过时都不忘向那幢房子望上一望。到广场的街角拐弯时，他们不得不请人帮忙拉出深陷的车轮。乌尔苏拉让桑塔索菲亚·德拉·彼达把自己搀到门口。她关注着送葬的每一个细节，没人怀疑她都能看到，尤其当她像报讯天使般高举手臂随着牛车的摇摆而晃动的时候。

“永别了，赫里内勒多，我的孩子，”她喊道，“替我向我的家人问好，告诉他们雨停了我们就能见面。”

奥雷里亚诺第二扶她回到床上，像往常一样漫不经心地问她那句告别是什么意思。

“是真的，”她说，“我等雨停了就死。”

街上的情形令奥雷里亚诺第二警醒起来。他终于开始为牲畜的命运担忧，便披上一块油布，赶去佩特拉·科特斯家里。他看见她站在院中齐腰深的水里，正设法使一匹死马漂起来。奥雷里亚诺第二捡起一根木棒上前帮忙，肿胀的庞大尸骸翻了个身遂被奔涌的泥流卷走。自下雨以来，佩特拉·科特斯所做的就是将牲畜尸体清出院子。最初几个星期，她托人带信给奥雷里亚诺第二，请他赶紧应对，而他回复说不用着急，情况没那么糟，等雨停再作计较。她托人告诉他牧场正被水淹，畜群在逃往没有食物的高地，那里等待它们的只有美洲虎和瘟疫。“没什么办法，”奥雷里亚诺第二回答，“反正雨停了还会再下崽。”佩特拉·科特斯看着牲口接二连三地死掉，甚至顾不上将陷在泥潭里的牲口宰杀。她眼睁睁看着暴雨无情地毁掉这份当初在马孔多人眼中最稳固、最雄厚的家业，剩下的只有冲天臭气。当奥雷里亚诺第二决心来探看情况时，他眼前就只剩那匹死马，以及马厩的瓦砾间一头瘦骨嶙峋的母骡。佩特拉·科特斯见他来了，没有惊奇、没有喜悦也没有怨恨，仅仅露出一丝嘲弄的笑容。

“来得真是时候！”她说。

她老了，瘦得皮包骨，那双活像食肉动物的尖锐眸子由于整日看雨已变得悲凉而温顺。奥雷里亚诺第二在她那里待了三个多月，倒不是因为他感觉比家里更好，而是因为他需要这么长时间才能下决心再次披上油布出门。“不着急，”他说，就像在另一个家里所说的一样，“再待几个小时等天晴吧。”第一个星期，他逐步适应了时光和雨天在情妇身上留下的痕迹，眼中的她又渐渐恢复了往日的模样，他便回想起两人的纵情享乐，回想起两人的欢好激发牲畜疯狂繁殖的景象。到第二个星期的一天夜里，半是出于爱意半是出于兴致，他用急迫的爱抚将佩特拉·科特斯唤醒，但她没有回应。“老实睡吧，”她嘟囔道，“现在已经不是干那些事的时候。”奥雷里亚诺第二在天花板上的镜子里看见了自己，也看见了佩特拉·科特斯的脊柱仿佛枯萎的神经穿起的一串线轴，于是明白她说得不错，不过那与什么时候无关，而是他们自己已不再适合干那些事。

奥雷里亚诺第二带着自己的衣箱回到家里，心中确信不仅是乌尔苏拉，马孔多所有的居民都在等待雨停后死去。一路上，他看见他们坐在厅堂里，眼神迷茫，抱手胸前，感受着浑然一体、未经分割的时光在流逝。既然除了看雨再无事可做，那么将时光分为年月、将日子分为钟点都终归是徒劳。孩子们嬉闹着迎接奥雷里亚诺第二，他又为他们拉起呼呼作喘的手风琴。但比起手风琴演奏，还是百科全书更受欢迎，因此他们又回到梅梅的房间，奥雷里亚诺第二又发挥想象，将飞艇说成在云朵中寻找卧床的飞象。有一回，他发现了一名骑手的插图，那人身上的异国服饰也掩不住熟悉的气息。仔细观察之后，他得出结论：那是一幅奥雷里亚诺·布恩迪亚上校的肖像。他拿去给费尔南达看，她也看出了相似之处，认为那骑手不仅与上校一个人，甚至与家中所有成员都很相像，尽管那其实是一名鞑靼武士。时间就这样在罗德岛巨像和弄蛇人之间流逝，直到妻子提醒他，谷仓里只剩下六公斤咸肉和一袋米。

“那你现在想让我怎么样？”他问。

“我不知道，”费尔南达回答，“这是男人的事。”

“好吧，”奥雷里亚诺第二说，“等雨停了总会有办法。”

他对百科全书的兴趣多过家庭用度，尽管午饭时只有一小块肉和少许米饭将就。“现在什么也干不了，”他常说，“雨总不会下一辈子。”随着谷仓存粮日渐匮乏，费尔南达的怨气也日益增长，偶尔的牢骚、少见的怨言终于爆发为势不可当的洪涛，在一个早上以仿佛吉他叠句的单调起始，一天里音调渐渐升高，音色越发丰富，韵律益显激越。奥雷里亚诺第二起初并未留心这反复的唠叨，直到次日早饭后才察觉那比雨声更流畅高昂的嗡鸣声，吵得他头昏脑涨。费尔南达在整个家中游走，痛诉满腹的哀怨，说自己原是照着女王的模子受的培养，结果却沦落成一个疯人院的女佣，有个游手好闲、崇拜偶像、放荡不羁、整天仰面躺着等天上掉面包的丈夫，而她却要累折了腰靠几个小钱维持这个用大头针撑起的家，从上帝开启新的一天到她晚上眼睛疼得像进了玻璃碴才上床睡觉，总有那么多事要做，总有那么多事要忍耐要纠正，却从没有人说一句“早上好，费尔南达”或“晚上睡得怎么样，费尔南达”，也从没有人哪怕是出于礼貌问一声她脸色为什么这样苍白或为什么早上起来眼圈发紫，当然她也从未期待这些话能够从这家人的口中说出来，归根结底他们都一直把她当作障碍，当作端锅用的抹布，当作画在墙上的丑八怪，总在背后说她的坏话，叫她假圣女，叫她法利赛人，叫她刁女人，而阿玛兰妲，愿她安息，甚至公然说她是那种分不清直肠和斋戒日的女人，上帝啊，这叫什么话，而她还顺从圣父的旨意忍受了这一切，可她实在忍受不了那可恶的何塞·阿尔卡蒂奥第二说什么家道衰落就是因为娶进了一个内地女人，听听，一个好发号施令的内地女人，上帝啊，一个恶毒的内地女人，跟政府派来屠杀工人的内地佬是一路货色，你说说，他指的不是别人就是她嘛，阿尔瓦公爵的教女，出身于连总统夫人都艳羡不已的名门望族、有着高贵血统的她有权在签名中列出十一个源自半岛的古老姓氏，是这个私生子横行的市镇里唯一能自如运用十六件套餐具的人，而她那通奸的丈夫却狂笑着嘲讽，说那么多刀叉、那么多汤匙，比起基督徒来百足虫用着更适合，只有她闭着眼睛都知道什么时候、从哪一侧、用哪种酒杯上白葡萄酒，以及什么时候、从哪一侧、用哪种酒杯上红葡萄酒，不像粗俗的阿玛兰妲，愿她安息，竟然以为白天就喝白葡萄酒，晚上就喝红葡萄酒，整个沿海地区只有她有资格夸口自己是只在金溺盆里方便的人，而奥雷里亚诺·布恩迪亚上校，愿他安息，竟然以他共济会会员的恶毒，放肆地质问她从哪儿来的这种特权，莫非她拉的不是粪便而是香草，你想想，这是什么话，而雷纳塔，她的亲生女儿，也趁她不备到卧室去看她的大便，出去说溺盆的确是金的也的确刻着家族纹章，但里面盛的是纯粹的粪便，实实在在的粪便，甚至比别人的更糟，因为那是内地女人的粪便，你想想，那还是她的亲生女儿，因此她从未对家里其他人抱有幻想，但无论如何她有权期盼从丈夫那里得到些许尊重，不管怎样他是她经过婚姻圣礼结下的伴侣，她的主宰，她的合法郎君，他出于自由而崇高的意愿担起重任将她领出父家，她在那里本来一无所缺，无忧无虑，编织花圈只为消遣，因为她的教父曾专门寄来一封用戒指盖印火漆封缄的信件，特意叮嘱教女的双手除弹奏古钢琴以外不可从事任何尘世俗务，然而她疯狂的丈夫领她出门时对一切劝诫和嘱托都满口应承，却将她带到这个热得令人窒息的低洼地狱，没等她结束圣灵降临节斋戒就径自拿着他的流动衣箱和浪荡子的手风琴去跟那个灾星女人姘居，只要看看她的胯，哦，是的，只要看看她小母马似的扭胯模样，就能猜出那是一个……一个和她截然不同的女人，无论在宫殿还是猪圈，在桌上还是床上，她都是堂堂的名媛，天生的贵妇，她敬畏上帝，遵从上帝的律法，顺服上帝的旨意，他和她在一起当然不能像和那个女人一样玩那些放荡的花样，那女人当然来者不拒，就像那些法国女郎，甚至更糟，想想看，那些女郎起码还会诚实地在门前亮起红灯，这些下流行径，难以想象竟然要扯上堂娜雷纳塔·阿尔戈特与堂费尔南多·德尔·卡皮奥的独生爱女，特别是她父亲，毫无疑问，一位圣洁的男子，伟大的基督徒，圣墓骑士团的骑士，直接从上帝那里领受了死后肉身不朽的恩典，皮肤柔滑似新娘的锦缎，眼眸生动清亮如翡翠。

“这可不是真的，”奥雷里亚诺第二打断了她的话，“他被送来的时候都臭了。”

耐着性子听了一整天，终于让他抓到一处错误。费尔南达未加理睬，声音却低了下去。当天晚饭时分，气急败坏的唠叨声压过了窗外的雨声。奥雷里亚诺第二低着头，吃得很少，早早回了卧室。第二天早饭时，费尔南达浑身颤抖，一副没有睡好的样子，似乎完全被自己的怨气击垮了。然而，当丈夫问起能不能吃一个水煮溏心蛋，她没有直接回答上星期鸡蛋就已经吃完，而是炮制出一通恶毒的言语，抨击男人整日只知道观赏自己的肚脐，还觍颜要求饭桌上有云雀肝。奥雷里亚诺第二像往常一样带孩子们去读百科全书，费尔南达则装作要收拾梅梅的卧室，其实只为了让他听见自己的嘟囔。当然了，一个人脸皮要足够厚，才能欺骗天真的孩子们说奥雷里亚诺·布恩迪亚上校的肖像收在百科全书里。午后，孩子们正在午睡的时候，奥雷里亚诺第二坐在长廊里，费尔南达也追到那里，刺激他，折磨他，没完没了地围着他嗡嗡叫，说家里能吃的只剩下石头，而她的丈夫还理所当然地在那里稳坐，俨然一位波斯苏丹在看雨，因为他就是一个懒汉，一个吃闲饭的，一个废物，比粉扑棉还要松垮几分，习惯了靠女人养活，自以为娶的是约拿的妻子，当她听了鲸鱼的故事就会心满意足[1]。奥雷里亚诺第二不动声色地连听了两个多小时，仿佛耳聋似的。他一直没有打断她，但那聒噪的轰响令他头痛不已，到黄昏时再也无法忍受。

"拜托你别说了。"他恳求道。

费尔南达反而抬高了嗓门。"我为什么不说，"她说，"谁不愿意听谁就走。"这一次奥雷里亚诺第二按捺不住了。他缓缓站起身，仿佛只想舒舒筋骨，然后开始有条有理地发泄怒火，抓起一盆盆秋海棠、欧洲蕨、牛至砸在地上摔碎。费尔南达吓呆了，实际上她并不清楚自己的唠叨所蕴含的可怕力量，但事到如今怎样努力弥补都已太迟。奥雷里亚诺第二的怒火一发不可收拾，他打破玻璃柜，不慌不忙地一件接一件取出里面的器皿摔在地板上砸个粉碎。他镇静自若，有条不紊，就像当初用钞票贴满房子时那样从容，将波希米亚水晶器具、手绘花瓶、玫瑰花舟少女图、金框镜子，总之从客厅到谷仓一切可以打碎的东西，都掷在墙上打碎，最后以一声巨响在院子中央摔碎厨房里的大瓮告终。随后他将手洗净，披上油布出了门，直到午夜前才回来，带着几串硬邦邦的咸肉、几袋生了虫的大米和玉米，以及几把干瘪的香蕉。从那以后，家里再没缺过食物。

阿玛兰妲·乌尔苏拉和小奥雷里亚诺后来追忆起下大雨的日子，都会觉得那是一段美好时光。尽管有费尔南达的严厉管束，他们仍常常在院中的泥坑里玩水，捉住蜥蜴解剖，趁桑塔索菲亚·德拉·彼达不备往汤里撒蝴蝶翅膀上的粉末玩下毒游戏。乌尔苏拉是他们最喜爱的玩具。他们把她当作一个陈旧的玩偶在角落里拖来拖去，给她披上花布条，往她脸上涂满油烟和胭脂。有一

① 此处指《旧约·约拿记》中的情节，先知约拿被大鱼所吞，在鱼腹中待了三昼夜。

次，他们险些把她的眼睛挖出来，就像用修枝剪对蟾蜍所做的那样。没有什么比她的呓语更能令孩子们快活。实际上，在雨下到第三年的时候，她的头脑中一定发生了某种变化，因为她从那时起渐渐失去了对现实的意识，把当下错认为久远的往昔，有一次甚至为了她曾祖母佩德罗妮拉·伊瓜兰的去世接连痛哭三天，而那老人下葬都已经一个多世纪了。她沉浸在极其荒唐的混乱状态中，甚至以为小奥雷里亚诺是上校，是被领去见识冰块时的小儿子，还把正在神学院学习的何塞·阿尔卡蒂奥当作跟着吉卜赛人出走的长子。她一次次说起家人，于是孩子们便学会了为她安排想象中的造访，只是这些访客不仅早就不在人世，而且还是不同时代的人。她坐在床上，发间满是灰尘，脸上蒙着一块红手帕，在虚拟亲友的环绕中十分幸福。孩子们把客人描述得活灵活现，仿佛他们真的相识似的。乌尔苏拉与祖先谈论自己出生前的往事，为他们带来的消息高兴，并一道为那些比他们更晚离世的逝者难过。孩子们不久就发现，乌尔苏拉在与亡灵的交谈中总会问起有谁在战时寄存了一尊真人大小的圣约瑟石膏雕像，等待雨季过后来取。就这样，奥雷里亚诺第二想起了这笔只有乌尔苏拉知晓埋藏地点的财富，但他的一切探问和狡计都没能得逞，因为在她谵妄的迷宫里仿佛还留有一线清醒来保守这个只能向宝藏主人透露的秘密。她如此机智而缜密，当奥雷里亚诺第二找来一位酒肉朋友假冒财宝的主人时，面对她细细追究、步步设陷的盘问那人旋即败下阵来。

奥雷里亚诺第二认定乌尔苏拉会把秘密带进坟墓，便借口要在前后院子开挖排水渠，雇来一队人手进行挖掘，他自己则拿着铁镐和各式金属探测器在地上查探，可经过三个月的仔细勘察却没找到任何类似金子的东西。后来他又去找庇拉尔·特尔内拉，希望纸牌能比挖掘工看得更清楚。但她向他解释，除非由乌尔苏拉亲自切牌，否则任何努力都是徒劳。不过她证实了财宝的存在，并

算出了精确的数目，说共有七千二百一十四枚金币，装在三个用铜丝绳束口的帆布袋里，埋藏在以乌尔苏拉的床为中心、半径为一百二十二米的圆圈内。她同时又提醒，必须等到雨过天晴，连续三个六月的阳光将泥潭晒为尘土才能找到。这样虚无缥缈又不乏细节的预言让奥雷里亚诺第二觉得好似巫师的神话，因此他仍然坚持自己的努力，全然不顾当时已是八月，还要等上至少三年才能达到预言所说的条件。首先令他吃惊又困惑的是，经证实从乌尔苏拉的床到后院院墙的距离不多不少正是一百二十二米。费尔南达见他四下测量，不由担心他会变得像他的孪生兄弟一样疯狂，后来见他向挖掘工下令将排水渠再深挖一米时担心更甚。奥雷里亚诺第二完全沉浸在一种可与曾祖父当初寻找伟大发明之路时相媲美的探索激情中，耗尽了身上残存的脂肪，渐渐恢复了昔日与孪生兄弟的酷似，不光是瘦削的外表，还有那漠然孤僻的神态。他不再照管孩子，吃饭没个定时，常常不顾从头到脚一身泥污在厨房匆匆吃完，对桑塔索菲亚·德拉·彼达不时的问话勉强答上几句。费尔南达做梦都没想到他会如此卖力，见他这样投入地干活，就将他的冒进当作勤勉，贪婪当作忘我，固执当作坚毅，内心深深悔恨不该用那样恶毒的言语来攻讦他的懒散。然而，奥雷里亚诺第二此刻无暇理会出于怜悯的和好。他翻遍了前后院子的土地后，又一头钻进满是枯枝败叶残花腐蕾的齐颈深泥坑中，把花园的土地捣弄了一遍。他在家中东侧的地基上凿出深洞，结果一天夜里家人在大难临头的恐惧中惊醒，感觉房子在颤动，地下还传来可怕的吱吱声。三间屋子正摇摇欲坠，更有一道骇人的大裂缝从长廊直延伸到费尔南达的卧室。奥雷里亚诺第二并未因此放弃探索。尽管最后的希望都已破灭，唯一似乎还有意义的就是纸牌的预言，他也只是加固松动的地基，用灰浆抹平裂缝，又继续到西边挖掘。直到次年六月的第二个星期，雨水开始减弱，云层渐渐消散，看上去随时会雨霁天晴。果然如此。一个星期五的下午两点，一轮懵懂的猩红色太阳照亮世界，那阳光如砖尘般粗粝，又几乎如水般清凉。此后十年滴水未降。

马孔多满目疮痍。街巷间的泥潭中残留着破烂家具，被红色百合覆盖的动物骨架，都是外来人潮留下的最后遗物，他们一拥而至又一哄而散。香蕉热潮期间匆忙盖起的房子都已废弃。香蕉公司撤走了一切设施。当初电网包围的城市只剩下一地瓦砾。那些木屋，那些午后常有轻松牌戏的清凉露台，都被飓风刮走，仿佛是多年后马孔多必将从世间被抹去的预演。这场狂野风暴过后留下的人迹，只有帕特里夏·布朗的一只手套，落在已被九重葛淹没的汽车里。何塞·阿尔卡蒂奥·布恩迪亚当年创业时探索过的着魔之地，后来变成繁盛的香蕉种植区，此时却沦为腐烂根系的沼泽，多年以后从这里仍能遥遥望见远方大海无声的泡沫。雨后的第一个星期天，奥雷里亚诺第二穿上干衣服出门，故园面目全非的景象令他心痛不已。那些灾难幸存者，那些早在香蕉公司的风暴席卷之前就生活在马孔多的老住户，都坐在街头享受雨后初晴的阳光。他们皮肤上仍残存着绿色的水藻，身上雨水留下的墙角霉味犹未散去，但在内心深处正为收复了自己出生于此的市镇而欣慰不已。土耳其人大街又恢复了昔日景象，就像当年阿拉伯人到来时一样。那些穿尖头靴戴耳环的阿拉伯人走遍世界用小玩意儿交换金刚鹦鹉，最终在马孔多找到安身之处，结束了千年流浪生涯。市集上的商品破败不堪，店门口的货物苔藓满布，柜台被白蚁蛀坏，墙壁受潮气侵蚀，然而第三代阿拉伯人仍坐在同样的地方，带着和祖辈父辈同样的神态。他们沉默寡言，镇静自若，不受时光与灾难的影响，就像失眠症肆虐之后以及奥雷里亚诺·布恩迪亚上校的三十二场战争之后那样生死莫测。面对破烂不堪的赌桌、油炸食品摊子、打靶屋、已成一片废墟的算命解梦的小巷，他们表现出的镇定着实令人惊诧。奥雷里亚诺第二不禁以一贯的随便态度，问他们凭借了怎样的神奇方法从暴风雨中幸存，怎么会见鬼似的没被淹死，而家家户户都报以狡狯的微笑和梦幻般的眼神，人人都不谋而合地给出同样的答案：

“游泳。”

佩特拉·科特斯或许是本地唯一拥有阿拉伯人那般心气的人。她眼见暴雨卷走牛棚与马厩最后的残迹，仍努力撑起门户。最近一年，她托人给奥雷里亚诺第二带去紧迫的消息，而他回答说还不知道自己何时能回她家去，但无论如何都会为她带去一箱金币铺满卧室的地面。于是她遍寻自己的内心，寻找能够助她战胜不幸的力量，找到的却是经过深思熟虑、有理有据的怒气。她怀着这怒气，发誓要重新挣出被情人挥霍、被暴雨吞噬的财富。她的决心不可动摇，当奥雷里亚诺第二最后一次接到口信八个月后回到她家时，就看见她脸色青绿，蓬头散发，眼窝深陷，皮肤遍布疥疮，却仍忙着在小纸片上写数字，准备经营彩票生意。奥雷里亚诺第二愣在原地，那瘦削严肃的样子让佩特拉·科特斯难以相信回来找她的是陪伴一生的情人，而不是他的孪生兄弟。

“你疯了，”他说，“除非你想用骨头当奖品。”

这时，她让他去卧室看一眼，他便看到了那头母骡。它和主人一样瘦得皮包骨，但也和她一样精神抖擞，神情坚定。佩特拉·科特斯用自己的怒气培育它，没有草料、没有玉米也没有树根时便把它安置在卧室，喂它棉布床单、波斯地毯、长毛绒床罩、天鹅绒窗帘，以及主教式大床上用金线刺绣、带真丝流苏的华盖。

乌尔苏拉颇费了一番工夫，才兑现雨停就死去的诺言。雨天里她难得神智清明，八月后却频显清醒，那时开始刮起干燥的热风，令玫瑰萎谢泥沼枯涸，在马孔多遍撒滚烫的尘沙，将生锈的锌皮屋顶和百年的巴旦杏树永远覆盖。乌尔苏拉发现自己整整三年都被当作孩子们的玩具，不禁难过地哭了一场。她洗去脸上的涂鸦，拿掉挂满一身的花布条、蜥蜴和蟾蜍干尸、念珠和阿拉伯人的古旧项链，自阿玛兰妲死后第一次不用人搀扶离开了床榻，重新投入家庭生活。她那不可战胜的心气成为她在黑暗中的引导。每当有人注意到她磕磕绊绊，不小心撞到她那天使长般高举过头的手臂，都会认为她身体状况堪忧，却未曾料到她其实已经失明。她无需双眼就发现，早在第一次扩建家宅时精心培育的花圃都已毁于大雨和奥雷里亚诺第二的大肆挖掘。她还发现，从墙壁到地基处处开裂，家具退色散架，房门脱轴，家中弥漫着一种在她那个时代无法想象的听天由命的悲戚氛围。她摸索着走过一间间空荡荡的卧室，听到白蚁蛀蚀木头低鸣不止、蠹虫在衣柜中沙沙大嚼，听到暴雨期间大肆繁殖的红色巨蚁挖掘地基时的毁灭之声。一天，她打开装圣像的箱子，里面跳出的蟑螂当即爬上身来，她不得不向桑塔索菲亚·德拉·彼达求助才得以脱身。箱里的衣服早已被咬噬成灰。“这日子没法过，”她说，“照这样下去我们非让虫子吃了不可。”她没有一刻的空闲。她天不亮就起床，谁有空就找谁帮忙，哪怕是孩子也一样。她把不多几件还能穿的衣服拿出来晒太阳，喷洒杀虫剂驱赶蟑螂，刮去门窗上的白蚁蚁路，撒下生石灰将蚂蚁毒死在巢窝里。最终，她受重振家业的热情驱使，来到那些被遗忘的房间门前。她清理了何塞·阿尔卡蒂奥·布恩迪亚绞尽脑汁研制点金石的屋子，除去了瓦砾和蛛网，又把被士兵翻得一片狼藉的金银器作坊收拾整齐，最后要来梅尔基亚德斯房间的钥匙，打算看看里面的样子。何塞·阿尔卡蒂奥第二曾说过除非他确实已不在人世，否则谢绝一切打扰，桑塔索菲亚·德拉·彼达为尊重他的意愿想出无数托辞来搪塞乌尔苏拉。但她的决心不容动摇，绝不肯将任何隐蔽的角落留给虫子，为此她消除了一切障碍，经过三天不懈的坚持终于让人打开房门。她不得不扶住门枢才没被臭气熏倒，但只用了两秒钟便想起这里存放着女学生们用过的七十二个便盆，还想起雨天伊始的一天夜里一队士兵为捉拿何塞·阿尔卡蒂奥第二曾来家中搜查，却没能找到他。

“上帝啊！”她喊了出来，仿佛一切都逃不过她的眼睛，“费了那么大力气培养你的好习惯，结果你倒活得像猪一样。”

何塞·阿尔卡蒂奥第二仍在研读羊皮卷，在他那蓬乱成团的须发间只能隐约辨出长着绿色苔藓的牙齿和木然的双眼。听出是曾祖母的声音，他转头往门口望去，努力挤出笑容，却在无意中重复了乌尔苏拉当年的一句话。

“您还能指望什么？”他喃喃道，“时间过得很快。”

“话是没错，”乌尔苏拉说，“可也没那么快。”

话一出口，她便意识到正在重复奥雷里亚诺·布恩迪亚上校在死囚房里对自己说的话，再次在战惊中证实了时间并没有像她刚承认的那样过去，而是在原地转圈。但即使到了此时她也没向命运妥协。她像训斥孩子似的把何塞·阿尔卡蒂奥第二教训了一顿，坚持要他洗澡剃须，并来帮助自己重振家园。一听说要离开让自己得到安宁的房间，何塞·阿尔卡蒂奥第二顿时惊恐不已。他喊道，没有人能让他迈出半步，因为他不愿看到两百节车厢的火车满载死人，每天傍晚从马孔多出发驶向大海。“车站里所有的人都在上面，”他嚷道，“三千四百零八人。”乌尔苏拉这时才明白他生活在一个比自己眼前更幽深的黑暗世界，和他曾祖父的世界一样牢不可破、孤寂无伴。她同意他留在房间里，但征得他的许可不再让房门上锁，并且每天打扫，还丢掉所有便盆只留下一个，让何塞·阿尔卡蒂奥第二像当初在栗树下囚禁多年的曾祖父一样保持清洁体面。开始时，费尔南达把她的忙碌只当作老来发狂，勉强压下怒火。就在那时，她收到何塞·阿尔卡蒂奥寄自罗马的来信，说他想在誓发永愿之前回一趟马孔多。这个好消息令她兴奋不已，她一天之内浇四次花，一心想让儿子对家里有个好印象。出于同样的原因，她更频繁地与隐身的医生通信，在长廊里重新摆放一盆盆欧洲蕨、牛至和秋海棠，而乌尔苏拉要到很久以后才知道之前的那些已经毁于奥雷里亚诺第二的怒火。不久，她又卖掉银餐具，买来陶瓷盘碟、白镴汤盆汤勺和镍银刀叉，使得那一向摆放西印度公司瓷器和波希米亚玻璃器皿的碗橱从此寒碜了许多。乌尔苏拉仍未满意。“把门窗都打开，”她叫道，“要做鱼做肉，要买最大个儿的乌龟，要让外乡人在角落里铺满席子，往玫瑰花里撒尿，上桌想吃多少回就吃多少回，让他们随便打嗝胡扯穿靴子乱踩一气，爱怎样就怎样，只有这么着才能赶走衰气。”但这理想难以实现。她已经太老，活得太久，无力重现糖果小动物时代的奇迹，而且她的后代中没有一个继承了她的坚毅与活力。家里按费尔南达的吩咐依然大门紧闭。

奥雷里亚诺第二又把衣箱搬回了佩特拉·科特斯家，他此时只能勉强维持不致让家人饿死。用卖骡子彩票挣的钱，佩特拉·科特斯和他又买了别的牲畜，由此起家经营起彩票生意。奥雷里亚诺第二走街串户兜售彩票，那些彩票都是他自己用彩笔所画，以求更吸引人也更有说服力，但他或许没有觉察到有些人购买是出于感激，大多数人是出于怜悯。不过，即使是最富于同情心的购买者，也不会放弃花二十生太伏得一头猪或三十二生太伏得一头小牛的机会，每到星期二晚上都满怀希望，挤满佩特拉·科特斯家的院子，等待那个随机选出的孩子从袋子里抽出中奖号码。不久这里就变为每星期一次的集市，一到星期二傍晚院中便支起油炸食品摊子和饮料台，很多中奖者只要有人奏乐和上酒就当场杀掉牲畜，而奥雷里亚诺第二也不曾想到自己又拉起手风琴，加入因陋就简的饕餮比赛。这些宴席仿佛昔日盛况的寒酸翻版，也令奥雷里亚诺第二发现自己当年的活力荡然无存，昔日的昆比安巴舞高手雄风不再。他已然变了一个人。当年遭遇“母象”挑战时高达一百二十公斤的体重如今已减至七十八公斤，当年快活圆鼓的乌龟脸变成鬣蜥脸，总是带着无聊和疲惫。然而对佩特拉·科特斯来说，他从来没有现在这样好，她或许是将他在自己心中激起的同情，以及贫困引发的患难与共当作了爱情。光秃秃的大床不再是纵情欢愉的地方，而变成私密的避难所。天花板上的照影镜已被卖掉换来做奖品的牲畜，引人绮念的锦缎和天鹅绒也已被骡子啃光，他们好像一对欲望全无的老夫老妻，直到夜深仍不能成眠，便将以前白白浪费的时间用在算账和摆弄零钱上。有时他们一直忙到听见第一声鸡叫，把一堆堆零钱搬来弄去，这里减一点儿那里加一点儿：这些用来哄费尔南达开心，那些用来给阿玛兰妲·乌尔苏拉买鞋，还有这些给桑塔索菲亚·德拉·彼达，她自从混乱时期起就再没穿过新衣服，这些用来给乌尔苏拉预备寿材，那些用来购买隔三个月每磅就涨上一生太伏的咖啡，这些用来买越来越没甜味的白糖，这些用来买暴雨过后还没干透的木柴，那些用来买画彩票用的纸和彩墨，剩下的补上四月份那头小牛造成的亏损，它在彩票卖光的时候突然患上红斑症，最后只侥幸落下一张牛皮。在这些无私的贫寒弥撒中，他们总把最多的一部分留给费尔南达，倒不是出于愧疚或善心，而是因为比起自己来他们更在乎她能否过得舒适。尽管两人都没察觉，他们其实都把费尔南达当成了求之不得的女儿，甚至有一次甘心情愿连喝三天玉米糊，只为了能让她买下一块荷兰桌布。然而，他们拼命劳作，努力省钱，想出无数花样，守护天使却依然在疲倦中沉睡，任他们怎样把硬币挪来移去也仅仅勉强糊口而已。因入不敷出而彻夜难眠时，他们不禁自问这世界是怎么了，为什么牲畜不再像当年那样疯狂繁殖，为什么钱从手中溜走，为什么不久前人们还肯为昆比安巴舞花上大沓钞票，现今却认为能得六只母鸡的彩票定价十二生太伏就是抢劫。奥雷里亚诺第二嘴上没有说，心里却相信不是世界的问题，而是佩特拉·科特斯神秘心灵的某个隐秘角落在暴雨期间出了毛病，使牲畜不再多产，令钱财滑不留手。他带着这个谜团，深入她的心灵反复探究，想要找寻利益却找到了爱情，他本想让她爱自己结果自己却爱上了她。而佩特拉·科特斯见他越发亲热也就越发爱他，于是在暮年将至时又重拾青春时代的迷信，相信贫穷是爱情的奴仆。想起往昔，两人都把荒唐的欢宴、离奇的财富和毫无节制的私情当作妨碍，一同感慨浪掷了多少时光才找到共享孤独的天堂。两人在无儿无女的多年相伴之后疯狂相爱，奇迹般从桌上到床上都如胶似漆无比幸福，直到年老体衰时仍像小兔一样嬉戏，像狗一般打闹。

彩票生意一直没能兴旺起来。开始时，奥雷里亚诺第二每星期都抽出三天关在过去的牧场办公室里，一张一张绘制彩票，根据每次抽奖的牲畜，颇具神采地画上一头红色小奶牛、一只绿色小猪或是一群蓝色小母鸡，还娴熟地模仿印刷体题上“天赐彩票”几个字。佩特拉·科特斯觉得这名字起得很好。但时间一长，他每星期要画两千张彩票而深感疲倦，便请人把牲畜图案、彩票名字和号码刻在橡皮章上，这样只需在不同颜色的印泥里蘸色盖章即可。最后几年，他曾想到用谜语代替数字，让所有猜中者平分奖品，但这一规则太过复杂且令人生疑，他就没有再继续尝试。

奥雷里亚诺第二忙于经营彩票生意，几乎没有时间去看望孩子。费尔南达把阿玛兰妲·乌尔苏拉送到一所只收六名学生的私立学校，但连公立学校也不许奥雷里亚诺上。在她看来，任由他走出房间已经是莫大的让步。另外，当时的学校只接收天主教婚姻中诞生的合法子女，而奥雷里亚诺被送来时，外罩衣上用别针系着的出生证书注明他是弃婴。因此他被关起来，全靠桑塔索菲亚·德拉·彼达的好心看护和乌尔苏拉间或清醒时的照管，通过老祖母们的解说逐渐认识了家中的狭小世界。他面容清秀，身材修长，好奇心之强常常将大人们惹恼，他那闪烁的眼神却与上校在他这个年龄时刨根问底、有时洞察一切的目光不同，显得有些漫不经心。阿玛兰妲·乌尔苏拉上幼儿园的时候，他就在花园里寻捉蚯蚓折磨虫子。有一次，他把蝎子装进盒子准备放到乌尔苏拉的床席上，被费尔南达当场抓到，关进以前梅梅的卧室，他便在那里翻看百科全书里的插图打发孤寂的时光。一天下午，乌尔苏拉拿着荨麻枝在家中四处洒过夜的凉水。她明明已经见过多次，这时仍问他是谁。

"我是奥雷里亚诺·布恩迪亚。"他说。

"没错，"她回答，"现在你该去学金银匠手艺了。"

她又把他当成了自己的儿子。暴雨过后的热风曾吹得乌尔苏拉头脑间或清醒，但那情形已一去不返。她再没恢复过理智。当她走进卧室，会遇见佩德罗妮拉·伊瓜兰，她穿着碍事的撑裙和缀有小玻璃珠的收腰外套，一身出门赴约的打扮；遇见她的外祖母特兰奇丽娜·玛利亚·米尼亚达·阿洛科克·布恩迪亚，她瘫痪在摇椅上，晃着一根孔雀翎毛扇风，还有她的曾外祖父奥雷里亚诺·阿尔卡蒂奥·布恩迪亚，他身穿仿制的总督卫兵制服，还有她的父亲奥雷里亚诺·伊瓜兰，他曾发明咒语，能让奶牛身上的虫子干瘪自行脱落，还有她胆小怯懦的母亲，长猪尾巴的表兄，何塞·阿尔卡蒂奥·布恩迪亚和他们死去的子女。所有人都坐在靠墙的椅子上，不像是来造访，倒像是在守灵。她眉飞色舞地谈天说地，所讲述的事件时间不同地点各异，每当阿玛兰妲·乌尔苏拉从学校回来或奥雷里亚诺翻厌了百科全书，总会看到她坐在床上喃喃自语，迷失在亡灵的迷宫里。“着火了！”有一次她突然惊恐地大喊，当即在家中造成恐慌，实际上她是在说自己四岁时马厩发生的火灾。她将过去与现在完全混淆，即使在她死前的两三次清醒时刻，家人也无法判断她说的是当下的感受还是过去的回忆。她日渐一日越发瘦小，变成胎儿，变成木乃伊，到最后几个月仿佛裹着睡衣的李子干，那永远高举的手臂活像蜘蛛猴的爪子。她一连几天一动不动，桑塔索菲亚·德拉·彼达不得不时常摇晃她的身体看她是否还活着，让她坐在自己腿上用小勺喂她糖水。她就像一个刚出生的老妪。阿玛兰妲·乌尔苏拉和奥雷里亚诺在卧室里把她挪来移去，让她躺在祭坛上，看看是不是比圣婴大一点儿，一天下午还把她藏进谷仓的柜子险些被老鼠吃掉。棕榈主日费尔南达去望弥撒的时候，他们来到卧室，一个抓脖子一个抄脚踝把乌尔苏拉抬了起来。

“可怜的老老祖母，”阿玛兰妲·乌尔苏拉说，“她老死了。”

乌尔苏拉大吃一惊。

“我还活着！”她说。

“你看，”阿玛兰妲·乌尔苏拉说着，强忍住笑，“都不喘气了。”

“我在说话呢！”乌尔苏拉叫道。

“连话也说不出，”奥雷里亚诺说，“像只小蟋蟀似的死了。”

于是乌尔苏拉在事实面前屈服了。“上帝啊，”她低声叫道，“原来死就是这个样子。”她开始一场漫长、急迫、深切的祈祷，足足持续了两天多，到星期二的时候那祷词已经沦为诚心祈求与实用忠告的混合：不要让红蚂蚁毁掉房子，不要让蕾梅黛丝照片前的长明灯熄灭，不要让布恩迪亚家的人近亲结婚，生下长猪尾巴的孩子。奥雷里亚诺第二试图利用她呓语的当儿求她说出藏金币的地方，但恳求再一次落空。“等主人出现的时候，”乌尔苏拉说，“上帝必然会带领他找到。”桑塔索菲亚·德拉·彼达猜到她随时会离开人世，因为这些天来已经观察到自然事物的异常：玫瑰发出土荆芥的气味；一个加拉巴木果壳杯失手掉落，鹰嘴豆和谷粒洒落在地排列出完美的几何图形，组成海星形状；一天晚上她还看见夜空中有一排发光的橙色圆盘飞过。

她死在圣星期四一早。人们最后一次帮她数算年龄是在香蕉公司时期，当时得出的结果在一百一十五到一百二十二岁之间。她被放进一口比当年装奥雷里亚诺的篮子略大的小棺材，只有很少的人出席葬礼，一方面是因为记得她的人已经不多，另一方面因为那天中午极其炎热，连飞鸟都昏头昏脑像霰弹一般纷纷撞向墙壁，撞破铁窗纱死在卧室里。

最初人们以为是瘟疫。家庭主妇们为清扫死鸟累得精疲力竭，特别是在午休时段，男人们则用小车推着倒进河里。复活主日，年过百岁的安东尼奥·伊莎贝尔神父在布道坛上断定是“流浪的犹太人”作祟造成飞鸟的死亡，说那个怪物他前一晚亲眼见到了。他将其描述成公山羊和女巫杂交的产物，口中呼气能化作焚空热浪，所到之处新娘会暗结怪胎。他启示录般的预言没能引起人们的注意，因为市镇上的人都确信这位教区神父已经老迈昏聩。但星期三一早一个女人将所有人叫醒，她发现了一行偶蹄双足动物的脚印。面对这确凿无疑的证据，所有目击者都不再怀疑存在着与神父所说相似的可怕生物，齐心协力在各家院中设下陷阱。于是它就这样遭擒。乌尔苏拉去世两个星期后，佩特拉·科特斯和奥雷里亚诺第二被邻家传来的一阵格外刺耳的小牛哀鸣惊醒。等他们起床，已经有一群人在把那怪兽从枯叶覆盖的深洞里的尖木桩上拔下来，它已然停止哀鸣。尽管身形不过未成年人大小，它却有一头牛那么重，伤口流淌着碧绿滑腻的血液。它一身粗硬的毛发上遍生小扁虱，皮肤上覆盖着鲫鱼般的硬壳，但与神父的描述不同，它人形的部分更像是娇弱的天使，双手光润灵巧，眼睛大而朦胧，肩胛上强壮的翅膀只剩下已经结痂的残根，应当是被樵夫的斧子所砍伤。它被捆住脚踝倒吊在广场的巴旦杏树上，让所有人都能看见。它开始腐烂的时候，人们无法确定应该把它当作动物丢进河里还是当作人类下葬，便点起一堆火焚化了。永远无从得知它是否就是导致飞鸟暴死的元凶，新娘们倒是不曾生出预言中的怪胎，但炎热的天气也未得到缓解。

丽贝卡死于那年年底。毕生服侍她的女仆阿尔赫尼妲请求当局强行打开卧室的房门，她的主人已经在里面关了三天。人们看到她躺在孤寂的床榻上，像虾米般缩成一团，头发因生癣而落尽，大拇指含在嘴里。奥雷里亚诺第二负责料理了丧事，并打算把房子修葺好卖掉。然而那房子已破败得无可挽救，墙皮刚抹好即纷纷脱落，刷上再厚的灰浆也无济于事，只能眼看着杂草穿透地面、蔓藤侵蚀椽柱。

暴雨过后的情形便是如此。人们一派懈怠，遗忘却日益贪婪，无情地吞噬一点一滴的记忆。就在尼兰迪亚协定签订的又一个周年纪念日，共和国总统特使赶来颁发曾被奥雷里亚诺·布恩迪亚上校多次拒绝的勋章，他们足足花了一个下午四处打听，发现竟无人知晓在哪里能找到上校的后人。奥雷里亚诺第二想到那是一枚纯金奖章，一度禁不住诱惑，但最终被佩特拉·科特斯说服，为了尊严而拒领，尽管那时使者们已然张贴公告并准备好仪式上的讲演。吉卜赛人也在那个时期再次到来，这最后一批继承梅尔基亚德斯学问的人发现市镇满目颓唐、居民与世隔绝，于是又一次拖着磁铁走街串户，仿佛那真是巴比伦智者的最新发明，并又一次用巨型放大镜聚焦阳光。一见水壶坠地炒锅翻滚就目瞪口呆的不乏其人，愿意破费五十生太伏观看吉卜赛女人装卸假牙并为之惊叹的也大有人在。当年满载旅客的火车曾拖来布朗先生配备玻璃车顶和天鹅绒安乐椅的车厢，还有一百二十节车厢的香蕉运送车一过便是一下午，到如今只剩下一列破旧不堪的黄色火车，而且因为无人搭乘几乎不在荒废的站台停留。教廷派代表团赶来核查关于飞鸟暴亡和“流浪的犹太人”被杀的报告，他们发现安东尼奥·伊莎贝尔神父在和孩子们玩捉迷藏，认定他的报告乃是老年癫狂的产物，随即将他送进养老院。不久，又派来奥古斯都·安赫尔神父，一个干劲十足的当代卫道士，为人苛刻又大胆莽撞，每天多次亲自敲钟催人警醒，挨家挨户叫起贪睡的人去望弥撒。但不出一年，他便被空气里弥漫的惰性所感染，被能令一切衰朽、停滞的炙烈尘埃所降服，被午饭中的肉丸在酷热难熬的午休时刻搅得昏昏欲睡，最终彻底妥协。

乌尔苏拉一死，家里重又陷入荒废状态，连果断坚定、雷厉风行的阿玛兰妲·乌尔苏拉也没法扭转，多年以后她将出落成一位开明、欢快又新潮的女性，在世上稳稳占据一席之地。那时她打开门窗驱散颓气，修整花园，杀灭大白天就在长廊猖獗活动的红蚂蚁，努力恢复遗忘已久的好客氛围，可一切仍归于徒劳。费尔南达闭门幽居的执着成为一道坚不可摧的堤坝，遏阻住乌尔苏拉积蕴百年的洪流。她不仅拒绝在热风经过时开门，还命人用十字木条钉死窗户，严格遵循娘家教导过着活死人的生活。她与隐身医生频繁的通信以失败告终。经过无数次拖延后，她在约定的日期和时间把自己关进卧室，头向北躺着，周身上下只裹了条白床单。到凌晨一点，她感到有人用浸过冰凉液体的手帕盖上自己的脸。等她醒来，阳光在窗前闪耀，她身上多了一道可怕的弧形伤口，从腹股沟一直延伸到胸前。但还没等静养期结束，她便收到隐身的医生表达迷惑的来信，信中称经过六个小时的检查，他们没有发现任何与她反复详尽描述的症状相符的疾病。实际上，这是她不按本来名称称呼事物的恶习造成的又一次混乱，通过心灵感应实施手术的外科医生们只查出她子宫下垂，建议用子宫托加以矫正。失落的费尔南达还希望得到更清晰的说明，但从未谋面的医生们不再回信。那个陌生的词语成了她心头的重负，她最终决定按下羞赧去询问究竟什么是子宫托，到这时才得知那位法国医生已在三个月前悬梁自尽，奥雷里亚诺·布恩迪亚上校的一位旧日同袍不顾全市镇人的反对将他下了葬。于是她寄希望于自己的儿子，何塞·阿尔卡蒂奥也从罗马给她寄来了几个子宫托。她把附带的说明书背熟后立即丢进厕所，以免让人知晓自己隐痛的根源。这一防范未免多余，因为家中仅剩的几个活人对她根本未加在意。桑塔索菲亚·德拉·彼达浑浑噩噩地度过孤独的晚年时光，每日给家人准备所需的少许食物，几乎把全部精力都用来照料何塞·阿尔卡蒂奥第二。阿玛兰妲·乌尔苏拉继承了几分美人儿蕾梅黛丝的魅力，她把以前折磨乌尔苏拉的时间都用于做家庭作业，并开始在学业上显出聪颖和专注，令奥雷里亚诺第二重新燃起当年寄托在梅梅身上的希望。他答应按照香蕉公司时期形成的惯例，送女儿到布鲁塞尔完成学业，并在这一期望的激励下试图令毁于暴雨的土地重获生机。那时节在家中很少看到他的身影，他出现也只是为了看望阿玛兰妲·乌尔苏拉，时间已经把他变成费尔南达眼中的陌生人。小奥雷里亚诺渐渐步入青春期，沉浸在自己的世界里，变得难以捉摸。奥雷里亚诺第二曾寄希望于费尔南达人到老年会心肠变软，允许孩子踏入市镇上的生活，而那时不会再有人费心猜测他的出身。但奥雷里亚诺似乎甘守被囚的孤独，从未动念要去见识大门外的世界。

乌尔苏拉命人打开梅尔基亚德斯房间的时候，他常去门前走动，往半掩的房门内张望。没人知道从何时起他和何塞·阿尔卡蒂奥第二成了朋友。奥雷里亚诺第二直到很久以后听男孩说起车站的屠杀，才发觉这段友情。那天有人在餐桌上感叹香蕉公司的撤离造成了市镇的败落，奥雷里亚诺当下予以反驳，言语间带着不属于他这个年龄的成熟。他的观点与常见的解释不同，他认为马孔多本是一个欣欣向荣、前程远大的地方，却被香蕉公司所扰乱、败坏、压榨，而且他们的工程师还引来暴雨，借此逃避履行对工人的承诺。他说得头头是道，在费尔南达眼中不啻对少年耶稣辩倒文士的渎神戏仿。他还以令人信服的精确细节描述了军队如何向被包围在车站的三千多工人开枪射击，如何将尸体装上两百节车厢的火车抛进大海。像大多数人一样，费尔南达接受的是官方说法，相信在车站没有发生任何事，因此一见孩子承袭了奥雷里亚诺·布恩迪亚上校的无政府主义思想便大为惊骇，立即命令他闭嘴。奥雷里亚诺第二却听出了那是自己孪生兄弟的说法。事实上，何塞·阿尔卡蒂奥第二尽管被当作疯子，却是家里最清醒的人。他教小奥雷里亚诺读写，领他入门研究羊皮卷，就香蕉公司对马孔多的影响灌输给他与众不同的看法，而多年以后奥雷里亚诺接触到外面的世界时，将会意识到那种说法显得荒谬不经，因为与历史学家在教科书中奉为圭臬的观点大相径庭。偏居一隅的小屋，无论热风、灰尘还是酷暑都无法侵及，两人身处其中，眼前都浮现出祖辈遗传的一幕记忆：远在他们出生以前，一位头戴鸦翼状礼帽的老人背对着窗户侃侃而谈。两人同时发觉屋内永远是三月，永远是星期一，于是明白了何塞·阿尔卡蒂奥·布恩迪亚并不像家人说的那样昏聩，实际上只有他足够清醒能洞察真相：原来时间也会失误和出现意外，并因此迸裂，在某个房间里留下永恒的断片。何塞·阿尔卡蒂奥第二把羊皮卷上费解的字母一一归类。这些字母单独看起来好像蛛爬虱走，以梅尔基亚德斯细密的字迹呈现出来则像挂在铁丝上的衣物，但他确信它们属于一个字母总数在四十七到五十三之间的字母表。奥雷里亚诺想起在英语百科全书上见过类似的图表，便拿到房间里与何塞·阿尔卡蒂奥第二的成果对照。结果完全相同。

想要发行谜语彩票的那段时期，奥雷里亚诺第二每天醒来都觉得喉咙里打了个结，就像想哭又强忍住的哽咽感。佩特拉·科特斯认为这是艰辛生活引发的又一麻烦，连续一年多每天用小刷子蘸了蜂蜜为他擦拭上颚，给他喝萝卜糖浆。喉咙里的硬结大到妨碍呼吸的地步了，奥雷里亚诺第二去找庇拉尔·特尔内拉，看她有没有什么缓解病痛的草药。这位年逾百岁、老而弥坚的妇人经营着一家地下妓院，她并不相信那些迷信的偏方，而是乞灵于纸牌的引导。她看到金元骑士的咽喉被宝剑仆侍的利刃所伤，由此推断出费尔南达在试图用大头针扎刺丈夫照片的拙劣手法引他回家，但由于巫术不精使他体内长了肿瘤。奥雷里亚诺第二除了结婚照再无其他照片，而那些都收在家庭相册里，他便趁妻子不备在家中四处寻找，结果在衣柜深处发现了半打未拆封的子宫托。他认为这些红色小橡胶圈必定是巫术用具，就揣了一个在兜里拿给庇拉尔·特尔内拉看。她判断不出它具体是什么，但感觉十分可疑，便让他把半打全部拿来，在院中付之一炬。为了对抗预想中费尔南达的巫术，她指点奥雷里亚诺第二将一只抱窝的母鸡浸湿后活埋在栗树下，他满怀信心地依计而行，用枯叶掩上新土的一瞬间便感觉呼吸顺畅了许多。而费尔南达那边，则把失窃当作隐身医生们的报复，她在内衣里面加缝了一个衣袋，将儿子新寄来的子宫托藏在其中。

埋下母鸡六个月后，奥雷里亚诺第二半夜在咳嗽中醒来，感觉像有一对蟹螯正扼住自己的咽喉。这时他明白无论销毁多少魔法子宫托，浸湿多少驱邪的母鸡，都没法改变一个简单而悲哀的事实：他快要死了。他没有告诉任何人。

他满心担忧死前不能送阿玛兰妲·乌尔苏拉去布鲁塞尔，于是比以往任何时候更卖力地干活，把彩票销售从每星期一次增加到三次。每天一早就能看见他在市镇上奔走，连最偏僻最穷苦的街区也不放过，那种迫不及待的势头只能在垂死之人身上看到。“天赐彩票到了，”他吆喝着，“大好机会别错过，一百年就这一次。”他竭力装出快活、亲切又健谈的样子，但只要看看他的冷汗和苍白脸色就知道他是在勉强支撑。有时他躲到无人看见的荒地上，坐下来忍着体内魔爪带来的撕心裂肺的剧痛喘息片刻。直到半夜他还在花街柳巷游走，向那些伴着唱机抽泣的孤独女郎努力兜售好运。“这个号已经四个月没出啦，”他边说边展示手中的彩票，“别错过机会，人生比你想象的要短。”后来人们对他失去了敬意，开始取笑他，最后几个月都不再像以前那样称他堂奥雷里亚诺，而是当面叫他堂“天赐”先生。他喉间杂音日增，说话渐渐走调，最后喑哑嘶叫如狗，但仍努力使人们对佩特拉·科特斯院中的开彩保持兴趣。然而彻底失声时，他意识到自己即将被剧痛压垮，同时也明白靠猪羊彩票无法将女儿送去布鲁塞尔，因此突发奇想，要拿被暴雨毁坏的土地来举行一场豪华抽彩，那些土地只要有资金投入就能重新派上用场。这一想法手笔之大，甚至惊动了市长亲自颁发公告。人们合伙购买面额一百比索的彩票，一个星期之内就抢购一空。开彩当晚，中彩者举办了一场盛大的欢庆会，堪与香蕉公司黄金时代的聚会相媲美。奥雷里亚诺第二最后一次拉起手风琴，演奏好汉弗朗西斯科已被人遗忘的歌曲，只是他再也无法伴唱。

两个月后，阿玛兰妲·乌尔苏拉去了布鲁塞尔。奥雷里亚诺第二把这次卖豪华彩票所得的钱，加上此前几个月攒下的积蓄，以及出售自动钢琴、古钢琴和其他破烂家什的微薄收入都给了她。根据他的计算，这些钱足够支付她的学业开支，只剩下回家的旅费没有着落。费尔南达考虑到布鲁塞尔毗邻堕落的巴黎，一直反对女儿远行，后来安赫尔神父写了推荐信给一家修女开办的天主教膳宿公寓，她才放下心来，阿玛兰妲·乌尔苏拉也保证会在那里待到学业结束。另外，神父还安排她和一群去托莱多的方济各会修女同行，到了那里她们会托可靠的人送她去比利时。在通过书信往来加紧联络以上接送事宜的同时，奥雷里亚诺第二在佩特拉·科特斯的帮助下忙着准备阿玛兰妲·乌尔苏拉的行李。他们在费尔南达的一个陪嫁衣箱里把衣物摆放整齐，这个女学生当晚就已一一记住，哪些是穿越大西洋期间要穿的衣服和灯芯绒便鞋，哪些是下船登岸时要换上的铜扣蓝呢外套和山羊皮鞋子。她还记住了上船后要怎样走才不至于落水，任何时候都不要与修女们分开，除非吃饭不要走出舱室，旅程中遇见陌生人无论男女提问题都不要回答。她带上一小瓶防晕船的滴剂和一个本子，本子里有安赫尔神父亲手写下的六句抵御风暴的祷词。费尔南达为她缝制了一条藏钱的帆布腰带，教她怎样贴身使用，睡觉时也不必摘下。她还把金溺盆用碱水洗净又拿酒精消毒，想让女儿带上，但阿玛兰妲·乌尔苏拉害怕同学取笑没有接受。几个月后，奥雷里亚诺第二在临终时将会想起最后一次见到她的样子，那时在二等车厢里的她为了听清费尔南达最后的叮咛，想把满是灰尘的车窗摇下却没能做到。她穿着粉色的丝裙，左肩搭扣上别着一束小小的假三色堇，脚上是平跟系绊山羊皮鞋，配吊带丝光长袜。她个子娇小，长发披肩，双眼灵动一如乌尔苏拉当年，告别时不哭也不笑，流露出同样的坚毅性情。奥雷里亚诺第二追着渐渐加速的火车，同时挽着费尔南达免得她摔倒，女儿用指尖送来飞吻时他几乎来不及挥手回应。夫妻俩在烈日下一动不动，看着火车变作地平线上的黑点，这是自从婚礼那天后两人第一次挽臂并肩 。

八月九日，在寄自布鲁塞尔的第一封信到达之前，何塞·阿尔卡蒂奥第二与奥雷里亚诺在梅尔基亚德斯的房间里交谈，突然说道：

“你要永远记住那是三千多人，都被扔进了海里。”

说完他一头扑在羊皮卷上，死的时候还睁着眼睛。同一时刻，在费尔南达的床上，他的孪生兄弟也不用再忍受铁蟹噬咬喉咙的漫长又可怕的煎熬。一星期前他回到家里，彻底失声，呼吸困难，只剩一把骨头，还带着他的流动衣箱和浪荡子的手风琴，只为履行死在妻子身边的承诺。佩特拉·科特斯帮他收拾好衣服，告别时没洒下一滴眼泪，却忘了给他带上那双想穿到棺材里去的漆皮靴。因此听到死讯时，她穿上黑衣，用报纸包好靴子，登门请求费尔南达让她看一眼遗体。费尔南达没让她进门。

“你站在我的位置想想，”佩特拉·科特斯恳求道，“想想我是多么爱他才甘心受这种羞辱。”

“对一个姘头来说什么羞辱都是应得的，”费尔南达反驳道，“反正你有的是男人，把这靴子留给下一个死的时候穿吧。”

桑塔索菲亚·德拉·彼达履行了诺言，用菜刀砍下何塞·阿尔卡蒂奥第二的头，以保证他没有被活埋。两具尸体被放进同样的棺材，他们在死亡中重新变得酷似，就像童年时一样。奥雷里亚诺第二旧日的酒肉朋友在棺材上摆放了花圈，花圈的紫色缎带上写着一句悼词：*让一让，母牛们，生命短暂啊*。费尔南达对这一不敬举动大为光火，让人把花圈丢进了垃圾堆。在最后一刻的慌乱中，悲伤的醉汉们抬棺材出家门时弄混了，把两人各自下葬在对方的坟墓里。

奥雷里亚诺很长时间都没有走出梅尔基亚德斯的房间。他将那些散页书中的传奇怪谈，瘫子赫尔曼的研究大要，鬼魔学的笔记，点金术的关钥，诺查丹玛斯的《诸世纪》及其疫病研究，都一一烂熟于心，故此当他步入青年时期虽然仍对所处时代一无所知，但已具备一个中世纪人的基本学识。不论何时走进房间，桑塔索菲亚·德拉·彼达总看见他在专心阅读。她早上给他端来一杯不加糖的咖啡，中午则是一盘炸香蕉片配米饭，自从奥雷里亚诺第二死后家中餐餐如是。她整日为他操心，给他理发、除虱，把已被遗忘的衣箱里的旧衣服拿出来按他的身材修改，在他开始长胡须时送来奥雷里亚诺·布恩迪亚上校的剃刀和盛在加拉巴木果壳杯里的剃须膏。上校所有的儿子，包括奥雷里亚诺·何塞在内，没有一个像他那样与上校酷似，特别是那凸起的颧骨，以及唇际那坚毅又略带冷酷的线条。正像当年乌尔苏拉见到奥雷里亚诺第二在房间里研读时的感觉那样，桑塔索菲亚·德拉·彼达也以为他在自言自语。实际上他正和梅尔基亚德斯交谈。那对孪生兄弟死后不久，一个炎热的中午，他在窗前光线的明灭中看见一位头戴鸦翼状礼帽的阴郁老者，仿佛远在出生前就扎根于他脑海的一段回忆已化身成人。奥雷里亚诺已经整理出羊皮卷中的字母表，所以当梅尔基亚德斯问他可曾看出那是以何种文字书写的，他毫不犹豫地做出了回答。

“梵文。”他答道。

梅尔基亚德斯向他透露自己回到这个房间的机会已经屈指可数，但他能够安心走向最终死亡的大牧场，因为羊皮卷须历时百年才可破译，在那之前奥雷里亚诺还有多年时间学习梵文。他告知奥雷里亚诺在通往河边的小巷里，即香蕉公司时期算命解梦的地方，一位加泰罗尼亚智者开了家书店，店里有一本《梵文入门》，如果他不赶紧买下，六年后那书将被蛀虫啃食殆尽。奥雷里亚诺托桑塔索菲亚·德拉·彼达去书店把第二排书架最右端，放在《解放了的耶路撒冷》和《弥尔顿诗集》之间的那本书买回来。她在漫长的人生中第一次流露出情绪波动，那是一副惊愕的神情。她不识字，便硬记下这一长串指引；她还卖掉一条小金鱼得到了购书钱，只有她和奥雷里亚诺知道那天晚上士兵搜查作坊后所剩十七条小金鱼的藏处。

奥雷里亚诺学习梵文不断进步，梅尔基亚德斯却日渐生疏遥远，身影消融在正午的阳光中。奥雷里亚诺最后一次见到他时，他几乎只剩下模糊的影子，还在喃喃自语：“我已经在新加坡的沙洲上死于热病。”从此，房间再无法幸免于灰尘、热浪、白蚁、红蚂蚁的侵蚀，蠹虫注定要将书本和羊皮卷中的智慧化为粉末。

家里并不缺少食物。奥雷里亚诺第二死后次日，曾经写下不敬悼词献上花圈的朋友中有一个向费尔南达提出要偿还欠她丈夫的债务。从那以后，每个星期三都会有跑腿的人送来一筐食物，足够家里吃一个星期。没有人知道，这些食物是佩特拉·科特斯让人送去的，她想要通过持之以恒的善行来羞辱那羞辱过自己的人。然而怨恨远比想象中消失得快，但她仍出于骄傲继续送去食物，到最后变成出于怜悯。很多次她没有精力去兜售彩票，人们对抽彩也失去了兴趣，但她为了让费尔南达有的吃宁可自己挨饿。她坚持履行对自己的承诺，直到看见对方下葬为止。

对桑塔索菲亚·德拉·彼达来说，家里人口的减少理应成为她喘息的机会，这是她操劳半个多世纪后应得的。从未听见她有过一声怨言，这个沉默寡言、难以捉摸的女人在家中留下了美人儿蕾梅黛丝这样天使般的后代，何塞·阿尔卡蒂奥第二这样带着神秘的庄严气息的子嗣，她把孤独而沉寂的一生都用来抚养孩子，却几乎记不清他们是自己的子辈还是孙辈。她照料奥雷里亚诺如同己出，却不知道自己正是他的曾祖母。只有在这样一个家里才能想象这种情形，她竟然一直都铺席子睡在谷仓地板上，夜间忍受着老鼠的喧闹。一天晚上她突然感到黑暗中有人盯着自己，吓醒过来才发现是一条毒蛇从肚子上滑过。她从未告诉任何人，心里清楚假若让乌尔苏拉知道，一定会让自己睡她的床。那段时间，除非你到长廊里喊叫，家里人对任何事都浑然不觉，面包房里的忙碌，战争的惊扰，照料孩子的操劳，让人无暇再顾及他人的福祉。从未谋面的佩特拉·科特斯是唯一顾念她的人。她一直关心她是否有一双穿着出门的好鞋，会不会缺衣服穿，即使在靠彩票收入创造奇迹的时期依然如此。费尔南达进这个家门时有充分理由认为她只是一名终身女仆，她虽然不止一次听说那是丈夫的母亲，却实在难以置信，转眼就抛在脑后。桑塔索菲亚·德拉·彼达对这种低人一等的待遇并未流露出任何不满。相反，她给人的感觉是似乎很爱在角落里忙碌，一刻不停、一声不吭，把她从年轻时起一直居住的这座大宅打理得整洁有序。特别是在香蕉公司时期，家里更像一座热闹的军营，全亏了她才能运转正常。但在乌尔苏拉死后，桑塔索菲亚·德拉·彼达身上渐渐不见了往日非凡的勤劳、惊人的能干。这不仅仅是因为她已年迈力竭，还因为整个家在一夜之间进入了暮年。柔嫩的苔藓在墙上蔓延。杂草荆棘占满庭院之后又顶穿长廊的水泥地如同击碎一面玻璃，那裂缝间还涌出小黄花，与一个世纪前乌尔苏拉在梅尔基亚德斯放假牙的杯中发现的花朵一般无二。面对自然界的疯狂，桑塔索菲亚·德拉·彼达无暇也无力对抗，她整天往来于各卧室之间，好不容易赶走那些蜥蜴，可一到夜间它们又将泛滥。一天清早，她看到红蚂蚁离开千疮百孔的地基，穿过花园，沿着扶栏爬过已蒙上土色的秋海棠，一直侵入到家中深处。她起初试图用扫帚杀灭，后来换成除虫剂，最后用上石灰，但第二天它们又在原地出现，杀不尽灭不绝。费尔南达忙于给儿女写信，对势不可当的毁灭大潮毫无察觉。桑塔索菲亚·德拉·彼达继续孤身作战，奋力抗击不让杂草侵入厨房，扯下墙上短短几小时内就会重生的蛛网，刮去白蚁蚁路。但当她看到连梅尔基亚德斯的房间也覆满灰尘和蛛网，看到纵然自己一天清理三遍拼了命地打扫，房间仍难逃荒凉破落的命运，呈现出当年只有奥雷里亚诺·布恩迪亚上校和那个年轻军官预见到的残败景象，便明白自己已然失败。于是她穿上多处磨损的主日正装、乌尔苏拉的一双旧鞋和阿玛兰妲·乌尔苏拉送她的长棉袜，把两三套换洗衣服打了个小包。

“我不行了，”她对奥雷里亚诺说，“我这把老骨头管不了这么大一个家了。”

奥雷里亚诺问她要去哪儿，她做了个含糊的手势，似乎对自己的归宿没有任何打算。但她也试图说明白要去投奔里奥阿查的一个表妹，在那里度过晚年，只是这说法不太可信。自从父母双亡，她从未和市镇上的人有过接触，从未收到过邮件或口信，也从未说起过哪个亲戚。奥雷里亚诺给了她十四条小金鱼，因为她上路前只打算带走自己的那点儿财产：一比索二十五生太伏。透过房间的窗户，他看着她拿着衣物小包，弓着衰老的腰背，脚步蹒跚地穿过院子，看着她出门后把手伸进门洞带上门闩。从此再也没有她的消息。

得知她的离去，费尔南达不停不休地骂了一整天，还翻箱倒柜挨个检查，确认桑塔索菲亚·德拉·彼达没有卷走什么东西。她平生第一次试着生火却烫到了手指，不得不请奥雷里亚诺教她煮咖啡。时间一长，便由他承担起厨房的活计。每天费尔南达起床时早饭已做好，她只需走出卧室，取走余火上奥雷里亚诺盖好留给她的食物，放到铺着亚麻桌布的桌上，坐到上首，在烛台环绕中面对着十五把空椅子独自用餐。即使到了这步田地，奥雷里亚诺和费尔南达也从未分享孤独，仍然各行其是，各自打扫房间，任凭蛛网落雪般笼在玫瑰枝头，又在梁上垂丝，绕四壁飘絮。那个时期，费尔南达感觉家中到处都是鬼怪精灵。各样物品，特别是日常用具，仿佛都有了自由移动的能力。费尔南达找了很长时间明明放在床上的剪刀，在家中四处翻遍后，结果在厨房里的隔板上找到，而她却认定自己已经有四天不曾迈进厨房一步。叉子从装餐具的抽屉里不翼而飞，她却在祭坛上找到六把，洗衣盆里也有三把。她坐下来写信，这种现象更令她绝望。一向放在右手边的墨水瓶跑到左手边；吸墨垫突然消失，两天后又在枕下现身；写给何塞·阿尔卡蒂奥的信与给阿玛兰妲·乌尔苏拉的弄混，她总是为装错信封而烦恼，这种事也确实发生了不止一次。有一回她丢了钢笔，十五天后邮差送了回来，他是在自己的邮袋里发现的，挨家挨户问了一圈才找到失主。开始的时候，她以为这和子宫托的消失一样是隐身的医生们所为，准备写信央求他们放过自己，但写信中途为别的事走开了一会儿，结果回来的时候不仅找不到已经开了头的信，甚至想不起写信的初衷。有一段时间她怀疑奥雷里亚诺，就开始监视他，故意把东西放在他经过的地方，想等他挪动时一举抓获，但很快她便证实奥雷里亚诺除了去厨房和厕所之外从不离开梅尔基亚德斯的房间，而且他也不是爱开玩笑的人。最终她相信是精灵们在淘气，于是决定把每样东西都固定在要用的地方。她拿一根龙舌兰线绳把剪刀拴在床头。她把钢笔和吸墨垫绑在桌腿上，又用胶水将墨水瓶粘在桌面右手边的位置。事情并未立竿见影地解决，她才做了几个小时的针线活儿，拴剪刀的线绳便已不够长，仿佛精灵们正暗中将它裁短。钢笔上的线绳也是一样，她没写多久手就已经够不着墨水瓶。但无论是远在布鲁塞尔的阿玛兰妲·乌尔苏拉还是罗马的何塞·阿尔卡蒂奥，对这些琐碎的不幸都毫不知情。费尔南达总告诉他们自己很幸福，事实上也是如此，因为她感觉卸去了一切重担，仿佛生活又把她带回到她父母的天地里，那里没有日常生活的困扰，一切都已在幻想中解决。无休无止的通信使她丧失了时间概念，特别是在桑塔索菲亚·德拉·彼达走后。她本来已习惯根据儿女们预定的归期来数算日日月月、岁岁年年，但他们一再推迟归期，使她混淆了日子，颠倒了年月，何况每一天都如此相似，简直感觉不到时光的流逝。但她并未失去耐心，反而对拖延深感欣慰。何塞·阿尔卡蒂奥多年前就宣称即将誓发永愿，但仍在推说结束高等神学的课业后还需转攻外交。费尔南达未觉不安，她理解通往圣彼得宝座之路任重道远，绝非一帆风顺。与此相反，一些在旁人看来无关紧要的消息却能令她兴奋不已，譬如儿子亲眼见到教皇。当阿玛兰妲·乌尔苏拉告诉她，自己由于成绩优异，赢得了当初父亲未曾预料的奖励而得以继续学业，她也同样为之欣喜。

桑塔索菲亚·德拉·彼达买来语法书三年多后，奥雷里亚诺译出了第一张羊皮卷。这工作并非没有意义，但也不过是无法预计的漫漫长路上的第一步，因为译出来的卡斯蒂利亚语看不出什么含义，仍是有待破解的神秘诗行。奥雷里亚诺手头缺乏可供深入研究的资料，但好在梅尔基亚德斯说过加泰罗尼亚智者的店里有能助他破译羊皮卷内容的书籍，于是他决定去找费尔南达，请她允许自己出去找书。在那个被日益加增的垃圾所吞噬的房间里，他考虑着如何以最合宜的方式提出请求，预想各种情形，等候恰当时机，但事到临头看见正从余火上取下食物的费尔南达，他却错过了与她搭讪的唯一机会，事先周密酝酿的请求噎在喉中，一时发不出声音。那是他唯一一次窥看她。她在卧室中的脚步声牵动着他的注意力。他凝神聆听她走到门口收取儿女的来信，同时把写好的信交给邮差，到深夜还在倾听她用笔尖划过纸张时那急迫有力的沙沙声，然后是关灯的声音，黑暗中的喃喃祈祷。这时候他才睡下，相信第二天期待的机会便会到来。他满心以为不会遭到拒绝，因此一天早上剪短垂到肩膀的长发，刮净杂乱的胡须，穿上不知是谁传下的紧身裤和假领衬衣，在厨房等待费尔南达来吃早饭。出现在眼前的不是每日里那个头颈高昂、步伐刻板的女人，而是一位美貌超凡的老妪，她身披已经泛黄的白鼬皮斗篷，头戴金色纸板制成的王冠，举手投足带着几分倦怠，好像刚在暗中哭过。事实上，自从在奥雷里亚诺第二的衣箱里发现了这套蛀痕斑斑的女王行头，费尔南达已经穿戴多次。若是有人看到她站在镜子前，满心陶醉地摆出女王模样，必定会认为她已陷入癫狂。然而并非如此。她不过是把女王盛装当成追忆时光的机器。她第一次穿上时不禁心结暗生，双眼含泪，她又闻到了当年来家里接她去做女王的军官的鞋油气味，追忆起破灭的梦想时心头一阵激荡。她觉得自己如此老迈、衰弱，离生命中的美好时光已如此遥远，竟开始怀念那些最不如意的时刻，而直到此时她才发现自己多么需要长廊里飘来的牛至香气、黄昏时的玫瑰芬芳，甚至渴望外乡人带来的野蛮生机。她本已心如死灰，在日常忧患的痛切打击下若无其事，却在怀旧伊始被击溃了防线。随着岁月的摧残，她对自怜自伤的需求渐渐沦为一种恶习。她在孤独中变得更有人情味。然而那天早上走进厨房，见一个瘦骨嶙峋、面色苍白的年轻人递上一杯咖啡，眼中闪耀着狂热的光芒，她立时因尴尬而痛苦万分。她不仅拒绝了请求，从那以后还把家里的钥匙藏在存放待用子宫托的衣袋里。这一防范并无必要，因为奥雷里亚诺若是愿意，早就能够偷偷自由出入。然而漫长的囚禁、对外界的陌生，以及顺从的习惯，早已使他心中反抗的种子干枯。于是他又回到自己的囚室，把羊皮卷读了又读，聆听费尔南达在卧室里抽泣直到深夜。一天早上，他像往常一样去生火，发现前一天留给她的饭菜仍在已熄灭的炉火上。于是他朝她的卧室里张望，只见她躺在床上，白鼬皮斗篷遮身，皮肤显出象牙般的质地，比以往任何时候都要美丽。四个月后，何塞·阿尔卡蒂奥赶回家时，眼前的她仍保持着这个样子。

很难想象有谁比他更像他母亲。他穿着阴沉的塔夫绸外套、硬圆领衬衣，没打领带只系着打花结的细缎带。面容苍白，神情怠惰，眼神中透出惊愕，嘴唇流露出软弱。头发乌黑锃亮又平直，在正中间分出笔直稀疏的缝来，与圣徒像头上的假发一样。胡须齐齐拔去，在石蜡般的脸庞上留下阴影仿佛流露出良心的重负。苍白的双手青筋毕现，手指仿佛蠕动的絛虫，一枚镶着圆形蛋白石的纯金戒指戴在左手食指上。奥雷里亚诺为他开门时，无须听他自报身份就能看出他是远道而来。随着他一路走过，花露水的气味在家里弥漫开来，当年他还是孩子的时候，乌尔苏拉曾洒在他头上好在黑暗中找到他。在某种无法说清的意义上，离家多年后何塞·阿尔卡蒂奥仍然是个孩子，悒郁孤独入骨。他径直走进母亲的卧室，奥雷里亚诺已经用祖父的祖父那个炼金炉在屋内连烧了四个月水银，靠梅尔基亚德斯传下的这一方法保存尸体。何塞·阿尔卡蒂奥什么话都没问，他在死者额头吻了一下，从她的裙下衣袋里取出三个还未开封的子宫托以及衣柜的钥匙。他做这些时干脆决绝，一反平日的怠惰。他从衣柜里取出一个带有家族纹章的金银嵌花小匣，在里面找到一封散发出檀香气味的长信，信中费尔南达倾诉了对他隐瞒的一切真相。他站着读信，贪婪而不失耐心，读到第三页时停下来，将奥雷里亚诺重新审视一番。

“看来，”他的声音里有种剃刀般的锐利，“你就是那个野种了。”

“我叫奥雷里亚诺·布恩迪亚。”

“回你屋去。”何塞·阿尔卡蒂奥说。

奥雷里亚诺走了，甚至在听见那冷清葬礼上的声响时也没有好奇地出来。有几回，他从厨房看见何塞·阿尔卡蒂奥在家中游荡，急切地喘息，并且午夜过后还能听到他在破败的卧室间踱步。好几个月过去，他从未听到何塞·阿尔卡蒂奥的说话声，这不仅仅因为何塞·阿尔卡蒂奥不和他交谈，还因为他自己毫无交流的愿望，也没有时间花在羊皮卷以外的事上。费尔南达一死，他便从仅存的两条小金鱼中取出一条，赶到加泰罗尼亚智者的店里寻找所需的书籍。一路上不曾有任何事物引发他的兴趣，或许是因为他缺乏相关记忆可以比对，而且那些荒凉的街道、残破的房屋都与他过去的想象一模一样，那时的他为看到这些情愿付出一切。当初被费尔南达拒绝，这次他自己批准自己出门，不过仅此一次，也只有一个目的，并要在尽可能短的时间内达到。于是他没有停留片刻，穿过十一个街区来到当年算命解梦的小巷，气喘吁吁地走进杂乱阴暗的店铺。那里面连转身都很难，与其说是书店，倒更像是旧书回收店，旧书胡乱堆在白蚁蛀坏的书架上，堆在蛛网横结的角落里，甚至堆在本应留出的过道上。一张同样堆满厚书的长桌上，店主正在写一篇奇长无比的文字，紫色的笔迹带着几分谵妄，布满了学生练习本松散的纸页。他那一头漂亮的银发遮住了额头活像白鹦鹉的羽冠，蓝色的眼睛细长灵动，流露出遍览群书后的温润气质。他穿着短裤，满身大汗，只顾写作甚至看都没看来人一眼。奥雷里亚诺毫不费力地从惊人的混乱中拯救出所需的五本书，因为它们都放在梅尔基亚德斯告知的地方。他一言不发，把书和小金鱼递给那位加泰罗尼亚智者，他接过去检视，眼皮又如贝壳般合拢。“你一定是疯了。”他用自己的语言说道，耸了耸肩，然后把五本书和小金鱼一起还给了奥雷里亚诺。

“你拿走吧，”他用卡斯蒂利亚语说，“最后一次读这些书的人应该是瞎子伊萨克[1]，所以你想想自己在干的事吧。”

何塞·阿尔卡蒂奥将梅梅的卧室修整一新，找人清洗缝补天鹅绒窗帘和总督式大床上的织锦华盖，重新启用荒废已久的浴室，那水泥池中已结上一层黑黝黝的硬壳。他将这两处地方变成充塞着次等品、异域旧货、伪劣香水和廉价宝石的王国。家中其他地方只有祭坛上的圣徒像让他觉得碍眼，于是一天下午他在院里生起火来把它们烧成灰烬。他每天睡到十一点之后才起床，然后穿着磨损的金龙图案长袍、缀有黄色穗子的拖鞋走进浴室，随后所践行的仪式其节奏之从容、用时之长久不禁令人想起美人儿蕾梅黛丝。入浴前，他先用三只仿雪花石膏小瓶里的浴盐为池水增香。他不拿加拉巴木果壳瓢舀水洗浴，而是全身泡在芳香的水中，仰面漂上两个钟头，在池水的清凉和对阿玛兰妲的回忆中获得慰藉。到家没几天，他就脱下了塔夫绸外套，因为天气太热，而且他也只有这么一件。他换上与皮埃特罗·克雷斯皮当年在舞蹈课上所穿非常相似的紧身裤，胸前绣有姓名首字母的真丝衬衣。他每星期两次脱下全套衣服在水池里洗净，披上睡袍等候晾干，因为再没有别的可穿。他从不在家吃饭。他在午后热气渐消时出门，直到深夜才回来。之后继续焦灼地踱步，像猫一般喘息，想念着阿玛兰妲。她和夜晚灯下圣徒像的骇人眼神，是他对这个家存留的两样记忆。许多次，在罗马令人昏昏欲睡的八月，他在梦中醒来看见阿玛兰妲从杂色大理石浴池中浮现，身穿花边裙，手缠黑纱，在他那久居异乡后产生的幻梦中显得分外美丽。与奥雷里亚诺·何塞试图将这形象扼杀在战争的血腥泥潭里不同，他努力在淫乱的沼泽中维持它的鲜活，同时用杳无尽头的教皇之路来骗取母亲的欢心。无论他还是费尔南达都未曾想到，两人之间的通信是一场幻梦的交换。何塞·阿尔卡蒂奥刚到罗马便抛弃了神学学业，但仍不断编造研习神学

① 瞎子伊萨克（Isaac el Ciego，1160—1235），犹太拉比，犹太神秘宗大哲。

和教会法的神话，以免失去母亲在狂热的字里行间不断提及的惊天遗产，那笔财富必能将他从特拉斯特维雷区与两个朋友合住的小屋，从穷困潦倒的生活中拯救出来。费尔南达在最末一封信中已透露对死期将近的预感，他接信后立即收拾起虚假荣光的最后遗存塞进行李箱，登上轮船，在底舱和移民们像屠宰场的牲口似的挤在一起，吃着冰冷的通心粉和生虫的奶酪越洋归来。费尔南达的遗嘱不过是一份迟到的不幸的清单，未读之前他就已经从散架的家具、长廊里的荒草看出自己陷入了永难摆脱的圈套，再也见不到罗马春天那钻石般璀璨的阳光，闻不到那亘古不变的气息。在哮喘发作的难眠夜晚，他反复思量自己的不幸，在幽暗的家中游荡，当初年迈昏聩的乌尔苏拉便是在这里用唬人的胡话向他灌输对世界的恐惧。为了在黑暗中找得到他，她给他指定卧室里的一个角落，说傍晚过后亡灵就在家中徘徊，而那里是唯一不受惊扰的地方。“你做了什么坏事，”乌尔苏拉对他说，“圣徒们都会告诉我。”他童年时的恐怖之夜都集中在那个角落，他在爱告密的圣徒冰冷目光的监视下，坐在凳子上冷汗直流，一动不动待到上床睡觉为止。这种处罚本无必要，因为那时他就害怕周边的一切，日后也会为生活中所遇的一切而惊恐：街上的女人会使人流血，家里的女人会生下长猪尾巴的孩子，斗鸡会让男人丧命、终生内疚，枪弹一沾手便会引发二十年的战争，冒失的事业只会将人导向失落和疯狂——总之，一切，上帝以无边美意所创造，又被魔鬼所败坏的一切，都是他恐惧的对象。当他从噩梦的轮番折磨中醒来，窗前的光亮，水池中阿玛兰妲的爱抚，她用丝绸香包在他两腿间搽粉时的舒服感觉，都令他从恐惧中解脱出来。连乌尔苏拉在花园的灿烂阳光中也显得不同了，因为她不再说起那些可怕的事物，只是用炭灰擦拭他的牙齿，让他显露出一位教皇应有的灿烂笑容；为他修剪指甲，让从世界各地赶到罗马的朝圣者在接受祝福时惊叹于教皇的美手；又为他梳起教皇的发型，将花露水洒遍他的身体和衣裳，让他散发出教皇的馨香之气。他在冈多菲堡的院中看见教皇站在阳台上，面对无数朝圣者用七种语言发表同一内容的演讲，那时唯一引起他注意的便是教皇那仿佛用碱水洗过的双手的白皙，那夏装的煌煌光彩，以及那古龙水的氤氲。

回家将近一年，何塞·阿尔卡蒂奥为糊口已经卖掉银烛台和刻有纹章的溺盆——这时才发现只有纹章部分是金的——他唯一的消遣就是招聚市镇上的孩子来家里玩。午睡时间他和他们待在一起，让他们在花园中跳绳，在长廊里唱歌，在客厅的家具间玩杂耍，他自己则在孩子当中巡视，教导他们良好的仪态。那时他已经没有紧身裤和真丝衬衣可穿，换上了在阿拉伯人店里买来的寻常衣衫，但仍保持着慵懒的尊贵和教皇的风范。孩子们像当初梅梅的同学一样占领了屋子。直到入夜还能听见他们的唧唧喳喳和歌声舞步，家里变成一个缺乏管束的寄宿学校。奥雷里亚诺对这种侵犯并不在意，只要他们不来梅尔基亚德斯的房间打扰。一天上午，两个孩子推开房门，只见一个蓬头垢面、周身腌臜的男人正伏案研读羊皮卷，立刻被这景象吓住了。他们不敢进去，却仍围着房间打转。他们一边窃窃私语一边从罅隙间向内张望，又从气窗扔进活蹦乱跳的动物，有一次还从外边把门窗钉死，奥雷里亚诺费了半天时间才强行打开。看到淘气行为并未招来惩罚，他们越发兴致高涨，一天有四个孩子趁奥雷里亚诺在厨房的时候闯进房间，准备把羊皮卷毁掉。但泛黄的羊皮卷刚到手，一股神力就将他们平地托起，悬在半空，直到奥雷里亚诺回来夺下羊皮卷。从那以后，再也没人敢来捣乱。

其中四个最大的孩子，快进入青春期却仍穿着短裤，他们负责何塞·阿尔卡蒂奥的仪容修饰。他们比旁人来得更早，整个上午为他剃须，用热毛巾按摩，修剪手脚指甲，洒花露水。他们不时也跳进水池，为他从头到脚打上肥皂，他自己则仰面漂在水上，想着阿玛兰妲。随后他们为他擦干身体，搽粉，穿衣。其中有个孩子长着金黄色鬈发，一双玻璃球似的红眼睛活像兔子，他时常在家里过夜。这孩子与何塞·阿尔卡蒂奥的关系极为密切，甚至在他患哮喘失眠时也陪伴一旁，默默跟随他在漆黑一片的家中游荡。一天晚上，他们在乌尔苏拉的卧室中看到一片金光自水泥地下映出，仿佛地下有一轮太阳把卧室地板变成彩色玻璃窗。屋里亮得不用开灯，他们只是掀开断裂的石板，就在昔日放置乌尔苏拉卧床的角落、光芒最盛的地方，发现了奥雷里亚诺第二曾经疯狂挖掘却未能寻获的秘密地窖。地窖里面藏着那三个用铜丝绳束口的帆布袋，袋中是七千二百一十四枚面值为四多卜拉的多卜隆金币[①]，在黑暗中仿佛炭火般艳艳放光。

财宝的发现仿佛燎原之火迅速显出影响。何塞·阿尔卡蒂奥并未像贫贱时朝思暮想的那般，凭借飞来的横财回罗马去，而是把家里变成一座浪荡乐园。他把窗帘和床上的华盖换成崭新的天鹅绒，浴室石板铺地，墙面贴上瓷砖。饭厅的食橱里塞满了蜜饯、火腿和醋腌菜；废弃的谷仓再次打开，堆满何塞·阿尔卡蒂奥亲自去车站取来的葡萄酒和烧酒，一箱箱都写着他的名字。一天晚上，他和四个大孩子狂欢到天明。早上六点，他们赤身露体冲出卧室，放干水池然后用香槟灌满。他们扎进池里，仿佛飞鸟在充盈着芬芳泡沫的金色天空中翱翔，而何塞·阿尔卡蒂奥没有欢闹，只是仰面漂着，大睁双眼想着阿玛兰妲。他这样待了许久，沉浸在自己的世界里，咀嚼着不伦之情的苦涩，直到孩子们玩腻了，一个个回到卧室，扯下天鹅绒窗帘擦干身体，混乱中打碎了水晶镜面，吵闹着躺下时弄塌了华盖。何塞·阿尔卡蒂奥从浴室回来，看见他们赤身裸体挤成一团睡着，俨然躺在溺水者的睡房里。比起家具的损坏，更令他怒

① 西班牙古金币多卜隆有不同面值，此处为相当于四枚多卜拉金币（dobla）的一种。

火中烧的是在狂欢后的空虚中对自己的厌恶和怜悯。他从收着苦行衣及其他忏悔赎罪用的铁器的箱子底层抽出教堂赶狗人的鞭子，像个疯子似的叫吼着，以无情的鞭打将孩子们从家中赶了出去，下手比面对一群野狼还要狠毒。随后他就瘫倒了，哮喘持续发作了好几天，显出濒死的模样。到备受折磨的第三天晚上，他已几近窒息，只得找奥雷里亚诺帮忙到附近的药房买些止喘的嗅粉来。奥雷里亚诺因此第二次出门上街。他只走了两个街区便来到了那间逼仄的药房，落满灰尘的橱窗里摆着带拉丁语标签的瓷瓶，一个宛似尼罗河水蛇般沉静美艳的姑娘按照何塞·阿尔卡蒂奥写在纸条上的药名给他拿了药。第二次看到的荒芜城镇在泛黄的街灯下犹显昏暗，仍像第一次那样并未唤起奥雷里亚诺的好奇。何塞·阿尔卡蒂奥刚开始怀疑他会逃走，他就拖着在长久的幽闭生活中缺乏运动、虚弱笨拙的双腿，重新出现在眼前，因匆忙赶路而嘘嘘带喘。见他对外界的确漠不关心，何塞·阿尔卡蒂奥几天后违背了对母亲的承诺，允许他自由出入。

“我没有什么事要上街。”奥雷里亚诺这般答道。

他仍关在房间里，全神贯注读着羊皮卷，只是羊皮卷的研究虽渐渐深入，却仍未成功解读。何塞·阿尔卡蒂奥到房间给他送来火腿片，能在舌间留下春天滋味的百花蜜饯，有两回还送来一杯上好的葡萄酒。他对羊皮卷不感兴趣，认为那不过是晦涩的游戏，但这位孤寂的亲戚罕见的智慧和难以理解的博学给他留下了深刻印象。那时他发现，奥雷里亚诺能够阅读英语，在攻读羊皮卷的间歇从头到尾读完了六卷本百科全书，就好像读一本小说。他见奥雷里亚诺谈起罗马头头是道，仿佛在那里居住多年，开始时还归于以上缘故，但很快就意识到他拥有许多百科全书未载的知识，比如物品的价钱。“凡事皆可知。”他问起如何获得这些信息，却只从奥雷里亚诺那里得到这句回答。奥雷里亚诺这边，也惊讶于从近处看到的何塞·阿尔卡蒂奥与此前远远望见他在家中游荡的形象完全不同。他会笑，会偶尔怀念家中的过往，会为梅尔基亚德斯房间的衰颓担忧。同一血脉的两个孤独者之间的接近与友谊无涉，却有助于他们承受将两人分离又联合的神秘孤独。何塞·阿尔卡蒂奥可以拿烦扰自己的日常难题向奥雷里亚诺求助，而奥雷里亚诺也可以坐在长廊里读书，收取阿玛兰妲·乌尔苏拉一贯准时寄来的信件，使用何塞·阿尔卡蒂奥归来后曾禁止他入内的浴室。

一个闷热的清晨，两人被大门口急迫的敲门声惊醒。那是一个肤色黝黑的老人，一双碧色的大眼睛在脸上平添了几分磷火般的鬼气，额头上赫然一个灰烬十字。他衣衫褴褛，鞋子破烂，唯一的行李就是肩头的旧背包，完全像个乞丐，但举止中自有一种与外表迥然不同的尊严。只需向他扫上一眼，即使是在客厅的阴暗中也不难发现，驱使他活下来的隐秘力量并非求生的本能而是恐惧的习惯。他是奥雷里亚诺·阿玛多，奥雷里亚诺·布恩迪亚上校十七个儿子中唯一的幸存者，在危机四伏的漫长逃亡生涯中寻找着片刻安宁。他说明了身份，恳求栖身家中，他在遭世界遗弃的黑夜中一直把这里当作此生最后的避难所。但何塞·阿尔卡蒂奥和奥雷里亚诺对他毫无印象。他们以为是个流浪汉，连推带搡把他赶到街上。这时候，两人从门口看到了远在何塞·阿尔卡蒂奥懂事之前就已开场的一场大戏的落幕。两个多年来追踪奥雷里亚诺·阿玛多的警察，已经像狗一般循着他的踪迹跑遍半个世界，此时突然出现在对面人行道上的巴旦杏树之间，射出两发毛瑟枪子弹干净利落地将他前额的灰烬十字洞穿。

自从把孩子们赶出家门，何塞·阿尔卡蒂奥一直在等候圣诞节前开往那不勒斯的远洋船的消息。他和奥雷里亚诺说过此事，还制定了计划，准备给他张罗起一桩足以糊口的生意，因为费尔南达死后就再没有食物筐送上门。然而这最后的梦想未能实现。九月的一天上午，何塞·阿尔卡蒂奥在厨房里与奥雷里亚诺喝过咖啡，快要沐浴完毕时，被他逐出门去的四个孩子突然从屋瓦的豁口中钻进来。没等他反抗，他们就穿着衣服跳进水池，抓着头发将他按进水中，直到垂死挣扎时的气泡不再涌出水面，海豚般苍白的身体静静滑向芬芳池水的深处。随后孩子们从只有被害者和他们知晓的地方将三袋金币掳走。这场行动迅捷、有序而残忍，不亚于一次军事奇袭。奥雷里亚诺关在自己的房间里一无所知。当天下午，他在厨房里想起何塞·阿尔卡蒂奥，在家中找了一圈后才发现他漂在平滑如镜的芬芳池水中，身躯硕大肿胀，仍在想着阿玛兰妲。到这时奥雷里亚诺才明白自己多么爱他。

伴着十二月最初的蹬蹬足音，阿玛兰妲·乌尔苏拉牵着绕在丈夫颈间的丝带，一路顺风回到家乡。她事先没作通知突然现身，身穿象牙色外装，手戴翡翠和黄玉戒指，珍珠项链几近垂膝，平直的头发梳作浑圆的发型，用燕尾形别针拢在耳旁。她六个月前嫁的男子是个气质成熟、身材匀称的佛兰德人，一副海员的模样。她一推开客厅房门便意识到，自己离家的时间远比想象中长久，造成的后果也比预料中更严重。

“上帝啊，”她喊道，兴奋大于惊讶，“一看就知道这家里没有女人！”

长廊里放不下她的行李。除了上学时带去的费尔南达的古老衣箱，她还运回两个立式衣柜，四件大行李箱，一整袋阳伞，八盒礼帽，一只关有五十只金丝雀的巨大鸟笼，还有丈夫的自行车，拆卸开来装在一个特制的盒子里，可以像大提琴一样拎着。尽管刚结束长途跋涉，她却一天也没休息。她从丈夫骑摩托的行头里拣出一件旧粗布工装穿上，开始着手重整家宅。她把占据长廊的红蚂蚁赶走，使玫瑰复活，将杂草拔除，在扶栏上挂的花盆里重新栽下欧洲蕨、牛至和秋海棠。她率领一队木匠、锁匠和泥瓦匠补上地面裂缝，修好门窗合页，又将家具翻新，把里外墙壁刷得雪白。在她回来三个月后，屋里又充满了自动钢琴时代那种青春欢快的气息。家里从未有谁像她这般无论何时何地都能保持乐观，永远歌声不断舞步不歇，随时准备将陈腐的事物和习俗丢进垃圾堆。她扫帚一挥便抹去了守丧的惨淡记忆，将堆积在犄角旮旯里的一堆堆无用破烂和迷信物品扫地出门，仅仅出于对乌尔苏拉的感激才留下客厅里蕾梅黛丝的银版照片。“真厉害，”她笑得喘不过气来，“一位十四岁的老祖母！”一个泥瓦匠告诉她家中到处都有鬼魂出没，只有去发掘他们埋藏的财宝才能将其吓走，她却大笑着回答说自己根本不相信男人们的迷信。她如此天真率直、无拘无束，一派现代自由女性的风范，奥雷里亚诺在见到她进门的一瞬间竟手足无措。“好家伙！”她快乐地叫着，同时大张双臂，“瞧瞧我亲爱的小野人都长多大了！”没等他反应过来，她已经在随身携带的手提唱机里放上唱片，要传授他时髦的舞步。她又逼他换掉奥雷里亚诺·布恩迪亚上校传下来的邋遢裤子，送给他年轻款式的衬衣和双色皮鞋，并且一见他在梅尔基亚德斯的房间里待得太久就把他推上街去。

她像乌尔苏拉一样身材娇小却活力十足、不受拘束，拥有与美人儿蕾梅黛丝相近的美貌和诱惑力，生来就具备预见时尚的罕见天赋。邮寄来的最新时装图样的唯一功用就是验证她的先见之明，都与她用阿玛兰妲留下的手摇式缝纫机缝制出的样式一般无二。她订阅许多欧洲出版的时装、艺术和流行音乐方面的杂志，但只需扫上一眼就能发觉世界风潮的发展和她想象的一丝不差。实实难以理解，这样引领风尚的女人竟会回到一个死气沉沉、饱受酷热扬尘之苦的市镇，更不用提她丈夫的钱财足够他们在世界任何地方生活都绰绰有余，并且他又爱她到了甘愿被一根丝带牵着走的地步。然而，随着时间流逝，她留下定居的意愿越发明显，她制定的计划无不立足长远，作出的决定都是为了在马孔多安度晚年。从那一笼金丝雀便可看出，她的这些想法并非心血来潮。她记得母亲曾在信中提到飞鸟的暴亡，因此特地将行程推迟几个月，搭上一艘中途在幸福群岛停靠的航船，在岛上精心选购了二十五对最好的金丝雀，准备用来重新装点马孔多的天空。这后来成了她众多失败举措中最令人遗憾的一项。随着鸟儿不断繁殖，阿玛兰妲·乌尔苏拉一对对放生，但它们乍出樊笼便立刻从市镇上飞走。她试图利用乌尔苏拉第一次扩建家宅时制作的巨大鸟舍吸引它们入住，却没能奏效。她用针茅草在巴旦杏树上搭鸟窝，又在屋顶撒藨草籽，还逗引笼中的鸟儿放声啼叫来挽留那些已出笼的同伴，却都归于徒劳，因为那些鸟儿全都毫不迟疑地振翅高飞，在空中打个转，只一辨出方位就立刻奔向飞往幸福群岛的归途。

归来一年后，阿玛兰妲·乌尔苏拉没能与任何人结下友谊也没能举办一场聚会，但她依然确信能将这个受厄运青睐的城镇拯救出来。她的丈夫加斯通一向不拂逆她的意愿，但他在那个可怕的中午一走下火车就已经明白，妻子作此决定完全出于对某种虚无蜃景的怀恋。他确信现实很快会打破她的幻想，于是连自行车都没费心组装，只忙于在泥瓦匠扯下的蛛网间寻找最光亮的蛛卵，用指甲剖开，一连几个小时拿放大镜观察爬出来的小蜘蛛。过了些日子，他见阿玛兰妲·乌尔苏拉一意孤行继续在家中实行变革，终于下决心装配起那辆前轮比后轮大出许多、分外引人注目的自行车，专心在附近捕捉本地各种昆虫，并制成标本装在果酱瓶里寄给他以前在列日大学的自然史老师。尽管他的主业是飞行驾驶，但也曾在那里深入学习过昆虫学。他骑车时身着杂技演员长裤，脚穿风笛手长袜，头戴侦探遮阳帽，步行时则是一身无可挑剔的天然亚麻外装，脚下白鞋子，颈间真丝蝴蝶领结，头上窄边草帽，手中柳木手杖。他那浅色的眸子尤显海员的神采，唇边留着松鼠毛似的小髭须。他比妻子至少大了十五岁，但论兴趣爱好更像年轻人，并时刻留意哄她开心，拥有好情人的各种优点，这些都弥补了年龄差异。实际上，任谁看到这个四十多岁、举止谨慎的男人，还有他颈上的丝带、所骑的马戏团自行车，都不会想到他和年轻的妻子之间富有默契的疯狂激情，兴之所至还会在最不相宜的地方释放彼此的冲动。他们从最初相识以来一直如此，而随着时间流逝、场所越发奇异，激情也越发深沉澎湃。加斯通不仅是一位火热的情人，拥有无尽的智慧和想象力，而且很有可能是人类历史上第一个仅仅为了和女友在一片紫罗兰原野上做爱而紧急着陆，险些双双丧命的人。

他们在结婚三年前相识，当时他驾驶着双翼运动机在阿玛兰妲·乌尔苏拉读书的学校上空翻滚腾跃，正要大胆操作避开旗杆，由帆布和铝箔构成的粗陋机身尾部却挂在了电线上。从那时起，他不顾腿上还绑着夹板，每到周末都去阿玛兰妲·乌尔苏拉一直居住的修女膳宿公寓接她——显然那里的规定没有费尔南达期待的那般严厉——随后带她去自己的竞赛俱乐部。他们星期天在野地上五百米的高空相爱，看着地上的人影愈变愈小，愈觉彼此心意相通。她时常和他说起马孔多，仿佛那是世界上最幸福最恬静的市镇；说起一座满溢牛至芬芳的大宅，她愿与一位忠贞的丈夫在那里相伴终老，生下两个野性十足的儿子分别叫作罗德里戈和贡萨洛，绝不叫奥雷里亚诺和何塞·阿尔卡蒂奥，还要养育一个女儿名叫维吉尼娅，绝不叫蕾梅黛丝。她思乡情切，念念不忘被回忆美化的市镇，加斯通便明白若想娶她必须带她去马孔多生活。他表示同意，后来也同样接受了颈上的丝带，因为他相信那不过是一时的任性，终将随着时间的流逝而淡忘。但在马孔多待了两年，阿玛兰妲·乌尔苏拉仍像第一天那样快活，他不禁警惕起来。这时他已经把本地所有能制成标本的昆虫都制成了标本，卡斯蒂利亚语也说得像本地人一样流利，还做完了杂志中所有的填字游戏。他无法拿气候当作归返的借口，因为他天生一副殖民者的体格，能毫无困难地忍受闷热天气里的午睡和含蛆虫的水质。他酷爱美洲食物，有一次连吃下八十二个鬣蜥蛋。阿玛兰妲·乌尔苏拉反而只吃火车用冰柜运来的鱼虾海鲜、罐头肉和蜜饯，穿衣打扮依然按照欧洲时尚并继续订阅时装图样，尽管她在这里无处可去也无人可拜访，并且这时她丈夫也没有心思欣赏她的清凉短装、斜戴的毡帽和环绕七转的项链。她的秘密似乎在于永远保持忙碌，处理自己一手造成的家务问题，时常出错以备次日纠正，费尔南达若是有知，一定会把这种有害的勤勉归咎于且造且毁的祖传恶习。她天性未改依然喜好玩乐，每当收到新寄来的唱片，都会叫上加斯通去客厅演练同学为她画在纸上的舞步，一练练到很晚，通常会以维也纳摇椅中或光地板上的做爱告终。对她来说唯一美中不足的就是尚未有儿女诞生，但她依然尊重当初和丈夫的约定，婚后五年内不生孩子。

为了打发空闲时间，加斯通常常去梅尔基亚德斯的房间，一上午都和难以捉摸的奥雷里亚诺待在一起。他很喜欢和他一起追忆自己故乡最不为人知的角落，奥雷里亚诺都了如指掌，仿佛曾经在那里居住多年。加斯通问他是如何获知百科全书上没有的信息，得到的回答与当初何塞·阿尔卡蒂奥听到的一模一样："凡事皆可知。"除梵文外，奥雷里亚诺还学会了英语和法语，以及一点儿拉丁语和希腊语。那时候他每天下午都出门，阿玛兰妲·乌尔苏拉又每星期给他零用钱，很快他的房间成了加泰罗尼亚智者书店的分部。他贪婪地阅读到深夜，但从他所提及的阅读方式来看，加斯通认为他买书并非为了获取知识，而是为了验证自己已有的知识。没有任何书籍能比羊皮卷更有吸引力，他总是把上午最宝贵的时光用来研读那些手稿。加斯通和妻子都希望奥雷里亚诺能融入家庭生活，但他已献身于奥义研究，而随着时间的流逝笼罩在他周围的神秘迷雾也越发浓重。这种障碍无法打破，加斯通想与他深交的努力宣告失败，只得寻求其他消遣方式来打发时间。就在那时候，他产生了建立航空邮政服务的设想。

那算不上什么新计划。实际上，他早在结识阿玛兰妲·乌尔苏拉之时就已考虑得相当成熟，只不过当初设想的不是马孔多而是比属刚果，他的家族在那里投资了棕榈油产业。婚后为了取悦妻子，他决定到马孔多过上几个月，因此推迟了计划的实施。但当他发觉阿玛兰妲·乌尔苏拉已经在努力组织公共事业委员会，对他回国的暗示加以嘲弄，便明白事情需要从长计议。考虑到成为先行者是在加勒比海还是在非洲并不重要，他又开始与自己已遗忘的布鲁塞尔合伙人联系。推行计划的同时，他在旧日的着魔之地，如今布满破碎燧石的平原上清理出一个停机坪，并着手研究风向、沿海地理状况，设计最合宜的航线，却没想到自己的忙碌与当年的赫伯特先生颇为相像，以至于在市镇上引起警觉，让人怀疑他不是要开航线而是要种香蕉。他终于为自己在马孔多的定居找到了理由，兴奋不已，因此多次奔赴省城与当局洽谈，获得许可并签下了独家运营权。与此同时，他与布鲁塞尔的合伙人保持着一如当初费尔南达与隐身医生之间的通信联系，最终说服他们派一位熟练技师乘船带第一架飞机来，技师到了最近的港口会组装好飞机驾驶到马孔多。在初步的气象预测工作完成一年后，他对合伙人信中的多次应承深信不疑，养成了在街上散步时仰望天空的习惯，随时留心风中的响动，期待飞机的出现。

尽管阿玛兰妲·乌尔苏拉自己毫无察觉，她的归来却给奥雷里亚诺的生活带来了根本的改变。自从何塞·阿尔卡蒂奥死后，他成了加泰罗尼亚智者书店的忠实主顾。他那时自由自在，时间充裕，不禁对市镇产生了些许好奇心，却没有发现任何惊喜。他走在覆满灰尘的孤寂街巷，怀着科学考察般的兴趣不带感情地审视几成废墟的房舍内部，观看因锈蚀和飞鸟的垂死撞击而变得破烂不堪的铁窗纱，打量在往事中消沉下去的居民。他试图以想象重建昔日香蕉公司已荡然无存的辉煌，可视线所及却是当初的泳池里堆满男人的鞋子女人的拖鞋直至池沿；遭到毒麦毁坏的房屋里残留着一具德国犬的骨架，依然被一根钢链拴在铁环上；一部电话响了又响，奥雷里亚诺只得拿起话筒，他听见一个焦虑的女声遥遥传来，说的是英语，便回答说是的，罢工已经结束，三千个死人已经被扔进海里，香蕉公司已经撤走，马孔多最终获得了久违多年的平静。他又走到业已败落的花街柳巷，曾经这里大捆大捆的钞票被烧掉只为给昆比安巴舞助兴，如今却已成为分外凄凉冷落、起伏不平的窄巷，几盏红灯尚未熄灭，无人光顾的舞厅只剩些残破的花环点缀，苍白臃肿的无主孀妇、年老色衰的法国女郎和巴比伦女族长还守在唱机旁等待主顾上门。除了安的列斯群岛黑人中最年迈的那个，奥雷里亚诺不曾遇到一个还记得他家族的人，连奥雷里亚诺·布恩迪亚上校也无人知晓。那黑人一头棉花似的白发给人以照片底片的印象，他一如以往在家门口唱着傍晚时凄恻的圣诗。奥雷里亚诺只用了几个星期就学会了复杂的帕皮亚门托语用来和他交谈，有时还一起享用他曾孙女烹制的鸡头汤。那是个高大的黑人姑娘，长着结实的骨架、母马般的臀部和活甜瓜似的乳房，浑圆美丽的头颅上密密覆了一层铁丝般的头发，仿佛戴着中世纪武士的帽盔。她名叫尼格罗曼妲。那时奥雷里亚诺还在靠变卖家里的餐具、烛台和其他小物件过活。他时常落到囊空如洗的地步，便去市场的小吃摊上讨些人家准备丢进垃圾桶的鸡头，请尼格罗曼妲添上马齿苋做汤，又加进薄荷调味。她曾祖父死后，奥雷里亚诺不再去她家，但常在广场上巴旦杏树幽暗的树荫下遇见她用粗野的呼哨声吸引稀少的夜游者。很多次他都去陪她，用帕皮亚门托语和她谈起鸡头汤及其他贫寒生活中的美味。若不是她表示他待在一边吓走了潜在的主顾，他还会和她这样聊下去。尽管他有几次感受到了诱惑，尽管尼格罗曼妲也会将那看作共享怀旧之情的自然结果，他却没有和她睡觉。因此阿玛兰妲·乌尔苏拉在回到马孔多那天送出一个令他窒息的友爱拥抱时，奥雷里亚诺仍然是未经人事的处男。每次看到她，特别是在她传授最新舞步的时候，他总会感到骨头里充满无助的泡沫，跟当年高祖父与借口玩纸牌带他钻进谷仓的庇拉尔·特尔内拉独处时的感觉一般无二。他试图强压下痛苦，更加投入地研究羊皮卷，尽量避开那位姨妈天真烂漫的讨好，避开她身上散发出的令他夜夜饱受荼毒的气息，然而他越是逃避，越是渴望听见她咯咯的笑声、牝猫般快活的尖叫和欢畅的歌声，她随时随刻在家中最出人意料的地方享受情爱的欢娱声。一天夜里，距离他床铺十米远处，在金银器工作台上，那夫妻俩肆意欢爱间将玻璃瓶打碎，最后在盐酸横流中成其好事。奥雷里亚诺一分钟都没能合眼，而且次日整天都在发热，在愤怒中抽泣。他在巴旦杏树荫下等待尼格罗曼妲的第一个夜晚无比漫长，惴惴不安的感觉仿佛冰针穿心，手中紧紧握着那一比索五十生太伏。他向阿玛兰妲·乌尔苏拉要来这钱固然因为需要，但更多地是为了让她也以某种形式卷入自己的冒险，从而折辱她，占有她。尼格罗曼妲把他引向诱人的烛火映照下的卧室，引向那张因反复接客而脏污不堪的折叠床，引向她冷酷无情、精壮如母狗般的身体，她本打算像安慰受惊的孩子似的将他打发，不料遇上的却是一个勇猛异常的男人，搅得她五脏六腑都在巨震中错位。

他们成了情人。奥雷里亚诺上午钻研羊皮卷，午睡时分赶去尼格罗曼妲的卧室，在她的引领下花样百出，一开始像蠕虫，然后像蜗牛，最后像螃蟹，直到她不得不出门去追踪误入歧途的猎物。几星期后，奥雷里亚诺才发现她腰间有一圈饰带，宛如大提琴的琴弦，却像钢铁般坚硬，不分首尾无始无终，伴她出生成长。他们几乎总在欢爱的间歇，在令人迷乱的酷热中，在锌皮屋顶的斑斑锈孔透出的白日星辰下，赤着身子在床上吃饭。奥雷里亚诺是尼格罗曼妲头一个固定的男人，一个床上伙伴——她每次这样称呼都会笑得半死。就在她开始产生幻想时，奥雷里亚诺向她倾诉了自己对阿玛兰妲·乌尔苏拉的暗中相思，说找人代替不但没有缓解煎熬，反而随着情爱经验渐增越发痛苦。从此，尼格罗曼妲仍然热情不改地接待他，却执意要他为服务付费，遇到他没钱时便记账，不写数字只用大拇指指甲在门后划出道道。每到傍晚，当尼格罗曼妲在广场的阴影里徘徊，奥雷里亚诺就像陌生人一般穿过长廊，勉强与通常在此时吃晚饭的阿玛兰妲·乌尔苏拉和加斯通打个招呼，回到自己的房间关起门来。他无心阅读写作，甚至无法思考，心潮如沸，耳边则不断传来朗朗笑声，窃窃低语，开场的嬉闹和随后激情爆发时响彻家中的喊叫。他在加斯通开始等候飞机之前的两年都是如此度过，那天下午也没有什么不同，他在加泰罗尼亚智者的店里遇见四个胡言乱语的年轻人，他们正在激烈地争论中世纪是如何杀灭蟑螂的。老店主知道奥雷里亚诺喜爱那些只有“可敬的比德”[①]读过的冷僻典籍，便怀着父亲捉弄儿子似的心态逼他加入论争，于是他不假思索地开始解说，蟑螂这种世界上最古老的有翅昆虫早在《旧约》时代就已成为人们用拖鞋击打的重点对象，但这一物种凭借顽强的生命力战胜了从蘸硼砂的番茄片到拌糖的面粉等一切杀灭方式，以其一千六百零三个变种抵抗住人类最古老、最执着也最残酷的迫害，人类自起源以来对其他物种包括自身在内都没施展过这样的手段，故而杀灭蟑螂可称为人类除繁衍后代之外更明确、更迫切的本能，而蟑螂之所以能逃过人类凶狠的捕杀，只是因为它们成功地躲入黑暗，利用了人类与生俱来对黑暗的恐惧，但同时它们也变得对正午的阳光十分敏感，故此，无论在中世纪、在如今还是在将来的世代，有效杀灭蟑螂的方式唯有光照而已。

①“可敬的比德”（Beda el Venerable，672 / 673—735），即 Saint Bede，英国盎格鲁－撒克逊时期神学家、历史学家，以博学多闻著称。

这段旁征博引的宿命论讲谈成为一段深厚友谊的开端，从此奥雷里亚诺每天下午与四位论争者聚会，他们分别是阿尔瓦罗、赫尔曼、阿尔丰索和加夫列尔，他一生最初也是最后的朋友。对于像他这样耽溺在书本世界中的人来说，那些下午六点在书店开始，凌晨在妓院结束的激烈讨论，不啻一种全新的启示。他此前从未想过文学可以成为世上最佳的嘲讽工具，就像阿尔瓦罗一天晚上在欢宴席间所说的那样。过了一段时间，奥雷里亚诺才发觉许多惊世骇俗的高论都来源于加泰罗尼亚智者做出的榜样，据他说智慧如果不能用来创造出一种烹制鹰嘴豆的新方法，就根本一文不值。

奥雷里亚诺发表蟑螂宏论的那天下午，讨论最后在那些卖身糊口的女孩们家里结束，那是一家充满假象的妓院，位于马孔多郊区。老鸨是个笑容可掬的好心妈妈，有着喜欢开门关门的怪癖。她不变的微笑仿佛在嘲弄那些信以为真的主顾，他们真的把只在想象中存在的一切当作了实在，因为这里连可触可感的物品也同属虚假：家具坐上去便散架，唱机的空膛里藏了一只抱窝的母鸡，花园里全是纸花，日历上还是香蕉公司到来之前的年份，画框里的版画剪自从未出版过的杂志。连那些一听到老鸨招呼接客便从四邻赶来的羞怯小妓女，也同样当不得真。她们出现时并不打招呼，穿着五年前的印花小衣裳，怎样天真无邪地穿上也怎样脱下，在情爱的高潮则大声惊呼“好家伙，你看房顶都要塌了”，而一拿到那一比索五十生太伏就立即去老鸨那里买面包和干酪。每到这时老鸨的笑容更加欢畅，因为只有她知道那些食物同样并非真实。奥雷里亚诺那时的世界始于梅尔基亚德斯的羊皮卷，终于尼格罗曼妲的床铺，他却在这家小妓院里找到了医治腼腆的猛药。最初他毫无进展，因为老鸨常在正销魂时走进，对双方的情爱魅力大加评论。但随着时间的推移，他最终对这世上的种种扫兴习以为常，甚至在一个最疯狂的夜里到待客的小厅中脱个精光，用他那难以想见的阳具托着个啤酒瓶逛遍整幢房子。他还创造出许多荒唐的花样，老鸨只是带着不变的微笑旁观，从未抗议，从未当真，一如赫尔曼试图点燃房子来证明其不存在，阿尔丰索拧断鹦鹉的脖子丢进刚开锅的香蕉木薯炖鸡里的时候。

奥雷里亚诺与四位朋友同样亲密友好，甚至在想起的时候把他们当成一个人，但他还是与加夫列尔走得更近些。这一关系诞生于一个夜晚，当时他偶然谈起奥雷里亚诺·布恩迪亚上校，只有加夫列尔一个人没有把他的话当成玩笑。那晚连通常不参与谈话的老鸨也以长舌妇般的热情异常兴奋地加入讨论，说她的确听人说起过几次，但仍认为奥雷里亚诺·布恩迪亚上校其人只是政府编造的人物，用来作为屠杀自由派的借口。相反，加夫列尔却毫不怀疑奥雷里亚诺·布恩迪亚上校的存在，因为他祖上就是上校的同袍和密友，赫里内勒多·马尔克斯上校。他们谈起对工人的大屠杀，记忆变得更加扑朔迷离。每当奥雷里亚诺触及这个话题，不仅老鸨一人，一些比她年长的老人都会驳斥所谓工人被包围在广场、两百节车厢的火车满载死尸之类的谣言，并且坚决捍卫已然在法庭案卷和小学教科书中根深蒂固的说法：根本没有过什么香蕉公司。因此奥雷里亚诺和加夫列尔因着一种建立在无人相信的事实基础上的默契联结在一起，他们的生活被这些事实深深改变，他们在只余怀缅的末日世界的退潮中漂泊。加夫列尔一向想睡便睡，随处过夜，很多次奥雷里亚诺把他安置在金银器作坊，他却被卧室间游荡的亡灵搅得彻夜不眠。后来奥雷里亚诺又把他托付给尼格罗曼妲，她空闲下来就将他带回自己常有客人光顾的房间，在门后刻满奥雷里亚诺债务所余的少许空处划上竖道记账。

尽管生活方面混乱不堪，这群年轻人仍试图创出一些不朽的业绩，这要感谢那位加泰罗尼亚智者的敦促。正是他，凭着旧日当过古典文学教师的资历以及珍本书籍的收藏，使他们得以在一个居民既无兴趣也无条件接受小学以上教育的市镇，整夜探讨第三十七种戏剧情境。奥雷里亚诺为友情的发现而迷醉，为新世界的魅力而惶惑，而他以前由于费尔南达的悭吝从未有机会认识这个世界。就在那些用密码写就的预言诗行向他初显端倪之时，他却中断了对羊皮卷的研究。但后来事实证明时间足够，并不妨碍他在妓院流连，他重受鼓舞又回到梅尔基亚德斯的房间，决心继续努力直至揭开最后的秘密。正是从那时起，加斯通开始等待飞机的到来，而阿玛兰妲·乌尔苏拉觉得寂寥孤单，一天上午她出现在房间里。

“你好，野人，”她说，“又回到洞穴里啦。”

她身着自己设计的服装，戴着自己制作的鲱鱼脊骨项链，魅力无可抗拒。出于对丈夫忠贞的信任，她不再使用那根丝带，自回乡后第一次拥有了片刻空闲。奥雷里亚诺无须抬眼便察觉到她的到来。她双肘抵在工作台上，触手可及，毫无戒备，奥雷里亚诺感觉到自己骨节的深沉耸动声，而她却将全部兴趣落在羊皮卷上。他试图克服慌乱，追回逃逸的声音、渐远的生机、正在化作珊瑚石的记忆，便跟她谈论梵文的神圣功用，谈论如同逆光观看纸背字迹一般在时间中洞彻未来的科学可能性，谈论将预言编成密码以防其自行毁灭的必要性，以及诺查丹玛斯的《诸世纪》和圣米扬关于坎塔布里亚毁灭的预言。突然间，奥雷里亚诺被自出生时起便沉睡于内心深处的冲动所驱使，一边继续谈话一边把一只手放在她的手上，以为这最后的决定将结束自己的不安。不料她一下握住他的食指，在他继续回答问题时一直没有松开，那天真无邪的亲昵就像她童年时常有的样子。两人就这样由并未传达任何意义的冰凉食指联结在一起，直到她从这瞬间的梦幻中惊醒，拍了下额头。“蚂蚁！”她叫了一声。随后她丢下手稿，翩然一步到了门口，从指尖向奥雷里亚诺递出一个飞吻，当年那个下午他们送她去布鲁塞尔时她曾用同样的飞吻与父亲告别。

“以后再给我讲吧，”她说，“我忘了今天是往蚂蚁洞里撒石灰的日子。”

她有事经过时偶尔还来他的房间逗留片刻，而她丈夫仍继续仰望天空。这一转机给奥雷里亚诺带来了希望，他于是留在家里吃饭，而从阿玛兰妲·乌尔苏拉回来后的头几个月起他从未这样做过。加斯通为此而高兴。在往往超出一个小时的饭后谈天中，他诉说着被合伙人欺骗的痛苦。他们通知他飞机已装船，只是尚未到达，而他在海运公司的代理人则认为永远不会到达，因为那船根本没有出现在加勒比海的船只清单上。他的合伙人坚称已经发货，甚至暗示加斯通可能在信中撒谎。通信时彼此间的怀疑达到如此程度，加斯通决定不再写信，开始筹划布鲁塞尔之行，准备速战速决弄清事情原委，并带飞机回来。但阿玛兰妲·乌尔苏拉再次表明她的决定，宁可独自留下也不愿离开马孔多一步，这一计划立即告吹。最初，奥雷里亚诺和旁人一样把加斯通当作骑自行车的傻瓜，并隐约抱有怜悯之情。后来，他在花街柳巷中对男人的本性有了更深刻的认知，便想到加斯通的温顺实际源于内心不羁的情欲。但当他有了进一步的了解，才发觉加斯通真实的个性正与表面的顺服相反，因此不无恶意地怀疑他连等待飞机都是在做戏。他觉得加斯通并不像表面那样愚蠢，恰恰相反，他是一个拥有无限坚忍、能力与耐心的男人，打算以无穷尽的讨好、无止境的迁就、永不说“不”，令妻子感到厌倦，陷入自己织下的罗网，直到有一天再也无法忍受幻梦沦为庸常，主动收拾行李返回欧洲。奥雷里亚诺曾经的怜悯化作强烈的敌意。他发觉加斯通的计划如此险恶又如此有效，不禁鼓起勇气提醒阿玛兰妲·乌尔苏拉。但她把他的疑虑当作笑柄，丝毫没有觉察到其中蕴含着撕心裂肺的爱意、犹疑和忌妒。她从未想过自己会在奥雷里亚诺身上引发手足之情以外的情愫，直到有一天他见她开桃罐头时刺伤了手指，立刻冲过去

吮吸鲜血，那贪婪和狂热的样子令她感到皮肤上传来一阵寒意。

“奥雷里亚诺！”她神情不安地笑着，“你太坏了，当不了一只好蝙蝠。”

于是奥雷里亚诺的激情爆发了，他像个被抛弃的孩子似的在她受伤的手上吻了又吻，敞开内心所有最隐秘的甬道，倾吐百转愁肠，释放煎熬中孕育出的寄生怪兽。向她诉说自己如何在深夜起来，扑在她晾在浴室的内衣上因无助和愤怒而哭泣。向她诉说自己如何热切要求尼格罗曼妲像牝猫般尖叫并在他耳边呜咽“加斯通，加斯通，加斯通”，如何费尽心机搜罗她的香水瓶好在那些卖身糊口的女孩颈项上闻到她的香味。这激情四溢的倾诉把阿玛兰妲·乌尔苏拉吓得不轻，她渐渐蜷起手指像软体动物般缩了回去，那受伤的手不再感到疼痛也不再有分毫的怜悯，化作一团翡翠、黄玉以及僵硬麻木的骨头拧成的死结。

“真过分！”她说话的样子像在啐出什么东西，“我这就坐第一班船回比利时去。”

这些天里的一个下午，阿尔瓦罗来到加泰罗尼亚智者的书店，扯着嗓门宣告他的最新发现：万牲妓院。该处名叫“金童”，是一座豪敞的露天大厅，至少有两百只石鸻徜徉其间，报时的嘶鸣震耳欲聋。在环绕舞池的铁丝围栏中，大株亚马逊山茶的掩映下，有缤纷五色的草鹭、猪一般肥硕的鳄鱼、十二节尾环的响尾蛇，还有一只金背龟在小小的人工海洋中潜游。另有一条温顺的白色大狗，常与同性来往，但也为妓女们提供保护来换取食物。四周弥漫着混沌初开的气息，仿佛这里刚刚被创造出来。黑白混血的姑娘们在血红的花瓣和过时的唱片中间无所期盼地等待，对这尘世乐园中被人遗忘的风月行当熟稔于心。在那群年轻人光顾这家幻觉温室的头一夜，入口处藤摇椅上沉默肃穆的看门老妪从五人当中看到了一个瘦骨嶙峋、神情忧郁、颧骨如鞑靼人，带着从创世之初直到永远的孤独印记的男子，顿时感到时光倒流回到了最初的源头。

“啊，”她惊叹道，“奥雷里亚诺！”

她又一次看到了奥雷里亚诺·布恩迪亚上校，就像早在战争爆发之前，在他荣誉扫地失意退隐之前的那个遥远的清晨，她在一盏灯光下看见他走进自己的卧室发布平生第一道命令：命令给予他以爱情。她是庇拉尔·特尔内拉。多年前，当她过了一百四十五岁的生日，便放弃了计算年龄的恶习，继续在摆脱了记忆的静态时光中生活，在清晰可见确定无疑的未来中生活，不再被纸牌占卜中那些叵测的猜度和潜伏的陷阱所烦扰。

从那夜起，奥雷里亚诺在高祖母的温情和理解中找到了安慰和庇护，尽管他并不知道两人之间的血脉关联。她端坐在藤摇椅上追溯过往，讲述家族的伟业与不幸，马孔多已消逝的辉煌，与此同时阿尔瓦罗以响亮的大笑惊散鳄鱼，阿尔丰索编造石鸻的恐怖故事，说上星期有四位行为不端的客人被啄出了眼珠，而加夫列尔待在一个满腹心事的混血姑娘屋里，她不收费只求代写情书寄给她在奥里诺科河另一侧坐牢的走私贩男友，他被边防警察灌下泻药后又被勒令坐在小便盆上，盆里很快就盛满了粪便与钻石。这家真正的妓院，连同慈祥的老鸨，是奥雷里亚诺在漫长的囚禁中梦寐以求的世界。他在这种近乎完美的陪伴中感觉无比惬意，因此那天下午阿玛兰妲·乌尔苏拉让他梦想破灭后，他立即来到这里寻求慰藉。他本想一吐为快，让人帮他解开重重心结，结果却只能扑在庇拉尔·特尔内拉怀里热泪滚滚尽情宣泄。她用指肚爱抚着他的头，静静等他哭完，没听他说出哭泣的缘由便已认出人类历史上这最古老的哀恸。

“好吧，孩子，”她安慰他说，“现在告诉我她是谁。”

奥雷里亚诺说罢，庇拉尔·特尔内拉发出一阵深沉的笑声，这古老而豁达的笑声最后几近鸽子的呢喃。对她而言，布恩迪亚家男人的心里没有看不穿的秘密，因为一个世纪的牌戏与阅历已经教会她这个家族的历史不过是一系列无可改变的重复，若不是车轴在进程中必不可免地磨损，这旋转的车轮将永远滚动下去。

“不用担心，”她微笑道，“无论她现在在哪儿，她都在等你。”

那是下午四点半，阿玛兰妲·乌尔苏拉走出浴室。奥雷里亚诺看见她从房门外走过，身上披着一件细褶浴衣，头上裹着一条毛巾。他几乎是踮着脚尖跟在她后面，酒醉般颤抖着走进新房，那时她正解开浴衣，吓得立刻重新裹上。她打个手势指向隔壁半掩着门的房间，奥雷里亚诺知道加斯通正在那里开始写信。

“你走。”她压低声音说。

奥雷里亚诺笑了，双手将她拦腰抱起好像托着一盆秋海棠，仰面丢在床上。没等她反抗，他粗鲁地一把剥去浴衣，新浴后的胴体令他震撼不已，每一寸肌肤、每一丝茸毛，甚至连最隐秘处的痣斑他都在别处房间的幽暗中想象过。阿玛兰妲·乌尔苏拉奋力反抗，凭着训练有素的雌兽般的狡黠，如鼬鼠般扭动光滑、柔韧而芬芳的身体，同时试图用膝盖顶住他的腰，似蝎子般抓挠他的脸。但两人发出的声响极小，至多好像有人在敞开的窗户前观赏四月凝远的暮色时发出的轻叹。这是一场激烈的争斗，一场殊死的恶战，却好像与暴力无涉，因为其中只见似是而非的进攻，恍如幽灵的闪躲，缓慢、谨慎而庄重。于是在进攻间歇便有足够的时间让牵牛花再次绽放，让隔壁房间里的加斯通忘却关于飞机的梦想，他们俩就仿佛一双敌对的情侣在清澈的水塘深处寻求和解。在激烈而富于仪式感的争斗中，阿玛兰妲·乌尔苏拉想到刻意保持静寂更为反常，这比他们努力抑制的打斗声更容易引起隔壁丈夫的怀疑。她便抿着嘴笑出声来，同时并未放弃搏斗，不过防御时只是装模作样地撕咬，也渐渐不再扭动身体，最后双方都意识到彼此既是对手又是同谋，由此争斗沦为惯常的嬉闹，攻击变作爱抚。突然间，近乎玩耍或又一次恶作剧，阿玛兰妲·乌尔苏拉放松了防御，但当她被自己造成的后果吓住并试图应对的时候已经迟了。一种异乎寻常的震撼将她定在原处动弹不得，她的反抗意志被不可抵御的热切欲望压倒，她想要知道那些在死亡彼岸等待她的橙色呼啸和隐形球体究竟是什么。她只来得及伸出手臂摸索到毛巾用牙齿咬住，以免传出那撕心裂肺的牝猫尖叫。

庇拉尔·特尔内拉死在藤摇椅上，那是在一个欢宴的夜晚，她当时仍在自己的乐园入口看门。根据她的遗愿，人们没有将她入棺，而是让她坐在藤摇椅上，由八条大汉用龙舌兰粗绳缒到舞池中央挖出的大坑里。那些混血姑娘身着黑衣，哭得脸色苍白，按她们即兴想出的告别仪式纷纷摘下耳坠、胸针和戒指扔到墓穴中，随后用一块全无姓名日期的墓碑封住，在上面用亚马逊山茶堆成小丘。而后她们将动物全部毒死，用砖头和灰泥封牢门窗，这才带着自己的木衣箱各奔他乡，箱内贴满了圣徒像、杂志彩画，以及那些遥远而神奇的露水情人的肖像，他们或屙钻石，或吃人肉，或在公海上被尊为纸牌之王。

这便是结束。在庇拉尔·特尔内拉的墓前，在妓女们的圣诗唱诵和念珠拨动中，旧日世界最后的零星残余也销蚀殆尽，而在此之前加泰罗尼亚智者已耐不住对四季长春的故乡的思念，将书店清仓，回到了他出生的地中海村庄。这一决定出乎所有人的意料。他在香蕉公司全盛时期逃避连绵不断的战乱来到马孔多，异想天开地创办了这间书店经营古籍和各种文字的原版书。偶尔有等着去对面屋里解梦的人走进来，不无疑虑地翻上几页，仿佛那些书是从垃圾堆里捡来的。他半生都在闷热的书店后堂度过，用紫色墨水在撕下来的学生练习本散页上胡乱涂写细密的字迹，没人知道其中的确切内容。奥雷里亚诺与他结识的时候，他已经攒下两大箱文稿，让人想起梅尔基亚德斯的羊皮卷，到临走时他又装满了第三箱，由此可见他在马孔多期间没做别的事。与他来往的只有那四个朋友，他在他们还在上小学时就用书籍跟他们交换陀螺和风筝，又带他们读塞内加和奥维德。他谈起那些古典作家就像在说自家人，仿佛历代先贤都曾当过他的室友。他还知道一些本不该知道的隐秘，譬如圣奥古斯丁在法袍内穿了件紧身羊毛坎肩十四年不曾离身，巫师阿尔纳多·德·比拉诺瓦幼年被蝎子蜇咬便从此不举。他对文字的狂热中既有崇高敬意又有冷嘲热讽，对自己的手稿同样采取这种双重态度。阿尔丰索为翻译这些手稿学会了加泰罗尼亚语，常把一卷稿子揣在兜里——里面总满满塞着各色剪报和奇特行业的手册——结果一天晚上在卖身糊口的女孩们家里丢失了。老智者得悉后，居然没有大动肝火，反而大笑不已，说那正是文学的自然归宿。到他返乡时情形却与此相反，他不顾一切劝说执意要带上那三大箱文稿，甚至操着卡塔赫纳方言对建议托运的列车员恶言相向，最终他争得许可带着箱子一起登上了旅客车厢。“等到人类坐一等车厢而文学只能挤货运车厢的那一天，”他那时说道，“这个世界也就完蛋了。”这是他留下的最后的话。他最后准备行装的那个星期可谓苦不堪言，随着行期渐近他脾气越发恶劣，越发想不起该做的事情，明明把东西放在某处却在另一处发现，仿佛被当初折磨费尔南达的精灵所包围。

“见鬼[1]，”他恶狠狠地说道，“去他的伦敦教务会议第二十七条！”

赫尔曼和奥雷里亚诺负责帮他准备行程。他们像是对待一个孩子，把车票和护照放进他的兜里用安全别针别好，为他开列出从马孔多出发直到抵达巴塞

① 原文为加泰罗尼亚语。

罗那一路应做事项的详细清单，但他还是在无意中将一条装着一半家财的裤子丢进了垃圾堆。出发前夜，他钉上文稿箱，把所有衣物塞进来时带的行李箱，然后揉了揉贝壳似的眼皮，指了指一堆陪他度过流亡岁月的书本，仿佛某种厚颜无耻的祝福，对朋友们宣布：

“这些破烂就留给你们了！”

三个月后，他们收到一个大信封，里面装着二十九封信和五十多张照片，都是他在海上的空闲中攒下来的。尽管没有标明日期，但并不难看出写信的前后顺序。在最初的信件中，他以一贯的幽默谈起旅途中的种种风波：他是如何渴望将那个不许他把三个箱子搬进舱室的监运员扔进大海；一位女士如何愚蠢至极地对数字“13”怀有恐惧，但并非出于迷信，而是因为她感觉这是一个无穷无尽的数字；他如何在吃第一顿晚饭时，尝出船上的饮用水有莱里达泉水仿佛夜间甜菜的味道，为此打赌取胜。然而日子一天天过去，他对船上的现实生活渐渐失去兴趣，而马孔多的一切，连晚近的琐碎事件也成为他怀恋的对象，因为随着航船渐行渐远，记忆也染上愈来愈浓烈的悲凉色彩。怀念的加深在照片里也得到了清晰的体现。最初的照片里，他身穿运动衫，额前银发飘飞，背衬十月加勒比海的浪花飞溅，一副快活的模样。最后一批照片里，他站在甲板上裹着暗色大衣，系着丝围巾，脸色苍白，神不守舍，脚下沉郁的航船开始在秋天的大洋上梦游般前行。赫尔曼和奥雷里亚诺给他回了信。最初几个月他频繁来信，让人觉得比他在马孔多时与他更为接近，几乎不再为他的离去而痛苦。一开始，他在信中说一切都和从前一样，他出生的家里仍有粉色的蜗牛，夹在面包里的鲱鱼干仍是当年的味道，村里的瀑布黄昏时仍弥散出芬芳的气息。练习本的散页上重又布满紫色的字迹，其中还有分别献给他们四人的段落。然而尽管他自己表面上并未察觉，那些在心绪转好后写下的热情洋溢的信件，却渐渐变成灰心丧气的牧函。冬夜，汤锅在炉上沸滚，他却在怀念书店后堂的闷热，烈日照在蒙尘的巴旦杏树上的嗡响，午休的昏恹中响起的火车汽笛，正如他在马孔多时怀念冬天炉上的热汤，咖啡小贩的叫卖，以及春天里疾飞的云雀。两种怀念如同双镜对立，他夹在其间不知所措，无法再保持高妙的超脱，最后甚至劝说他们全都离开马孔多，忘掉他传授的一切世道人心知识，让贺拉斯见鬼去，还说不论在什么地方都要记住，过去都是假的，回忆没有归路，春天总是一去不返，最疯狂执着的爱情也终究是过眼云烟。

阿尔瓦罗第一个听从忠告离开了马孔多。他变卖一切，包括家中院里吓唬路人的老虎，买下一张永久车票，登上一列永无终点的火车。他从路经的车站寄来明信片，兴高采烈地描述车窗外瞬间闪过的世间万象，仿佛将一首飞逝的长诗撕成碎片向着遗忘之乡一路抛洒：路易斯安那棉田里奇怪的黑人，肯塔基蓝色草丛中疾驰的骏马，亚利桑那地狱般暮色里的希腊情侣，密歇根湖畔画水彩画的红衫少女——她举起画笔向他致意，不是为了告别而是盼望再见，因为她并不知道眼前所见的火车没有归路。随后，阿尔丰索和赫尔曼在一个星期六离开，计划下星期一回来，却从此再无音讯。加泰罗尼亚智者走后一年，只有加夫列尔还留在马孔多，仍然一事无成，靠尼格罗曼妲不稳定的周济过活。他参加了一家法国杂志的有奖问答，头奖是一次巴黎之旅。订阅杂志的人其实是奥雷里亚诺，他帮加夫列尔填写答案，有时在家里，更多的时候在马孔多仅存的一家药房中，在瓷瓶和缬草气息的环绕间，加夫列尔沉静的女友梅塞德斯所住的地方。这是往昔的最后遗存，这往昔日渐衰落却不会彻底消亡，因为它是在自身之中无休无止地败落下去，每过一刻便向彻底灭亡更近一步，却永远无法抵达最后的终结。整个市镇如此死气沉沉、与世隔绝，当加夫列尔赢了大奖，带着两套换洗衣服、一双鞋和一套拉伯雷全集要去巴黎的时候，不得不向司机挥手致意才让火车停下将他接上。昔日的土耳其人大街已沦为被遗忘的角落，最后一批阿拉伯人沿袭千年传统端坐在门口等待死亡的到来，尽管最后一码斜纹布早已售出，幽暗的橱窗里只剩下一个个无头的模特。至于香蕉公司的城镇，或许帕特里夏·布朗在阿拉巴马州普拉特维尔难耐的长夜里会就着醋拌黄瓜对儿孙们说起，但此时它已沦为一片野草丛生的平原。安赫尔神父的继任者是一位老神父，没人愿意费心打听他的名姓。他为关节炎及疑虑引发的失眠所苦，懒懒地躺在吊床上等待上帝的慈悲，任凭蜥蜴和老鼠在隔壁的教堂里争夺领地。在那个连飞鸟也厌弃，长久的扬尘与酷热令人呼吸艰难的马孔多，奥雷里亚诺和阿玛兰妲·乌尔苏拉被爱情、被孤独、被爱情的孤独幽禁在因红蚂蚁疯狂啃噬的轰响而难以入睡的家里，他们是唯一幸福的生灵，世上再没有比他们更幸福的人。

加斯通已经回到布鲁塞尔。他厌倦了苦苦望天的等待，有一天把往来信件和生活必需品塞进一只小箱子，抱着乘飞机归来的希望离去。他一心想要赶在一群德国机师前面，因为他们已经向省府当局提交了更为雄心勃勃的计划。从第一次欢爱的那天下午起，奥雷里亚诺和阿玛兰妲·乌尔苏拉一直在利用她丈夫难得的疏忽冒着风险幽会，紧张地避免发出响动，却几乎总被她丈夫无从预料的返家打断。然而一旦有机会在家中独处，他们便彻底沉浸在迟来的爱情狂潮中。那是一种癫狂失常的激情，令费尔南达的骨骸在墓中惊恐地颤抖，令双方耽溺于持久不衰的亢奋中。阿玛兰妲·乌尔苏拉的尖叫、高潮时的歌唱响彻家中，或在下午两点的餐桌上，或在凌晨两点的谷仓里。“最让我难过的是，”她笑着说道，“我们竟然浪费了那么多时间。”在意乱神迷间，她看见蚂蚁横扫花园，受远古的饥饿驱使啃食家中的一切木制品获得餍足，看见有生命的岩浆洪流再次席卷长廊，却只是在卧室里发现敌踪时才去费心抵挡。奥雷里亚诺丢下羊皮卷，不再出门一步，对加泰罗尼亚智者的来信也胡乱答复。他们丧失了现实意识、时间观念和日常生活节奏。他们重又紧闭门窗，为的是省下宽衣解带的工夫，就像当初美人儿蕾梅黛丝期待的那样在家中赤身来去，在院中泥地里一丝不挂地嬉闹，一天下午在水池中欢爱时还险些双双溺死。短短时间内他们造成了比蚁灾更大的破坏：客厅里的家具四分五裂，曾经承载奥雷里亚诺·布恩迪亚上校军旅生涯中哀伤情爱的吊床被疯狂撕裂，床垫的芯子被剖出洒满地板，扬起满屋飞絮几令人窒息。奥雷里亚诺这位狂野的情人比起对方并不逊色，但是阿玛兰妲·乌尔苏拉凭借自己荒唐的才华和饥渴的柔情统治着这座灾难的乐园，仿佛在爱情中秉承和凝聚了高祖母制作糖果小动物时的无穷精力。当她为自己的新花样欢快歌唱或纵情大笑的时候，奥雷里亚诺却变得越发沉默入神，因为他的激情是在内敛中暗自烧灼。他们的情爱技艺登峰造极，在高潮后的疲惫中也能另辟佳境。他们全心膜拜对方的肉体，发现情爱的低潮里存在着未开发的领域，那比欲望的空间更丰饶幽美。他蘸着蛋清揉搓阿玛兰妲·乌尔苏拉挺立的乳峰，或用椰子脂润滑她充满弹性的大腿和仙桃般甜蜜的小腹，而她则把奥雷里亚诺超群的阳物当作玩偶摆弄，用口红给它画上小丑眼圈，用眉笔给它描出土耳其人胡子，为它戴上透明的硬纱细领带和锡纸小帽。一天晚上，他们互相用桃子糖浆从头到脚涂满全身，像狗一般彼此舔舐，像疯子一样在长廊地板上欢爱，直到被蚂蚁的洪流唤醒，险些被活活吞噬。

阿玛兰妲·乌尔苏拉在迷狂的间歇回复加斯通的来信。她感觉他是那样遥远又那样忙碌，似乎不可能再回来。在最早的一封来信中，他提到合伙人的确已将飞机发出，但布鲁塞尔的海运公司错运到了坦噶尼喀，交付与当地散居的马空多人村社。这一失误导致诸多耽延，仅将飞机讨回就可能拖上两年时间。于是阿玛兰妲·乌尔苏拉不再担心丈夫会不合时宜地归来。至于奥雷里亚诺，他与外界的联系只剩下加泰罗尼亚智者的来信，以及那位沉静的药房少女梅塞德斯转达的加夫列尔的消息。开始的时候这些联系还很真实。加夫列尔退掉了返程票留在巴黎，把多芬尼大街上一家阴森旅馆的女招待扔出来的过期报纸和空酒瓶拿去换钱来度日。奥雷里亚诺能够想象他整日穿着高领红绒衫的样子，只在春天来临，蒙帕尔纳斯的路边咖啡馆坐满一对对情侣时才脱下；白天睡觉、晚上在弥漫着煮花椰菜气味的房间里写作以转移饥饿感，而日后罗卡玛杜[1]将在同一房间离开人世。然而，他传来的消息越来越含糊，加泰罗尼亚智者的信件也越来越稀少，愈显颓伤，奥雷里亚诺慢慢习惯了这种疏远，一如阿玛兰妲·乌尔苏拉对丈夫的感觉。两人飘荡在一方空渺的天地，在那里日复一日、永恒不变的现实只有爱情。

突然间，这个幸福的梦幻世界中响起一声晴天霹雳，传来了加斯通返家的消息。奥雷里亚诺和阿玛兰妲·乌尔苏拉睁开眼睛，审视各自的灵魂，手抚胸口相对而视，心下明白两人已连成一体，宁可死也不愿分开。于是她给丈夫写了一封信，信中饱含真情又自相矛盾，重申了对他的爱意和想见到他的渴望，同时也坦承由于命运的捉弄，自己无法与奥雷里亚诺分离。出乎两人的预料，加斯通的回复十分平和，甚至显出父辈的温情，那满满两张信纸都在提醒他们提防激情的起伏无常，最后一段更明明白白祝他们幸福，就像他在短暂的婚姻生活中经历的那样。这态度太过出人意表，令阿玛兰妲·乌尔苏拉有蒙羞的感觉，仿佛主动给了丈夫期望的借口抛弃自己。六个月后她的愤恨更加强烈，因为加斯通从利奥波德维尔写信来说，他终于在那里等到了飞机，请求将自行车寄过去，称那是他在马孔多唯一割舍不下的东西。奥雷里亚诺耐心地承受阿玛兰妲·乌尔苏拉的怨气，努力向她证明无论顺境逆境自己都能成为一位好丈

① 罗卡玛杜（Rocamadour），阿根廷作家胡里奥·科塔萨尔笔下的人物，见《跳房子》第28章。

夫。加斯通留下的钱财用尽了，迫在眉睫的窘困在两人之间促生出一种新的紧密关联，虽然不像激情那样令人迷醉，但仍能使他们与情欲泛滥的日子里一般的相爱、同样的幸福。庇拉尔·特尔内拉去世的时候，他们已经在期待新生命的降生。

阿玛兰妲·乌尔苏拉在孕期的昏倦中试图经营鱼脊骨项链生意，但除了梅塞德斯买了一打，再无他人光顾。奥雷里亚诺第一次发觉自己的语言天赋、百科全书般的博学，以及不需实地了解便能对远方事物了如指掌的罕见能力，都像自己女人的那匣珠宝一样毫无用处，尽管那时马孔多所有剩余居民的全部家资加在一起才抵得上那些珠宝的价值。他们奇迹般地勉强度日。阿玛兰妲·乌尔苏拉仍能保持良好心态，继续制造情趣花样，但她也养成了午饭后坐在长廊里的习惯，似睡非睡，若有所思。奥雷里亚诺则在一旁陪伴。有时两人会一直默默坐到傍晚，面对着面，彼此凝视，在静谧中相爱，并不比当初在癫狂中相爱减色。未来的不确定使他们的心绪回到了过去。他们看见自己置身暴雨时期失落的乐园，在院中的泥坑里玩水，捕杀蜥蜴挂到乌尔苏拉身上，拿她玩活埋游戏。这些回忆令他们恍然觉察，两人自从记事以来共度的时光总是十分幸福。追忆往事时，阿玛兰妲·乌尔苏拉记起一天下午她走进金银器作坊，母亲告诉她那个小奥雷里亚诺不是任何人的孩子，因为他是躺在一个篮子里顺水漂来的。这一说法似乎让人难以置信，却没有任何真实的信息可以取代。在研究过所有可能性之后，唯一可以确定的是，费尔南达不是奥雷里亚诺的母亲。阿玛兰妲·乌尔苏拉倾向于认为他是佩特拉·科特斯的儿子，尽管她只是记得那女人的一些丑闻。这一推测使两人内心因恐惧而纠结。

想到妻子竟是自己的姐妹，奥雷里亚诺心悸不已，便去了一趟神父的住所，期望在那些潮湿又遭虫蛀的档案中找到有关自己身世的蛛丝马迹。最久远的受洗记录可以追溯到阿玛兰妲·布恩迪亚那里，她是在年轻时由尼卡诺尔·雷伊纳神父施洗的，那也正是神父凭借巧克力戏法四处证明上帝存在的时期。他甚至幻想自己可能是十七个奥雷里亚诺之一，在四册洗礼簿中遍查他们的出生记录，但受洗时间与他的年龄相比都太过久远。患关节炎的神父躺在吊床上一直观察，见他迷失在血脉的迷宫，因犹疑而颤抖，不禁同情地问起他的名字。

“奥雷里亚诺·布恩迪亚。”他回答。

“这样的话你不必拼命找了，”神父以确信无疑的口吻说道，“多年以前有条街叫这个名字，那时人们就形成了习惯，用街名给自己的孩子起名。”

奥雷里亚诺愤怒得浑身颤抖。

“哈！”他说，“这么说您也是不相信了。”

“不相信什么？”

“不相信奥雷里亚诺·布恩迪亚上校发动了三十二场内战但全部失利，”奥雷里亚诺回答，“不相信军队包围人群并开枪杀掉三千工人，然后把死尸装上两百节车厢的火车丢进大海。”

神父用怜悯的目光打量着他。

“噢，孩子，”他叹息道，“对我来说，只要能确定你我在这一刻的存在就够了。”

奥雷里亚诺和阿玛兰妲·乌尔苏拉接受了篮中弃婴的说法，并非因为相信，而是因为能够借此脱离恐惧。随着产期的临近，两人渐渐变得仿佛一人，不分彼此，在那幢吹口气就会倒塌的房子里的孤寂中融为一体。他们退到一个仅能栖身的空间，从费尔南达的卧室，在那里他们得以享受情爱的静谧之美，到长廊的起点，在那里阿玛兰妲·乌尔苏拉坐下来为即将降生的孩子缝制小靴子和小帽子，奥雷里亚诺则在一旁回复加泰罗尼亚智者偶尔的来信。家中其他地方已在毁灭的重围中沦降。金银器作坊，梅尔基亚德斯的房间，桑塔索菲亚·德拉·彼达当年料理之下的原始而沉寂的王国，都已沉陷在一片家居密林的深处，没人胆敢涉险探入。在大自然吞噬之力的重围中，奥雷里亚诺和阿玛兰妲·乌尔苏拉仍然栽种牛至与秋海棠，保卫自己用石灰圈出的领地，为永恒的人蚁之战挖出最后的战壕。长发久未梳理，清晨起来脸庞生出淤斑，腿上出现浮肿，当初饱含爱意如鼬鼠般的胴体也脱了形，阿玛兰妲·乌尔苏拉已不复当年带着一笼不幸的金丝雀和俯首帖耳的丈夫回家时的青春模样，但她依旧未改欢快的心境。“见鬼，”她常常笑着说，“谁能想到我们最后真变成野人啦！”她怀孕六个月时，一封明显不是加泰罗尼亚智者写来的信斩断了他们与外界的最后一线联系。信从巴塞罗那寄出，但信封上是用常规的蓝色墨水写就的公文字体，带着不祥邮件特有的无辜而漠然的气息。阿玛兰妲·乌尔苏拉正要拆开，奥雷里亚诺一把从她手中抢了过来。

“这一封不看了，”他说，“我不想知道里面说些什么。”

就像他预感的那样，加泰罗尼亚智者再没来过信。那封陌生人的信件无人拆阅，丢在费尔南达曾经遗忘结婚戒指的壁架上任凭蠹虫吞噬，被信中噩耗燃出的火焰焚烧渐渐成灰，与此同时那对孤独的情侣顶着末后的时光之潮逆流而上，这顽固的不祥时光枉费力气，未能将他们引向幻灭与遗忘的荒漠。奥雷里亚诺和阿玛兰妲·乌尔苏拉觉察到了危险，最后几个月手挽着手，让那源自癫狂私情的小生命在忠贞爱情中孕育而成。夜里，两人相拥在床上，蚂蚁在月光下激增的响动，蠹虫搞破坏的轰鸣，杂草在邻近房间里持续而清晰的生长之声都无法令他们产生惧意。许多次两人被鬼魂的忙碌声吵醒。他们听到乌尔苏拉为了使血脉流传与造化法则抗争，何塞·阿尔卡蒂奥·布恩迪亚在探索伟大发明的神奇原理，费尔南达忙于祈祷，奥雷里亚诺·布恩迪亚上校在战争的幻象和打制小金鱼的辛劳中日渐木然，奥雷里亚诺第二在狂乱的欢宴中深感孤独苦苦挣扎，便明白生前的执念能够战胜死亡，于是重又欢欣鼓舞，确信他们变成鬼魂后还会继续相爱，确信即使有朝一日蚂蚁从人类手中夺取的这座破败乐园又被其他物种夺走，那时他们仍会一直相爱下去。

一个星期天的下午六点，阿玛兰妲·乌尔苏拉迎来了产前的阵痛。那位一脸微笑、为卖身糊口的女孩们接生的产婆，让她躺上饭厅的餐桌，跨坐在她的腹部，粗暴地摆弄直到她的尖叫被一个巨大男婴的洪亮哭声压过。透过朦胧泪眼，阿玛兰妲·乌尔苏拉看到又一个真正的布恩迪亚，如同所有的何塞·阿尔卡蒂奥一般粗壮任性，如同所有的奥雷里亚诺一般大睁着洞察一切的双眼，注定要从头更新家族的血脉，涤除其中顽固的恶习和孤独的天性，因为他是一个世纪以来第一个在爱情中孕育的生命。

“完全是个野人样，”她说，“叫他罗德里戈吧。”

“不，”她丈夫表示反对，“要叫他奥雷里亚诺，他会打赢三十二场战争。”

剪断脐带后，由奥雷里亚诺举着灯，产婆用布擦去孩子身上的淡蓝色黏浆。直到把他翻过身来，他们才发现他比其他人多了些什么，于是弯下腰去仔细查看。那是条猪尾巴。

他们并没有慌乱。奥雷里亚诺和阿玛兰妲·乌尔苏拉未曾听闻家族中的先例，也没能想起乌尔苏拉可怕的警告，产婆最后还安慰他们，估计等孩子换牙的时候就可以把这条多余的尾巴顺便切掉。后来他们便无暇顾及这个问题，因为阿玛兰妲·乌尔苏拉下身血如泉涌，无法止住。他们试图用蛛网和厚厚的尘土敷上止血，却像用手捂住喷泉一样徒劳。最初的几个小时，她努力保持乐观。她握着惊恐的奥雷里亚诺的手，请他不要担心，说像她这样的人只有想死的时候才会死去，同时还为产婆各种耸人听闻的止血方法大笑不已。然而随着希望一点一滴弃奥雷里亚诺而去，眼前的她渐渐模糊仿佛在光线中慢慢消失，最终陷入昏睡。星期一清晨，他们请来一个女人在床前念诵对人类和动物一向灵验的止血咒，但爱情之外的任何方法面对阿玛兰妲·乌尔苏拉激情澎湃的血液都无能为力。经过绝望的二十四小时，当天下午当那泉源无助地耗尽，他们知道她已经死亡。她的侧影更加线条分明，脸上淤肿散尽显出雪花石膏般的光晕，并且重又露出了笑容。

奥雷里亚诺这时才明白自己多么爱他的朋友，多么需要他们，多么想在此时此刻有他们的陪伴。他把孩子放进他母亲预备好的篮子，用毯子盖住死者的脸庞，然后跑到市镇上漫无方向地游荡，寻找回到往昔的途径。他来到最近一阵未曾拜访的药房前叫门，发现那里变成一家木匠作坊。提灯为他开门的老妇人对他的胡言乱语表示同情，但同时一口咬定，这里从没有过什么药房，她也从不认识一个脖颈纤细、眼神迷离，名叫梅塞德斯的姑娘。他来到加泰罗尼亚智者的书店旧址，一头抵在门上放声痛哭，心中明白这迟来的眼泪是为那桩死丧而流，当时没有哭泣是不愿破坏相爱的美好。他捶打着“金童”乐园的灰泥墙直到双手俱裂，呼唤着庇拉尔·特尔内拉。空中有发光的橙色圆盘飞过，他在过去无数个欢闹的夜晚曾经从养着石鸻的院中像孩子般着迷地仰头观看，此时却无动于衷。花街柳巷最后一家营业的舞厅里，手风琴乐队弹唱起主教的侄子，好汉弗朗西斯科的绝艺传人拉斐尔·埃斯卡洛纳的歌曲。店主曾对自己的母亲不敬，出手向她动粗，结果落得一只手臂萎缩，他邀请奥雷里亚诺喝了瓶烧酒，奥雷里亚诺也请他喝了一瓶。店主对他讲起自己手臂的不幸遭遇，奥雷里亚诺对他讲起自己心灵的不幸遭遇：因为对自己的姐妹倾心而落得枯焦。最后，两人齐声痛哭起来，奥雷里亚诺一时间感到痛苦已经结束。然而，当他在

马孔多的最后一个清晨再次变成独身一人，他站在广场中央大张双臂，仿佛要唤醒整个世界一样声嘶力竭地吼道：

“什么朋友，都是婊子养的！”

尼格罗曼妲把他从一摊泪水与呕吐物当中救了出来。她将他带回自己的房间，为他清洗干净，让他喝下热汤。她又用炭条涂掉了他到如今一直欠着的无数爱情债务，认为这能让他开心些，还主动追忆起自己最孤单时的悲伤，以免他独自哀恸。天亮的时候，奥雷里亚诺从短暂的沉睡中醒来，重又感到头痛欲裂。他睁开眼睛，想起了孩子。

孩子不在篮子里。最初一瞬喜悦的火花在他心头闪过，他以为阿玛兰妲·乌尔苏拉死而复活来照料孩子了。但尸体分明仍在毯子下隆起如一堆石头。奥雷里亚诺想起进家时卧室门正敞开着，便穿过弥漫着清晨牛至芳香的长廊，探身向饭厅里望去，那里仍是分娩时的一片狼藉：大锅，染血的床单，灰盆，留在桌上摊开的尿布里萎缩的脐带，剪刀和渔线丢在一旁。产婆夜间过来抱走了孩子，这想法使他终于能够喘口气思考片刻。他倒在摇椅上，在家族早年的日子里丽贝卡曾坐在上面传授刺绣技法，阿玛兰妲曾坐在上面与赫里内勒多·马尔克斯上校下跳棋，阿玛兰妲·乌尔苏拉曾坐在上面缝制婴儿衣物。在一道清醒的电光中，他意识到自己的心灵承载不起这么多往事的重负。他被自己和他人的回忆纠缠如同致命的长矛刺穿心房，不禁羡慕凋零玫瑰间横斜的蛛网如此沉着，杂草毒麦如此坚忍，二月清晨的明亮空气如此从容。这时他看见了孩子。那孩子只剩下一张肿胀干瘪的皮，全世界的蚂蚁一齐出动，正沿着花园的石子路努力把他拖回巢去。奥雷里亚诺僵在原地，不仅仅因为惊恐而动弹不得，更因为在那神奇的一瞬梅尔基亚德斯终极的密码向他显明了意义。他看到羊皮卷卷首的提要在尘世时空中完美显现：家族的第一个人被捆在树上，最后一个人正被蚂蚁吃掉。

奥雷里亚诺平生从未像此刻一般清醒，他忘却了家中的死者，忘却了死者的痛苦，用费尔南达留下的十字木条再次钉死门窗，远离世间一切干扰，因为他知道梅尔基亚德斯的羊皮卷上记载着自己的命运。他发现史前的植物、湿气蒸腾的水洼、发光的昆虫已将房间内一切人类踪迹消除净尽，但羊皮卷仍安然无恙。他顾不得拿到光亮处，就站在原地，仿佛那是用卡斯蒂利亚语写就，仿佛他正站在正午明亮的光线下阅读，开始毫不费力地大声破译。那是他家族的历史，连最琐碎的细节也无一遗漏，百年前由梅尔基亚德斯预先写出。他以自己的母语梵文书写，偶数行套用奥古斯都大帝的私人密码，奇数行择取斯巴达的军用密码。而最后一道防线，奥雷里亚诺在迷上阿玛兰妲·乌尔苏拉时就已隐隐猜到，那便是梅尔基亚德斯并未按照世人的惯常时间来叙述，而是将一个世纪的日常琐碎集中在一起，令所有事件在同一瞬间发生。奥雷里亚诺为这一发现激动不已，逐字逐句高声朗读教皇谕令般的诗行，当年阿尔卡蒂奥曾从梅尔基亚德斯口中听闻，却不知道那是关于自己死亡的预告。他读到羊皮卷中预言世上最美的女人的诞生，她的灵魂与肉身正一起向天飞升；他读到那对遗腹孪生子的来历，他们放弃破译羊皮卷不仅因为缺乏才能和毅力，更是因为时机尚未成熟。读到这里，奥雷里亚诺急于知道自己的身世，跳过几页。此时微风初起，风中充盈着过往的群声喊喳，旧日天竺葵的呢喃窸窣，无法排遣的怀念来临之前的失望叹息。他对此毫无察觉，因为他发现了关于自己身世的初步线索。他读到一位好色的祖父一时迷了心窍穿越幻象丛生的荒野，寻找一个美女，却无法使她幸福。奥雷里亚诺认出了祖父，沿着亲缘的隐秘小径追寻下去，找到了自己被赋予生命的一刻，那是在一间昏暗的浴室里，蝎子和黄蝴蝶的环绕间，一个工匠在一个因反叛家庭而委身于他的少女身上满足了欲望。

他读得如此入神，仍未发觉风势又起，飓风刮落了门窗，掀掉了东面长廊的屋顶，拔出了房屋的地基。到这时，他才发现阿玛兰妲·乌尔苏拉不是他的姐妹，而是他的姨妈，而当年弗朗西斯·德雷克袭击里奥阿查不过是为了促成他们俩在繁复错综的血脉迷宫中彼此寻找，直到孕育出那个注定要终结整个家族的神话般的生物。当马孔多在《圣经》所载那种龙卷风的怒号中化作可怕的瓦砾与尘埃旋涡时，奥雷里亚诺为避免在熟知的事情上浪费时间又跳过十一页，开始破译他正度过的这一刻，译出的内容恰是他当下的经历，预言他正在破解羊皮卷的最后一页，宛如他正在会言语的镜中照影。他再次跳读去寻索自己死亡的日期和情形，但没等看到最后一行便已明白自己不会再走出这房间，因为可以预料这座镜子之城——或蜃景之城——将在奥雷里亚诺·巴比伦全部译出羊皮卷之时被飓风抹去，从世人记忆中根除，羊皮卷上所载一切自永远至永远不会再重复，因为注定经受百年孤独的家族不会有第二次机会在大地上出现。

图书在版编目（CIP）数据

百年孤独 ：插图纪念版 / （哥伦）加西亚·马尔克斯著 ；（智）路易莎·里维拉绘 ；范晔译. -- 海口 ：南海出版公司，2020.8（2025.12重印）
ISBN 978-7-5442-9911-4

Ⅰ. ①百… Ⅱ. ①加… ②路… ③范… Ⅲ. ①长篇小说-哥伦比亚-现代 Ⅳ. ①I775.45

中国版本图书馆CIP数据核字(2020)第067833号

著作权合同登记号　图字：30-2020-059

百年孤独：插图纪念版
〔哥伦比亚〕加西亚·马尔克斯 著
〔智利〕路易莎·里维拉 绘
范晔 译

出　　版　南海出版公司　(0898)66568511
　　　　　海口市海秀中路51号星华大厦五楼　　邮编 570206
发　　行　新经典发行有限公司
　　　　　电话(010)68423599　　邮箱 editor@readinglife.com
经　　销　新华书店

责任编辑　黄宁群
特邀编辑　吕宗蕾　梅　清　陈方骐　第五婷婷
营销编辑　王蓓蓓
装帧设计　韩　笑
内文制作　田晓波

印　　刷　北京盛通印刷股份有限公司
开　　本　710毫米×980毫米　1/16
印　　张　21.5
字　　数　262千
插　　图　10幅
版　　次　2020年8月第1版
印　　次　2025年12月第19次印刷
书　　号　ISBN 978-7-5442-9911-4
定　　价　128.00元